HEYNE <

JANET CLARK

BLACK MEMORY

ROMAN

WILHELM HEYNE VERLAG
MÜNCHEN

MIX
Papier aus verantwortungsvollen Quellen
FSC® C083411
Verlagsgruppe Random House FSC® N001967

Originalausgabe 01/2017

in der Verlagsgruppe Random House GmbH,
Neumarkter Str. 28, 81673 München
Redaktion: Eva Philippon
Printed in Germany
Umschlaggestaltung: © Nele Schütz Design
unter Verwendung von shutterstock/Runrun2
Satz: Uhl + Massopust, Aalen
Druck und Bindung: CPI books GmbH, Leck
ISBN: 978-3-453-41833-2

www.heyne.de

*»Wenn wir uns nicht erinnern,
können wir nicht verstehen.«*

E.M. Forster

Meinem Vater

Vor fast 15 Jahren habe ich von Dir Abschied genommen,
doch zum Glück begleitest Du mich weiterhin
durch mein Leben.
Als stummer, aber sehr zuverlässiger Gesprächspartner
bei all den Fragen, die nur ich selbst mir beantworten kann.

1

Plätschern.

Es ist das Erste, was ich wahrnehme. Leise wandert es durch meinen Kopf und vermischt sich mit dem sanften Schaukeln, so gleichmäßig und einschläfernd wie das Wippen einer Wiege.

Ich muss geschlafen haben. Tief und fest, bis all meine Gedanken von dem rhythmischen Plätschern des Wassers davongetragen wurden.

Meine Kehle ist trocken, der salzige Geschmack in meinem Mund unerträglich, die Lippen fühlen sich ausgedörrt und rissig an wie verbrannter Lehmboden. Instinktiv benetze ich sie mit der Zunge. Noch mehr Salz.

Du musst trinken, denke ich, deine Augen öffnen, dich aufsetzen. Doch ich bin zu müde, um meinen Anweisungen zu folgen. Einzig meine Hand tastet über die harte Fläche, auf der ich liege.

Holz.

Bootsplanken?

Suchend gleiten meine Finger über die raue Oberfläche. Etwas passt nicht zu dem Bild, das sich in meinem Kopf formt.

Waren Bootsplanken nicht glatt?

Ich öffne die Augen und kneife sie sofort wieder zusammen. Weiße Blitze tanzen vor meinen geschlossenen Lidern, dann wird es wieder angenehm dunkel. Ich weiß, ich muss mich langsam an das gleißende Licht gewöhnen. Vorsichtig blinzele ich in den Himmel.

Hellstes, klarstes Blau. Alles, was ich sehe, ist vergissmeinnichtblau.

Keine Wolke. Kein Vogel. Kein einziger Tupfen.

Keine Schattierung in dem makellosen, unendlichen Blau. Ich hebe den Kopf, stütze mich ab und blicke über die fleckig ausgebleichten Seitenplanken des Ruderboots.

Kein Baum. Kein Land.

Nur Wasser, auf dessen Oberfläche sich das grelle Glitzern der Sonne millionenfach bricht.

Wo bin ich? Es ist eine banale Frage, doch ich habe keine Antwort darauf. Stattdessen überrollt mich ein Tsunami an weiteren Fragen und schwemmt die Trägheit des ersten Aufwachens aus meinem Kopf.

Was mache ich allein in diesem Boot? Wo sind die anderen? Welche anderen? Mit wem war ich unterwegs? Und wohin?

Fragen, Fragen, Fragen … aber keine Antworten.

Angestrengt blicke ich über das Meer, halte Ausschau nach einem zweiten Boot oder wenigstens Schwimmern, die gleich zu mir zurückkommen würden. Doch da ist nichts als Glitzern.

Unruhe packt mich.

Ich richte mich auf und umklammere den Bootsrand. Sofort fährt mir ein stechender Schmerz in die Stirn. Stöhnend schließe ich die Augen und presse zwei Finger auf den Schmerzpunkt direkt hinter dem Frontallappen.

Nur ein Traum, denke ich. Gleich wache ich auf. In meinem Bett in … in … Ja, wo? Verdammt noch mal! Ich muss doch wissen, wo mein Bett steht! Verzweifelt suche ich nach einem Ort, einem Bild, einem Namen. Doch es kommt nichts. Wo Informationen zum Abruf hätten bereitstehen sollen, herrscht Leere.

Plötzlich verändert sich das Plätschern. Das sanfte Schaukeln steigert sich zu einem Beben und Schlingern, als würde das Boot jeden Moment kentern. Erschrocken reiße ich die Augen auf und fahre mit einem Schrei zurück.

Wie aus dem Nichts hockt ein Mann vor mir. Wasser perlt von seiner dunklen, sonnengegerbten Haut, tropft aus dem schwarzen Haar und hinterlässt eine Pfütze auf den rauen Planken. Er öffnet den Mund zu einem breiten, zahnlückigen Grinsen.

Kenne ich diesen Mann? Er hat etwas Asiatisches, doch seine Haut ist dunkler, als ich bei einem Asiaten vermuten würde.

Der Schmerz in meinem Kopf explodiert.

Der Mann tippt an seine Brust und sagt etwas, wiederholt es.

»E-k-o.«

Dann streckt er den Arm aus und tippt an meine Schulter. Wieder sagt er etwas. Diesmal sind es schnelle Laute. Ich glaube zu verstehen. Er will wissen, wie ich heiße.

Ich öffne meinen Mund, doch kein Name will mir über die Lippen kommen. Wieso kenne ich meinen Namen nicht? Die Frage bombardiert meinen Kopf wie ein feindlicher Luftangriff. Wer bin ich?

Unbewusst ziehe ich die Beine an meinen Körper und das ausgeleierte T-Shirt-Kleid über die Knie. Dann schüttle ich so langsam, wie es der Schmerz in meiner Stirn zulässt, den Kopf. Der Mann vor mir sieht mich erwartungsvoll an. Ich muss etwas sagen, irgendetwas. Wieder öffne ich den Mund, will ihn fragen, wer er ist, ihn fragen, ob er weiß, wer ich bin, doch meine Zunge klebt so schwer und trocken am Gaumen, dass kein Laut herauskommt.

Der Mann zeigt auf das Meer, schnelle Laute prasseln auf mich nieder und ersticken meine unausgesprochenen Fragen.

Mühsam sammele ich die letzten Reste salzigen Speichels, und es gelingt mir, meine festsitzende Zunge zu lösen. Ich starte einen weiteren Versuch: »Ich …« Es ist weniger als ein Flüstern. Ich schlucke und kämpfe mit der Trockenheit in meinem Mund. »Ich … verstehe Sie nicht.« Dann zucke ich mit den Schultern und drehe die Handflächen nach oben. »Sprechen Sie Englisch?«, frage ich ihn. Meine Stimme klingt rau und krächzend.

Ein weiterer Schwall unverständlicher Laute schallt mir entgegen. Der Mann hält mir eine geöffnete Wasserflasche hin. Ich ergreife sie gierig und presse meinen Mund auf den Flaschenhals. Er schmeckt salzig, dann, endlich, kommt das Wasser. Feucht und warm spült es das Salz aus meinem Mund und rinnt angenehm weich durch meine ausgetrocknete Kehle.

Ein zufriedenes Grinsen breitet sich auf dem Gesicht des Mannes aus. Mit einem Nicken steht er auf und geht leichtfüßig zu dem einzigen Sitzplatz. Das kleine Ruderboot schwankt wild hin und her, doch ihn scheint das nicht im Geringsten zu stören. Geschickt lässt er die Paddel ins Wasser gleiten und beginnt mit kräftigen Zügen zu rudern.

Ich sehe mich um. Wo bringt er mich hin?

Angespannt kauere ich mich gegen die Bootswand, die Wasserflasche presse ich dabei so fest an die Brust, als könnte sie mir den Halt geben, den die Leere in meinem Kopf mir geraubt hat. Ich blicke unverwandt auf den Mann. Wer ist er? Er hat mir zu trinken gegeben und mich angelächelt, und trotzdem … Mir ist nicht wohl in seiner Gegenwart. Ich fühle mich wie ein Fremdkörper. Eine Trophäe, die er aus dem Meer geangelt und sich zu eigen gemacht hat. Ich weiß, dass ich ihm ausgeliefert bin, und hoffe, dass er es gut mit mir meint.

Seine Arme bewegen sich schnell, tauchen die Paddel ins glitzernde Meer und ziehen sie durchs Wasser. Immer der gleiche Rhythmus. Der gleiche plätschernde Ton.

Zug um Zug.

Minute um Minute.

Stunde um Stunde, in denen ich an der Bootswand kauere und mich zu erinnern versuche. Der Sprache nach muss ich Engländerin sein, doch alles andere bleibt ein Rätsel: Wer ich bin. Wo ich bin. Wie ich in dieses Boot kam. Mit wem und wohin ich unterwegs gewesen sein mochte. Doch die Erinnerungen bleiben aus. Als habe man sie von meiner biomechanischen Festplatte gelöscht. Als habe mein Gehirn den Reifeprozess des episodischen Gedächtnisses nie erreicht. Ich stutze. Meine was? Biomechanische Festplatte? Episodisches Gedächtnis? Wo kommen diese Begriffe her? Verwirrt suche ich nach ihrem Ursprung und stolpere über weitere Ausdrücke, abstrakt und losgelöst schwimmen sie als Lichtpunkte in dem tiefen Schwarz meiner Orientierungslosigkeit.

Ich lege den Kopf in den Nacken und sehe zum Himmel hinauf. Vergissmeinnichtblau. Als wolle der Himmel sich über mich lustig machen.

2

Trampelgeräusche schrecken mich aus einem unruhigen Halbschlaf. Ich spüre, wie mich Hände an den Armen packen, noch bevor ich richtig wach bin. Jemand zerrt mich über die Planken, und alles, was ich denken kann, ist: Was will er von mir?

Es ist zu dunkel, um zu sehen, wer an mir zerrt, aber die Hände sind die eines Mannes. Hektische Stimmen rufen sich etwas zu, und das Schlingern und Wackeln verrät, dass wir noch auf dem Boot sind. Grob schleift der Mann mich mit sich. Da greift eine weitere Hand nach mir.

Ich werde verschleppt, schießt es mir panisch durch den Kopf. In dem Moment geht ein Ruck durch meine Arme, dann spüre ich festen Boden unter den Füßen.

»Wer sind Sie?«, frage ich ängstlich und versuche, mehr Kraft in meine zittrige Stimme zu legen. »Wo bin ich? Wo bringen Sie mich hin?«

Einer der Männer sagt etwas. Wieder die schnellen Laute, die ich nicht verstehe. Ich stolpere einen unbeleuchteten Steg entlang, geführt von einer kräftigen Männerhand. Als wir an dessen Ende angekommen sind, blitzen Scheinwerfer auf. Die Männer steuern direkt darauf zu. Schritt um Schritt, und je näher wir dem Auto kommen, desto fester wird der Griff um meinen Arm. Instinktiv stemme ich mich dagegen. Reiß dich los!, schreit es in mir. Lauf weg!

Doch schon werde ich in das Auto gestoßen, und die Tür fällt zu. Es riecht nach Schweiß und einem Gewürz. Nach Curry, glaube ich. Meine Finger tasten über die zerschlissene

Rückbank. Der Wagen rollt an, fährt einen Weg entlang, dann hinaus auf eine schmale Straße.

Wieder drängen sich Fragen in meinem Kopf: Wer sind diese Männer? Wo bringen sie mich hin? Unauffällig rücke ich näher an die Tür, weg von dem Mann mit den kurzen schwarzen Haaren. Ich taste nach dem Griff, ziehe daran, doch nichts rührt sich. Fieberhaft checke ich die Fluchtmöglichkeiten, aber ich begreife schnell: Es gibt keine.

Mit einem Mal werde ich ruhiger, meine Gedanken präzisieren sich, als hätte mein Gehirn von Panik- auf Überlebensmodus geschaltet. Beobachten, analysieren – dann handeln. Der Befehl kommt von irgendwo in meinem Kopf, und er überzeugt mich sofort. Also beobachte ich.

Der Mann sieht asiatisch aus, und wir sind in einer Küstenregion. Ich tippe auf Südostasien. Philippinen, Malaysien oder Indonesien. Eine Urlaubsgegend. Denn ich muss hier im Urlaub sein – würde ich hier wohnen, müsste ich wenigstens ansatzweise die Sprache verstehen.

Im Licht der Scheinwerfer erhasche ich Blicke auf dürftig zusammengeschusterte Häuser, manche nicht mehr als Bretterverschläge, umgeben von Schrott und Müll. Mit jedem Kilometer werden die Häuser größer und die Müllberge kleiner. Wir überqueren unübersichtliche Kreuzungen, die Straßen füllen sich mit klapprigen Autos, unzähligen knatternden Mopeds und Fußgängern, die wie wandelnde Hindernisse die Straße bevölkern. Immer öfter fahren wir an Straßenhändlern vorbei, die ihre Ware auf Tischen oder am Boden darbieten, notdürftig beleuchtet von Kerosinfackeln oder weiß schimmernden Solarlampen.

Ich sehe mich erneut im Wageninneren um und bemerke auf einmal die einheitliche Kleidung der Männer: helle Hosen und Hemden, am Ärmel ein Emblem. Uniformen.

Erleichtert atme ich auf. Alles wird gut. Der Mann aus dem

Boot hat mich der Polizei übergeben. Bald wird man herausfinden, wer ich bin.

»Wie heißen Sie?«

Unruhig rutsche ich auf dem harten Holzstuhl hin und her. Wie oft will der Polizeichef mir diese Frage noch stellen? Ich habe ihm erklärt, dass ich mich nicht erinnern kann. An nichts. Denkt er, ich habe auf wunderbare Weise mein Gedächtnis zurückerhalten, weil seine Leute mich wie eine Verbrecherin fotografiert und mir Fingerabdrücke abgenommen haben?

»Ich weiß es nicht.«

Sein Lächeln ist freundlich. Doch das Lauern in seinen Augen verrät, dass er mir nicht glaubt. Das ist schlecht. Sehr schlecht. Panik steigt in mir auf wie Luftblasen in Sodawasser und bringt meinen Magen zum Kribbeln. Es muss einen Grund geben, dass er mich wie eine Tatverdächtige behandelt.

»Wo kommen Sie her?«

»Ich weiß es nicht.«

Immerhin weiß ich inzwischen, wo ich bin – auf der indonesischen Insel Sumba. Und ich weiß nun, dass der Mann in dem Ruderboot mich etwa zwölf Kilometer vor der Küste aus dem Meer gefischt hat. Ich blicke zu dem surrenden Ventilator über meinem Kopf – ein Relikt, genauso vorsintflutlich wie der intarsienverzierte Schreibtisch und das überlebensgroße Porträt eines Mannes in Uniform an der Wand hinter dem Polizeichef. Aber ich darf mich von der fehlenden Fortschrittlichkeit nicht täuschen lassen. Der Polizeichef ist schlau. Mein Blick fällt auf die ordentlich aufgereihte Büchersammlung: T.S. Elliot, Dylan Thomas, James Joyce, Samuel Beckett. Er ist gebildet. Sein Englisch ist fehlerfrei, auch wenn sein Akzent so stark ist, dass ich mich auf jedes Wort konzentrieren muss.

»Wer ist Ihr Auftraggeber? Was haben Sie mit der Ware gemacht?«

Aha. Daher weht der Wind. Auftraggeber. Ware. Es bedarf keiner besonderen Denkleistung, um zu erraten, von welcher Ware er spricht: Drogen. Er hält mich für einen Kurier, meine Geschichte für eine müde Ausrede, die Prellungen am Rücken und an den Beinen und die blauen Flecken für den Beweis eines Kampfes. Das Kribbeln in meinem Magen wird stärker, unentwegt suche ich nach einer Antwort auf meine stumme Frage: Bin ich tatsächlich ein Drogenkurier?

Ich hoffe, dass er meine Unsicherheit nicht bemerkt, denn langsam kann ich sein Misstrauen nachvollziehen: Warum sollte eine unschuldige Touristin in einen Kampf geraten und wie Treibgut im offenen Meer landen? Er vermutet mehr dahinter, das würde ich wahrscheinlich auch an seiner Stelle. Und so wie er sich auf mich einschießt, hat er nicht vor, seinen vermeintlichen Fang so ohne Weiteres von der Angel zu lassen.

Ich muss ihn davon überzeugen, dass ich nur eine harmlose Touristin bin. Eine Geschichte erzählen, die plausibel klingt. »Ich weiß nichts von einem Auftraggeber«, sage ich überdeutlich. »Vielleicht war ich segeln, und der Seitenbaum hat mich erwischt und ins Wasser geschleudert. Daher die Prellungen.«

»Und die blauen Flecken? Stammen die auch von dem Seitenbaum?« Das Lächeln verschwindet. »Glauben Sie, Sie sind die Erste, die diese Show hier abzieht?«

»Ich weiß es doch nicht!«, rufe ich, und die Verzweiflung in meiner Stimme ist so real, wie sie nur sein kann. Denn ich begreife nun, dass ich auf verlorenem Posten stehe. Es ist völlig egal, was ich sage, ich werde ihn nicht davon überzeugen können, dass ich nur eine harmlose Touristin bin. Wie auch, wenn nicht einmal ich selbst das mit Sicherheit behaupten kann. Meine Hand rutscht vom Sitz ab, und mein Ellenbogen stößt gegen die Hüfte. Ich zucke vor Schmerz zusammen und wundere mich, warum ich die Schmerzen vorher nicht wahrgenommen habe. Von irgendwo kullern Worte wie bunte

Murmeln durch meinen Kopf: retardiertes Schmerzempfinden, eine Schockreaktion. Ich verbanne die Wortmurmeln in eine Ecke und konzentriere mich auf meine Antwort: »Vielleicht wurde unser Boot ja überfallen und ich über Bord geworfen.«

»Daran erinnern Sie sich?« Wie ein lauerndes Raubtier springt er auf meine Vermutung an.

»Nein! Ich erinnere mich an gar nichts! Aber so *könnte* es gewesen sein. Vielleicht ...« Ich halte inne. Eine entsetzliche Erkenntnis zieht mir das Blut aus den Wangen. Kein normaler Tourist geht alleine auf dem Meer segeln. War ich mit meinem Mann unterwegs, und jetzt ist er ... tot? Schnell blicke ich auf meine Hand. Kein Ehering. Vielleicht war ich mit meinem Freund unterwegs. Oder einer Freundin. Was ist mit meiner Begleitung passiert? Meine Brust zieht sich zusammen. Ist sie gestorben? Ertrunken? Wenn nun niemand weiß, wo wir hingefahren sind, niemand uns vermisst, weil man uns noch wochenlang auf einer Urlaubsreise vermutet, wer soll mich dann hier herausholen?

Hinter mir öffnet sich quietschend die Tür. Ein junger Polizist eilt herein und legt seinem Chef zwei Blätter auf den Schreibtisch. Aufgeregt redet er auf ihn ein, immer wieder huschen verstohlene Blicke zu mir. Der Polizeichef greift nach dem ersten Dokument, liest es, und ein zufriedenes Lächeln umspielt seine Lippen.

»Sie wissen also nicht, wer Sie sind?«, fragt er.

»Nein.«

»Dann werde ich es Ihnen sagen.« Er beugt sich über den Tisch. In seinen Augen sehe ich Verwunderung, aber auch Triumph, und das Kribbeln in meinem Magen wird unerträglich. Wer zum Teufel bin ich, dass mein Name bei ihm eine solche Reaktion hervorruft?

»Sie sind ... Clare Brent.«

Clare Brent?

Ich warte auf ein Bild in meinem Kopf. Doch da ist nichts. Kein Bild und keine Stimme, die dem Namen ein Leben eingehaucht hätte. Er löst weder Regung noch Erinnerung in mir aus, er steht als belanglose Aneinanderreihung von Buchstaben im Raum, die mir nichts über mich verrät. Clare Brent.

Enttäuscht beobachte ich den Polizeichef. Dieser Triumph in seinen Augen ... Im Gegensatz zu mir sagt ihm der Name offensichtlich etwas. Ja, ganz eindeutig. Aber was? Bin ich bekannt? Prominent?

Er tippt auf das Blatt vor ihm, ein Fax. Ich recke den Hals und starre auf seinen tippenden Finger, auf das unscharfe Schwarz-Weiß-Foto im rechten oberen Eck. Ein ovales, gleichmäßiges Gesicht. Die hellen Haare straff nach hinten gebunden. Große Augen, schmale Nase, volle Lippen. Das also bin ich. Unwillkürlich hebe ich die Hand und taste über mein Gesicht. Die Lippen fühlen sich rau und aufgesprungen an, die Nase heiß und sonnenverbrannt, die Haare kraus und spröde.

»Das ist ein Fahndungsaufruf von Interpol. Man sucht Sie wegen Kindesentführung.«

Ich brauche einen Moment, um seine Worte zu erfassen. Und selbst als ich sie erfasst habe, schaffe ich es nicht, sie mit meiner Person in Verbindung zu bringen.

Ich soll ein Kind entführt haben?

Nein, das kann nicht sein, ich muss mich verhört haben.

Doch an seinem Gesichtsausdruck erkenne ich, dass ich mich *nicht* verhört habe. Meine Kehle ist zugeschnürt wie ein viktorianisches Korsett, und ich kann kaum mehr atmen. Wieder bombardiere ich mich selbst mit Fragen: Ein Kind? Was für ein Kind? Wie alt ist es? Ein Junge? Ein Mädchen? Warum kommen keine Bilder? Da müssen doch verdammt noch mal Bilder sein! Ich rufe mich zur Ordnung. Ich muss Ruhe bewahren. Bleib bei den Fakten.

Was ich weiß: Ich wurde aus dem Wasser gefischt. Allein.

Mein Körper zeigt Spuren von Gewalteinwirkung. Und das Kind? Was ist mit dem Kind passiert? Wo ist es jetzt?

Seine lauernden Augen bohren sich in meine. Dann werden sie schmal.

»Reden Sie!«, herrscht er mich an. »Wo ist das Kind?«

In meinem Kopf dreht sich alles. Ich habe ein Kind entführt. Werde über Interpol gesucht.

Das darf nicht sein.

»Wissen Sie, was man bei uns mit Kindesentführern macht?«

Ich kann es mir denken. Indonesien ist bekannt für seine unbarmherzige Justiz. Aber ich will es mir nicht denken, und ich will nicht glauben, dass ich ein Kind entführt habe. Ich will glauben, dass es nur eine Finte ist, um mich zum Reden zu bringen. Ihm von meiner Arbeit als Kurier zu beichten, ihm die Namen meiner Kontakte zu geben, Übergabeorte und was sonst ein Kurier noch weiß. Ein Psychospielchen. Mehr nicht.

Doch er fragt nicht weiter. Stattdessen lehnt er sich zurück, und wieder erscheint das zufriedene Lächeln auf seinem Gesicht. Meine Finger krallen sich um die hölzerne Sitzfläche des Stuhls. Es ist kein Psychospielchen. Er hat einen Fang gemacht. Einen großen. Einen deutlich besseren als einen mickrigen Drogenkurier.

»Sie wollen nicht reden?« Mit scharfem Ton gibt er dem Polizisten neben sich einen kurzen, mir unverständlichen Befehl. »Glauben Sie mir, Sie werden reden.«

Nur Sekunden später zerrt der junge Polizist mich vom Stuhl hoch, schleppt mich hinaus aus dem Raum und einen Gang entlang, durch schwere Türen, die von schläfrigen Wächtern erst auf- und wieder zugesperrt werden. Mein Kopf ist benebelt, doch mein Herz schlägt schnell, immer schneller, als wolle es sich selbst überholen. Mit jedem Schritt nimmt der Gestank nach Kot und Urin zu, der Boden ist so schmutzig, als wäre er noch nie geschrubbt worden. Eine Kakerlake flitzt über die fleckige Wand.

Mir wird schlecht. Ich zwinge mich, stur auf die Schuhe des Polizisten zu starren und ruhig und gleichmäßig in den Bauch hineinzuatmen. Schließlich halten wir an.

Die Zelle hinter dem mannshohen Gitter ist groß. Es ist zu dunkel, um erkennen zu können, wie viele Frauen darin kauern, hocken oder liegen. Auf Bänken, vereinzelten Matten, dem blanken Boden. Es sind viele. Zu viele für die Größe der Zelle, zusammengepfercht wie eine Herde Tiere.

Unwillkürlich weiche ich zurück, spüre die dürren, kräftigen Finger des Polizisten um meinen Arm, spüre, wie mein Magen endgültig rebelliert, wie meine Beine nachgeben.

3

Eine Banane und ein Glas Wasser.

Mehr hat es nicht gebraucht, um mich wieder auf die Beine zu bringen. Die Süße der Banane klebt an meinem Gaumen und überdeckt für einen Moment den Salzgeschmack, der mich seit dem Aufwachen auf dem Boot begleitet.

Ich hocke auf dem kühlen Steinboden, mit dem Rücken zur Wand, und mein Blick wandert in der Zelle umher. Etwa vierzig Quadratmeter, überschlage ich, zwei lange Bänke in der Mitte, dazu eine an jeder Wand. Überall Frauen, manche sitzend, manche auf Decken oder Matten am Boden liegend. Einundzwanzig sind es ohne mich. In der Zelle selbst brennt keine Lampe, aber der Flur ist beleuchtet, und durch das vergitterte Fensterband fällt genügend Licht herein – vom Mond oder von einer Laterne –, um Konturen und vereinzelt die Gesichter der Frauen zu erkennen. Die meisten schlafen, es ist spät, wahrscheinlich bereits nach Mitternacht.

Bisher hat mich niemand von ihnen angesprochen, und ich bin froh darüber. Mir ist nicht nach Reden, ich bin wie aufgepeitscht von unerträglichem Nichtwissen, von Halbwissen und Wissen. Dem Wissen, dass ich eine Kindesentführerin bin. Dem Halbwissen, dass ich in einen Kampf verwickelt gewesen sein muss, und dem Nichtwissen, das mein Leben in ein leeres Blatt verwandelt. Nein, ein fast leeres Blatt, gezeichnet von nur einem rabenschwarzen Fleck:

Kindesentführerin.

Die einzige bestätigte Information, die ich über mich habe. Kein guter Startpunkt, um mir ein Bild über mich selbst zu machen, außer ich gebe mich damit zufrieden, dass ich ein schlechter Mensch bin. Habgierig genug, um ein wehrloses Kind für meine Zwecke zu missbrauchen. Aber damit kann ich mich nicht zufriedengeben. Ich kann und will das nicht glauben. Die Interpolfahndung muss ein Missverständnis sein. Ein bedauerlicher Behördenfehler, eine Verwechslung.

Ich presse die Hände gegen meinen Kopf, fester und fester, als könne ich die verschüttete Erinnerung herausquetschen wie den Saft aus einer Zitrone. Ich presse, bis ich meine Schläfen schier eindrücke, und genieße den Moment der Ablenkung durch den Schmerz. Schließlich lasse ich die Hände sinken und lege erschöpft meinen Kopf auf die Knie.

Ich brauche unbedingt mehr Flecken auf meinem leeren Lebensblatt. Bunte, positive Flecken, die mir einen Grund geben, an mich selbst zu glauben und für mich kämpfen zu wollen. Aber dazu brauche ich Informationen. Nur woher?

Mein Blick streift meine bloßen Füße, und ich streiche mit den Fingern darüber, vom Rist zu den Zehen. Vom Schmutz abgesehen, wirken sie gepflegt. Die Nägel lackiert, der Lack an zwei Stellen gesprungen. Ich streiche über die Knöchel. Über die Waden. Keine Haare, keine Stoppeln. Entweder ich gehe zum Wachsen oder ich epiliere. Als Nächstes betrachte ich meine Fingernägel. Nicht lackiert und relativ kurz. Aber es sind keine Arbeiterhände mit rissigen Schwielen und in der Haut verwachsenem Dreck. Vorsichtig und unauffällig taste ich weiter, über die Hüften, den Bauch. Hier und da etwas Fett, insgesamt jedoch eher muskulös, wie jemand, der regelmäßig Sport treibt. Aber welchen? Radfahren? Ich spanne meine Wadenmuskeln an. Nein. Dazu sind die Muskeln nicht ausgeprägt genug.

Nachdenklich ziehe ich mir das Kleid über die Knie. Es ist ein schlichtes gestreiftes T-Shirt-Kleid, dessen Form, falls es denn je eine hatte, unter dem Bad in Meer und Sonne sichtlich gelitten hat. Meine Schuhe muss ich verloren haben. Zusammengefasst: einigermaßen gepflegt und sportlich, eher Kopf- als Handarbeiterin. Das passt zu dem Wissen, das ich im Gegensatz zu meiner Erinnerung problemlos abrufen kann. Etwa, dass es in Indonesien die Todesstrafe gibt. Dass sie Gefangene nur selten in ihre Heimatländer überstellen. Dass die Zellengröße in Bezug zur Zellenbelegung nicht den internationalen Standards entspricht. Dass die Bücher auf dem Schreibtisch des Polizeichefs durchwegs zu den Klassikern gehören. Wissen, das ich als jenseits des üblichen Allgemeinwissens einstufe.

Ich lehne mich zurück. In der stehenden Schwüle der Zelle ist die Wand in meinem Rücken angenehm kühl. Dann überkommt mich wieder die quälende Unruhe. Ich brauche mehr Informationen.

Das Fahndungsfoto kommt mir in den Sinn. Unwillkürlich ziehe ich eine Haarsträhne lang, bis die Haare sich vor meinen Augen entkringeln. Sie sind dunkler, als ich aufgrund des Fahndungsfotos vermutet hatte. Nicht blond, eher braun, eine Art Mittelbraun, genau lässt es sich in dem schwachen Licht jedoch nicht ausmachen. Fehlt noch die Augenfarbe.

Clare Brent. Ich wiederhole stumm den Namen in meinem Kopf, unzählige Male, als müsste ich ihn mir einbläuen, um ihn zu meinem eigenen zu machen.

Rede mit mir, Clare Brent. Sag mir, wer du bist. Wer das Kind ist, das du entführt hast.

Die Konversation bleibt jedoch frustrierend einseitig, noch einseitiger, als Selbstgespräche ohnehin verlaufen. Stumpf blicke ich auf die ringlosen Finger. Nicht verheiratet. Kann das Kind mein eigenes sein? Aber … kann man sein eigenes Kind entführen?

Und vor allem: Wo ist das Kind? Treibt es irgendwo auf dem Meer?

Allein. Verängstigt. Ohne Wasser.

Mir wird wieder schlecht.

Noch immer schmecke ich das Salz, erinnere mich an den quälenden Durst, mit dem ich aufgewacht bin.

Oder ist es ertrunken? Habe ich es getötet? Mühsam unterdrücke ich die stärker werdende Übelkeit.

Ein Kind. Es darf, darf, darf nicht sein!

Leise stöhnend vergrabe ich meinen Kopf in den Händen. Was immer passiert sein mochte, wenn dieses Kind wegen mir gestorben ist, wäre es besser gewesen, der Mann mit dem Boot hätte mich nie aus dem Meer gefischt.

4

Wie schon die letzten drei Tage, verkrieche ich mich nach dem mageren Frühstück wieder in die Ecke der Zelle. Ich will nur meine Ruhe, keine Fragen mehr, keine Kommentare. Allein die teils mitleidigen, teils gehässigen Blicke meiner durchwegs asiatischen Zellengenossinnen sind mir bereits zu viel. Also lasse ich den Kopf wieder auf die Knie sinken. Er fühlt sich schwer an vom tagelangen Jonglieren der wenigen nutzlosen Fakten. Sosehr ich mich auch bemühe, einen Sinn zu erkennen oder wenigstens zu begreifen, wer ich wirklich bin und wie ich hier landen konnte – ich komme nicht weiter. Genervt blende ich das ansteigende Getuschel um mich herum aus, die unfreundlich klingende Stimme, die immer wieder denselben Namen ruft.

Da zieht jemand an meinem Arm. Unwillig hebe ich den Kopf. Eine kleine alte Frau steht vor mir und zerrt an meinem Ärmel, bis ich endlich verstehe. Ich soll aufstehen. Ächzend stemme ich mich hoch. Vom langen Sitzen auf dem harten Boden knacken und schmerzen meine Knie. Ich strecke die Beine durch und massiere die platt gesessenen Stellen an meinem Hintern.

Erneut schallt der Name durch die Zelle:

»Clare Brent!«

Erst jetzt schalte ich. Die Stimme gilt mir!

Die kleine Frau packt meinen Arm und schleift mich mit erstaunlich starkem Griff mit sich, weg von der Wand, hin zu der Traube Frauen, die sich neugierig im Halbkreis um die Zellentür scharen. Aufgeregt redet die Alte auf mich ein, unverständliches, maschinengewehrschnelles Gepiepse. Fragend hebe ich die Schultern und schüttele den Kopf, doch mein offensichtliches Nichtverstehen kann ihren Redefluss nicht eindämmen. Ganz im Gegenteil, das Gepiepse wird immer schneller und aufgeregter, bis die Nervosität der Alten auf mich überschwappt.

Wie Filmfetzen rasen mir die Fragen der Frauen an meinem ersten Tag hier durch den Kopf: »Du Drogen?«, die mitleidigen Blicke, die eindeutigen Handbewegungen. Keine Auslieferung. Exitus.

Wenn das die Strafe für Drogenschmuggel ist, was erwartet mich dann bei Kindesentführung?

Mein Puls wechselt von Trab in Galopp und schaltet auf Fluchtmodus. Ich wehre mich gegen das Ziehen der alten Frau, ich will nicht dahin, wo sie mich hinschleift. Da tritt die Menschentraube auseinander und bildet eine schmale Gasse, gerade groß genug, um uns durchzulassen. Auf der anderen Seite der Zellentür wartet der Polizeichef. Breitbeinig steht er da, die Hände in die Hüften gestemmt, etwas größer als ich, gut einhundertfünfundsiebzig Zentimeter Autorität. Seitlich versetzt hinter ihm ein grauhaariger, sehr schlanker, großer Mann mit undurchdringlicher Miene. Er ist kein Asiate, und in mir wächst die irrwitzige Hoffnung, dass er Engländer ist und von der Botschaft geschickt wurde, um mir beizustehen. Hinter dem Grauhaarigen ein Büschel blonder Haare.

Der Polizeichef winkt uns näher. Die Alte zerrt mich vor bis zum Gitter, liefert mich ab wie eilig bestellte Ware und bleibt erwartungsvoll neben mir stehen. Der Polizeichef jedoch scheucht sie mit einem ungnädigen Wink zurück, während er dem Wärter einen Befehl zuraunt.

Der Schlüssel klappert im Schloss, dann öffnet sich die Gittertür, der Wärter bugsiert mich unsanft in den Flur und schubst mich vor den Polizeichef.

»Ist das die Frau, die Sie suchen?«, richtet der Polizeichef sich an den Grauhaarigen.

Angespannt hebe ich den Kopf und versuche, meinen sich überschlagenden Puls wieder unter Kontrolle zu bringen. Mein Blick streift den Grauhaarigen, dann den blonden Mann seitlich hinter ihm. Er ist etwas kleiner, aber kräftiger als der Grauhaarige, und deutlich jünger. Ich bemerke sein verstohlenes Nicken, die wortlose Kommunikation zwischen ihm und dem Grauhaarigen, seine hastig zu Boden gerichteten Augen, als er meinem Blick ausweicht. Ich wage kaum zu atmen, so sehr hoffe ich inzwischen, dass sie mich kennen und sich die ganze Situation als Missverständnis aufklärt. Oder dass sie mir wenigstens eine winzige, verschwörerische Geste zuwerfen, um mir zu signalisieren, dass sie mich hier herausholen werden.

Doch es folgt keine Geste, nur die Bestätigung des Grauhaarigen, dass ich die gesuchte Frau sei. Die Worte zerschießen meine Hoffnung. Ich bin die gesuchte Frau – der Fahndungsaufruf ist also korrekt.

Er reicht dem Polizeichef die Hand. »Vielen Dank. Ich werde Ihre hervorragende Arbeit bei meinem Dienstchef erwähnen. Wenn jeder seinen Job so effizient erledigen würde, Sir, hätten wir deutlich weniger Probleme.«

Sogleich schwillt die Brust des Polizeichefs etwas mehr an, er ist sichtlich um Worte verlegen, da tritt der Grauhaarige vor und legt besitzergreifend seine Hand auf meine Schulter. »Mit Ihrem Einverständnis übernehmen wir jetzt die Gefangene.«

Übernehmen? Ich horche auf. Was bedeutet das für mich?

Wer ist dieser Mann, der mich nun so zielstrebig den dreckigen Gang entlangschiebt?

Nervös lausche ich dem Geplänkel der Männer. Ein laues Hin und Her, das Gejammer des Polizeichefs über mangelnde Ausstattung, die Versicherung des Grauhaarigen, dass er sich bei entsprechender Stelle für eine bessere Ausstattung einsetzen werde – nach einem so wichtigen Fang, einer so hervorragenden Arbeit, einer so komplikationslosen Kooperation … Nach ein paar Sätzen blende ich das Geplänkel aus. Jeder Ton klingt falsch und heuchlerisch, und die einzige Wahrheit, die ich dabei heraushören kann, ist das Englisch des Grauhaarigen: klar und akzentfrei, eindeutig britisch. Ein Botschaftsmitarbeiter? Erneut kriecht Hoffnung in mir hoch. Hat ihn jemand geschickt, um mich nach Hause zu holen? Mein Freund? Meine Eltern? Kollegen? In meinem Rücken spüre ich den Blick des Blonden. Er muss mich anstarren, so intensiv ist das Gefühl, beobachtet zu werden.

Ich sehe an mir hinunter. Arme und Beine schmutzig und sonnenverbrannt. Barfuß. Das Kleid verknittert und fleckig. Wie mein Gesicht aussieht, möchte ich lieber nicht wissen. Ich wirke völlig verwahrlost. Stammt daher der intensive Blick in meinem Rücken? Weil ihn mein verwahrlostes Aussehen überrascht? Er muss derjenige sein, der wusste, wie ich aussehen würde. Er hat mich identifiziert und sein Wissen durch ein Nicken kundgetan. Als sei er, der Stille im Hintergrund, der wahre Auftraggeber. Meine Gedanken halten kurz inne: Auftraggeber … wofür?

… übernehmen wir jetzt die Gefangene, hat der Grauhaarige gesagt – aber weder er noch der Blonde hat bislang das Wort an mich gerichtet. Hätten sie nicht längst mit mir reden müssen? Mich über meine Rechte aufklären und mir sagen, wer sie überhaupt sind? Angestrengt versuche ich, aus dem Geplänkel relevante Informationen herauszulesen. Der Grauhaarige wollte sich für den Polizeichef einsetzen, ihm zu einer besseren Ausstattung verhelfen … War das schon Bestechung? Warum allerdings würde jemand den Polizeichef bestechen, um mich aus der Zelle zu holen? Wer würde das veranlassen?

Den Blick des Blonden in meinem Rücken. Wie Laserpointer. Ein Kribbeln läuft meine Wirbelsäule hinunter. Der Blick ist zu intensiv für jemanden, der keinen persönlichen Bezug zu mir hat. Aber wenn das so ist, warum offenbart er sich dann nicht? Ich kann seine Emotionen spüren, allerdings ohne sie zuordnen zu können. Was fühlt er? Nervosität? Wut? Sorge? Es muss eine Beziehung zu diesem Mann geben – und welcher Natur sie auch ist, sie ist intensiv.

Ich wende mich um. Sofort senkt er seinen Blick. Geradezu als hätte ich ihn beim Spannen ertappt.

Da erreichen wir die schwere Eisentür am Durchgang zum Präsidium. Ein Wärter kauert zusammengekrümmt auf einem Schemel, der Körperhaltung nach ist er nur Sekunden vom Eindösen entfernt. Der Polizeichef schnauzt ihn an, und er springt auf, das Gesicht dunkelrot. Er stammelt etwas und nickt dabei unaufhörlich, wobei seine Hände ungeschickt mit dem Schlüsselbund an seinem Gürtel kämpfen. Ungelenk sperrt er auf und senkt ehrfürchtig den Blick, als der Polizeichef an ihm vorbei durch die Tür tritt.

Sogleich wird es heller. Anstatt der nackten Glühbirnen, die zuvor in unregelmäßigen Abständen von der gräulich verfärbten Decke baumelten, ist nun warmes, freundliches Tageslicht die vorherrschende Lichtquelle. Hinter uns fällt die schwere Eisentür ins Schloss, der Schlüssel dreht sich, und das Geräusch weckt in mir den Impuls zu fliehen. Ich muss gezuckt, vielleicht aber auch nur eine zu schnelle Bewegung gemacht haben, denn der Griff um meine Schulter verstärkt sich wie eine lautlose Warnung.

5

Die klimatisierte Luft wirbelt wie eine eisige Kaltfront durch das Auto. Ich fröstele und umfasse meine Arme, um mich zu wärmen. Meinen Blick richte ich bewusst weg von dem Blonden neben mir auf der Rückbank. Ich sehe aus dem Fenster, auf die Straßenhändler, die hinter ihren Waren hocken. Gemüse und Gewürze in allen Farben, in Körben oder auf Tüchern am Boden ausgebreitet, Fische auf wackeligen Tischen, Tücher in ramponierten Pappkartons. Dann werden die Händler weniger. Wir fahren an kleinen Läden vorbei, an vereinzelten Werkstätten, an Arbeitern, die am Straßenrand Stühle und Tische schleifen, an Häusern, deren Größe und baulicher Zustand sich mit jedem gefahrenen Meter verschlechtert, bis nur noch von Müll gesäumte Baracken übrig bleiben. Schließlich lassen wir die Stadt hinter uns, und vereinzelte Bäume und Palmen setzen grüne Tupfen in die karge Landschaft.

Erst da drehe ich das erste Mal den Kopf zu dem Blonden. Wie erwartet huschen seine Augen zu mir, nur um sich sogleich wieder der vorbeiziehenden Landschaft zuzuwenden. Etwas an ihm irritiert mich. Er brennt darauf, mich anzusprechen. Ich kann es spüren, seine innere Spannung ist überdeutlich – es zerreißt ihn förmlich, und trotzdem bleibt er stumm wie ein Schnitzstock. Und ich kann noch etwas anderes fühlen: die Spannung zwischen den beiden Männern.

Gesprochen hat mit mir bislang jedoch nur der Grauhaarige, der am Steuer sitzt. Ein Mr. Wilson, wenn ich seinen Namen richtig abgespeichert habe. Er hat sich als Mitarbeiter der Britischen Botschaft vorgestellt, beauftragt, mich nach London zu überstellen. Er hat mir nur drei Fragen gestellt: Ob ich etwas zum Aufenthaltsort des Kindes sagen kann, ob ich tatsächlich über keinerlei Erinnerung verfüge und ob ich korrekt behandelt worden sei. Mehr nicht, und dafür war ich ihm dankbar. Auf eine weitere Fragesession, in der sich mein Part auf die Wiederholung von ›ich weiß es nicht‹ reduzierte, konnte ich gut verzichten.

Wilson kennt sich offenbar in der Gegend aus. Selbst ohne Navigationssystem hat er noch kein einziges Mal gezögert, wenn wir uns einer Kreuzung oder Abzweigung näherten. Ganz im Gegensatz zu dem Blonden. Bei jedem Schild verweilt sein Blick ratlos auf der schwarzen Schrift, bevor seine Augen erneut zu mir wandern.

Wer ist er? Mit jedem Blick von ihm wird die Frage drängender. Wilson hatte bei dem kurzen Gespräch nur sich selbst vorgestellt – wie zuvor im Gefängnis blieb auch hier der Blonde im Hintergrund. Aus den Augenwinkeln linse ich wieder zu ihm hinüber. Er sieht müde aus. Dunkle Schatten unter ruhelosen blauen Augen, unrasiert, das Hemd verknittert, als hätte er darin geschlafen. Mein Blick bleibt an seiner Nase hängen. An dem leichten Knubbel an der Spitze, als habe die Natur nicht gewusst, wohin mit der überschüssigen Knorpelmasse.

Ich knabbere an meiner aufgesprungenen Lippe und wandere durch die Ebene meines Gedächtnisses, die sich nicht mehr durchsuchen lässt. Ich versuche es dennoch, präge mir den Knubbel auf der Nase ein und warte auf eine Rückmeldung – denn inzwischen bin ich mir sicher: Es *muss* eine Verbindung zwischen uns geben. Aber welche? Wenn er mein Mann oder Freund oder Kollege oder auch Auftraggeber ist – warum sagt er mir das nicht einfach und erlöst mich aus dieser quälenden Wissensblindheit? Mit einem Mal schießt in mir die Antwort hoch wie eine heiße Fontäne.

Er ist der Vater des entführten Kindes.

Hastig drehe ich den Kopf zum Fenster, hoffe, dass er mein Unbehagen nicht bemerkt.

Ich konzentriere mich auf die karge Hügellandschaft, auf das vertrocknete Gras, die von struppigen Büschen und zierlichen Bäumen gesäumte Straße.

Dann platzt etwas in mir. Ich halte die stumme Anspannung im Auto nicht mehr aus – ich muss wissen, wer der Mann neben mir ist. Doch ihn zu fragen, traue ich mich nicht. Also richte ich meinen Blick nach vorne und fixiere Wilsons Hinterkopf, bis unsere Augen sich im Rückspiegel treffen.

»Wer bin ich?«, frage ich, in der Hoffnung, ein Gespräch in Gang zu bringen.

»Clare Brent«, antwortet der Blonde.

»Ja, das weiß ich«, sage ich, ohne ihn anzuschauen, »aber *wer* ist Clare Brent?«

»Das kann …«

»Sie sind britische Staatsbürgerin«, unterbricht Wilson den Blonden, ohne den Blick von der Straße zu nehmen. »Siebenunddreißig Jahre, wohnhaft seit 2007 in London, geboren in Plymouth. Mutter Italienerin, Vater Engländer, mit fünfzehn Verlust beider Eltern bei einem Autounfall.«

»Meine Eltern sind … *tot*?«, entfährt es mir. Die Information trifft mich unvorbereitet. Selbst ohne zu wissen, wer ich bin, hatte ich angenommen, irgendwo Eltern zu haben, die mich, egal was ich getan hatte, nicht im Stich lassen würden. Waise und kein Ehering, du bist völlig auf dich gestellt, schießt es mir durch den Kopf, und ich wünschte, ich könnte die Frage zurückziehen. Der Blonde rutscht unruhig neben mir herum.

»Am Unfallort verstorben«, bestätigt Wilson. »Darauf folgend Heimunterbringung bis Abschluss der Schule, dann Medizinstudium mit Schwerpunkt Pädiatrie, später Weiterbildung zur Kinderosteopathin. Internationale Auszeichnungen in dem Bereich alternative Heilmethoden bei Kleinkindern.«

Kinderärztin. Osteopathin. Daher also stammen die Fachbegriffe in meinem Kopf. Allerdings macht es das Ganze nur noch unverständlicher – warum sollte eine anerkannte Kinderärztin und Osteopathin ein Kind entführen und um die halbe Welt schleppen? Oder …

Die nächste Frage drängt sich mir schmerzhaft auf: Habe ich das Kind gekannt? War es ein Patient von mir?

»Und das Kind?«, frage ich mit belegter Stimme.

Der Blonde beugt sich zu mir. »Bonnie …«

»Fragen zu dem Kind werden wir später beantworten.« Wilsons Ton ist scharf. Ruckartig dreht er sich nach hinten und wirft ihm einen warnenden Blick zu.

Bonnie. Ein Mädchen. Ich presse die Hand auf den Mund. Wieder eine Frage, die ich lieber nicht hätte stellen sollen. Bisher war die Anschuldigung, ein Kind entführt zu haben, in meinem Kopf abstrakt geblieben. Ich hatte jeden Mechanismus, der mir zur Verfügung stand, genutzt, um es von mir wegzuschieben. Verleugnung, Verdrängung – nur ein Missverständnis, hatte ich mir eingeredet. Aber nun … Wilson hat mich gefragt, ob ich weiß, wo das Kind ist. Es ist also noch verschwunden. Und er hat damit bestätigt, dass ich die Entführerin bin – die Frau, die wissen sollte, wo das Kind ist. Und nun hat das Kind auch noch ein Geschlecht und einen Namen. Ein Mädchen namens Bonnie.

Jemand hat mich zusammengeschlagen und ins Meer geworfen. Mich, eine erwachsene Frau. Was würden diese Leute dem kleinen Mädchen antun? Ich versuche den Gedanken wegzuschieben, ich ertrage die plötzliche Gewissheit nicht, dass das Mädchen meinetwegen entweder tot oder in der Gewalt von menschlichen Monstern sein musste.

Plötzlich verlangsamt sich die Fahrt, der Wagen biegt in eine unbefestigte Schotterstraße und kommt holpernd zum Stillstand. Verwundert sehe ich mich um. Weit und breit ist kein Haus, keine Abzweigung, es gibt keinen Grund, hier anzuhalten.

Doch. Einen Grund gibt es, unübersehbar und Angst einflößend: Der Blonde ist Bonnies Vater und hat Wilson angeheuert, um an die Entführerin seiner Tochter zu kommen. Um ihren Aufenthaltsort von mir zu erfahren. Wie weit würden sie gehen, um an meine verschüttete Erinnerung zu gelangen?

Ich taste nach dem Türgriff. Welche Chance hätte ich, wenn ich aus dem Wagen springen und wegrennen würde?

Da steigt Wilson aus. Im Rückspiegel sehe ich, wie der Kofferraumdeckel nach oben schwingt. Instinktiv reiße ich am Türgriff, doch dann lasse ich ihn wieder los. Was immer sie vorhaben, es gibt kein Entrinnen. Und vielleicht ist das auch gut so. Egal was ich tun soll, um das Mädchen zu finden, ich werde es tun.

Da öffnet Wilson meine Tür und drückt mir ein Bündel in die Hand. »Hier. Ziehen Sie sich um.«

Verblüfft betrachte ich die Kleidungsstücke. Unterwäsche, eine helle Leinenhose, eine grüne Tunika, grüne Stoffschuhe. Dann verstehe ich: In dem verwahrlosten Zustand können sie mit mir nirgendwo auftreten. Ich würde nur die Blicke auf mich ziehen. Wilson wendet sich ab, ich nehme an, um mir etwas Privatsphäre zu gönnen, doch der Blonde bleibt neben mir sitzen. Als befürchte er, ich würde das Auto hijacken, wenn er auch aussteigt.

»Drei Minuten. Beeilen Sie sich.« Wilson muss mein Zögern bemerkt haben. Er zündet sich eine Zigarette an.

Ich fasse unter das Kleid und ziehe im Sitzen den Slip herunter. Die verletzten Rippen schmerzen beim Vorbeugen, doch ich beiße die Zähne zusammen, greife nach dem frischen Slip und schlüpfe hinein. Dann in die Hose. Sie passt genau und fühlt sich angenehm sauber und frisch auf meinem ungewaschenen Körper an. Es ist mir peinlich, dass der Blonde mir beim Umziehen zusieht. Und das tut er. Ich spüre es, auch ohne ihn anzusehen. Ich nehme den BH und verschließe ihn unter dem Kleid, bevor ich es mir behutsam über den Kopf ziehe.

»Was zum Teufel …!«, flucht der Blonde plötzlich.

Noch bevor ich mich über seinen Ausbruch wundern kann, streichen seine Finger schon über meinen Rücken. Die Berührung durchzuckt mich wie ein elektrischer Schlag.

»Scheiße, Clare, was haben sie mit dir gemacht?«

Mit dir, Clare?

Fieberhaft versuche ich seine Worte in den bisherigen Kontext einzuordnen. Bislang hat nur Wilson mit mir gesprochen. Er hat mich Mrs. Brent genannt und mich nach meiner Bestätigung, dass ich mich an nichts erinnern kann, in Ruhe gelassen. Zu keiner Zeit hatte ich das Gefühl, er würde mich kennen. Sein Ton war distanziert und sachlich. Ganz anders der Ton des Blonden – so redet man nur, wenn man jemanden *gut* kennt. Aber warum hat er das bislang nicht zugegeben? Seine Finger tasten meine Wirbelsäule entlang, streifen den BH, und mit einem Mal bin ich mir wieder meiner Nacktheit bewusst. Schnell streife ich mir die Träger des BHs über und schlüpfe mit den Armen in die Tunika.

»Halt still!« Seine Hand drückt mich sanft nach vorne. »Ich muss deinen Rücken untersuchen.«

Unschlüssig halte ich die Tunika vor die Brust, während seine Finger weiter über den Rücken gleiten und ein Kribbeln auf meiner Haut hinterlassen. Ich spüre dem Gefühl nach, versuche es einzuordnen – ist es angenehm oder unangenehm? Angenehm, beschließe ich, als reagiere meine Haut unabhängig von meinem Kopf. Was bedeutet das?

Ich muss deinen Rücken untersuchen. Ein Arzt würde so etwas sagen. Laut Wilson bin ich Kinderärztin – ist der Blonde also ein Kollege?

Ich sehe zu dem rauchenden Wilson hinaus, erinnere mich, wie er dem Blonden mehrmals ins Wort gefallen ist. Wenn ich etwas wissen will, ist jetzt der beste Zeitpunkt.

»Wer sind Sie?«, frage ich ihn schnell.

In dem Moment tritt Wilson seine Zigarette aus. Hastig kommt er zum Wagen, die Brauen verärgert zusammengezogen. »Was soll das?«, schnauzt er den Blonden an. »Was machen Sie da?«

»Sie ist verletzt«, sagt der, ohne seine Hände von meinem Rücken zu nehmen. Fachkundig tasten seine Finger über die schmerzhaftesten Stellen. Nur mühsam unterdrücke ich ein Stöhnen.

»Verdammt!« Wilsons Gesicht rötet sich. »Hatte ich mich nicht klar ausgedrückt? Sie sollen sich zurückhalten, bis Sie in London sind.«

»Sagen Sie mir nicht, was ich zu tun habe! Ich habe genug von Ihren absurden Anweisungen!« Die Stimme des Blonden zittert vor unterdrückter Wut. Er nimmt mein Kinn und dreht meinen Kopf zu sich. »Du willst wissen, wer ich bin? Ich bin Paul. Ich bin dein *Mann.*«

Ich starre ihn an, die Tunika noch immer an die Brust gepresst, den Mund offen. Mein Mann? Nein, unmöglich, denke ich. Es kann nicht sein, dass ich neben meinem Mann sitze und ihn nicht erkenne. Sein Erscheinen, seine Stimme, spätestens seine Berührung hätte doch etwas in mir auslösen müssen. Ein Déjà-vu, eine Vertrautheit. Als Wilson sich vorgestellt hat, war der Blonde – Paul – im Hintergrund geblieben, als sei seine Anwesenheit ohne Bedeutung. Und jetzt behauptet dieser Paul, er sei mein Mann! Wilson hat nicht erwähnt, dass ich verheiratet bin. Allerdings – was er über mich gesagt hat, klang wie auswendig gelernt. Und Paul? Warum hat er mir das nicht schon im Gefängnis mitgeteilt?

Ich sehe ihn direkt an.

»Warum … warum sagst du das erst jetzt?«

»Weil das so abgesprochen war«, knurrt Wilson, bevor Paul antworten kann. »In Ihrem Zustand ist nicht absehbar, wie Sie darauf reagieren. Schock, Ablehnung, hysterischer Anfall … alles möglich.« Er beugt sich zu mir, keine Spur mehr von der distanzierten Höflichkeit des geschulten Botschaftsmitarbeiters. »Wir können uns kein Aufsehen leisten, kapiert?«

Dann knallt er die Tür zu, umrundet das Auto und lässt sich auf den Fahrersitz gleiten. Der Motor springt an, Sekunden später stößt der Wagen rückwärts über den Schotter und schießt mit aufheulendem Motor die Landstraße entlang. Seine Worte rotieren in meinem Kopf.

Wieder tasten die Finger des Blonden, Paul, korrigiere ich mich, über meinen Rücken. Er dreht mich zur Seite.

»Bleib genau so sitzen.« Dann höre ich das Klicken einer Kamera.

Wilson dreht hektisch den Kopf nach hinten. »Verdammt, Paul, was wird das nun wieder?«

»Beweisfotos. Schwere Misshandlung. Zwei Rippen sind mindestens angebrochen. Haben sie dir das im Gefängnis angetan?«

Ich schüttele den Kopf.

»Weißt du, wer das war?«

»Nein. Ich weiß gar nichts.«

Das Klicken hört auf. »Okay. Du kannst dich anziehen.«

Ich stülpe mir die Tunika über den Kopf.

Paul. Mein Mann.

Mit einem Mal durchströmt mich ein Gefühl von unfassbarer Dankbarkeit. Mein Mann sitzt neben mir. Er hat mich aus dem Gefängnis geholt. Und das heißt: Was immer geschehen ist, was immer geschehen *wird* – ich bin nicht allein. Unverhohlen beobachte ich ihn. Sein Gesicht bleibt mir fremd, seine Mimik ein Rätsel, aber das stört mich nicht. Er ist mein Mann, und ich werde ihn neu kennenlernen. Ich frage mich, ob er Grübchen beim Lachen hat oder ob er die Augen zusammenkneift und sich halbkreisförmige Lachfältchen zeigen.

»Mrs. Brent!«

Ich reiße meinen Blick von Paul los. Wilsons Gesicht ist nach wie vor gerötet.

»Hören Sie mir zu?«

»Tut mir leid. Was haben Sie gesagt?«

»Wir sind gleich am Flughafen. Nicht auffallen. Keine Fragen über das Gefängnis oder die Entführung oder Ihr Leben. Am besten gar keine Fragen – Sie wissen nie, wer mithört. Sie werden Ihre Antworten früh genug bekommen, glauben Sie mir.«

»Ja.«

Er seufzt, als habe ich die falsche Antwort gegeben. »Versuchen Sie nicht, wegzurennen oder sonst einen Blödsinn anzustellen. Ohne uns landen Sie in ein paar Stunden wieder in der Zelle. Haben Sie das verstanden?«

»Ja«, sage ich und meine es auch so. Ich habe nicht vor, wegzurennen oder sonst einen Blödsinn anzustellen. Warum auch? Ich bin dankbar, dass Wilson und Paul mich aus dem Gefängnis geholt haben und nach London bringen, und ich bin erleichtert, dass Paul mein Mann ist und ich all das, was nun auf mich zukommen wird, nicht alleine durchstehen muss. Die ersten Hinweisschilder zum Parkplatz des Flughafens tauchen in unserem Sichtfeld auf.

»Und in London? Wie geht es dort weiter?«, frage ich so beiläufig wie möglich und hoffe, dass Wilson die Frage durchgehen lässt.

»Ich bringe dich nach Hause«, sagt Paul und packt meine

Hand. Der Griff ist fest, der Ausdruck auf seinem Gesicht jedoch so hart, dass die Süße des Wortes nach Hause verschwindet.

6

Bäume. Dichtes Laub.
Rauschen und Sirren wie tausend Bienenschwärme.
Darüber: Stille, lauter als das Rauschen.
Eine schmale Straße. Links, rechts, Bäume.
Ein Rastplatz.
Einsam in der frühen Dämmerung.
Nur ein Auto. Rot, alle Türen offen.
Keine Stimmen. Kein Rufen. Kein Lachen.
Nur Stille und das rote Auto.
Die Türen ausgebreitet wie Schmetterlingsflügel.
Sie nähert sich.
Zögerlich, den Blick starr auf die geöffneten Türen gerichtet. Ihr Atem ist schnell, getrieben von der Angst, was sie im Inneren erwarten würde.

7

London. Mein Blick fällt auf die winzigen Häuserblöcke und Straßen mit den Miniaturautos unter uns. Mit jeder Sekunde wachsen sie, das Grün bekommt Konturen, wird zu Bäumen und Hecken, die Blöcke zu einzelnen Häusern mit Garagen und Gärten.

Ich muss gähnen, und sogleich trifft mich Pauls aufmerksamer Blick. Er hat die ganze Zeit über mich gewacht, dafür gesorgt, dass ich zugedeckt war und genügend Wasser getrunken habe, um nicht zu dehydrieren. Das ist das Einzige, das sich seit dem Umstieg in Jakarta in meinem Gedächtnis verhakt hat. Der Rest hat nur ein schwaches Flirren hinterlassen, ein Hinein- und Hinausdösen aus diversen Filmen, begleitet von lähmender Müdigkeit. Wie jetzt auch. Mein Kopf arbeitet so langsam, meine Beine sind so schwer, als hätte ich eine Schlaftablette genommen.

Kurz darauf stehen wir im Flughafen. Immer noch sind meine Gedanken träge, ich habe das Gefühl, als sei mein Gehirn umnebelt. Aber ich spüre Pauls Arm um meine Taille, er ist stark und stützt mich auf dem Weg durch die breiten Flure, und obwohl ich mir nicht vorstellen kann, wie das ist, Tisch, Bett und mein ganzes Leben mit ihm zu teilen, bin ich froh, dass er es ist, der mich nun nach Hause bringt – wo immer das auch sein mag.

Dann sitzen wir im Taxi. Die Fahrt ist lang und still, und ich werde mir bewusst, dies ist die letzte Schonfrist, bevor Paul sein von Wilson auferlegtes Schweigen brechen darf. Nervös sehe ich aus dem Fenster. Sosehr ich wissen möchte, wer das gesuchte Mädchen ist und was meine Rolle bei seiner Entführung war, sosehr fürchte ich mich vor einer Wahrheit, an der ich verzweifeln würde. Feige schiebe ich den Gedanken beiseite und lehne den Kopf an die Scheibe.

Die Straßenzüge und die Hektik des Verkehrs fühlen sich vertrauter an als die indonesischen Farne und Palmen, manche Gebäude und Läden glaube ich sogar zu erkennen. Hin und wieder schwirren Ortsnamen durch meinen Kopf, und doch erscheint keine einzige lebendige Erinnerung, keine einzige Verbindung zu mir selbst. Die Gegend verändert sich, die Straßen werden gepflegter, schicke, weiß getünchte Townhouses wechseln sich mit alten, prunkvollen Apartmenthäusern ab, und die Ladengeschäfte werden exklusiver. Mein Blick gleitet über die Schaufenster, Chanel, Dolce & Gabana, Gucci, Tom Ford, Valentino, und bleibt an einem Straßenschild hängen. Sloane Street, Chelsea.

Das Taxi biegt ab, lässt die Luxusläden hinter sich und stoppt schließlich vor der Auffahrt eines großen Backsteingebäudes mit weiß abgesetzten Fenstern und Balkonen. Es ist eine ruhige Seitenstraße mit Blick auf einen winzigen Park. Ungläubig betrachte ich den noblen Eingang des Gebäudes. Eine Wohnung hier muss ein Vermögen kosten. Wenn Wilsons Aussage mit der Osteopathin stimmt, was für einen Beruf übt Paul dann aus, um sich hier eine Wohnung leisten zu können? Als einfacher Arzt würde er dafür niemals genug verdienen.

Paul drückt dem Taxifahrer mehrere Geldscheine in die Hand und wartet auf das Wechselgeld. Ungezählt steckt er es in die Jackentasche, ohne auch nur eine Sekunde seine Augen von mir zu nehmen. Ich bemerke die geballte Faust in seiner Jackentasche und spüre wieder seine Anspannung.

»Komm, Liebes, wir sind da.«

Liebes. Ich lausche dem Wort nach. Da schließen sich seine

Finger um mein Handgelenk, so fest, dass sein Ehering sich schmerzhaft in meinen Knöchel bohrt.

Kaum auf dem Gehsteig, legt er seinen Arm um meine Schulter und steuert auf den Eingang des Apartmenthauses zu, aus dem uns ein Mann entgegenkommt.

»Guten Tag, Mr. Brent.«

»Danke …« Paul zögert.

Der Mann hält uns die Tür auf. Unter seinem Käppi lugt ein schwarzer Pferdeschwanz hervor, am Kinn klebt ein Ziegenbart. Der Uniform nach muss er der Portier sein.

»Raphael«, sagt er freundlich, offenbar daran gewöhnt, dass man sich an seinen Namen nicht erinnert. Dienstfertig eilt er voraus und holt den Aufzug. Mit einem Ruck zieht er das Gitter zurück, lässt uns in die Kabine eintreten und drückt den Knopf zur vierten Etage. Dann schließt er das Gitter. »Ich wünsche noch einen schönen Tag, Sir.«

Als die Innentür zugeht, blickt er mir direkt in die Augen. Es dauert nur einen winzigen Moment, doch mir ist, als durchbohre er mich mit seinem Blick, und ich spüre, wie die Härchen an meinem Arm sich aufstellen.

8

Staunend folge ich Paul in die Wohnung. Als Erstes fällt mein Blick auf ein riesenhaftes modernes Bild, dann bemerke ich, wie Paul die Hand an die gegenüberliegende Wand presst. Ein Paneel öffnet sich, und Paul hängt sein Sakko in den dahinter versteckten Schrank. Durch eine mit Buntglas verzierte Flügeltür führt er mich in einen großen, hellen Raum. Vor einem Erkerfenster lädt eine dunkelgraue Sofalandschaft zum Relaxen ein, auf der anderen Seite, vor einer Wand mit einem weiteren riesigen Bild, steht ein Esstisch mit acht Stühlen. Ansonsten gibt es nur wenige Möbel. Ein Kamin, ein antiker Schrank, eine Stehlampe, die mehr wie ein Kunstobjekt wirkt, an einer Wand ein überdimensionierter Flachbildschirm, daneben eine bunte Kommode und ein Bücherregal in Form eines mannshohen B. Alles in der Wohnung schreit regelrecht nach ›teuer und exklusiv‹.

Das also ist mein Zuhause.

Nur, dass es sich nicht so anfühlt. Wie angenagelt stehe ich im Raum, auf der Suche nach etwas Bekanntem, nach etwas, das mich anzieht, etwas, an dem ich mich festhalten kann. Mein Blick springt von Gegenstand zu Gegenstand und bleibt schließlich an dem Bild hinter dem Esstisch hängen. Langsam gehe ich darauf zu, als Paul neben mich tritt.

»Erkennst du es wieder?«, fragt er aufgeregt. »Erinnerst du dich? Wir haben es uns zum Hochzeitstag geschenkt. Vor drei Jahren.«

»Tut mir leid, nein«, sage ich und schüttle den Kopf.

Er nimmt meine Hand und zieht mich mit sich.

»Hier, die Kommode. Du hast sie speziell anfertigen lassen. Und da …«, er führt mich weiter zu dem antiken Schrank. »Den haben wir auf dem Trödelmarkt in Whitney entdeckt.«

Es tut mir so leid, ihn enttäuschen zu müssen. Wie gern würde ich jede seiner Fragen mit einem Ja beantworten. Doch da ist nichts, nicht ein winziger Funke in dem Schwarz, das einst meine Erinnerung gewesen ist.

»Du kannst dich wirklich an nichts erinnern?«

»Nichts.«

Paul lässt abrupt meine Hand los und deutet auf die Sofalandschaft. »Setz dich«, sagt er und klingt plötzlich sehr müde. »Ich mache dir einen Tee.« Damit verschwindet er durch die Tür in die angrenzende Küche.

Wie befohlen sinke ich in die weichen Sofakissen. Es ist von fühlbar bester Qualität, und in mir formt sich die Frage, warum um alles in der Welt ich ein Mädchen entführt und nach Indonesien verschleppt haben sollte, wenn es mir in meinem Zuhause an nichts mangelte. Geld kann kein Motiv gewesen sein.

Die weichen Sofakissen schmiegen sich um meinen Körper, und ich spüre, wie ich mich entspanne und mir die Augen zufallen. Ich will auf keinen Fall einschlafen und lausche blinzelnd und gähnend dem Geklapper der Tassen.

Paul kommt mit einem Tablett zurück und stellt es auf dem Couchtisch ab.

»Ordentlicher Tee, das hat dir sicher gefehlt.« Er reicht mir eine Tasse.

Ich nippe, erst langsam, dann schneller, immer gieriger. Sogleich schenke ich mir eine zweite Tasse ein und füge einen Löffel Zucker und einen Schluck Milch hinzu.

»Erinnerst du dich an sonst etwas?«

An sonst etwas? Ich verstehe nicht, auf was er anspielt, und sehe hoch. Er zeigt auf den Zucker. Ich schüttle den Kopf.

Auch daran habe ich mich nicht erinnert, ich habe ihn einfach in den Tee *getan*. Ohne zu denken.

Paul geht zu dem Kaminsims und nimmt ein gerahmtes Foto herunter. Wortlos reicht er es mir. Es ist ein Mädchen mit dunkelbraunen Locken, gebändigt von einem Haarreif aus knallroten Marienkäfern, einem unwiderstehlichen Milchzahnlachen und silbrig glitzernden Augen. Fragend sehe ich ihn an.

»Das ist unsere Tochter«, sagt er schließlich. »Sie ist fünf Jahre alt.«

Das Foto sinkt auf meinen Schoß. Eine Tochter. Ich muss die Information sacken lassen und wiederhole still immer wieder den Satz: ›Ich habe eine Tochter‹. Wäre ich ihr unten auf der Straße begegnet, hätte ich sie nicht einmal erkannt. Auch das hat Wilson bei seiner Kurzversion meines Lebens nicht erwähnt. Die zwei wichtigsten Personen in meinem Leben hat er einfach unterschlagen: meinen Mann und meine Tochter. Als ich meinen Kopf wieder hebe, begegne ich seinem aufmerksamen Blick.

»Sie heißt Bonnie.«

Bonnie. Der Name trifft mich wie ein Faustschlag. Das Foto rutscht mir aus den Händen und fällt auf den flauschigen Teppich. Paul bückt sich und hebt es auf. Liebevoll streicht er mit dem Finger über Bonnies Gesicht.

»So heißt …«, murmle ich und bete, dass ich mich verhört habe, »das entführte …«

»Ja. Bonnie. Unsere Tochter.« Er setzt sich zu mir und nimmt meine Hände. »Verstehst du jetzt? Du *musst* dich erinnern! Du bist der Schlüssel zu ihr.«

»Ich habe … meine eigene Tochter … entführt?« Ich versuche verzweifelt, die Informationen in eine sinnvolle Formation zu ordnen. Doch wie soll das funktionieren? Wie soll ich einen Sinn darin erkennen, meine eigene Tochter aus dieser Luxuswohnung zu entführen und sie in ein Land zu bringen, dessen Sprache ich nicht einmal verstehe?

»Du bist mit ihr zusammen verschwunden.« Er presst meine Hände schmerzhaft zusammen. »Warum, Clare? Warum hast du nicht mit mir geredet? Warum Indonesien?«

»Ich weiß es nicht.« Meine Stimme zittert. Ich versuche noch immer, einen Sinn zu erkennen, wo kein Sinn sein kann, versuche zu begreifen, dass ich meine Tochter verschleppt und verloren habe. Doch es lässt sich nicht begreifen. Warum?, schreit es in mir. Warum hast du deine Tochter ohne Pauls Wissen aus London weggebracht? Das macht man doch nicht aus einer Laune heraus! Nein, sagt eine andere, ruhige Stimme in mir. Das macht man nicht aus einer Laune heraus. Das macht man, weil man einen Grund hat. Einen triftigen Grund.

»Was ist das Letzte, woran du dich erinnern kannst? Die Polizei wird kommen und Fragen stellen. Du hast Kampfverletzungen, kann es sein, dass ihr gezwungen wurdet, London zu verlassen?«

»Ich weiß es doch nicht!«

Seufzend lässt Paul meine Hände los und steht auf. »Komm mit.«

Benommen folge ich ihm in den hinteren Teil der Wohnung.

»Bonnies Zimmer.« Er stößt eine weiß lackierte Tür auf und macht mir Platz. Fast schüchtern trete ich in Bonnies kleines Reich ein und beobachte mich selbst, als ich es durchwandere und auf mich wirken lasse. Die Möbel sind aus hellem, samtig polierten Holz, an der Wand hängen Pferdebilder. Vor mir stehen Plastikpferde, eine kleine Herde, liebevoll drapiert auf dem niedrigen Tisch.

Ich bücke mich und nehme eines der Pferde hoch. Ein Schimmel mit blumenbesticktem Zaumzeug und schillernden Flügeln. Die Reiterin darauf ist eine zarte Elfe in olivgrünem Gewand. Ich starre auf die Elfe und warte auf ein Gefühl, ein Bild von Bonnie und mir. Es kommt – nichts. Einzig das Milchzahnlachen von dem Foto drängt sich in die Leere meiner Erinnerung.

Enttäuscht richte ich mich auf. Wie kann eine Mutter ihre Tochter vergessen? Müsste die Erinnerung nicht wie eine unzerstörbare, jederzeit abrufbare Blaupause in meinen Zellen festgeschrieben sein? Ich verziehe von mir selbst angewidert das Gesicht. Blaupause in den Zellen … daran erinnerst du dich, aber nicht an dein eigenes Kind?

Da reicht Paul mir einen digitalen Bilderrahmen. Ich vertiefe mich in die nahtlos ineinander überblendenden Aufnahmen.

Bonnie. Bonnie. Bonnie. Manchmal Bonnie und Paul. Nur ich bin kein einziges Mal darauf zu sehen. Als hätte der Bilderrahmen mich zur Strafe aus seinem digitalen Gedächtnis gelöscht.

»Hier. Da hat Bonnie laufen gelernt.« Paul zeigt auf Bonnie in einem Jeanskleidchen mit pummeligen Beinchen und knöchelhohen Schnürstiefelchen. Gefolgt von Bonnie in einem grünen Plastiksandkasten in Form einer Schildkröte. »Und das ist ihr Lieblingsplatz auf unserer Dachterrasse.«

»Was macht sie da?«, frage ich und zeige auf einen Haufen Pennys neben ihrer giftgrünen Kinderschaufel.

»Sie vergräbt einen Schatz.«

Schon erscheint das nächste Bild. Paul und Bonnie, vor ihnen ein riesiger Eisbecher. »Das war …« Pauls Stimme bricht. Er räuspert sich. »Das war an ihrem fünften Geburtstag. Du *musst* dich doch an sie erinnern! Sie ist dein Ein und Alles.«

Ich starre auf das nächste Bild, eine Porträtaufnahme, und versinke in den silbergrauen, ernsten Augen des Mädchens. Nein, ich kann mich nicht erinnern. An nichts. Und trotzdem überlagert das Wissen um Bonnie mit einem Mal alles andere in meinem Kopf. Dominant wie das Störbild eines Virus, der sich in einen Computer frisst. Egal welche Taste man drückt, man wird es nicht mehr los.

Meine Gedanken kreisen um Bonnie. Bonnie, allein in der Fremde. Schutzlos und verängstigt. Und als hätten die Bilder meine Mutterinstinkte zum Leben erweckt, wächst sekündlich das Verlangen in mir, sie zu beschützen.

»Wie konntest du mich nach London bringen?«, schnauze ich Paul an. »Wir hätten dort bleiben müssen! Sie suchen! Ich fliege zurück. Jetzt sofort.«

»Genau deshalb hat Wilson mir verboten, dir dort schon von ihr zu erzählen. Er wusste, dass du so reagieren würdest!«

»Jede Mutter würde so reagieren!«

»Eben.« Paul nimmt mir den Bilderrahmen ab, stellt ihn behutsam auf Bonnies Nachttischchen und umfasst meine Schultern. »Clare, Bonnie ist in Europa. Am Tag nachdem du aus dem Meer gezogen wurdest, hat eine Sicherheitskamera sie in Begleitung einer Unbekannten am Pariser Flughafen aufgenommen. Sie lebt. Und du weißt, wer sie entführt hat. Du hast mit ihnen gekämpft. Du musst sie gesehen haben, sonst hätten sie nicht versucht, dich zu töten. Du bist der Schlüssel zu unserer Tochter. Du *musst* dich erinnern.«

Sie lebt! Die Worte löschen für einen Moment das Feuer meiner Angst, doch dann flammt sie wieder auf. Wo ist Bonnie jetzt? Was haben ihre Entführer mit ihr vor?

9

Ein einziger Buchstabe, der alles verändert.

Nicht ein Kind.

Mein Kind.

An das ich mich nicht erinnern kann. Nicht an die Geburt, nicht an die ersten Zähne. An kein Lachen und kein Weinen. Kein Kuscheln und kein Geschichtenerzählen.

Ich wische mit dem Handtuchzipfel einen Kreis in den Nebel, der sich vom heißen Wasser der Dusche auf den Spiegel gelegt hat. Gerade groß genug, um meine Augen zu sehen.

Tiefes, dunkles Moosgrün. Pauls Augen sind blau. Bonnies Augen jedoch sind von einem so klaren Grau, dass es auf vielen der Fotos silbern wirkt. Eine ungewöhnliche Farbe. Von welcher Seite der Familie mochte Bonnie ihre Augen geerbt haben? Die Haare könnten von mir stammen. Schwarzbraune Korkenzieherlocken. Obgleich meine Haare heller sind, aber dafür ebenso gelockt. Ich ziehe eine Strähne glatt, so reicht sie fast bis zur Schulter. Losgelassen ringelt sie sich auf Kinnlänge ein. Ob Bonnies Locken sich ebenso schwer bändigen lassen wie meine eigenen?

Bonnie.

Meine Tochter.

»Du hast kein fremdes Kind entführt«, sage ich zu meinem Spiegelbild. »Du bist kein habgieriges Monster.«

Aber was bringt mir das, solange meine Tochter wegen mir vom Erdboden verschwunden ist? Wenn ich wenigstens wüsste, warum ich sie außer Landes gebracht habe! Kindesentzug nennt sich das. Ebenfalls strafbar. Ich *muss* einen triftigen Grund gehabt haben. Oder bin ich genötigt worden? Von den Leuten, die mich zusammengeschlagen haben? Laut Paul stammen meine Verletzungen von Schlägen mit einem stumpfen Gegenstand oder heftigen Tritten.

Mit einem Mal ist meine Kehle wie verstopft. Verstopft von der Angst um mein kleines Mädchen, das ich über alles geliebt haben muss, das ich wahrscheinlich mit meinem Leben zu verteidigen versucht habe. Verstopft von der Schuld, sie im Stich gelassen zu haben. Es fühlt sich falsch an, dass ich hier in meinem Luxusbadezimmer stehe, während Bonnie in der Gewalt von Fremden ist.

Ich erwäge, die Wohnung zu verlassen und nach Paris zu fliegen, dahin, wo Bonnie vor vier Tagen gesichtet worden ist. Ich will die Straßen nach ihr ablaufen und ihren Namen rufen, Flugzettel mit ihrem Foto verteilen und eine Belohnung für jede Information ausloben, die zu ihr führen würde.

Tränen rinnen aus meinen Augenwinkeln. Ich wische sie mit dem Handrücken weg, doch es bleibt ein dünner, salziger Film auf meiner Haut kleben. Karussellgleich kreisen die Fragen in meinem Kopf: Wie geht es ihr? Wo ist sie? Wer hat sie entführt?

Paul hat gehofft, ich wüsste es. Er hat geglaubt, ich könnte ihn zu ihr führen, und dabei kann ich mich nicht einmal daran erinnern, dass ich überhaupt ein Kind habe.

Wie kann ein Mensch nur so nutzlos sein?

Irgendwann beginne ich zu frieren. Ich wickle mich aus dem feuchten Handtuch und greife nach der Après Sun Lotion, die Paul am Flughafen für mich gekauft hat.

Mit leichten, kreisenden Bewegungen massiere ich die kühlende Lotion ein. An vielen Stellen beginnt sich die Haut bereits zu schälen. An meinem Bauch verharre ich mit der Hand über einer Narbe, fahre dann über den Wulst und die winzigen Knubbel links und rechts. Welche Geschichte kannst du mir erzählen? Verhunzter Notkaiserschnitt?, frage ich mich.

Während ich darauf warte, dass die Creme in die Haut einzieht, öffne ich die Spiegelschränke. Links ist Pauls Bereich. Alle Toilettenartikel ordentlich aufgereiht auf drei schmalen Regalböden, so ordentlich, als wären die Abstände zwischen den einzelnen Gegenständen exakt ausgemessen. Eine Zeit lang blicke ich auf die Tiegel und Tuben. Was sagen sie über den Mann, mit dem ich verheiratet bin, aber von dem ich nicht einmal das Geburtsdatum kenne? Er ist ordentlich. Er legt Wert auf seine Erscheinung. Er hat Dinge gern unter Kontrolle. Er würde nie morgens im Bad stehen und versuchen, aus einer leeren Zahnpastatube noch einen Nanopartikel Minzaroma gegen den schlechten Geschmack im Mund zu gewinnen.

Gespannt wende ich mich dem anderen Schrank zu. Was er wohl über mich aussagen wird? Strukturiert wie Paul oder eher buntes Chaos? Neugierig öffne ich und stoße einen überraschten Laut aus.

Von den drei Regalen ist das mittlere leer. Auf dem obersten lungert im linken Eck vereinsamt eine Tube Handcreme, auf der rechten Seite eine Stange Wattepads und ein Elixier zur Wiederbelebung schwerer Füße. Auf dem untersten Regal stehen eine Tube pinke Kinderzahnpasta mit einer einladend grinsenden Meerjungfrau, ein Kamm mit weit auseinanderstehenden Zacken und ein leerer Zahnputzbecher mit der gleichen Meerjungfrau. Suchend sehe ich mich im Badezimmer um. Irgendwo müssen doch meine Sachen verstaut sein? Die Dinge, die eine Frau so hat: Cremes, Schminke, Parfüm, Nagellack, Haarspray … Ich öffne das Schränkchen unter dem Waschtisch. Putzartikel. Meerjungfraubadeschaum. Ah! Ein Epiliergerät.

Mit schnellen Schritten durchquere ich das Badezimmer

und reiße die Tür des schmalen, hohen Schrankes zwischen Badewanne und Toilette auf. Handtücher und Waschlappen. Auf getrennten Regalen weiß und türkis, passend zu den türkis schimmernden Glasmosaiksteinchen, die sich wellenförmig durch die weißen Wand- und Bodenfliesen schlängeln. Ein Föhn mit verschiedenen Aufsätzen. Ganz oben eine weiße Pappkiste. Auf Zehenspitzen taste ich danach, ziehe sie herab und öffne sie ungeduldig. Medikamente. Die Pappkiste in der Hand, setze ich mich auf den Rand der Badewanne. Wie kann das sein? Nichts in diesem Raum weist auf meine Existenz hin. Jedenfalls, wenn ich zur körperlichen Hygiene mehr benutze als ein Epiliergerät, Fußelixier und Handcreme.

Im Schlafzimmer habe ich mehr Glück. Der Kleiderschrank ist etwa halb voll, vorwiegend mit Kleidung für kältere Tage, aber trotzdem genug Auswahl, um auch etwas für den heutigen lauen Junitag zu finden. Ich streiche über die weiche Wolle eines dunkelblauen Pullovers, während ich die Bügel nach einer Jeans absuche. Kann es sein, dass ich keine Jeans besitze? Der Inhalt des Kleiderschranks deutet auf eine Frau hin, die jeden Tag sorgfältig gestylt aus dem Haus geht. Ich trete einen Schritt zurück, die Stirn gerunzelt. Was für eine Mutter bin ich? Keine bequeme Kleidung für den Spielplatz? Für Nachmittage auf der Couch oder beim Backen oder was sonst ich mit Bonnie unternommen habe?

Ich bin erfolgreich, hat Wilson gesagt, international anerkannt.

Jeder Erfolg hat seinen Preis.

Welchen Preis habe ich bezahlt? Wie viel Zeit habe ich mit Bonnie verbracht?

Hat ein Kindermädchen sie von der Schule abgeholt und betreut oder ich selbst?

Ich greife blind in den Schrank und ziehe eine Hose vom

Bügel. Es ist eine schwarze, schmal geschnittene Stoffhose. Dazu wähle ich eine grüne, locker fallende Seidenbluse und flache Schuhe.

Lange betrachte ich mich in den Spiegeltüren des Kleiderschrankes. In dem Outfit wirke ich elegant, aber die Hose und die feine Bluse kommen mir ungewohnt vor nach den Tagen in dem ausgeleierten T-Shirt-Kleid. Ich würde sogar noch einen Schritt weitergehen: Die Frau, die mir aus dem Spiegel entgegenblickt, wirkt wie verkleidet.

Clare Brent.

Wer bist du?

Ein Klopfen an der Tür holt mich aus meinen Gedanken.

»Kann ich reinkommen?«

»Ja.«

Zögerlich betritt Paul den Raum.

»Klopfst du immer an?«

Er lehnt sich gegen die Kommode, in der ich meine Unterwäsche gefunden habe. »Ich dachte… ich wollte…«, stammelt er. Dann stößt er sich von der Kommode ab und geht zu mir, mit einer zaghaften Bewegung streicht er mir eine feuchte Haarsträhne hinter das Ohr und lässt seine Hand auf meinem Haar liegen. »Du hast mich nicht erkannt – bin ich ein Fremder für dich oder dein Ehemann, dessen Aussehen dir temporär abhandengekommen ist? Wilson hat gesagt, ich soll dir Zeit geben. Aber was heißt das? Darf ich dich berühren? Küssen? Wo schlafen wir heute Nacht? In unserem Bett? Oder soll ich ins Gästezimmer?«

Ich blicke zum Bett. Es ist groß, die Kissen weiß und fluffig aufgeschüttelt, die Decke aus schimmernd weichem Satin unwiderstehlich einladend nach den letzten Nächten in der Zelle. Aber will ich es mit ihm teilen? Seine Finger streichen über mein Haar, seine Berührung ist zärtlich, eine Einladung, mich an ihn zu schmiegen, und einen Moment lang überkommt mich der Impuls, ihr zu folgen und so zu tun, als wäre er kein Fremder. Doch mein Zögern währt zu lang: Seine Hand löst sich, und er tritt einen Schritt zurück.

»Ich verstehe …« Er räuspert sich. »Das hast du lange nicht mehr angehabt. Das Grün steht dir immer noch hervorragend.« Damit wendet er sich zur Tür. »Inspektor Walker kommt gleich zu uns, bist du so weit?«

»Ich wollte mich noch kämmen, weißt du, wo eine Bürste ist? Überhaupt, meine Sachen aus dem Bad?«

Er hebt die Augenbrauen. »Sachen?«

»In dem Schrank ist nur eine Handcreme. Sag bitte nicht, dass ich sonst nichts benutze.«

Zum ersten Mal verzieht er seine Lippen zu einem Lächeln. Keine Grübchen. Das Lächeln ist leicht schief und doch wunderschön. Der rechte Mundwinkel geht weiter hoch als der linke, was es verschmitzt wirken lässt, und feine Lachfältchen graben sich in die Haut. »Bei Gott nicht! In dem Schrank sind nur die Sachen, die du *nicht* benutzt.«

Ich ziehe die Stirn kraus. Wie soll ich das verstehen?

»Du hast alles mitgenommen. Deine Cremes, die Schminke …«

»Wohin?«, frage ich verwirrt.

»Na, nach Stanton.« Er tritt zurück ins Schlafzimmer. »Entschuldige. Das hast du natürlich auch vergessen. Du wolltest mit Bonnie in das Ferienhaus am Meer. Aber du bist dort nie angekommen.«

10

Der Polizeibeamte dürfte Ende vierzig sein. Sein orangerotes Haar ist bereits ein wenig licht, in seinen Dreitagebart haben sich graue und weiße Stoppeln verirrt und in seine Stirn die Furchen des berufsmäßigen Zweiflers eingegraben. Charly Walker, der Name passt zu ihm wie der cremefarbene Schaum zum dunklen Bier, das er sich wahrscheinlich nach Feierabend mit seinen Kollegen schmecken lässt. Sein Blick ist wach und aufmerksam, und ich merke ihm an, dass meine Version der Ereignisse in Indonesien ihn keineswegs überzeugt. Genauso wenig wie Pauls Version. Schließlich löst er seine wässrig blauen Augen von mir und nimmt Paul ins Visier.

»Wie hieß der Mann noch?«

»Ben Wilson.« Paul sitzt neben mir, seine Hand liegt beschützend um meine. Sein Gesichtsausdruck ist höflich, doch ich spüre seine Nervosität in den winzigen Zuckungen seiner Hand, sobald Walker zu bohren beginnt.

Walker blättert durch eine dünne Akte. Sein Finger fährt die Zeilen entlang, die seine Augen studieren – angeblich studieren, denn sie folgen nicht der Bewegung des Fingers. Offenbar will er uns durch die künstliche Stille zermürben; prüfen, ob uns das Warten auf Fakten nervös macht, ob wir befürchten, dass er wie aus Zauberhand unsere Story als einzige große Lüge entlarvt. Mit jeder Minute spüre ich Pauls Nervosität wachsen – Walkers Plan funktioniert also. Da heben sich Walkers Augen von der Akte. Er fixiert Paul.

»Ich rekapituliere, unterbrechen Sie mich, wenn etwas nicht

stimmt: Am Montag hat man Sie darüber informiert, dass Ihre Frau in Indonesien aufgegriffen wurde. Von Ihrer Tochter fehlte weiterhin jede Spur. Sie haben beantragt, Ihre Frau unverzüglich nach London zu überführen. Mein Kollege hat Sie darüber aufgeklärt, dass ein internationales Auslieferungsverfahren in Gang gesetzt werden muss, da es keine bilateralen Abkommen mit Indonesien gibt, und es wurde Ihnen eine Kontaktperson bei der Britischen Botschaft in Indonesien genannt. So weit korrekt?« Er sieht zwischen Paul und mir hin und her. Ich zucke die Schultern. Walker weiß genau, dass ich zu diesem Teil der Ereignisse keine Informationen beisteuern kann. Paul hingegen nickt bedächtig.

»Gut«, fährt Walker fort und richtet seinen Blick wieder auf die Akte. »Nur einen Tag später, am Dienstagabend, werden Sie von einem Mitarbeiter der Britischen Botschaft kontaktiert und aufgefordert, nach Jakarta zu fliegen, um Ihre Frau nach London zurückzubegleiten.«

Wieder nickt Paul. »Mit der Verbindung, die am Donnerstag um 7.05 Uhr in Jakarta landet.«

»Und da haben Sie einen Flug gebucht.«

»Ja.« Paul lässt meine Hand los und fährt sich durch die kurzen blonden Haare. »Das ist hinreichend bekannt.«

»Ohne den Verbindungsmann bei der örtlichen Polizei oder bei Interpol darüber zu informieren.«

»Wozu?«, fragt Paul mit zunehmend aggressivem Ton. »Wenn Sie Ihren Kommunikationsfluss nicht im Griff haben, ist das nicht mein Problem.«

Ich beobachte ihn von der Seite. Bislang hat Paul geduldig und zuvorkommend Walkers Fragen beantwortet. Warum nun der Wechsel in die Offensive? Weil er sich ehrlich über Walker ärgert oder weil er etwas vor ihm verbirgt?

»Dieser Anruf, wann war der noch?« fragt Walker, offensichtlich völlig unbeeindruckt von Pauls scharfem Ton.

»Dienstag, am frühen Abend.«

»Sie haben sich nicht gewundert, dass es plötzlich so schnell ging? Und dass *Sie* eine verdächtige Person nach London überführen sollen?«

»Warum sollte ich?«, schnappt Paul. »Soweit ich Wilson verstanden hatte, war die Fahndung nach Clare aufgehoben worden. Bonnie wurde in Paris gesichtet und Clare als desorientiert eingestuft. Deswegen sollte ich sie holen. Weil sie alleine nicht reisefähig war.«

»Warum kontaktieren Sie Wilson nicht?«, werfe ich vermittelnd ein und hoffe, die angespannte Atmosphäre etwas zu entschärfen. »Er kann Ihnen die Angaben meines Mannes sicher bestätigen.«

»Tja«, Walker setzt sich aufrecht und kratzt sein Ohrläppchen, »genau da hakt es. Von der Botschaft hat Sie niemand angerufen. Nicht Dienstagabend, nicht an einem anderen Tag. Und ganz sicher kein Mann namens Ben Wilson.« Er macht eine kurze Pause. »Sehen Sie, es gibt dort keinen Mitarbeiter namens Wilson.«

»Oh.« Ich werfe Paul einen fragenden Blick zu. Hat Paul mich illegal aus Indonesien herausgeschafft? Ich versuche seinen Gesichtsausdruck einzuordnen, doch er senkt seinen Kopf, tippt auf seinem Handy und reicht es Walker. »Bitte sehr. Dienstag, 18:43. Zufrieden?«

Walker sieht kurz auf das Display, dann gibt er Paul das Handy zurück. »Nummer unterdrückt. Was soll das beweisen?«

»Ich muss Ihnen nichts beweisen. Aber ich bin sicher, Sie verfügen über Möglichkeiten, den Anrufer ausfindig zu machen. Was wollen Sie eigentlich von uns? Meine Frau wurde schwer misshandelt, und unsere Tochter ist noch immer verschwunden. Sind Sie da weitergekommen? Haben Sie eine neue Spur?« Pauls Mund wird spitz. »Nein, denn statt nach ihr zu suchen, verplempern Sie Ihre Zeit mit unnötigen Fragen, weil Ihre Behörden sich nicht untereinander abstimmen.«

Lange Zeit sagt Walker nichts, doch ich sehe, wie es in ihm arbeitet. Er starrt auf seine Akte, verzieht den Mund und nickt, als bestätige er seine Gedanken. »Das mit Ihrem Mädchen tut mir leid. Aber das ändert nichts an der Tatsache, dass Sie Ihre Frau mit gefälschten Papieren aus indonesischem Polizeigewahrsam geholt haben.« Er reibt Daumen und Zeigefinger gegeneinander. »Sie haben viel Geld. Als Arzt, der reichen Frauen die Nase verschönert, hat man sicher beste Kontakte, oder? Ihre Frau sitzt in Haft, und Ihr Kind ist verschollen. Wäre ich in Ihrer Situation, ich würde alle Hebel in Bewegung setzen, um den langsamen Mühlen der Polizei ein wenig auf die Sprünge zu helfen. Der Auslieferungsbescheid, den Indonesien uns gefaxt hat, ist eine hervorragende Fälschung. Was kostet so etwas? Fünftausend? Zehntausend Pfund, inklusive der Schauspieleinlage des ominösen Mr. Wilson? Das verdienen Sie in einem Monat, oder täusche ich mich?« Er erhebt sich. »War das die Idee Ihres Rechtsverdrehers? Für vierhundert Pfund die Stunde kann man schon ein bisschen Hirnschmalz erwarten. Mir liegt der Bericht aus Indonesien vor. Sie haben nichts gesagt, Sie wurden nicht einmal namentlich vorgestellt. Und da der Polizeichef auf Wilson reingefallen ist, wird Ihr Rechtsverdreher erfolgreich darauf plädieren, dass man von Ihnen nicht verlangen kann, was ein geschulter Polizeibeamter nicht geschafft hat – eine Fälschung zu erkennen.«

Paul steht ebenfalls auf. »Wenn Sie ein Problem mit Menschen haben, die mehr verdienen als Sie, sollten Sie den Job wechseln.« Seine Gesichtsfarbe ist merklich blasser geworden, seine Stimme zittert. Vor unterdrückter Wut oder vor Panik? Ich bin mir nicht sicher.

»Ich habe nichts gegen Bonzen«, sagt Walker. »Ich habe nur

ein Problem mit Menschen, die denken, sie können mit Geld alles und jeden kaufen.«

»Es reicht!«, braust Paul auf. Demonstrativ stelle ich mich neben ihn. »Für mich ist diese Unterhaltung beendet. Sollten Sie irgendetwas in der Art in der Öffentlichkeit wiederholen, werde ich eine Verleumdungsklage gegen Sie anstrengen.«

Walker lächelt nur. Sätze wie diese hört er sicherlich dreimal die Woche. Nur – worum geht es hier wirklich? Was immer Paul getan oder nicht getan hat, es hat keine echte Bedeutung. Er hat nur das beschleunigt, was ohnehin geschehen wäre: meine Auslieferung nach England oder meine Entlassung aus der Haft. Außer – der Gedanke trifft mich mit der Wucht eines Rugbytackles.

»Was ist nun mit mir?«, frage ich. »Muss ich damit rechnen, dass man mich verhaftet?« Ich ziehe die Seidenbluse hoch und drehe Walker meine verletzte Seite hin. »Hat das auch mein Mann veranlasst? Für vierhundert Pfund den Schlag? Nachdem ich mich selbst im Indischen Ozean ausgesetzt habe? Und der Seenomade, der mich gefunden hat, war der ebenfalls von uns angeheuert? Vielleicht per Internet?« Ich lasse die Bluse los und schaue ihm direkt in die wässrigen Augen. Er fühlt sich sichtbar unwohl bei meinen Worten. »Konzentrieren Sie sich auf unsere Tochter. Finden Sie Bonnie. Nur das zählt.«

Walkers Blick verfängt sich einen Augenblick in meinem, und ich erkenne das Forschende darin, die aufkeimende Verunsicherung, die Frage, ob er sich doch irrte und seine Vorurteile hat Oberhand gewinnen lassen. Dann senkt er den Blick und packt seine Akte.

»Gut. Für heute sind wir fertig.« Er wendet sich zum Gehen, stoppt und dreht sich erneut zu uns um. »Nehmen wir an, Ihre Geschichte stimmt. Nehmen wir an, Sie wurden getäuscht. Sie dachten wirklich, Wilson sei von der Botschaft. Nehmen wir an, Sie wurden manipuliert, um Ihre Frau illegal nach London zurückzubringen. Fragen Sie sich dann nicht, *wer* Wilson engagiert hat?« Er macht eine Pause, als wolle er die Wirkung seiner Worte auf Paul überprüfen. »Wer hat Interesse daran, Ihre Frau so schnell wie möglich nach London zu bringen? Und warum?« Er wendet sich an mich. »Sie behaupten, jemand habe versucht, Sie zu töten. Wenn Ihr Mann Ihre Befreiung nicht inszeniert hat, dann kann es eigentlich nur der gewesen sein, der Sie zu töten versucht hat. Zum Beispiel, weil er Sie endgültig zum Schweigen bringen will...« Er lässt von mir ab und richtet sich wieder an Paul. »Mr. Brent, Sie sollten gut auf Ihre Frau aufpassen.« Damit tippt er sich zum Abschied an die Stirn und öffnet die Tür.

Perplex sehe ich ihm nach. Ich verfolge das Einschnappen des Schlosses und höre das leise Klicken. Mit einem Mal, ich kann nicht sagen, woher das Gefühl plötzlich kam, fühle ich mich eingesperrt. Ich muss die Tür öffnen und mich vergewissern, dass ich frei bin, und laufe los. Doch schon liegt Pauls Hand auf meiner Schulter.

»Wo willst du hin?«, fragt er.

»Nirgendwohin.«

Seine Finger graben sich regelrecht in meine Schulter, als müsse er mich um jeden Preis daran hindern, die Wohnung zu verlassen. »Du hast gehört, was Walker gesagt hat. Ich halte es für das Beste, wenn du vorerst in der Wohnung bleibst.«

11

Leises Klopfen dringt in mein Bewusstsein. Es dauert etwas, bis ich bemerke, dass es nicht zu den wirren Bildern des Wachtraumes gehört, und setze mich verschlafen im Bett auf. »Ja?«

Die Tür öffnet sich, und Paul schiebt seinen Kopf ins Zimmer. »Frühstück!«

»Hier?«

Ein Tablett in der Hand tritt er an das Bett und stellt es ab. »Ich dachte, du kannst noch etwas Schonung vertragen.«

Ich bin überrascht, wie gut das Tablett bestückt ist: Toast, Marmelade, Ei, Tee und Orangensaft.

Ich nehme den Saft. Er duftet süß und fruchtig. Frisch gepresst. Welch ein Luxus nach den kargen Mahlzeiten im Gefängnis! »Ich weiß nicht, ob Walkers Verdacht stimmt und du mich illegal rausgeholt hast, aber falls ja, bin ich dir sehr dankbar.«

Paul setzt sich auf die Bettkante. »Es muss schrecklich für dich gewesen sein. Nicht nur das Gefängnis. Alles ...« Er ballt die Faust. Seine Stimme klingt bedrohlich. »Wenn sie Bonnie etwas antun ... Ich schwöre bei Gott, ich bringe die Schweine um.«

Ich stelle das Glas ab und berühre seine Faust. »Was«, flüstere ich, »wenn wir sie nie wiedersehen? Sie ist seit vier Tagen verschollen. Mit jedem Tag wird die Wahrscheinlichkeit, sie lebend zurückzubekommen, geringer.«

»Das darfst du nie denken!« Er öffnet die Faust und umschließt meine Hand. »Ihre Entführer haben sie nach Paris gebracht. Das Risiko würden sie nicht eingehen, wenn sie vorhätten, ihr etwas anzutun. Sie lebt, und es geht ihr gut. Das ist unser Mantra. Sonst stehen wir das nicht durch. Wir werden sie finden. Weil wir alles dafür tun. Sag es: Sie lebt, und es geht ihr gut.«

»Sie lebt, und es geht ihr gut«, murmle ich, ohne den Worten wirklich zu glauben. Zu lebhaft sind die eingebildeten Horrorszenarien, die mich letzte Nacht kaum haben schlafen lassen. »Sie lebt, und es geht ihr gut«, sage ich noch einmal.

»Und jetzt noch mal zusammen: Sie lebt, und es geht ihr gut.«

Ich stimme mit ein, und tatsächlich, mit jeder Wiederholung fällt es mir leichter, den Satz zu glauben. Sie lebt, und es geht ihr gut. Ich halte mich daran fest wie ein überzeugter Katholik an der Barmherzigkeit der Muttergottes.

Da zieht Paul seine Hand zurück und räuspert sich. »Iss. Dein Ei wird kalt.«

Unter Pauls aufmerksamem Blick köpfe ich folgsam das Ei. Ich schalte meinen Kopf aus und lasse den Löffel über dem Ei kreisen. Meine Hand agiert von allein, sie folgt einem jahrelang antrainierten Automatismus, für den sie keine aktiven Befehle benötigt. Der Löffel taucht vorsichtig ins Eigelb und schabt es aus dem Eiweiß, bis nur noch der Eiweißrand übrig ist.

»Und?«, frage ich.

»Wie immer.«

Fasziniert starre ich auf die leere Eierschale. Was passiert in meinem Kopf, dass er die Erinnerung an mein Leben so fest unter Verschluss hält, aber nicht die Art, mein Ei zu essen? Ich sehe ihn an. »Erzähl mir von Bonnie. Ich weiß so wenig über sie.«

»Sie ist …« Ein Lächeln schleicht sich auf seine Lippen. »… das wunderbarste Kind der Welt. Sie ist …«

Das Klingeln seines Handys unterbricht ihn.

»Dr. Brent.« Er lauscht, und mit jeder Sekunde werden die Lippen spitzer. »Stopp. Hören Sie mit dem Gewinsel auf. Soweit ich mich erinnere, hatte ich Ihnen eine klare Anweisung gegeben. Korrekt?«

Aus dem Handy tönt ein heller, aufgeregter Wortschwall.

»Elaine«, durchbricht er ihn. »Keine Ausnahmen. Dr. Zalewsky übernimmt bis auf Weiteres alle meine Patienten. *Auch* Mrs. Huntingdon.«

Der Wortschwall wird noch aufgeregter, und Paul verdreht die Augen. »Ja, verdammt! Ich weiß, mit wem Mrs. Huntingdon verheiratet ist.«

Ich horche auf. Was ist an Mr. Huntingdon so besonders, dass Paul sich dem Diktat seiner Frau beugen muss? Ist er sein Chef?

»Verdammt, ja«, knurrt Paul in den Hörer. »Ich weiß, was ich ihm schulde. Sie haben gewonnen.« Er legt auf und wirft das Handy so angeekelt auf die Bettdecke, als klebe Hundekot daran.

»Was ist los?«

Paul schüttelt den Kopf. »Ich muss in die Klinik. Manchmal frage ich mich, wer eigentlich dort der Chef ist.«

»Du meinst Mr. Huntingdon oder seine Frau?«

Paul sieht mich verblüfft an, angelt dann das Handy von der Decke. »Liebes, ich bin der Chef. Das war eine rhetorische Frage. Gloria Huntingdon ist nur eine Patientin. Wir sind mit den Huntingdons seit Jahren befreundet, und Gloria besteht darauf, nur von mir behandelt zu werden.«

»Und was schuldest du …«, beginne ich, doch Paul winkt ab.

»Ach, nichts. Ein Gefallen unter Freunden.« Abrupt erhebt er sich und verlässt das Schlafzimmer. Kaum ist die Tür zu, höre ich bereits den Wählton seines Handys. Auf dem Tablett wartet der Toast darauf, mit Butter und Marmelade bestrichen zu werden, doch mein Appetit ist verflogen. Warum will Paul mir nicht sagen, was es mit diesem Mr. Huntingdon auf sich hat? Verbirgt er etwas vor mir?

12

Ich presse Bonnies Kissen an mein Gesicht und atme wieder und wieder den leicht süßlichen Geruch ein – eine Mischung aus Himbeeren und Seife. Ich inhaliere ihn regelrecht und warte auf ein Bild von Bonnie in meinem Kopf. Ein lebendiges Bild, das von mir als Mutter und Bonnie als Tochter erzählen würde, doch anstelle des Bildes erfasst mich wieder Unruhe. Ich möchte endlich aktiv werden. Die Polizei, die Öffentlichkeit, alle mit ins Boot holen, Bonnies Foto der Welt zeigen.

»Noch eine Tasse Tee, Mrs. Clare?«

Dorota, die blutjunge ukrainische Haushaltshilfe, steht im Türrahmen. Vor ihr, auf einem silbernen Tablett, eine dampfende Tasse mit Limonenaufdruck. Noch mehr Tee. Wasserbauch gegen Erinnerungslücken, diese Form der Therapie ist zumindest neu. Eigentlich will ich keinen Tee mehr, aber etwas an Dorota macht es mir schwer, ihn abzulehnen. Ich kann nicht genau sagen, was es mir schwer macht. Es ist diffus – Mitleid, weil Dorota sich so offensichtlich und so vergebens bemüht, eine Art Normalität in die Wohnung zu bringen, oder auch ihr Unterton, die subtile Autorität darin, als sei sie die wahre Chefin im Hause.

Etwas zu schwungvoll stehe ich auf. Die angeknacksten Rippen melden sich, und mir entfährt ein leises Stöhnen. »Ich trinke den Tee im Wohnzimmer. Danke.«

Am Esstisch klicke ich mich zum hundertsten Mal durch die Fotos von Bonnie. Bonnie beim Schwimmen, Bonnie beim Reiten, Bonnie auf der Schaukel und im Sandkasten. Bonnie beim

Malen – und Bonnie mit Paul. Mit jedem Bild wächst in mir dieses Da-stimmt-was-nicht-Gefühl. Es mag mir schlicht nicht in den Kopf, dass in einer Reihe von siebenundachtzig Fotos kein einziges von mir dabei ist. Betrachtet man diese Fotoauswahl, bekommt man den Eindruck, als hätte ich in Bonnies Leben nie existiert.

»Dorota?«

Dorota hält beim Staubwischen des bereits blitzblank geputzten Schrankes inne.

»Mrs. Clare?«

»Muss das mit dem Mrs. sein? Ich sage doch auch nicht Miss Dorota.«

Der Staubwedel fächert durch die Luft, und ihre Wangen erröten leicht. »Ich sagen gerne Mr. Paul und Mrs. Clare, nur Bonnie nicht sagen Miss…« Sie schlägt ihre Hand auf den Mund. »Ich… Entschuldigung. Nicht wollte reden von Bonnie.«

»Nein, nein, reden Sie über Bonnie. Helfen Sie mir, mich zu erinnern.« Ich winke sie näher. »Setzen Sie sich kurz zu mir.«

Zögerlich nimmt Dorota auf der vordersten Kante des Stuhls Platz.

»Wissen Sie, warum in dem Rahmen keine Fotos von Bonnie und mir sind?«

Dorota zuckt die Schultern. »Gleiche auch hat gefragt Mr. Paul. Mrs. Clare immer macht Auswahl Foto. Hat geändert Tag bevor…« Dorota verstummt und sieht so betreten auf ihre Hände, als hätte sie etwas Verbotenes gesagt.

Der Fotorahmen bitzelt in meinen Fingern. Versucht sie gerade zu sagen, dass ich mich selbst aus dem digitalen Familienalbum eliminiert habe? Ich versuche, Dorotas betretenen Gesichtsausdruck zu deuten. Ich weiß nicht, ob ich früher an Zufälle geglaubt habe, aber heute tue ich das nicht. Und ich weigere mich zu glauben, dass ich *zufällig* am Tag vor meinem Verschwinden alle Fotos von mir aus dieser Auswahl gelöscht haben soll. Entweder, ich habe das bewusst und aus einem guten Grund getan, oder ich habe es gar nicht getan, und jemand anderes hat mich aus dem Album eliminiert.

»Wie alt sind Sie?«, wechsle ich das Thema.

»Dreiundzwanzig.«

»Wie lange sind Sie schon bei uns?«

»Eine Jahr in August.«

»Ein Jahr.« Ich rechne kurz nach. »Dann war Bonnie vier Jahre alt, als Sie zu uns gekommen sind.«

»Ja, Bonnie so klein«, Dorota hält die Hand auf Hüfthöhe, »aber so kluge Kind. Viel mehr weiß als andere Kinder. Hat mich viele geholfen.«

»Ja?«, frage ich überrascht. »Wie denn?«

»Bonnie Dinge weiß, was nicht kann wissen.«

Ich runzle die Stirn. Vielleicht lag es an Dorotas manchmal verschrobener Grammatik, jedenfalls verstand ich nicht, was sie damit sagen wollte.

»Hat gewusst, warum ich Angst. Hat gemalt Bild, was zeigt ich Angst vor böse Mann, weil nicht habe gut Papiere, und Mr. Paul hat geholfen.«

»Oh. Sie waren illegal hier?«

Dorota nickt kläglich. »Mann sagt Papiere gut, aber nix gut. Dann sagt, ich arbeiten und muss geben Geld, sonst schickt Polizei. Aber jetzt gut alles.«

»Und *woher* wusste Bonnie das?«

»Ich nix sagen.« Dorotas Handflächen wandern nach oben. »Bonnie viele Wissen. Kann sehen, was in Kopf von andere.«

Irritiert ziehe ich die Brauen hoch. Diesmal hat mein Unverständnis nichts mit Grammatik, sondern mit dem Inhalt des Satzes zu tun: Dorota behauptet ganz klar, dass Bonnie hellseherische Fähigkeiten hat – was offensichtlicher Unsinn ist.

»Warten eine Moment«, sagt Dorota und läuft zu der bunten Kommode. »Sehen Bilder, dann verstehen, was will sagen.« Mit einem Ruck zieht sie die Kommode auf. »Oh! Mrs. Clare! Sind weg Bilder!«

Mit drei Schritten bin ich bei der Kommode. In der Schublade liegen Stifte und Malkasten, ein Block und diverse Bastelsachen, jedoch keine fertigen Bilder. Warum auch würde man fertige Bilder bei den Malsachen aufheben und nicht in einer Erinnerungsmappe? Oder besser, sie gut sichtbar aufhängen, damit die kleine Künstlerin sieht, dass ihre Werke geschätzt werden?

»Vielleicht Mr. Paul hat Bilder«, murmelt Dorota, und in ihrem Gesicht erscheinen nervöse Flecken. Dann schließt sie die Schublade so nachdrücklich, als bereue sie, das Thema überhaupt zur Sprache gebracht zu haben.

Ich verbeiße mir eine weitere Frage. Mehr Informationen zu Bonnies ominösen Bildern und ihrer Tätigkeit als Hellseherin würde ich von Dorota nicht bekommen.

13

Nachdenklich setze ich mich wieder an den Tisch. Bonnie kann in den Kopf von anderen sehen … Es klingt absurd, und doch … Warum sollte Dorota mir das erzählen, wenn nicht zumindest sie selbst davon überzeugt ist? Andererseits – Paul hat diese, zugegebenermaßen sehr unglaubwürdige, Eigenheit bislang mit keiner Silbe erwähnt.

Über ein Foto von Bonnie und Paul beim Eisessen blendet sich ein Bild von Bonnie im Regenoutfit. Ernste Augen, den Blick in die Kamera gerichtet, während der gummibestiefelte Fuß eine Matschfontäne hervorstampft. Ich zoome das Bild ganz nah heran und betrachte die Spiegelung in Bonnies hellgrauen Augen. Selbst hier: Paul. Kniend, eine Kamera in der Hand. Es ist völlig absurd. Es ist so absurd, dass ich mir sogar die Frage stelle, ob ich je mit Paul und Bonnie in dieser Wohnung gewohnt habe. Kein Bild, keine Kosmetikartikel und eine Garderobe, die ich schnellstens um ein paar Jeans erweitern sollte, damit sie meinen heutigen Vorlieben entspricht.

Ich stelle den Bilderrahmen ab und frage Dorota beiläufig: »Was mache ich den ganzen Tag?«

»Oh, viele Arbeit. Wenn Bonnie in Schule, Mrs. Clare Arbeit. Manchmal Mama mit Kind kommt hier, und Mrs. Clare keine Zeit. Dann ich spiele mit Bonnie.« Eine Träne rinnt über Dorotas Wange und facht meine gerade erst gezähmte eigene Unruhe wieder an. »Arme Bonnie. So gute Kind.«

Plötzlich läuft Dorota aus dem Raum. Ich folge ihr, vorbei an den unsichtbaren Wandschränken und dem Gäste-WC zu dem Arbeitszimmer am Ende des langen Flurs. Vorhin erst habe ich einen kurzen Blick hineingeworfen. Eine einfache Behandlungsliege, ein kleiner Glasschreibtisch, an einer Wand medizinische Lehrtafeln, an der gegenüberliegenden ein Schrankregal, aus dem Dorota einen Flyer holt.

Ich werfe einen Blick darauf. Ein stilisiertes, wie zu einer Schale geöffnetes Paar Hände, aus dem ein Baum wächst, daneben in grüner Schrift: Dr. Clare Brent, Alternative Heilkunde für Kinder und Kinderosteopathie.

Zügig überfliege ich die Informationen des Werbeflyers. Ich bin also Kinderärztin und Osteopathin, exakt wie Wilson es in Indonesien heruntergerattert hat, spezialisiert auf Kinder mit traumatischen Störungen und angeborenen Defiziten. Und wie der Flyer suggeriert, erziele ich erstaunliche Ergebnisse.

»Manchmal, wenn Mama kommt mit Baby, das weint und weint, Sie legen Hand unter Kopf. So.« Dorota öffnet die Handflächen wie auf dem Flyer abgebildet und legt sie seitlich aneinander. »Dann Baby nicht mehr weinen. Weiß nicht, wie macht, aber Mamas oft sagen, Mrs. Clare Zauberin mit Kinder.«

Ich blicke auf meine Hände, als sähe ich sie gerade zum ersten Mal. Zauberhände? Was redet Dorota nur für einen Unsinn? Ich unterdrücke ein Schnauben. Das Kind Hellseherin und die Mutter Zauberin. Ich mache mir eine mentale Notiz, später mit Paul über Dorotas Geisteszustand zu reden.

Erneut schaue ich mich in dem Raum um, und eigentlich nehme ich ihn diesmal zum ersten Mal wirklich wahr – das also ist mein Behandlungszimmer. Ich sauge die Atmosphäre in mich auf und stelle mir vor, ich säße auf dem orangefarbenen Drehhocker und warte auf einen kleinen Patienten.

»Mrs. Clare viele hat geholfen Bonnie mit neue Methode«, holt Dorota mich abrupt aus meinen Gedanken. »Viele muss erklären, weil Ärzte nicht mögen neue Methode. Mrs. Clare oft sagt, Kollegen hat … Klappe von Pferd. Erinnern?«

Ich behaupte, dass Kollegen Scheuklappen aufhaben, weil sie meine Arbeitsweise nicht mögen? Was nicht mögen? Kinderosteopathie? Ich schüttele den Kopf, mal wieder, und gehe zu den Lehrtafeln. Drei große Poster. Eine Tafel zum menschlichen Gehirn, eine zum Nervensystem und eine zur Anatomie.

»Machen Test.« Schon steht Dorota neben mir und deckt mit dem Flyer die Legende neben der obersten Darstellung ab.

Ich betrachte die bunte Abbildung und fahre über die Bestandteile des Gehirns. »Frontallappen, Schläfenlappen, Scheitellappen, Kleinhirn, Thalamus, Hypothalamus, Amygdala, Stammhirn, Brücke ...«, rassle ich herunter, als läse ich die Bezeichnungen durch den Flyer hindurch ab.

Dorota nimmt den Flyer weg, und in ihrem schüchternen Lächeln liegt ein stummes »Siehst du?«. Schnell überfliege ich die Bezeichnungen, obwohl ich genau weiß, dass ich mich bei keiner geirrt habe. Sie sind mir so selbstverständlich in den Sinn gekommen, als hätte ich die Anatomie des menschlichen Gehirns bereits mit der Muttermilch aufgesaugt.

Langsam wandere ich von einer Lehrtafel zur nächsten, betrachte die Abbildungen und seziere die Gedanken, die mir dazu in den Kopf schießen. Fachbegriffe, Bilder, Krankheitssymptome. Alles abstrakt. Ohne menschlichen Bezug, ohne die Gesichter oder Leidensgeschichten der dazugehörigen Patienten. Als habe sich mein emotionales Gedächtnis von dem semantischen abgespalten.

Ein Zupfen am Ärmel holt mich aus dieser Reise in mein noch intaktes Gedächtnis der Fachbegriffe.

»Noch eine Test. Bitte.« Dorota zeigt zur Behandlungsliege. »Ich legen, Sie sagen, wo krank.« Noch bevor ich protestieren kann, hat Dorota ihre Hausschuhe abgestreift und sich hingelegt.

Folgsam gehe ich zum Fußende der Liege. Meine Oberschenkel berühren leicht das Leder, und mit einem Mal durchflutet mich ein Gefühl der Ruhe. Ohne nachzudenken strecke ich die Hände aus, schiebe Dorotas Socken ein Stück herunter und umfasse ihre nackten Knöchel. Meine ganze Konzentration ist auf meine Hände gerichtet und das, was sie erspüren. Doch es kommt nichts. Ich fühle Dorotas warme Haut, mehr nicht. Enttäuscht lasse ich los.

»Und?«, fragt Dorota und stützt sich auf die Ellenbogen, den Kopf aufgerichtet.

»Nichts.«

»Noch einmal.«

Erneut umfasse ich ihre Knöchel. Ich schließe die Augen und spüre meinen Händen nach. Fluidales System. Ich weiß, ich muss dem Fluss der Lymphflüssigkeit durch den Körper folgen und erspüren, wo Engpässe und Blockaden sitzen, wo die hochkomplexe Zusammenarbeit der Millionen und Abermillionen Körperzellen gestört ist. Doch wieder spüre ich nichts. Es ist geradezu, als berühre ich ein Stück Holz und nicht einen menschlichen Körper. Dabei ist das, was aus Dorotas Mund wie Hexenwerk klingt, schlicht medizinisches Handwerk. Ich müsste Blockaden in Dorotas Körper so klar spüren, als zöge ich an einer Decke, auf der ein dicker, schwerer Stein liegt. Doch ich spüre nichts.

Schließlich trete ich von der Liege zurück.

Dorota setzt sich auf. »Nein?«

»Vielleicht bin ich zu müde. Ich habe kaum geschlafen«, entschuldige ich mich, als ich ihre Enttäuschung sehe.

Da klingelt es. Wie der Blitz springt Dorota von der Liege und eilt auf Strumpfsocken zur Wohnungstür. Ich laufe ihr nach, neugierig, wer der unangemeldete Besucher sein könnte, und sehe gerade noch, wie Dorota hastig einen Blumenstrauß entgegennimmt und schnell die Tür wieder schließt.

»Wer war das?«

»Nur Raphael von Pforte.«

»Und von wem sind die Blumen?«

Dorota zuckt die Schultern. »Weiß nicht.«

»Haben Sie nicht gefragt?«

»Ich ...«

Energisch schiebe ich Dorota zur Seite und öffne die Tür. Der dunkle Zopf des Portiers verschwindet soeben im Lift.

»He! Hallo!«, rufe ich ihm hinterher.

Er dreht sich um und schält sich aus dem Lift. »Meinen Sie mich?«

Ich laufe zu ihm. »Ja, Sie. Guten Tag. Haben Sie eben die Blumen hochgebracht?«

»Habe ich.« Er mustert mich einen Moment. »Geht es Ihnen besser?«

»Mir? Warum?«, frage ich verwirrt.

»Ihr Mann ...« Er verstummt.

»Was ist mit meinem Mann?«, frage ich nach.

»Er ... Ich soll keinen Besuch zu Ihnen hochlassen. Er meint, es gehe Ihnen nicht gut.« Verlegen sieht der Portier zu Boden. Wahrscheinlich in dem Wissen, dass er genau das nicht hätte ausplaudern dürfen. Denn so, wie ich gerade vor ihm stehe, mache ich sicherlich nicht den Eindruck einer Frau, die zu krank ist, um Besuch zu empfangen.

Warum, frage ich mich, hat Paul dem Portier diese Anweisung gegeben? Will er mich abschotten?

»Also, ich ... geh dann mal.« Der Portier tippt sich an die hellgraue Schirmmütze.

»Warten Sie.« Ich mache noch einen Schritt auf ihn zu. »Sie heißen Raphael?«

Er nickt.

Freundlich strecke ich ihm die Hand hin. »Ich bin Clare.«

Offensichtlich erstaunt von meiner Geste, schüttelt er sie. Sein Händedruck ist so fest, wie es seine kräftige Statur versprach.

»Können Sie mir sagen, von wem die Blumen sind?«

»Moment. Ich habe den Gruß der Dame notiert.« Seine Hand verschwindet in der Livree und zieht einen gefalteten Schmierzettel hervor. Er reicht ihn mir. Die Handschrift ist praktisch unleserlich, doch schließlich gelingt es mir, einen sinnvollen Satz zu entziffern.

Schätzchen, ich hoffe, dir geht es bald besser!
Ich bete für euch. Angela

Angela. Der Name sagt mir natürlich nichts, aber von der Wortwahl her tippe ich auf eine Freundin. Nur, woher weiß sie, dass ich zurück bin? Von Paul?

»Warum haben Sie das Dorota nicht gegeben?«

»Die Tür war zu schnell wieder zu«, murmelt Raphael entschuldigend. »Schimpfen Sie das Mädchen nicht. Sie hat sicher nur getan, was ihr aufgetragen wurde.«

»Aufgetragen?« Ich lege den Kopf schief. »Was meinen Sie damit?«

»Nichts.« Er lächelt verlegen. »Ich will nur nicht, dass Dorota wegen mir Ärger bekommt.«

»Das wird sie nicht.« Aufmerksam studiere ich Raphael. Seine Finger zwirbeln nervös sein Ziegenbärtchen, seine dunklen Augen weichen meinen zweifellos aus. Er lässt seinen Bart los und sieht auf die Uhr.

»Mein Bus kommt gleich. Tut mir leid, ich muss los. Schönen Tag noch.« Schon verschwindet er im Lift.

»Raphael?«

Er tritt zurück auf die Schwelle. »Ja?«

»Wenn das nächste Mal jemand nach mir fragt, rufen Sie mich bitte über das Haustelefon an.«

Er zögert einen Moment, nickt dann aber. »Wenn Sie das wünschen, Mrs. Brent.«

»Nennen Sie mich Clare.« Ich lächle ihn betont freundlich an. »Bitte.«

»Wie Sie wünschen – Clare.«

Dann schließt er das Gitter. Die Innentür gleitet zu, und der Lift setzt sich mit einem Ruck in Bewegung. Die Kabine verschwindet, und hinter dem Gitter erscheinen schwarze Stahlkabel, als der Lift surrend ins Erdgeschoss saust.

Warum will Paul nicht, dass ich Besuch bekomme?

Die Frage lässt mich nicht mehr los. Weil er es für das Beste hält, solange ich desorientiert bin, wie er meinen Zustand nennt? Oder befürchtet er, der Entführer könnte erneut zuschlagen? Die Vorstellung, dass ich selbst in der Wohnung nicht sicher bin, lässt mich nervös über den Etagenflur blicken, doch er liegt leer und still vor mir. Auf dem Weg zurück in die Wohnung schiebe ich den Gedanken an die potenzielle Gefahr beiseite. Ich bin hier sicher, rede ich mir ein. Niemand kommt unbemerkt an dem Portier vorbei nach oben.

In der Küchentür bleibe ich stehen und beobachte, wie Dorota akribisch die Blumen anschneidet und in einer Vase arrangiert.

»Warum sind Sie heute hier?«, frage ich sie schließlich.

Eine Blume mit großem pinken Blütenkopf segelt zu Boden. Dorota bückt sich, um sie aufzuheben, den Kopf nach unten gesenkt, doch die Röte auf ihren Wangen ist deutlich zu erkennen.

»Sie arbeiten normalerweise nicht am Wochenende bei uns, stimmt's?«

Nervös steckt Dorota die Blume in die Vase, bemerkt dann aber, dass der Kopf abgeknickt ist, und zerrt sie wieder heraus.

»Dorota?«

»Mr. Paul nicht möchte, Sie heute allein.« Ihr Gesicht ist überzogen mit leuchtend roten Flecken.

»Sie sollen auf mich aufpassen?«

»Mr. Paul nicht möchte, Sie heute allein«, wiederholt Dorota stur, als hätte sie den Satz zuvor einstudiert, und konzentriert sich erneut auf die Blumen.

Nachdenklich sehe ich ihr zu. Beobachte die schnelle Bewegung der Finger, die Genauigkeit, mit der sie die Stängel auf die gleiche Länge kürzt. Endlich hat Dorota eine Aufgabe, der sie sich widmen kann. Daher die vielen Tassen Tee? Dorota ist an eine Routine gewöhnt, sicherlich erledigt sie alle Arbeiten im Haus schnell und gründlich, heute allerdings wartet keine dieser Arbeiten auf sie. Nur der Auftrag: Pass auf meine Frau auf, lass niemand rein, niemand raus – ein Auftrag, der Dorota sichtlich überfordert.

Ein ungutes Gefühl beschleicht mich. Wenn Paul sich um mich sorgt, warum bespricht er das nicht mit mir, sondern befiehlt den Menschen um mich herum, mich von der Außenwelt abzuschirmen, als sei ich eine Gefangene?

14

Ich klappere mit den Tellern, den Löffeln, den Tassen. Es ist unnötiges Geklapper, ich könnte das Frühstück auch leise zubereiten, die Teller vorsichtig abstellen, die Marmeladen nicht auf die Theke knallen. Aber ich will nicht. Ich brauche das Geklapper, korrekt ausgedrückt braucht meine Wut das Geklapper. Jeder Knall, jedes Klirren legt sich wie Balsam auf das Schwären in meinem Magen. Dabei ist es Sonntag, kurz vor acht. Ich drehe mich zum Fenster. London liegt tief unter mir, noch still und verschlafen. Viel zu früh für den Lärm und viel zu früh in Anbetracht der Tatsache, dass ich gestern bis um halb drei Uhr morgens medizinische Fachbücher gewälzt habe. Aber ich kann nicht mehr schlafen. Wegen Bonnie. Und wegen Paul. Wegen seiner unwirschen Antworten, als ich ihn gestern Abend gefragt habe, ob er mich abschottet. Und seinem Blick, als ich Dorotas Bemerkung über Bonnies hellseherische Fähigkeit erwähnt habe. Als sei ich grenzdebil, Dorotas Worten auch nur eine Nanosekunde Gehör zu schenken. Und seine Worte erst! Dass so einen Unsinn nur ich glauben könne. Und Dorota natürlich. Außerdem habe er Bonnies Bilder nicht weggeräumt. Ich solle mir doch mal überlegen, ob das nicht ich selbst gewesen sei.

Ich öffne die Oberschränke auf der Suche nach Zucker und werfe sie nacheinander wieder zu.

»Guten Morgen.« Paul schlurft in die Küche und blinzelt mich verschlafen an. »Muss das so laut sein?« Er setzt sich an die gedeckte Frühstückstheke.

Ich werfe einen prüfenden Blick darauf. Teller, Gläser, Tassen, Messer und Löffel. Dazwischen, aufgereiht wie ein Grenzzaun, Marmeladen, Honig und Butter. Die Grapefruit fehlt. Ohne Paul auch nur eines Blickes zu würdigen, verteile ich die Hälften auf zwei Schüsseln und stelle diese klirrend auf die Teller.

»Soll ich den Tee aufbrühen?«, fragt er vorsichtig.

»Ist fertig.« Die Kanne in der Hand setze ich mich Paul gegenüber.

»Ist etwas?« Paul nimmt mir die Kanne ab und schenkt erst mir und dann sich selbst eine Tasse ein.

Ich ramme meinen Löffel in die Grapefruit und rupfe stumm ein Stück von dem rosigen Fleisch heraus.

Paul legt seinen Löffel weg. »Also gut. Was ist los?«

»Wie alt bin ich?«, bricht es aus mir heraus. Ungestüm und laut, als stemme sich der Satz seit Stunden gegen meine Lippen.

»Siebenunddreißig.«

»Eben«, fauche ich. »Hast du schon einmal von einer Frau gehört, die mit siebenunddreißig Jahren noch einen Babysitter benötigt?«

»Also bitte. Das ist doch albern. Babysitter! Ich wollte dich nach allem, was du durchgemacht hast, nicht alleine lassen.«

»Und deshalb darf der Portier keinen Besuch hochlassen?«

Paul steckt den Löffel in die Grapefruit und erkämpft sich einen Fetzen Fruchtfleisch. »Haben wir das nicht gestern abgehandelt?«

»Sperrst du mich hier ein?« Mein Löffel landet klirrend auf dem Teller. »Antworte mir! Warum sind keine Sachen von mir im Badschrank? Ich habe doch nicht *alle* meine Kosmetika mitgenommen und alle Bilder von mir gelöscht, um ein paar Tage nach Stanton zu fahren! Was stimmt hier nicht? Was ist das für eine Beziehung, die wir haben? Seit ich zurück bin, hast du mich kein einziges Mal in den Arm genommen. Wirklich nur aus Rücksicht auf meine Gefühle? Da steckt doch mehr dahinter – verdammt, ich habe meine Erinnerung verloren, nicht mein Gehirn.«

Alle Farbe weicht aus seinem Gesicht. Ich habe ihn beim Lügen ertappt. Eindeutig.

»Puh«, sagt er schließlich. »Das ist… hart. Ich weiß nicht, warum du die Bilder gelöscht hast, es macht überhaupt keinen Sinn. Und ich sperre dich nicht ein. Du hast diesen übereifrigen Bullen gehört: Ich soll auf dich aufpassen. Solange wir nicht wissen, wer hinter deiner und Bonnies Entführung steckt, bist du in Gefahr.«

»Soll Dorota mich etwa vor bösen Männern beschützen?«

»Das kann sie genauso wenig, wie sie dich davon abhalten kann, die Wohnung zu verlassen. Aber für mich war es beruhigend, sie in deiner Nähe zu wissen.«

»Und warum durfte der Portier niemanden hochlassen?«

»Weil du momentan nicht in der Lage bist zu erkennen, wer Freund und wer Feind ist.«

Korrekt. Da mir mitsamt meiner Erinnerung auch mein erfahrungsgestütztes internes Koordinatensystem abhandengekommen ist, kann ich Aussagen Dritter nicht mehr als wahr oder falsch einordnen. Ich kann mich nur darauf verlassen, dass man mir die Wahrheit erzählt, oder sie mithilfe einer Vertrauensperson überprüfen. Paul muss das ebenso bewusst sein wie mir selbst, und offenbar hat er beschlossen, dass er diese Person sein sollte – wogegen grundsätzlich nichts einzuwenden ist. Aber auch das hätte er mit mir bereden können. Zwei Partner auf Augenhöhe, die gemeinsam eine Krise meistern.

Ich nehme einen Toast aus dem Ständer und streiche dünn Butter und Honig drauf.

Er gleitet von dem Barhocker und stellt sich neben mich. »Wir stehen beide unter Strom. Du bist vor fünf Tagen aus dem Meer gefischt worden. Fast 24 Stunden dachte ich, dass

Bonnie ertrunken ist. Kannst du dir vorstellen, was …« Er schluckt. »Du hast in Indonesien neben mir im Auto gesessen und nicht gewusst, wer ich bin. Und ich weiß nicht, warum du und Bonnie in Indonesien gelandet seid. Oder warum du die Bilder gelöscht hast. Oder warum …« Er bricht ab, ein Zittern erscheint um die zusammengepressten Lippen. Er streckt den Arm aus und streicht mir eine Locke aus der Stirn. Die leichte Berührung seines Fingers hinterlässt einen Schauder.

»Sag mir, was ich tun soll, Clare. Aber lass uns nicht streiten. Wir brauchen unsere Kraft, um Bonnie zu finden.«

Ich rutsche ebenfalls vom Hocker und lege meinen Kopf an seine Brust. »Halt mich fest.«

Gehorsam legt er seine Arme um mich. Ich rieche seinen ureigenen Duft, noch unverfälscht von Duschgel und Eau de Toilette. Unwillkürlich schließe ich die Augen, lasse den Duft auf mich wirken, der mir neu und doch auf seltsame Weise vertraut ist. Mit jedem duftgeschwängerten Atemzug werde ich ruhiger, bis all die Wut verebbt, die mich vor ein paar Minuten noch durch die Küche hat poltern lassen. Plötzlich hält er mich fester, drückt mich an sich, als wolle er mich nie wieder loslassen, und mit einem Mal fühle ich mich geborgen und sicher und zu Hause.

Da katapultiert uns das Klingeln des Telefons in die brutale Realität unserer Katastrophe zurück. Ich lese an seinen Augen, dass er den gleichen Gedanken hat wie ich: Bonnie. Wer sonst ruft Sonntag früh um acht Uhr an? Er hechtet zum Telefon.

»Brent.«

Ich fixiere sein Gesicht. Suche nach Angst oder Panik, da verdreht er die Augen.

»Nein, das geht jetzt nicht.« Er macht ein Zeichen der Entwarnung und presst einen Finger auf seine Lippen. »Ganz genau. So habe ich das gesagt, und so habe ich es gemeint …

Ebenfalls.« Er legt das Telefon zurück und setzt sich wieder an die Theke.

»Wer war das?«

»Ein Kollege.«

»Sonntag früh?«

»Er denkt wohl, es wäre eine gute Zeit, um die Patienten durchzugehen, die er nächste Woche für mich übernimmt.« Er stopft sich das letzte Grapefruitstück in den Mund und schiebt die Schüssel von seinem Teller.

»Du nimmst dir also wirklich frei?« Ich reiche ihm einen Toast.

»So lange wie nötig.«

»Du meinst, bis ich wieder normal bin?«

»Bis wir Bonnie nach Hause geholt haben.«

Als Nächstes halte ich ihm die Himbeermarmelade hin. Sofort verändert sich etwas in seiner Haltung. Perplex starrt er auf das Glas in meiner Hand.

»Woher wusstest du, dass ich Himbeermarmelade wollte?«

Ich starre ebenfalls auf das Marmeladeglas. Warum habe ich ihm genau dieses Glas gegeben? »Wusste ich nicht. Ich habe sie dir einfach gegeben.«

»Ich esse *immer* Himbeermarmelade.«

Nachdenklich kaue ich meinen Honigtoast. »Ich habe gestern noch ziemlich lang gelesen«, sage ich dann. »Eigentlich war ich zu müde, um weiterzulesen, aber sobald ich mich nicht mehr in die Bücher vertieft habe, ist die Angst um Bonnie zurückgekommen.«

Paul langt über die Theke und berührt sanft meinen Arm. »Denk an unser Mantra. Sie lebt, und es geht ihr gut.«

»Wie soll ich glauben, dass es Bonnie gut geht, wenn ich zum Sterben ins Meer geworfen wurde?«, bricht es aus mir heraus.

»Weil Bonnie *nicht* ins Meer geworfen wurde. Sie wurde

nach Paris gebracht. Laut Walker würde niemand dieses Risiko eingehen, um ihr dann hier etwas anzutun.«

Ich atme tief durch. Walkers Theorie mag vernünftig klingen, nur solange ich nicht weiß, warum Bonnie zurückgebracht wurde und von wem und wie es ihr jetzt wirklich geht, kann ich auch diese Information nicht auf ihre Zuverlässigkeit einschätzen. Aber zumindest glaube ich letzte Nacht einen Durchbruch bezüglich der Einschätzung *meiner* Situation geschafft zu haben.

»Auf jeden Fall«, fahre ich fort, »war ich kurz vor dem Durchdrehen, und eigentlich dürfte das gar nicht sein, denn ohne Erinnerung an Bonnie ist es unlogisch, dass ich so emotional reagiere …«

»Warum hast du mich nicht geweckt?«, fragt Paul dazwischen.

»Ich wollte erst, aber …« Ich unternehme einen einigermaßen misslungenen Versuch, ihn anzulächeln. »Dann habe ich Yoga gemacht. Das muss ich irgendwann gelernt haben, und ich konnte die Übungen genauso leicht abrufen wie die Fachbegriffe auf den Lehrtafeln in meinem Behandlungszimmer.«

»Oder die Himbeermarmelade.«

»Oder die Himbeermarmelade«, bestätige ich. »Ich glaube, ich leide an einer generalisierten Amnesie. Zuerst dachte ich an eine selektive Amnesie, aber dazu weiß ich zu viel.«

»Generalisierte Amnesie …« Paul verengt die Augen. »Warte … gehört das zu den dissoziativen Störungen?«

»Genau. Ausgelöst durch ein Trauma, so schlimm, dass mein Unterbewusstsein mich mit totaler Verdrängung schützt.«

»Macht Sinn«, sagt Paul nachdenklich. »Laut Amtsarzt hast du keine relevante Kopfverletzung, die deinen Zustand erklären würde.«

»Ich weiß, dass Samuel Beckett ein Schriftsteller und Chanel eine Modemarke ist, aber Bonnies Foto löst keine Erinnerung bei mir aus. Sprich, mein semantisches Gedächtnis ist intakt. Alles, was ich erlernt habe, mein kategoriales enzyklopädisches Wissen, ist nicht tangiert, der Erinnerungsverlust betrifft nur mein episodisches Gedächtnis, also mein autobiografisches Gedächtnis für persönliche Erinnerungen.«

Paul nickt zustimmend. »Partieller Erinnerungsverlust... das macht absolut Sinn. Ist es reversibel?«

»Ja. Fragt sich nur wann.« Ich beiße auf meine spröde Unterlippe, um das verräterische Zittern zu stoppen, das gerade einen Tränenausbruch ankündigt. Meine Erinnerung ist der Schlüssel zu Bonnies Entführern. Ich muss so schnell wie möglich die letzten Minuten mit ihr abrufen können, doch ausgerechnet in diesem Punkt gehen die Meinungen der Experten auseinander. Von Tagen, aber auch Jahren war die Rede, je nach der Schwere des Traumas – und bei einem so umfassenden Erinnerungsverlust wie meinem gehen Experten von einer besonderen Schwere des Traumas aus. Jeder weitere Tag ist bereits zu lange, aber ... Jahre!

»Ich brauche sofort eine Therapie. Kennen wir jemanden, den wir anrufen können?«

»Ab neun kann ich ein paar Leute anrufen.« Er sieht auf die Uhr, dann wieder zu mir. »Was hältst du von Hypnose? Wäre das nicht der schnellste Weg, um die Erinnerung hochzuholen?«

Ich nicke ihm zu. Überlege, wie ich meine größte Angst mit ihm teilen soll. Besondere Schwere des Traumas. In den Fachartikeln wurden Beispiele genannt, und eines tauchte besonders häufig auf: das Miterleben des gewaltsamen Todes eines Nahestehenden. »Und was ... wenn die Polizei sich irrt? Wenn mein Trauma mit Bonnie verknüpft ist? Viel ... vielleicht habe ich gesehen, wie sie ...« Ich senke die Stimme zu einem kaum hörbaren Flüstern. Wenn ich das Unaussprechliche schon aussprechen muss, dann leise. »... getötet wurde.«

»Nein!« Paul schüttelt so vehement den Kopf, als behaupte ich etwas Verbotenes. »Sie lebt! Sie wurde gesehen, Clare! Es gibt eine Aufnahme von Bonnie in Begleitung einer unbekannten Frau. *Nachdem* du aus dem Meer gefischt wurdest.«

»Ganz sicher?«

»Walker hat sie mir gezeigt. Er wollte wissen, ob ich die Frau kenne.«

Ich suche seinen Blick. Wenn ich nur so felsenfest der gleichen Überzeugung sein könnte wie er! Aber wie soll ich das, ohne Beweis, ohne Bild, mit nur einer Erinnerung: meinem sonnenverbrannten, zerschlagenen Körper.

15

Alle tot.

Der Mann. Die Frau.

Die Kinder.

Ein Junge. Ein Mädchen. So jung.

Kreuz und quer über der Rückbank liegend, T-Shirts und Hosen blutgetränkt und von Einschusswunden zerfetzt. Rote Spritzer und Flecken auf den Sitzen.

Blut. Überall.

Sie will weglaufen.

Sie kann nicht.

Keinen Schritt.

Ihr Herz.

Es rast. Hämmert.

Das Blut.

Es ist hell und glänzend und frisch.

Panisch blickt sie sich um.

Wo ist der Schütze?

16

Ich bin so vertieft in meine Fachbücher, dass ich Paul erst bemerke, als er vor mir steht. Seine Haare, noch feucht vom Duschen, verströmen einen herbfrischen Duft, in der Hand hält er ein Telefon.

»Warum setzt du dich nicht auf die Couch?«, fragt er.

Ich zeige auf die um mich verstreuten Bücher und Zettel auf dem hellen Flokati-Teppich. »So habe ich mehr Platz.«

»Wie fühlst du dich?« Er berührt sanft meine Schulter.

Wie ich mich fühle? Beschissen. Ohnmächtig. Schuldig. Nur hilft es nichts, mich in unnützes Selbstmitleid zu hüllen. »Gut«, sage ich deshalb kurz und neige mich wieder über mein Buch.

»Kann ich dich ein paar Stunden allein lassen?«

»Wo gehst du hin?«

»In die Klinik. Zalewsky macht Stress wegen der Patientenübergabe, und um eins habe ich einen Termin mit einem Detektiv, der uns helfen soll, nach Bonnie zu suchen. Huntingdon schwört auf ihn.«

»Und du vertraust Huntingdon?«

»Terence? Unbedingt. Du übrigens auch. Wir arbeiten seit über vier Jahren Seite an Seite in dem Hilfsprojekt für kriegsversehrte Kinder. Dass Pharkotex einer der Hauptsponsoren ist, liegt nur an ihm und …« Paul bricht ab.

»Und?«, frage ich auffordernd.

»Ach, Terence kann man nicht erklären. Aber es hat einen Grund, warum er zum Sir erhoben wurde. Warte, bis du ihn nachher triffst – er begleitet mich zu dem Detektiv und wollte danach mit hierher, um dir Hallo zu sagen.«

»Ich komme mit.«

Paul presst seine Hand fester auf meine Schulter und schüttelt den Kopf. »Das halte ich für keine gute Idee. Ich denke nicht, dass du bereit bist für die mitleidigen Blicke und das Getuschel in der Klinik. Falls ich den Detektiv engagiere, bringe ich ihn mit.« Er steht auf, stellt das Telefon auf dem Couchtisch ab und geht zum Flur. In der Flügeltür dreht er sich noch einmal um. »Du hast den Kommissar gehört. Versprich mir, dass du das Haus nicht verlässt und niemandem öffnest. Wenn etwas ist, ruf mich an. Ich beeile mich.«

Ich will protestieren, Bonnie ist *unsere* Tochter. Ich habe ein Recht darauf, dabei zu sein, wenn Paul etwas in die Wege leitet, um sie zu suchen. Doch Paul ist schon in den Flur hinausgeeilt, und ich bin zu langsam – die Tür fällt bereits ins Schloss, als ich mich, gehandicapt von meinen kaputten Rippen, umständlich vom Boden hochrapple.

17

Schrill und unnachgiebig bohrt sich das Klingeln des Telefons in meine Ohren. Ich hebe den Kopf, merke, dass ich auf dem geöffneten Buch eingeschlafen bin, und taste auf der Tischplatte nach dem Mobilteil.

»Hallo?«

»Guten Morgen. Hier Raphael – von der Pforte«, setzt er nach, als sei er sich unsicher, ob ich mich an ihn erinnere.

»Guten Morgen.« Ich unterdrücke ein Gähnen.

»Habe ich Sie geweckt?«

»Nein, nein«, sage ich schnell.

»Sie wollten, dass ich anrufe, wenn ein Besucher für Sie hier ist.«

Plötzlich bin ich hellwach. »Ja. Wer ist es?«

»Die Dame, die gestern die Blumen vorbeigebracht hat.«

»Sie soll hochkommen.« In Windeseile räume ich die Bücher vom Sofa und lege sie auf einen Stapel. Auf dem Weg zur Tür hole ich mir Pauls Worte in Erinnerung, als ich ihm von den Blumen erzählt habe.

Von Angela, der alten Unruhestifterin?, hatte er gesagt. Typisch, dass sie als Erste aufkreuzt, die Neugier, was passiert ist, muss sie ja schier umbringen …

Nicht besonders schmeichelhaft, aber zumindest hat Paul sie damit als Bekannte akkreditiert. Halt – hat er das wirklich? Ich nehme abrupt die Hand von der Klinke. Den Zettel hat Raphael geschrieben, Angela hat nicht einmal ihre Handschrift hinterlassen. Sprich: Jede Frau hätte sich als Angela ausgeben können. Und nun kommt sie das zweite Mal in zwei

Tagen, ohne telefonische Anmeldung und ausgerechnet just dann, wenn Paul gerade aus dem Haus ist.

Zufall? Wohl kaum. Falls diese Frau also keine eindeutig überzeugenden Argumente bringen kann, um zu beweisen, wer sie ist, wird die Tür zubleiben, bis Paul zurückkommt.

Behäbige Schritte schlurfen zielstrebig über den Gang. Kein Zögern oder Verlangsamen. Die Person weiß genau, wo sie hinmuss. Die Schritte nähern sich, stoppen schließlich. Leises Klopfen.

»Clare? Schätzchen?«, sagt eine für eine Frau ungewöhnlich sonore Stimme.

Meine Hand schwebt über der Klinke.

»Ich bin's, Angela. Lässt du mich rein?«

Schweiß rinnt meine Achseln herunter. Nicht zu wissen, wer mein Gegenüber ist, stresst mich mehr, als ich angenommen habe. Die Frage der Fragen: Freund oder Feind?

»Clare?« Sanftes Scharren an der Tür. »Ich höre dich atmen. Was ist los? Gibt es ein Problem? Soll ich Hilfe holen?«

Ich muss etwas sagen, bevor die Frau auf der anderen Seite der Tür noch einen Riesenwirbel veranstaltet. »Woher weiß ich, dass du Angela bist?«

Die Frau vor der Tür lacht auf. »Entschuldige. Ich weiß, das ist nicht komisch, aber ich musste noch nie beweisen, dass ich Angela bin.«

Ich höre einen Reißverschluss, gefolgt von hektischem Kramen. Dann erscheint eine Visitenkarte unter der Tür. Ich hebe sie auf. Ein molliges, schokobraunes Gesicht mit vollen Lippen, einer breiten Nase und riesigen, schwarzbraunen Augen strahlt mir entgegen. Darunter: Angela Ochiahki, Traumaspezialistin und Psychotherapeutin.

Traumaspezialistin? Das kann doch nicht wahr sein!

Ich reiße die Tür auf. Eine Frau in knöchellangem Wallekleid im Ethnolook begrüßt mich mit einem hinreißenden zahnpastaweißen Lächeln. Sie breitet die Arme aus und presst mich so innig an den üppigen Körper, dass die mehrreihigen Holzperlenketten hart gegen meine Brust drücken. Überrascht schnappe ich nach Luft und löse mich aus Angelas weichen Armen. Ich trete hastig einen Schritt zur Seite, um Angela in die Wohnung zu lassen, und achte darauf, dass der Abstand zwischen uns gewahrt wird. Die Umarmung war sicherlich nett gemeint, aber sie hat mich völlig überrumpelt. Letztlich ist Angela für mich derzeit eine fremde Frau.

»Mein Gott!«, plappert Angela los. »Nach all dem Theater, das Paul veranstaltet, um dich abzuschotten, habe ich langsam nicht mehr daran geglaubt, dass ich wirklich *dich* hier antreffe.«

Unaufgefordert läuft sie an mir vorbei ins Wohnzimmer und lässt sich auf die Couch fallen.

»Mein Gott«, sagt sie abermals. »Du kannst dir nicht vorstellen, was ich mir für Sorgen gemacht habe. Vor allem, nachdem ich …« Angela stoppt mitten im Satz und klopft auf den Platz neben sich. »Komm.«

Zögerlich folge ich ihrer Aufforderung, achte aber beim Hinsetzen auf einen gewissen Sicherheitsabstand. Ich warte darauf, dass sie weiterspricht. Nachdem sie was? Doch Angela bleibt stumm und sieht mich nur an, als suche sie nach den richtigen Worten. »Und Bonnie?«, flüstert sie dann.

Ich schüttele stumm den Kopf.

»Mein Gott.« Es scheint Angelas Lieblingsausruf zu sein. Doch diesmal schimmern ihre großen Kulleraugen feucht. »Der arme Schatz.«

Ich reagiere nicht auf ihren Ausbruch. Angelas Vertrautheit überfordert mich, und ich bin insgeheim dankbar für Pauls respektvolle Zurückhaltung.

»Was werdet ihr jetzt tun?«, fragt Angela und wischt sich eine Träne aus dem Augenwinkel.

»Die Polizei sucht nach ihr, und Paul organisiert gerade einen Privatdetektiv. Was können wir sonst tun?«

»Na, Schätzchen, liegt das nicht auf der Hand?« Angela schüttelt verständnislos den Kopf. »Wir müssen deine Erinnerung auf Trab bringen. Ist es wirklich so schlimm? *Alles* weg?«

»Alles Persönliche. Bis auf …«

»Ja?«, fragt Angela sofort nach.

»Meine Gefühle für Bonnie. Obwohl ich mich nicht an sie erinnern kann. Nicht zu wissen, wo sie ist, macht mich wahnsinnig.« Und dabei dürfte das laut Krankheitsbild gar nicht der Fall sein. Ich bin gespannt, ob Angela eine Erklärung dafür parat hat. »Ist das nicht seltsam?«

»Ganz und gar nicht.« Angela lächelt nachsichtig. »Du musst dich schließlich nicht erinnern, um zu *begreifen,* dass sie dein Kind ist. Du fühlst dich für sie verantwortlich und gleichzeitig schuldig an ihrem Verschwinden. Schuld und Verantwortung ist eine emotional heftige Kombi.« Ihre Lippen bewegen sich wie ein seitlicher Kippschalter. »Kopfverletzung?«

»Nicht der Rede wert.«

Die Lippen kippen weiter von links nach rechts, die Stirn legt sich in Falten. »Aus der Hüfte geschossen: generalisierte Amnesie. Alles andere passt nicht zu deinem Wissensstand. Dein Gehirn speichert …«

»Ich weiß, wie ein Gehirn funktioniert. *Daran* erinnere ich mich, aber danke«, unterbreche ich sie, froh, dass sie ihr Fach zu beherrschen scheint. »Ich will wissen, wie wir die Blockade lösen können.«

»Traumarbeit und Psychoanalyse. Je früher wir eingreifen, desto besser. Deshalb war ich gestern schon hier. Ganz ehrlich, ich verstehe Paul nicht. Er weiß doch, wie wichtig das ist! Und trotzdem hat er mich heute früh schon wieder abgewimmelt.«

»Heute früh?«, frage ich perplex. »Wann hast du angerufen?«

»Kurz nach acht. Etwas früh, ich weiß, aber ich wollte sichergehen, dass ich euch nicht verpasse.«

»Was?«, rufe ich aus. Der Anruf beim Frühstück! Das kann doch nicht sein! Ein Kollege hat Paul gesagt. Und in Wahrheit hat er genau in dem Moment, als wir über einen Traumaspezialisten geredet haben, Angela abgewiesen.

»Warum überrascht dich das?«

»Ich frage mich nur, warum Paul dich abgewimmelt hat.«

»Ganz ehrlich, Schätzchen?« Angela schürzt ihre vollen Lippen. »Ich frage mich noch viel, viel mehr, wenn es um deinen Göttergatten geht. Und ich frage mich nichts Gutes.«

»Was meinst du damit?« Mein Ton ist schärfer als beabsichtigt.

Angela druckst herum, als überlege sie, ob sie das, was sie sagen will, auch sagen soll. »Vielleicht nicht der beste Zeitpunkt, aber gerade jetzt solltest du wissen, woran du bist.« Sie fächelt mit der Hand vor ihrem Gesicht, als wäre es unerträglich heiß in der Wohnung. Was es jedoch nicht ist. Dann hört sie auf zu fächeln und stößt theatralisch die Luft aus. »Weil du dich an nichts erinnern kannst, hole ich ein wenig aus, okay?«

»Bitte.« Ich weiß nicht, was Angela mir als Nächstes erzählen will, aber ihre Mimik verspricht tatsächlich nichts Gutes.

»Zwischen Paul und dir läuft es gerade nicht so gut. Ihr hattet … nennen wir es Differenzen.«

Nichts Gutes. »Wir haben gestritten?«

»Es ging um Bonnies Behandlung.«

»Sie ist krank?«, frage ich entsetzt nach.

»Sie hat Visionen«, wiegelt Angela ab. »Sie kommuniziert sie in ihren Bildern.«

»Bilder«, wiederhole ich. Bilder, die plötzlich nicht mehr in der Schublade waren.

»Ja, ganz erstaunliche Bilder. Aus irgendeinem Grund kann sie ihre Visionen nicht verbal mit uns teilen. Und eine Zeit lang hatte sie regelmäßig Anfälle, aber seit du sie behandelst, sind sie stark zurückgegangen.«

»Was für Anfälle?«, frage ich ungeduldig. Was Angela gerade erzählt, klang ganz und gar nicht gut.

»So eine Art epileptischer Anfall.«

Ich schlage die Hand vor den Mund. Wie kann Paul mich nachsprechen lassen, dass es Bonnie gut geht, wenn sie Gefahr läuft, eine Art epileptischen Anfall zu bekommen, der jeden Entführer überfordern würde?

»Wie behandle ich sie?«, frage ich tonlos und hoffe, dass sie mir von einem handelsüblichen Medikament erzählt.

»Mit deinen Händen.« Angela formt ihre Hände zu einer flachen Schale. So ähnlich hatte Dorota ihre Hände aneinandergehalten, als sie von den Schreikindern erzählt hat, die zu mir gebracht wurden. »Irgendwie beeinflusst du über das Craniosacrale System die betroffenen Gehirnareale. Da läuft dann eine Art nonverbale Kommunikation zwischen euch ab. Ziemlich abgefahren.«

Ich presse meine Hände gegeneinander und stelle mir vor, ich würde sie unter Bonnies Kopf legen und mich durch die verschiedenen Schichten ins Kopfinnere spüren, um dort mit meiner Energie Blockaden zu lösen. Was Angela sagt, war plausibel.

»Der Ursprung ihrer Anfälle ist nie geklärt worden«, fährt Angela fort. »Deshalb wolltest du sie zu einem Spezialisten im Ausland schicken. Die Ursache eliminieren, anstatt Symptome zu bekämpfen war deine Devise. Doch Paul war dagegen. Er meinte, sie wäre bei dir am besten aufgehoben.«

»Aber …«, setze ich an und schweige dann. Paul liebt seine Tochter. Was für einen Grund hätte er, sich gegen etwas zu stellen, das ihr helfen würde?

»Du warst total frustriert, da du ohne Pauls Einwilligung nichts machen konntest. Nur … er wollte nie wahrhaben, dass seine Tochter eine besondere Gabe hat. Er hat sich an der Kinderepilepsiediagnose regelrecht festgeklammert, und im Gegensatz zu dir wollte er auf keinen Fall, dass diese Gabe öffentlich bekannt wird. Für Paul waren Bonnies Visionen eine Freakshow.«

Freakshow? Missbilligend ziehe ich die Brauen hoch. »Wir waren also uneins.«

»Uneins?« Angelas Lachen klingt wie das Meckern einer Ziege. »Du wolltest seine Zustimmung einklagen! Du wolltest herausfinden, was bei Bonnie die Visionen auslöst, um ihr eine Möglichkeit zu geben, es besser kontrollieren zu können, und du wolltest es nicht länger verschweigen und Bonnie das Gefühl geben, dass sie ein Freak ist, der versteckt werden muss. Ihr wart kurz vor der Trennung.«

Ich hebe die Hand, um Angela zum Schweigen zu bringen. Ich brauche dringend eine Pause, um die bereits geflossenen Informationen zu verdauen, bevor Angela neue nachkippt. Ächzend kämpft Angela sich aus den weichen Sofakissen.

»Ich mache uns einen Tee. Du siehst grässlich müde aus. Zitronengras mit Ingwer, wie immer? Oder lieber Grüntee?«

»Egal.« Mir ist eher nach einem Schnaps. Oder gleich mehreren. Oder noch besser, einem starken Kaffee. Angelas Aussagen schwirren so unkoordiniert in meinem Kopf wie ein aufgestobener Mückenschwarm. Wenn sie zutreffen, was bedeutet das dann in Bezug auf meine Beziehung zu Paul? Ich rufe mir seine distanzierte, aber liebevolle Fürsorglichkeit ins Gedächtnis. Alles nur gespielt? Nein, ruft eine Stimme in mir. Er nimmt nur Rücksicht auf deinen Zustand. Aber warum hält er Angela fern, obwohl sie mir als Traumaspezialistin Zugang zu meiner Erinnerung und damit zu wertvollen Informationen über Bonnies Entführer verschaffen kann? Ich stemme mich ebenfalls vom Sofa hoch und folge Angela in die Küche.

Kurz vor der Trennung.

Angela sucht die Schränke nach einem Teesieb ab. Wortlos öffne ich die Schublade, in der ich es heute früh gefunden habe. Nutzt Paul meinen Blackout, um unsere Ehe zu kitten? Oder hat er in der Sorge und Angst um Bonnie seine Prioritäten neu gesetzt, damit der Streit uns nicht von der Suche nach ihr ablenkt?

Ich schnappe mir einen der Barhocker und setze mich zu Angela an die Küchentheke.

»Das Braun steht dir.«

Fragend blicke ich zu Angela. Meine Hose ist olivgrün, mein Top schwarz. Von was redet sie?

»Die Haare.« Angela greift wie zur Verdeutlichung an ihre Turmfrisur. »Viel aussagekräftiger als dein Aschblond. Predige ich schon seit Jahren.«

Ich greife ebenfalls in meine Haare. Dann habe ich mich auf dem Fahndungsfoto nicht verguckt. Meine Haare sind wirklich heller gewesen. Ich habe sie gefärbt. Auch darüber hat Paul keinen Ton verloren. Weil ich die Haare gefärbt hatte, bevor ich verschwunden bin, oder weil er mich nicht darauf hinweisen wollte? Weil er mich auf nichts hinweisen wollte, was irgendwie zu weiteren Fragen führen könnte?

Kurz vor der Trennung, sagt Angela.

Ihre üppige Erscheinung, ihre laute Stimme und das offenherzige Geplapper stehen im krassen Gegensatz zu Pauls zurückhaltendem Auftreten. Allerdings werfen Angelas Aussagen einen Schatten auf Pauls Verhalten. Auf seine Entscheidung, im Gästezimmer zu übernachten, um mir Zeit zu geben, mich an unser altes Leben heranzutasten. Auf seine Entscheidung, keine Besucher zu mir zu lassen und mich in der Wohnung abzuschotten. Alles nur zu meinem Besten? Oder verfolgt er eigene Ziele?

Meine Finger gleiten über die glatte Granitoberfläche der Theke. Die edle Einrichtung, die große Wohnung in Chelsea.

Paul ist Schönheitschirurg mit eigener Praxis. Ich dagegen praktiziere Teilzeit in einer Kinderklinik. Es ist ziemlich offensichtlich, wer hier für Luxus sorgt und bei einer Scheidung ordentlich zur Kasse gebeten werden würde. Verunsichert nippe ich an dem Tee. Ich darf Angelas Aussagen nicht ignorieren. Wenigstens zwei davon entsprechen definitiv der Wahrheit: Ich selbst war heute früh Zeugin, als Paul Angela abgewimmelt und ihr eine Lüge aufgetischt hat. Und Dorota hat von Bonnies ungewöhnlichen Fähigkeiten erzählt und damit indirekt Angelas Aussage über Bonnies Visionen bestätigt. Paul jedoch hat deren Existenz abgestritten. Und trotzdem: Es fällt mir schwer, Paul als Lügner und unsere Ehe am Abgrund zu sehen. Heute früh, in der Küche, hat seine Umarmung sich richtig und gut angefühlt, und dieses Gefühl muss irgendwo in mir abgespeichert sein. Sollte ich darauf nicht mehr vertrauen als auf alles andere?

Ich überlege, wie ich Angela auf Pauls Seite ziehen kann, und stolpere über seine Reise nach Indonesien. Walker stochert in der Sache mit meiner angeblich illegalen Auslieferung herum. Was Paul getan hat – falls er eingeweiht war –, ist eindeutig ein Beweis, *dass* ich ihm trauen kann, es spricht *für* ihn, und es würde ihn in Angelas Augen in ein besseres Ranking katapultieren.

So knapp wie möglich erzähle ich ihr von Pauls Rolle bei meiner Rückkehr nach London. Sie lauscht mit ernstem Gesicht, während ihre Lippen zur Schnute geschürzt wieder von einer Seite zur anderen wandern.

»…meinst du nicht, dass das eindeutig für ihn spricht?«, beende ich meine Erzählung. »Er will mich beschützen. Er weiß, dass wir für Bonnie gemeinsam stark sein müssen.«

Einen Moment lang sieht Angela mich nur an. Dann seufzt sie. »Ach, Schätzchen, wenn es doch nur so einfach wäre.«

»Ist es das nicht?«, frage ich sie. »Hast du Kinder?«

»Nach wie vor Single in jeder Hinsicht.« Sie grinst und zeigt ihre schneeweißen Zähne.

»Dann fällt es dir vielleicht schwer, dich in Paul hineinzuversetzen. Bonnie ist weg. Sie zu finden, ist alles, was zählt. Keiner von uns hat Kraft oder Nerven für Nebenschauplätze.«

»Ja? Ist das so?« Angela hebt eine Braue. »Ich wollte es dir nicht sagen, aber nun muss es wohl raus. Ich habe ihn mit Moira gesehen. Erst dachte ich mir nichts dabei, du warst weg, er dachte, du hast ihm sein Kind geklaut. Und ich habe das sogar geglaubt – nach all dem Stress, den ihr hattet … Ich dachte, du wärst mit Bonnie abgehauen, um die neuen Tests ohne Paul durchzuziehen.«

Ich umklammere meine Tasse. Angela hält mich für fähig, mein eigenes Kind zu entführen. Was macht das aus mir?

Sie lächelt mich zerknirscht an. »Sorry, Schätzchen. Aber du warst besessen von Bonnies Visionen, und er hat sie verleugnet. Du wolltest sie mit der Öffentlichkeit teilen, jeder sollte darüber Bescheid wissen, und Paul wollte sie verschweigen. Ich muss zugeben, als ich die beiden gesehen habe, dachte ich, gut für ihn, wenn er sich von der Zimtzicke trösten lässt.«

Trösten lässt? So wie Angela die Worte betonte, handelt es sich offensichtlich wieder um etwas, das in die Kategorie »nichts Gutes« fällt.

»Wer ist Moira?«, presse ich hervor.

»Deine Anwältin. Du weißt schon … Nein, du weißt nicht. Moira Blue. Blond, schlank, rasiermesserscharfe Zunge.« Angela verzieht das Gesicht zu einer Grimasse, die wohl ihre Abneigung für Moira Blue ausdrücken soll. »Du hast sie über mich kennengelernt. Wir wohnen im selben Haus. Sie sollte deine Rechte Paul gegenüber durchboxen. Dass sie nun für die Gegenseite arbeitet … wer kann das denn ahnen?«

Ich blinzle, leicht überfordert. Versucht Angela mir gerade zu verklickern, dass mein Mann mich betrügt? Wenn Moira jetzt Pauls Anwältin ist, dürfte es kaum ungewöhnlich sein, dass sie die beiden zusammen antrifft.

»Gestern habe ich sie zusammen gesehen. Inzwischen bist du aber zurück. Und er knutscht fremd, anstatt seine Energie in die Suche nach seiner Tochter zu stecken. Ganz ehrlich, Schätzchen, darauf kann ich mir nur einen Reim machen.«

Gestern. Paul hat kurz vor zwölf die Wohnung verlassen und ist erst gegen acht Uhr abends wiedergekommen. Er hat behauptet, in der Praxis gebraucht zu werden. Ich weiß das gesichert, denn ich selbst war Zeugin des Telefonats. Allerdings habe ich keinen Beweis, wie lange er in der Praxis gewesen ist. Ebenso wenig, wie Angela das angebliche Treffen mit Moira Blue beweisen kann, ruft meine innere Paul-Verteidigungs-Stimme. Verdammt! Wie soll ich wissen, ob Angela die Wahrheit sagt? Ich versuche, den gestrigen Tag zu rekonstruieren: Als Paul ging, hat er beteuert, dass er mich nur ungern allein zurücklasse, aber dass ja wenigstens Dorota da wäre. Und dann, bei seiner Rückkehr, ist er genervt gewesen. Hat meinen Unmut über seine Bevormundung als lachhaft vom Tisch gewischt. Sich zurückgezogen. Mit der Ausrede, dass er seit Tagen so gut wie nicht geschlafen habe und sich kaum noch auf den Beinen halten könne.

»Was mir Sorgen macht«, grätscht Angela in meine Gedanken, »ich kann mir nicht vorstellen, dass Paul Augen für Moira hätte, wenn Bonnie in Lebensgefahr wäre. Und deshalb mache ich mir verdammt große Sorgen um dich.«

»Um mich?«

Angela nickt. »Überleg mal. Paul trifft sich mit Moira. Er will nicht, dass ich dich behandle – warum?« Sie ist jetzt so aufgeregt, dass die hochgetürmte Frisur rhythmisch mitwackelt. »Ich habe dafür nur eine Erklärung: Er will nicht, dass du dich erinnerst, weil er hinter deinem Bad im Meer und Bonnies Verschwinden steckt und *du* ihn belasten könntest.

Und deshalb musste er dich aus dem Knast holen, bevor deine Erinnerung zurückkommt.«

»Angela!« Entgeistert starre ich sie an. Wie kann sie einen so unglaublichen Verdacht aussprechen? »Weißt du, was du da sagst? Paul hat mich nicht ins Meer gestoßen! Er war in London, als das passiert ist.«

»Weißt du das so sicher? Und außerdem ... für so etwas engagiert man Leute, Schätzchen«, winkt Angela meinen Einwurf ab und schwenkt energisch ihre Perlenkette hin und her. »Blöd für ihn, dass sie dich rausgefischt haben. Vielleicht wurdest du ja mit einem schönen Gruß von deinem Mann ins Meer geworfen.«

»Unsinn! Warum sollte er das tun?«

»Du hast ihm seine Tochter weggenommen, er hat dir jemand hinterhergeschickt und sie sich zurückgeholt. So einfach. Er muss dein Bad im Meer ja nicht geplant haben, vielleicht ist bei der ganzen Aktion einfach etwas schiefgelaufen. Ich bin lange genug Traumatherapeutin, um zu wissen, dass etwas *extrem* Dramatisches vorgefallen sein muss, um dich in diesen Zustand zu versetzen.«

»Aber«, protestiere ich. Die schwingenden Holzperlen irritieren mich, doch ich kann meinen Blick nicht von ihnen abwenden. »... er ist mein Mann!«

Angelas hochgezogene Augenbrauen sind Antwort genug. Dass Paul mein Mann ist, bedeutet nichts. Im Gegenteil, statistisch erfolgt die Mehrheit der Kapitalverbrechen im Kreis der Familie und Bekannten. »Und Bonnie?«

»Sitzt irgendwo mit einer Nanny in Sicherheit und wartet darauf, dass ihr Papi sie heimholt – sobald du endgültig von der Bildfläche verschwunden bist.«

Ich presse die Hände auf die Ohren. Ich will nichts mehr hören. Weder dass ich mit Bonnie vor Paul geflohen bin noch dass Paul mir nachgestellt und mich hat eliminieren lassen. Es darf nicht sein, egal wie häufig genau diese Konstellation im Leben anderer Menschen vorkommt. Aber Paul und du, ruft die Pro-Paul-Stimme, ihr gehört nicht dazu!

Neben mir lässt Angela ihre Perlenkette weiter schwingen. Sie wirkt so ungerührt, als habe sie mir soeben von einem neuen Restaurant in Covent Garden erzählt und nicht von Paul als… Mit einem Mal schmecke ich das Meersalz wieder in meinem Mund, ich weiß, dass es nicht sein kann, aber ich schmecke es wirklich. Rauschen dröhnt durch meine Ohren, vermengt mit Geräuschen, die ich nicht zuordnen kann. Gluckern und Tuckern, gedämpfte Rufe. Panik erfasst mich. Ich kralle mich keuchend an der Theke fest, Angela verschwimmt vor meinen Augen.

»Clare? Schätzchen?« Ich spüre Angelas Finger über meinen Arm streichen. »Alles in Ordnung?«

Das Rauschen und der Geschmack im Mund verschwinden so plötzlich, wie sie gekommen waren. Was ist das eben gewesen? Eine Erinnerung? Wie benebelt gehe ich zur Spüle und halte mein Gesicht unter einen kalten Strahl Wasser.

Ich muss klar denken.

Was sind die Fakten?

Paul. Da ist eine Distanz. Da sind Lügen. Gestern, dass er in der Klinik war, obwohl Angela ihn mit Moira gesehen hat. Heute, dass ein Kollege angerufen haben soll, obwohl Angela am Telefon gewesen ist. Dann der heimliche Auftrag an Raphael und Dorota, mich in seiner Abwesenheit abzuschirmen. Die Verneinung von Bonnies Visionen und seine Behauptung, *ich* hätte Bonnies Bilder weggeräumt. Die Coolness, mit der er mich »Bonnie lebt« hat nachsprechen lassen. Er scheint weniger Angst um Bonnie zu haben als ich. Weil er weiß, wo sie ist? Dann meine Sachen aus dem Badschrank. Niemand nimmt seine gesamten Kosmetika mit auf einen Kurztrip nach Stanton und löscht sich grundlos aus dem digitalen Familienalbum. Habe wirklich ich selbst diese Fotos gelöscht? Und falls ja: warum?

»Tut mir leid. Ich würde dir lieber was anderes erzählen, aber ich mache mir Sorgen.« Angela ist hinter mich getreten und reicht mir ein Handtuch. »Komm mit zu mir«, sagt sie mit schmeichelnder Stimme. »Du kannst bei mir wohnen, solange du willst. Du bist hier nicht sicher.«

Nein. So einfach darf ich Angelas Worten nicht glauben. Ohne Zugriff auf meine Erinnerung kann ich Angelas Informationen weder korrekt einordnen noch nach ihrem möglichen Wahrheitsgehalt bewerten.

»Wirst du darüber nachdenken? Wir könnten sofort deine Sachen packen.«

»Lass uns mit der Traumaarbeit anfangen«, lenke ich sie ab. »Hilf mir, Bonnie zu finden. Der Schlüssel zu ihr ist in meinem Kopf vergraben.«

Ein Seufzer entweicht Angelas massiger Brust. »Na gut. Du weißt, das wird dauern. Deine Amnesie ist eine *Schutz*reaktion deines Körpers. Du kannst nicht einfach pitsch, patsch ohne therapeutische Vorbereitung das Trauma hochholen. Wir müssen dich vorbereiten, dir Schutzräume erarbeiten …«

»Paul hat Hypnose vorgeschlagen. Geht das nicht deutlich schneller?«

Angela verengt ihre Augen. »Paul hat das vorgeschlagen?« Sie schüttelt den Kopf und murmelt: »Verdammt, verdammt …«

»Hast du ein Problem mit Hypnose?«

Angela schnaubt. »Allerdings! Vor allem, wenn der Vorschlag von Paul kommt … Abgesehen davon, dass das Ergebnis nicht zuverlässig ist, kann deine Erinnerung dauerhaft verändert werden.« Wieder schüttelt sie den Kopf. »Lass dich nicht auf Hypnose ein. Wenn ich recht habe und Paul etwas vertuschen muss, dann wird er dafür sorgen, dass du dich an *seine* Version erinnerst. Du wirst nie erfahren, was wirklich passiert ist. Hör auf mich – drei bis vier Wochen intensive Traumaarbeit, und du kannst dich an jedes Detail erinnern.«

Drei bis vier Wochen! Angela hätte genauso gut drei bis vier Jahre sagen können. Auf keinen Fall werde ich so lange warten. Bonnie braucht meine Erinnerung jetzt. Seit sechs Tagen ist sie verschwunden, und mit jedem weiteren Tag erhöht sich die Wahrscheinlichkeit, ihre Spur für immer zu verlieren.

18

Ich beginne im Schlafzimmer. Gehe sukzessive Pauls Sachen durch. Ich fühle mich schlecht dabei, doch Angelas Worte gehen mir nicht mehr aus dem Kopf. Und je länger sie darin festsitzen, desto mehr Zeit haben sie, sich durch den löchrigen Sicherheitskokon zu fressen, den Pauls Dasein meinem von Erinnerungslücken verbeulten Leben verleiht.

Wie erwartet ist Pauls Schrank ordentlich, die Hemden und Anzüge nach Farben sortiert, die Pullover und T-Shirts auf Kante gefaltet. Ich filze die Sakkos, innere und äußere Taschen, und komme mir immer schäbiger vor. Ohne große Hoffnung mache ich mich an sein Nachtkästchen. Ich weiß nicht einmal, nach was ich genau suche. Einen Anhaltspunkt, der Angelas ungeheuerliche Anschuldigungen ad absurdum führt.

Eine Affäre! Paul als Drahtzieher hinter dem Anschlag auf mich!

Ich will das nicht glauben. Ich will Paul nicht als Sicherheitskokon verlieren. Und doch sitzen die Zweifel fest. Selbst die Übung, die ich zuvor mit Angela in einer kurzen, spontanen Traumasitzung erarbeitet habe, hat nicht geholfen. Egal wie oft ich die imaginären Türen in meinem Kopf öffne und die Zweifel einschließe, sie schleichen sich jedes Mal wieder hinaus.

Ich will etwas finden, das Pauls Beschreibung von Angela als Unruhestifterin bestätigt und meine Zweifelstimme zum Schweigen bringt. Und doch ist da der eine Punkt, der sich nur schwer leugnen lässt: Irgendwie sind Bonnie und ich in Indonesien gelandet, und da wir sicherlich nicht von extraterrestrischen Mächten dort hingebeamt wurden, bleiben nur zwei Möglichkeiten: Ich habe Bonnie aus eigenen Stücken und ohne Pauls Wissen dorthin gebracht, was gegen ein intaktes Vertrauensverhältnis spricht, oder ich wurde gezwungen, mit ihr dorthin zu fliegen, was angesichts der vielen Pass- und sonstigen Kontrollen bei Flugreisen nur schwer vorstellbar ist.

Die erste Schublade enthält nichts, das mir weiterhelfen würde: Schlaftabletten, Taschentücher, Notizbuch und Stifte. Pharkotex steht in Gold geprägten Lettern im rechten unteren Eck des Notizbuches. Rasch blättere ich es durch und lege es zurück. Skizzen zu Gesichtskorrekturen, gespickt mit medizinischen Fachbegriffen.

In der nächsten Schublade sind Uhren. Zehn Stück, sorgfältig drapiert auf dunkelblauem Samt. Einem Reflex folgend nehme ich die Uhren heraus und lupfe den Samt hoch. Ich kann nicht sagen, ob meine Augen in dem Samt eine winzige Unebenheit wahrgenommen haben oder ob ich tief in mir wusste, dass ich hier etwas finden würde. Jedenfalls liegt dort ein Schlüssel.

Ich nehme ihn hoch. Er ist relativ klein und hat einen Doppelbart, und ich frage mich, zu was er gehört. Einem Schreibtisch? Einem Safe? Aber wo? Eigentlich weiß ich nicht so recht, was ich mit dem Schlüssel anfangen soll, doch allein die Tatsache, dass er unter dem Uhrensamt versteckt ist, weckt mein Interesse, und ich stecke ihn in meine Hosentasche.

Bleibt die Frage: Wo – falls es einen gibt – könnte ein Safe versteckt sein? Ich suche die Schlafzimmerwände nach verräterischen Spuren ab und blicke hinter die Bilder. Nichts. Als Nächstes nehme ich mir den überdimensionierten Wandschrank im Flur vor.

Ich presse die Hand gegen das erste Wandpaneel. Es schwingt zurück und gibt den Blick auf einen tiefen, begehbaren, automatisch beleuchteten Schrank frei. Ganz vorne hängt das Sakko, das Paul in Indonesien getragen hat, in der Tasche stecken noch die Boardingkarten und ein Päckchen Kaugummi, sonst nichts. Auch die anderen Jacken geben nicht mehr her. Ich sehe mich nach einem versteckten Safe um, stoße hinter den Jacken und Mänteln jedoch auf völlig glatte Wände.

Im nächsten Schrank stehe ich vor Regalreihen voller Schuhe und beschrifteten Pappkartons. In Windeseile schiebe ich die Kisten zur Seite, prüfe die Inhalte. Nichts, rein gar nichts, das mich irgendwie weiterbringen würde. Es ist einfach frustrierend.

Als ich das nächste Schrankpaneel antippe, falten gleich drei Paneele wie eine Ziehharmonika zur Seite und geben den Blick auf eine tageslichthell ausgeleuchtete Kammer frei. Überrascht betrete ich den Raum vor mir. Ich habe mit einem weiteren Schrank gerechnet, nicht mit einem vollständig möblierten Raum. Er misst etwa acht Quadratmeter, gerade groß genug für eine Regalwand voller Ordner und einen Schreibtisch samt Drehstuhl. Hinter dem Schreibtisch hängen zwei gerahmte Zertifikate, die Pauls Teilnahme an Weiterbildungen bestätigen.

Pauls Arbeitszimmer.

Es ist so akkurat und ordentlich wie seine Schränke in Bad und Schlafzimmer. Computergefertigte Etiketten geben den Inhalt der Ordner preis: Steuer, Anschaffungen, Wohnung, Bank, Versicherungen … Neben dem Ordner mit *Privat – Paul* klafft eine Lücke. Stand hier früher ein Ordner mit *Privat – Clare* oder *Privat – Bonnie*?

Neugierig ziehe ich den Ordner heraus und blättere ihn flink durch. Zeugnisse, Urkunden und Auszeichnungen aus Pauls Kindheit und Jugend in Neuseeland. Ich ziehe verwundert die Augen hoch – Pauls Englisch ist akzentfrei, seine Kindheit in Neuseeland hört man ihm nicht an. Ich blättere weiter und erhalte postwendend eine mögliche Erklärung: Abschluss einer Elite-Uni in Oxford. Paul muss als Schüler und Student ein regelrechter Überflieger gewesen sein. Ein preisgekrönter Surfer, Freeclimber und Sportschütze.

Ah! Unsere Heiratsurkunde. Acht Jahre sind wir verheiratet. Ich blättere weiter, suche nach einem Ehevertrag und finde eine Vereinbarung: keine Gütertrennung. Eine Scheidung würde Paul sehr teuer kommen.

Allerdings ist das noch lange kein Beweis für Angelas Behauptungen.

Am Schreibtisch probiere ich zuerst den Schlüssel aus. Er passt nicht, aber die Schubladen sind zum Glück nicht abgeschlossen. Als ich die unterste aufziehe, fällt mein Blick auf eine Künstlermappe, die jemand in den schmalen Spalt zwischen Tisch und Wand geschobene hat. Ich zerre sie aus dem Spalt, reiße an der Schleife und weiß bereits, was darin sein wird, bevor die Schleife nachgibt. Trotzdem macht mich der Anblick der Zeichnungen fassungslos.

Es können nur die Bilder sein, die Dorota mir hat zeigen wollen, die Bilder, von denen Angela gesprochen hat, als sie von Bonnies Visionen erzählte. Sie sind eindeutig von Kinderhand gemalt – und eindeutig auch nicht. Ausführung und Aussage der Bilder könnten unterschiedlicher nicht sein.

Und nun weiß ich auch, warum sie nicht an der Wand hängen, sondern in einem Schrankzimmer unter Verschluss sind.

Und es erschreckt mich.

Es erschreckt mich so sehr, dass ich gebannt die Bilder anstarre. Ich weiß, ich muss weitersuchen, die Zeit nutzen, solange Paul noch unterwegs ist, aber ich bin wie in einer Trance, versuche zu begreifen, was nicht zu begreifen ist.

Fünf. Bonnie ist fünf!

Was geht in meinem Kind vor, dass es solche Motive auf Papier bannt?

Eine Frau, skizziert mit wenigen Strichen in der Manier

eines detaillierten Strichmännchens. Ein Mann. Ein Haus mit vielen vergitterten Fenstern. Der Mann zeigt eine Drohgebärde, hat einen Knüppel in der Hand, die Frau kniet vor ihm, weint, reicht ihm etwas. Ich versuche auszumachen, was es sein könnte.

Ein Buch? Geldscheine? Es könnte der Schleuser aus Dorotas Geschichte sein, der Mann, der ihr das Geld abgenommen und mit der Polizei gedroht hat.

Auch das nächste Bild erzählt eine Geschichte, die eine Fünfjährige niemals erzählen dürfte. Ein Auto, ein Baum, eine Straße, eine Frau, die auf der Straße liegt. Das Auto steht in Flammen, darin verbrennen zwei Menschen, die Augen geschlossen, die Gesichter und Oberkörper mit roten Sprenkeln übersät. Die Frau auf der Straße trägt einen Rock und hat ein großes, blutiges Loch im Bauch. Obwohl die Zeichnung rudimentär ist, strotzt sie vor winzigen Details, die keinen Platz für Interpretationen lassen.

Dieses Bild, mehr noch als alle anderen, lässt mich nicht mehr los. Es beklemmt mich, ich will es zerstören und gleichzeitig aus der Kammer stürmen. Als könne ich damit die Geschichte verändern, die es so drastisch darstellt.

Schließlich zwinge ich mich, die Bilder in die Mappe zurückzulegen und wieder zwischen Schreibtisch und Wand zu verstauen.

Ich möchte wissen, woher die Visionen kommen, die Bonnies Stift führen. Und ich möchte wissen, warum Paul die Bilder vor mir versteckt und Bonnies Visionen leugnet.

Angespannt durchkämme ich die Schubladen. Büroutensilien, Mappen mit Aufzeichnungen und Zeitungsartikeln. Ich überfliege einen Artikel über das von Pharkotex gesponserte Hilfsprojekt für kriegsversehrte Kinder unter der Schirmherrschaft von Sir Huntingdon. Ich betrachte das pixelige Zeitungsbild. Paul steht neben einem grau melierten, distinguiert aussehenden Mann Ende fünfzig, Anfang sechzig, in der Hand hält er einen riesenhaften Scheck, in dem eine noch viel riesigere Summe eingetragen ist. Ob sich der Satz gestern früh am Telefon darauf bezogen hatte? »Ich weiß, was ich ihm schulde ...«, hatte Paul zu seiner Sprechstundenhilfe gesagt.

Ich lege den Artikel zurück. Mir rennt die Zeit davon, ich muss mich auf meine Suche fokussieren. Daher verzichte ich bei den übrigen Mappen darauf, mir die Inhalte anzusehen, überfliege lediglich ihre Etiketten und vertraue darauf, dass bei Paul Aufdruck und Inhalt übereinstimmen.

In der obersten, schmalsten Schublade liegen säuberlich gespitzte Bleistifte und ein vornehmer Kugelschreiber mit Pauls Initialen. Daneben ein in Leder gebundenes Adressbuch. Oben lugt ein blauer Zettel hervor. Nur ein paar Millimeter, dennoch erweckt er meine Aufmerksamkeit. Also nehme ich es heraus und schlage es an der Seite mit dem eingelegten Zettel auf. Es ist ein Faltprospekt der Anwaltskanzlei McBailey, Pearl & Blue.

Stopp! Blue? Wie ... Moira Blue?

Eilig falte ich den Prospekt auf, stoße auf ihr Profil, und was ich dort sehe, gefällt mir ganz und gar nicht: Sie sieht umwerfend aus, geradezu, als sei sie aus Versehen in diesem Prospekt gelandet, obwohl sie eigentlich das Cover der *Vogue* hätte zieren sollen. Natürlich hat sie die beste Uni besucht, beste Abschlüsse, beste Referenzen.

Ein Stich durchfährt mich. Das also ist die Frau, mit der Paul sich gestern angeblich getroffen hat.

Mit der er eine Affäre haben soll.

Angespannt falte ich den Prospekt zusammen, als ich das Gekritzel auf der Rückseite bemerke.

Über die Adresse der Kanzlei hat jemand eine Handynummer gekritzelt, daneben eine Adresse und *20.00 Uhr.* Die

Adresse habe ich heute schon einmal gesehen, und ich weiß auch, wo: auf Angelas Visitenkarte. Angela und Moira wohnen im selben Haus. Unschwer zu erraten, wessen Adresse auf dem Prospekt vermerkt ist: Moira Blue hat Paul zu sich nach Hause eingeladen. Abends.

Scheiße.

Der Prospekt in meiner Hand bebt.

Ich notiere Moiras Handynummer und ziehe mit wütendem Wumms die mittlere Schreibtischschublade auf. Sie enthält nur eine integrierte Tastatur, und gerade, als ich sie wieder schließen will, fährt die Schublade ein Stück weiter heraus. Erschrocken lasse ich sie los und beobachte, wie sie nach oben fährt und sich als nahtlose Verlängerung an die Tischplatte andockt. Dann ertönt leises Surren, und in der Tischplatte öffnet sich eine Lücke, ein Monitor fährt hoch und schaltet sich an. Blauer Hintergrund, darauf ein überdimensionaler, pochender Fingerabdruck.

»Guten Tag, Paul«, sagt plötzlich eine gurrende weibliche Stimme. »Sie waren das letzte Mal vor vier Tagen, elf Stunden und acht Minuten online. Bitte verifizieren Sie sich.«

»Fingerabdruckscanner«, murmle ich kopfschüttelnd. »Wo sind wir denn? CIA-Hochsicherheitstrakt?« Ich gebe der Tastatur einen Stups, einigermaßen verwirrt, dass sich in dieser winzigen Kammer ein derartiges Hightechgerät versteckt, und warte darauf, dass sich Monitor und Tastatur wieder einfahren. Doch genau das tun sie nicht, und ich habe keine Ahnung, wie der Mechanismus funktioniert. Egal, wie sehr ich an der Tastaturschublade zerre, welche Taste ich auch drücke, sie bleibt starr angedockt, der Monitor ausgefahren. Dieser verdammte Computer! Das gibt es doch nicht! Er fährt sich automatisch aus, er muss sich doch auch automatisch einfahren!

Dann höre ich Stimmen. Klimpern von Schlüsseln. Verdammt!

Schnell laufe ich aus der Kammer. Der Schlüssel im Schloss dreht sich. Hastig schließe ich die Türpaneele und husche in mein Behandlungszimmer, greife nach dem obersten Buch des Stapels auf meinem Schreibtisch und setze mich, das Buch aufgeschlagen in meiner Hand.

Die Wohnungstür fällt zu, im Flur ertönen Schritte und entfernen sich Richtung Wohnzimmer.

Puh. Knapp. Und noch während ich erleichtert die Luft ausstoße, frage ich mich, warum ich wie eine Einbrecherin aus Pauls Arbeitskammer gehuscht bin. Ich hätte genauso gut dortbleiben können, mir eine Erklärung ausdenken, zum Beispiel dass ich ins Internet wollte und einen Computer gesucht habe. Aber genau das habe ich nicht getan – warum?

Weil ich instinktiv weiß, dass es besser ist, wenn Paul nicht weiß, dass ich in seinen Sachen herumstöbere? Oder weil Moiras Adresse auf dem Prospekt Angelas Behauptung bezüglich der Affäre mehr Gewicht verleiht?

»Clare?« Pauls Stimme klingt alarmiert. Seine Schritte sind schnell und kommen vom Wohnzimmer zurück in den Flur gelaufen.

»Behandlungszimmer!«, rufe ich.

Schon reißt Paul die Tür auf. Er schließt sie hinter sich und geht zum Schreibtisch. »Ich habe den Privatdetektiv mitgebracht. Er würde dich gern kennenlernen.« Er hält inne, als sei er unschlüssig, was er als Nächstes sagen soll. Dann senkt er seine Stimme: »Huntingdon und ich finden ihn beide überzeugend. Ich hoffe, du wirst meine Meinung teilen.«

Ich lege das Buch weg und stehe auf.

»Oh«, sagt Paul, seinen Blick auf das Buch gerichtet, und über seiner Nase bildet sich eine Furche. »Du hast dein Steckenpferd wieder entdeckt. Das ging aber … schnell.«

Ich folge seinem Blick, lese den Buchtitel *Das Gedächtnis der Zellen – was unser Körper über uns weiß* und versuche seinen Gesichtsausdruck zu deuten. Es kann Misstrauen sein, aber ebenso Verwunderung. Und beides passte zu seinem Kommentar … ging aber schnell, was immer er damit meint.

19

Julian Beech entspricht in keiner Weise dem Klischee des Privatdetektivs. Von seinem Aussehen und seinem Auftreten passt er eher in die Londoner Finanzwelt mit ihren maßgefertigten Anzügen und makellos sitzenden Frisuren, wäre da nicht die markante Nase. Groß und so auffällig schief, als sei sie mehr als einmal gebrochen worden. Seine Stimme ist angenehm, die Worte freundlich, und doch überläuft mich eine Gänsehaut, als er meine Hand schüttelt. Etwas zu schnell ziehe ich sie zurück, und schon flackert in seinen Augen Neugierde auf, die er aber sogleich mit einem professionellen Lächeln überdeckt. In dem Moment tritt aus der Küche ein älterer Herr mit grau meliertem Haar und schmalem Gesicht, in der Hand ein Wasserglas. Ich identifiziere ihn sofort als den Mann von dem Zeitungsartikel – Sir Huntingdon.

»Clare, das ist Terence Huntingdon«, stellt Paul ihn mir vor.

Huntingdon reicht mir die Hand. »Das alles muss sehr schwer für dich sein«, sagt er mit weicher Stimme, »bitte sei dir meiner vollen Unterstützung gewiss.«

»Danke«, murmele ich, überrumpelt von seiner, trotz der weichen Stimme, kraftvollen und ruhigen Ausstrahlung.

»Setzen wir uns«, sagt Paul.

Folgsam nehme ich neben Paul Platz, darauf bedacht, Abstand zwischen Beech und mich zu bringen. Ich kann das Unbehagen ihm gegenüber nicht erklären. Vielleicht ist es die Nase. Oder sein Blick. Etwas darin ist lauernd und irgendwie …

»Julian ist über die Situation informiert«, unterbricht Paul meine Gedanken. »Er hat schon bei einigen Vermisstenfällen mitgearbeitet und kann auf ein hervorragendes internationales Netzwerk zugreifen.«

»Und dieses ist nicht…«, Beech lächelt wie ein Vertreter, der den überzogenen Preis eines Produktes schönredet, »an die starren Regeln der Behörden gebunden.«

»Heißt das, Sie wenden illegale Methoden an?«, frage ich, dabei ist es mir völlig egal, auf welche Methoden er zurückgreift, solange er Bonnie findet.

»Ich meine damit, dass wir uns nicht an Dienstpläne und Stundenkontingente halten müssen.« Beech beugt sich nach vorne und verschränkt die Finger ineinander. »Je länger eine Person vermisst wird, desto unwahrscheinlicher ihr Auffinden, desto geringer der nach außen vertretbare personelle Suchaufwand.«

»Außer es handelt sich um Prominente«, fügt Paul bitter hinzu.

»Bei uns dagegen bestimmen Sie, wie lange und mit wie vielen Personen gesucht wird.« Wieder setzt Beech das unverbindliche Vertreterlächeln auf.

»Und Julian hat bereits einen Schlachtplan entworfen.« Paul greift nach meiner Hand. »Liebes, morgen um halb zehn haben wir einen Termin bei einem anerkannten Hypnotherapeuten.«

»Hyp-no-se?« Abrupt ziehe ich meine Hand weg. Angelas Worte schrillen wie ein Warnsignal durch meinen Kopf. Lass dich nicht auf Hypnose ein… Wenn Paul etwas vertuschen muss, dann wird er dafür sorgen, dass du dich an seine Version erinnerst. Du wirst nie erfahren, was wirklich passiert ist.

Der Prospekt mit Moiras Adresse, die Künstlermappe mit Bonnies Bildern erscheinen wie Blitzlichter vor meinem Auge. Hat Angela recht?

»Im Ernst?«, frage ich schließlich. »*Das* ist der Schlachtplan?«

Pauls Augenbrauen wandern verärgert Richtung Nasenwurzel. »Heute früh konntest du es nicht erwarten, endlich eine Therapie zu beginnen, um an deine Erinnerung zu kommen! Was ist dein Problem?«

»Hypnose ist bei meiner Indikation keine zuverlässige Therapieform.«

Paul starrt mich mit offenem Mund an. »Nicht zuverlässig? Soll das ein Witz sein? Es geht um unsere Tochter! Wie kannst du dich gegen die einzige Möglichkeit stellen, sie zu finden?«

»Darf ich mich einklinken?«, fragt Huntingdon.

»Bitte«, sagt Paul, sichtbar um Fassung ringend.

»Clare«, Huntingdon lächelt mich aufmunternd an. »Ich kann deine Skepsis verstehen. Du bist Medizinerin, und so wie ich dich kenne, hast du dich inzwischen ausgiebig mit deiner Kondition beschäftigt und kennst sowohl die Möglichkeiten als auch die Gefahren einer Hypnose. Aber ich kann dir versichern, dass du bei Darescz in den besten Händen bist. Uns läuft die Zeit davon: Bonnie ist seit sechs Tagen verschollen. Wir brauchen schnelle Ergebnisse.«

Paul nickt zustimmend. »Du solltest dankbar sein, dass Terence seinen Einfluss geltend gemacht hat, diesen Termin überhaupt zu bekommen.«

Ich schließe die Augen, um mich zu sammeln. Ja, wie kann ich mich auch nur eine Sekunde, auch nur mit einer Silbe gegen die einzige Möglichkeit stellen, Bonnie zu finden? Selbst in dem Wissen, dass es keineswegs sicher ist, so schnell an den verschollenen Teilen meiner Erinnerung zu rütteln. Selbst in dem Wissen um die Gefahr einer dauerhaften Manipulation meiner Erinnerung durch unsachgemäße oder bewusste Fragestellung mittels Suggestion.

»Ich dachte«, wende ich mich an Beech, »wir ziehen eine große Kampagne auf. Presse, Webseite, Social Media. Wir überziehen die ganze Welt mit Fotos von Bonnie. Wir loben eine Belohnung aus. Mit ihren grauen Augen und dunklen Locken sieht sie einzigartig aus. Sobald sie auf der Straße ist, wird jemand sie erkennen.«

»Möglich ist das natürlich, aber…«, Beech schüttelt bedauernd den Kopf, »ich kann Ihnen davon nur abraten, wenn Sie das Leben Ihrer Tochter nicht noch weiter gefährden wollen.«

Verständnislos sehe ich von Beech zu Huntingdon. Warum sollte das Bonnies Leben gefährden?

»Nennen Sie mir *einen* Fall, bei dem es funktioniert hat.« Es ist eine rhetorische Frage, denn Beech spricht weiter, ohne mir die Möglichkeit zur Antwort zu geben. »Sie setzen damit den Entführer unter enormen Druck, ohne zu wissen, ob er damit umgehen kann. Wird er Ihre Tochter deshalb gehen lassen? Nein«, setzt er sofort hinterher, »wird er nicht, denn sie kann ihn beschreiben. Was also ist die nächstliegende Möglichkeit, um seinen Hals aus der Schlinge zu ziehen? Er wird…«

Aus den Augenwinkeln bemerke ich eine Handbewegung.

Schnitt. Stopp.

Paul hat Beech einen Maulkorb angelegt. Warum?

Zwei Möglichkeiten.

A. Angelas Theorie stimmt, Paul weiß Bonnie in Sicherheit und will das Horrorszenario nicht auf die Spitze treiben.

B. Er ist ebenso ahnungslos und verzweifelt wie ich und erträgt es nicht, diese verdammte, beschissene, schreckliche Wahrheit in solch krasser Deutlichkeit zu hören. Ich spüre Pauls Hand erneut auf meiner.

»Was ist dein Problem mit der Hypnose?«, fragt er sanft.

»Angela sagt, dass…«

»*An-ge-la.*« Seine Hand verschwindet, sein Ton ist eisig. »Natürlich. Wann und wo hast du dich von dieser… dieser… *Frau*«, blafft er mit einem Seitenblick auf Beech und Huntingdon, »beeinflussen lassen?«

Ich verschränke die Arme, unschlüssig, wie ich auf seinen Ausbruch reagieren soll. Ausweichen oder Konfrontation?

»Clare«, meldet sich Huntingdon erneut zu Wort und stellt sein nunmehr leeres Wasserglas auf dem Couchtisch ab. »Als Paul mich über die Schwierigkeiten informiert hat, dich von Indonesien nach England überstellen zu lassen, habe ich alles getan, um dich schnellstmöglich nach Hause zu bringen …«

»Du warst das?« Ich starre Huntingdon an. Welche Rolle spielt dieser Mann in unserem Leben, dass er sowohl bei meiner Auslieferung nach England als auch bei der Suche nach Bonnie sich so ins Zeug legt?

»Nur im Hintergrund. Das Risiko hat Paul getragen – weil er keine unnötige Zeit verstreichen lassen wollte, um dich nach Hause zu holen. Er hat keine Sekunde gezögert, obwohl er wusste, dass ich ihm nicht helfen kann, falls er auffliegt und in Indonesien verhaftet wird. Bedenke das bei deiner Entscheidung.« Huntingdons Augen fixieren mich, das kühle helle Blau steht im krassen Gegensatz zu seiner warmen, weichen Stimme, und sein Blick ist so unbeugsam und fordernd wie die Worte, die mir keine andere Möglichkeit lassen, als seinem Vorschlag zuzustimmen.

»Gut«, sage ich. »Ich bin dabei.«

20

Kaum fällt die Tür hinter Beech und Huntingdon ins Schloss, legt Paul seinen Arm um meine Schultern. »Ich habe ein gutes Gefühl bei Julian. Wir können froh sein, dass Terence sich für uns so starkmacht. Du wirst sehen, Liebes, es wird alles gut werden. Wir bekommen sie wieder.«

Mühsam ringe ich mir ein Lächeln ab. Ich würde seine Zuversicht gerne teilen, aber es gelingt mir nicht. »Warum hast du mir nicht gesagt, dass du und Terence …«

»Weil das so abgesprochen war. Je weniger Menschen eingeweiht sind, desto geringer die Chance, dass es auffliegt.«

»Aber ich …«

»Gerade du bist ein Risikofaktor.« Sein Arm rutscht von meiner Schulter, er nimmt mich an der Hand und zieht mich mit sich zu seiner Arbeitskammer. »Oder glaubst du, du hättest Walker deine Empörung so überzeugend *vorspielen* können, wenn du eingeweiht gewesen wärst? Komm, ich zeige dir die Webseite von Darescz.« Er tippt die Paneeltür an. »Du willst doch sicher wissen, wie er arbeitet.«

Natürlich will ich das, aber will ich auch, dass Paul genau jetzt merkt, dass ich an seinem Schreibtisch gewesen bin?

Galant lässt er mir den Vortritt, und ich traue meinen Augen kaum: Der Monitor ist eingefahren, die Tastatur in ihrer Schublade versteckt!

Paul zieht sie auf, und das Schauspiel beginnt. Die Tastatur dockt sich an die Tischplatte, der Monitor erscheint, die Gurrdame ertönt.

»Guten Tag, Paul. Sie waren das letzte Mal vor …«

Schon liegt Pauls Finger auf dem Fingerabdruckscanner. Der pochende Finger verschwindet vom Bildschirm, und ein Avatar mit blonden langen Haaren und leuchtend blauen Augen erscheint.

»Willkommen zurück, Paul«, gurrt die Dame. »Was kann ich für Sie tun?«

»Suche die Webseite von Darescz, Hypnotherapie, London«, sagt Paul überdeutlich.

Auf dem Monitor baut sich zügig eine düstere Webpräsenz auf. Der Hintergrund ist in Schwarz- und Grautönen gehalten, die Schrift rot, der Mann im Vordergrund unnatürlich bleich und glatzköpfig mit kunstvollem Backenbart. Seine unheimlichen dunklen Augen starren mich an, so direkt, als sei nicht ein Foto, sondern Darescz selbst auf diesem Monitor.

Eine Gänsehaut überläuft mich. Paul kann kaum ernsthaft annehmen, dass *das* meine Bedenken ausradieren würde. Als hätte er meine Gedanken gelesen, klickt er auf einen Link in der Fußzeile, und eine beeindruckende Liste an Referenzen erscheint.

»Lass dich von der Aufmachung der Webseite nicht täuschen. Das ist nur Show für seine öffentlichen Auftritte. Die Leute stehen auf so was.«

Er navigiert zurück zur Hauptseite und sagt. »Hyp-no-therapie bei Trau-ma-patienten.« Der stechende Blick verschwindet. Eine neue Seite baut sich auf. Ein sanft plätschernder Wasserfall, daneben Text, diesmal weiß auf schwarz.

»Fließ-text vor-lesen.«

»Sie leiden unter einer traumainduzierten Störung?«, fragt die Gurrstimme. »Sie möchten endlich Ihr Trauma verarbeiten und hinter sich lassen? Sie möchten endlich Ihr Leben wieder selbst bestimmen? Dann kommen Sie zu mir. Lassen Sie mich Ihnen helfen, in Ihr tief verborgenes Inneres zu sehen. Lassen Sie uns gemeinsam die Wende einläuten. Lassen Sie mich

Ihr Unterbewusstsein gezielt und sanft zu dem Ereignis Ihres Lebens zurückführen, an dem Ihr Trauma begann. Lassen Sie es uns gemeinsam isolieren und für immer aus Ihrer Erinnerung löschen. Profitieren Sie von meiner einzigartigen, sanften und zu 100% erfolgreichen Methode. Nähere Information finden Sie hier.«

Der Link am Ende des Textes lädt blau zum Klicken ein, doch ich habe mehr als genug gehört. Der ganze Auftritt, der Text – es wirkt unseriös und reißerisch, Referenzliste hin oder her. Wie kann Paul nur darauf hereinfallen?

Da verschwindet die Webseite vom Monitor, und ein altmodisches Telefon hüpft auf rotem Hintergrund, während ein ebenso altmodischer Klingelton durch die Kammer schrillt.

»Abheben«, sagt Paul. Das »Drrrring« verstummt. »Dr. Brent.«

»Entschuldigen Sie die Störung, Sir. Raphael von der Pforte. Ein Dr. Zalewsky wäre hier für Sie.«

Paul rollt die Augen. »Bringen Sie ihn bitte hoch.«

Das Telefon verschwindet vom Bildschirm, und Paul steht abrupt auf. »Das kann etwas dauern.«

»Kein Problem.« Ich folge ihm in den Flur. »Wie fahre ich den Computer herunter?«

»Gar nicht.« Er schließt die Falttür. »Sobald du die Tür schließt, schaltet sich alles ab.«

Schon höre ich ein leises Surren und Klicken und Klacken, gerade muss sich die Tastatur abgedockt haben und in der Schublade verschwunden sein. »Das war deine Idee. Weil ich immer alle Geräte anlasse und sich dann die Kammer zu sehr aufheizt.« Er zeigt zur Tür meines Behandlungszimmers. »Früher war das mein Arbeitszimmer. Wenn dort ein Computer zwei Tage gelaufen ist, hat das nicht gestört.«

»Und dann habe ich dich dort vertrieben.«

Er sieht mich an, ernst und eigentümlich verloren, als erinnere er sich an etwas, das sehr, sehr lange zurückliegt. »Du hast für Bonnie viel aufgegeben, und trotzdem hast du dir in deinem Fach einen Namen erkämpft. Ich wünschte, ich hätte mehr beitragen können, als dir nur meinen Raum zu überlassen.«

Die Wohnungsklingel schlägt an, und Paul geht schnell zur Tür.

Ich folge ihm. Verunsichert. Von seinem Blick. Von seinen Worten. Ich bin mir sicher, gerade den wahren Paul gesehen zu haben. Den Mann, der für mich in eine Kammer gezogen ist. Der keine Gütertrennung braucht. Der auf der Gästecouch schläft, um mir Zeit zu geben.

Und doch: Da sind die versteckten Bilder, der Prospekt mit Moiras Privatadresse, der Hypnosetermin bei diesem Darescz…

Was ist er?

Freund oder Feind?

Bis zu meinem Gespräch mit Angela wäre diese Frage in Bezug auf Paul absurd gewesen, doch jetzt weiß ich nicht – hat er Hypnose gewählt, weil sie uns am schnellsten zu Bonnie führen kann oder weil er so meine wiedererwachende Erinnerung manipulieren will?

Hat er mich um meinetwillen mit Huntingdons Hilfe aus dem Gefängnis geholt oder um sein Geheimnis zu schützen, wie Angela und Walker vermuten?

Paul öffnet, herein kommt ein untersetzter Mann mit Halbglatze und Brille. Hinter ihm steht Raphael in der geöffneten Tür.

»Dick«, begrüßt Paul den untersetzten Mann, »ich hatte nicht mit dir gerechnet.«

»Du kennst doch die Geschichte mit dem Propheten und dem Berg. Kommt der Prophet nicht zum Berg, dann…«

»Ja, ja«, unterbricht ihn Paul mit einem nervösen Blick zu mir.

Ich mustere ihn aufmerksam, denn ich kenne die zweite

Zeile des Spruchs: … dann kommt der Berg zum Propheten. Und in diesem Fall ist Dick Zalewsky der Berg und Paul der Prophet. Nur sollte der Prophet bereits beim Berg gewesen sein – heute Vormittag. Elf Uhr. In dem Moment reicht Dick mir die Hand.

»Guten Abend, Clare. Tut mir leid, dass ich euch so überfalle, aber dein Mann hat mich heute früh versetzt. Ich weiß, was bei euch los ist, deshalb dachte ich, es entlastet euch, wenn ich die Übergabe mit Paul schnell hier erledige.« Sein Händedruck ist warm, sein Blick voller Mitgefühl. »Ich … ich bin sehr froh, dass du zurück bist.«

»Danke, Dick«, sagt Paul schnell. »Ich weiß das zu schätzen.« Dann schiebt er Zalewsky durch die Flügeltür.

Das also ist Dr. Dick Zalewsky – der angebliche Anrufer beim Frühstück, als in Wahrheit Angela angerufen hat. Und wo immer Paul heute Vormittag gewesen ist, er hat ihn nicht mit Zalewsky verbracht.

Wo ist er dann gewesen? Bei Moira Blue?

Wieder pikst mich dieses Gefühl, das man wohl nur mit Eifersucht beschreiben kann. Da klopft Raphael gegen den Türrahmen.

»Kann ich noch etwas für Sie tun?«

Ein freundliches Nein liegt mir auf der Zunge, ich überlege kurz, ob er ein Trinkgeld erwartet, realisiere, dass ich keinen Penny bei mir habe, und plötzlich taucht das Bild von Bonnie beim Vergraben ihres Geldschatzes im Sandkasten vor meinen Augen auf.

»Würden Sie mir den Weg zur Dachterrasse zeigen?«, frage ich spontan, nicht weil ich hoffe, ihm dort ein Trinkgeld aus dem Sand zu sieben – ich brauche einfach einen Ort außerhalb der Wohnung, an dem ich in Ruhe nachdenken kann.

»Selbstverständlich. Sie müssen nur den Lift benutzen.« Raphael sieht sich suchend im Flur um.

»Lift?« In unserer Wohnung? Verwundert folge ich seinem suchenden Blick. Ich habe keine Ahnung, wovon er redet.

»Den Lift zur Dachterrasse.« Er tritt ein und geht den Flur entlang, sichtlich verwirrt ob der vielen Schranktüren. »Hier müsste er sein.«

»Da ist kein Lift.«

Zweifelnd sieht er den Gang entlang. »Das verstehe ich nicht«, murmelt er.

»Was verstehen Sie nicht?«

»Da *muss* ein Lift sein.«

»Gibt es einen anderen Weg zu der Dachterrasse?«, frage ich, bereits leicht genervt von dieser unsinnigen Suche nach einem nicht existenten, völlig bedeutungslosen Lift.

»Über den Hauptlift oder die Treppe.«

»Na dann …«

Schweigend gehen wir zum Hauptlift im Flur und fahren ein Stockwerk höher. Dort führt Raphael mich durch einen schmalen Gang zu einer Glastür, hinter der bereits das Grün zu sehen ist. Er sperrt die Tür auf und begleitet mich ins Freie. Ein gutes Dutzend sorgfältig gestutzter Buchsbäume umrahmen eine große Terrasse mit modernen Loungemöbeln. Trotz des warmen Tages weht hier oben ein frischer Wind. Fröstelnd verschränke ich die Arme vor der Brust und folge Raphael über einen schmalen Holzweg, vorbei an der Terrasse mit den schicken Loungemöbeln.

»Bitte.« Raphael ist stehen geblieben und zeigt auf ein rosenumranktes Tor mit zartrosa Blüten.

Mir bleibt der Mund offen stehen. Kein Wunder, dass dieser verwunschene Minigarten Bonnies Lieblingsort ist. Ich bin überzeugt, dass es auch mein Lieblingsort gewesen ist.

In der Mitte befinden sich zwei Hängestühle über hellen Kieselsteinchen, rundherum sind mehrere Blumeninseln in niedrigen Terrakottatöpfen angelegt. Dazwischen Pötte mit lila und pinken Hortensienblüten, groß wie Handbälle, Zitronen- und Olivenbäumchen.

Wie in Trance tappe ich vorwärts, an den Hängestühlen vorbei, zu der Hauswand, die den Dachgarten begrenzt. Sie ist bunt bemalt, saftig grüne Pflanzen mit knallig bunten Blüten, in der Mitte der Wand steht ein antik anmutendes, massives Regal mit handbemalter Keramik und Kerzen und zwei zierlichen Gießkannen. Ich nehme eine der Gießkannen heraus und wandere durch den kleinen Garten, wässere die Hortensien und stelle die leere Gießkanne in das Regal zurück.

Die Blüten, die Farben – sie verzaubern mich regelrecht. Das erste Mal seit ich auf dem Boot aufgewacht bin, habe ich das Gefühl, frei atmen zu können.

Ich fülle meine Lungen mit Luft, die mit einem Mal viel frischer schmeckt, obwohl es dieselbe Londoner Stadtluft ist wie unten auf der Straße.

»Sind Sie in Ordnung?« Raphael tippt mir auf die Schulter.

»Ja«, murmele ich und möchte über die Perversität dieser banalen Lüge am liebsten laut lachen. In Ordnung! Natürlich bin ich nicht in Ordnung! Wie soll ich in Ordnung sein, solange Bonnie verschwunden ist und ich mich ohne meine Erinnerung in einem Labyrinth widersprüchlicher Informationen zu verirren scheine?

»Sie zittern. Möchten Sie zurück in die Wohnung?«

»Nein.« Fröstelnd verschränke ich die Arme vor meiner Brust. »Ich möchte noch ein wenig bleiben.«

»Natürlich … ich verstehe.«

»Was verstehen Sie?«

Verlegen senkt er seinen Kopf. »Es ist wegen Ihrer Tochter. Sie waren sicher oft mit ihr hier oben.«

»War ich das?«

Er zeigt auf eine große grüne Plastikschildkröte, daneben eine blaue Schatztruhe. »Der Sandkasten. Die Spielsachen.«

Es ist die grüne Schildkröte von dem Foto. Ich knie mich davor, schiebe den Deckel zur Seite und tauche eine Hand in den Sand, tauche nach dem hartem Metall der Pennys, die Bonnie auf dem Foto hier vergraben hat, und wünsche mir, ich könnte mich wenigstens an ihre Stimme erinnern. An ihr Geplapper, während sie im Sand gespielt hat.

Wo bist du, Bonnie? Wie geht es dir?, denke ich und greife mir unwillkürlich an die Kehle. Die Vorstellung von Bonnie, allein und verängstigt an einem fremden Ort, ist unerträglich. Ich glaube ihre silbergrauen Augen zu sehen, diese ungewöhnlichen Augen, die ich nur von Fotos kenne und die mich in meiner Vorstellung so anklagend ansehen, als flüstere sie: »Warum hast du mich alleingelassen, Mummy?«

Mein Hand schließt sich zur Faust, presst den körnigen Sand darin so fest zusammen, dass er durch die Ritzen zwischen meinen Fingern quillt.

Wenn ich nur wüsste, was ich tun soll! Wenn ich wenigstens wüsste, ob ich Paul noch trauen kann oder ob ich auf Angelas Warnung hören soll…

Ein Schatten fällt auf die Schatzkiste. Ich blicke hoch, erwarte wider besseres Wissen Paul, doch es ist Raphael, der mich ansieht, als befürchte er, ich würde mich vom Dach stürzen, sobald er mich alleine lässt.

»Geht es Ihnen wirklich gut?«

Ich schließe den Sandkasten und stehe auf und versuche mich an einem Alles-gut-Lächeln, das seinem skeptischen Gesichtsausdruck nach jedoch nicht zu funktionieren scheint.

»Passt schon, gehen Sie nur«, will ich sagen, doch ich sage es nicht. »Haben Sie vielleicht… Darf ich ein paar Minuten Ihrer Zeit…«, stammle ich stattdessen, ohne eine klare Vorstellung zu haben, was ich mir von ein paar Minuten seiner Zeit eigentlich erhoffe.

»Wollen wir uns setzen?« Er zeigt auf die Hängestühle, und

ich folge ihm, setze mich und schwinge stumm vor und zurück.

Er fällt in meinen Schwingrhythmus ein, und wir schwingen beide stumm vor und zurück. Vor und zurück. Zehnmal, zwanzigmal, fünfzigmal. Nur das feine Knarzen der Feder beim Zurückschwingen stört das sonntagsschwache Londonrauschen unter uns. In meinem Kopf dagegen schwillt das Rauschen der Verwirrung unaufhörlich an, und plötzlich brechen die Sätze ungefiltert aus mir heraus.

Ich erzähle ihm von Indonesien und Bonnie und Paul und Angela und Moira und Beech und Darescz. Es klingt wirr und abgehackt in meinen Ohren, und ich weiß, dass Raphael keine Antworten darauf haben kann, und trotzdem tut es gut, es auszusprechen.

»Kennen Sie den Namen des Hypnotherapeuten?«, fragt Raphael mit beunruhigend ernster Miene, als mein wirrer Redestrom endlich stoppt.

»Darescz.«

Er zieht sein Smartphone hervor, tippt und wischt darauf herum und verzieht dann das Gesicht. »Hab ich mir gedacht… ausgerechnet der…«

»Was ist mit ihm?«

»Wenn ich mich richtig erinnere, hat Darescz einen zweifelhaften Ruf. Er arbeitet mit Barbituraten. Und er macht diese Shows. Dazu würde sich kein seriöser Hypnotherapeut hergeben.«

Ich sehe ihn überrascht an und frage mich, woher er über den Ruf eines Hypnotherapeuten Bescheid weiß, als er ein scheues Grinsen zeigt.

»Ich weiß, was Sie denken: Woher will der Portier das wissen?«

Sofort spüre ich die Röte in meine Wangen schießen. »Nein«, leugne ich in einer so offensichtlichen Lüge, dass ich noch mehr erröte und mich hastig korrigiere. »Ja. Das habe ich mich gefragt.«

»Ich bin Hobbyautor. Das hier«, er zeigt auf seine Uniform, »ist mein Brotjob, Science-Fiction meine Leidenschaft.«

»Und als Autor weiß man so was?«

Raphaels Grinsen wird breiter. »Als Autor weiß man immer so viel wie die Romanfiguren des Buches, an dem man schreibt. Ich habe mal als Portier in einem medizinischen Institut in Florenz gearbeitet und ziemlich viel medizinische Fachliteratur gelesen. Und schon wurde der Held des neuen Buches Opfer von Gedächtnismanipulation, da kommt man bei der Recherche an Darescz nicht vorbei. Und ganz ehrlich, bei Darescz sehe ich in der Hypnose dieselbe Gefahr wie Ihre Freundin.«

»Ja?«

»Man kann unter Hypnose Erinnerungen manipulieren. Versehentlich, weil die falschen Fragen gestellt werden, aber auch ganz bewusst eine neue Erinnerung einpflanzen. Schlechte Erinnerungen einkapseln und durch gute ersetzen.« Raphael zwirbelt nachdenklich sein Ziegenbärtchen. »Darescz ist dafür in der Szene bekannt. Der Meister der Suggestion. Warum will Ihr Mann ausgerechnet zu ihm?«

Eine Gänsehaut überzieht meine Arme, und ich bin mir sicher, es hat nichts mit dem kühlen Wind zu tun, der dem Versprechen des strahlend blauen Himmels die Wärme nimmt.

Eine neue Erinnerung. Ist das Pauls Ziel? Um zu verschleiern, was in Indonesien wirklich passiert ist? Sollte Angela mit ihrem monströsen Verdacht recht behalten?

Wieder ein Puzzlestein, der gegen Paul spricht. Und trotzdem: Da ist dieses Gefühl von Geborgenheit und Zuhause, das ich so intensiv bei ihm gespürt habe. Kann mein Gefühl mich so sehr täuschen?

Ich zucke die Schultern, um Raphael zu signalisieren, dass ich keine Antwort auf seine Frage habe.

»Werden Sie hingehen?«, fragt Raphael.

»Habe ich eine Wahl?«

»Sie haben immer eine Wahl.« Er steht auf und stellt sich vor mich. »Darf ich Ihnen etwas zeigen, damit Sie sich bei Bedarf gegen Darescz' Tricks wehren können?«

21

Neuer Tag, neue Hoffnung. Der Spruch steht klein und grau auf dem Teller des Nobelrestaurants, in dem Paul und ich zu Mittag essen.

Es ist ein neuer Tag, von wegen neue Hoffnung …

»Tut mir leid, dass es vorhin nicht geklappt hat«, sage ich und verdecke den Spruch auf meinem Teller mit den Resten meiner Soße. Ich will ihn nicht mehr sehen.

»Du hast es versucht.« Paul legt seine Hand tröstend über meine. »Mehr habe ich nicht verlangt.«

Ich weiche seinem Blick aus. Sein Verständnis beschämt mich, denn ich habe es nicht versucht. Ich habe mich bewusst mit dem von Raphael eingeübten Manöver gegen die Hypnose gewehrt, nachdem sich Darescz' Augen das erste Mal in meine gebohrt haben.

Ich schüttle mich unwillkürlich.

Diese Augen. Kalt und neugierig.

Und doch wachsen mit jeder Minute, die Darescz' Auftreten zurückliegt, meine Zweifel.

Hätte ich meinen Widerwillen gegen Darescz beiseiteschieben und Paul und Huntingdon vertrauen sollen? Wenn Angela sich mit ihrem Verdacht gegen Paul täuscht, dann habe ich soeben die beste Chance vertan, Bonnie schnellstmöglich zu finden.

Paul winkt dem Ober und bezahlt, und ich werde mir bewusst, dass ich nun schon den dritten Tag zurück in London bin, aber noch immer keinen Zugriff auf Geld, ein Handy und einen Computer habe.

Schweigend verlassen wir das Lokal und nehmen die Abkürzung durch den kleinen Park.

»Das nächste Mal wird es ...«

»Schsch.« Er hält mir das Gatter zur Straße hin auf und nimmt meine Hand. »Du hast es versucht, hör auf, dir Vorwürfe zu machen! Übermorgen starten wir einen neuen Versuch. Wir schaffen das.«

Wir schaffen das. Ein Gefühl der Dankbarkeit durchflutet mich. Falls ich bis übermorgen keine Alternative zu Darescz gefunden habe, werde ich mich auf ihn einlassen.

Ich spüre den festen Druck von Pauls Hand, und er erfüllt mich mit einem kleinen bisschen Zuversicht.

Wir schaffen das. Wir.

Auf der anderen Straßenseite steht Raphael neben dem Hauseingang und raucht, doch als er uns bemerkt, drückt er schnell die Zigarette aus.

Da schießt Angela hinter einem Baum hervor. Breitbeinig stellt sie sich vor uns, ihr Zeigefinger fuchtelt drohend durch die Luft.

»Was bist du nur für ein Mistkerl!«, keift sie.

Erschrocken zucke ich zusammen, spüre Pauls Händedruck fester werden. Was zum Teufel will Angela hier?

»Wie kannst du sie zur Hypnose bringen? Du weißt, was das für Risiken birgt!«

»Halte dich da raus«, sagt Paul ruhig, aber ich höre den warnenden Unterton.

»Komm mit zu mir«, ignoriert Angela ihn und streckt die Hand nach mir aus.

Unwillkürlich dränge ich mich näher an Paul.

»Du darfst ihm nicht trauen!«, ruft Angela. »Denk an Moira Blue.« Sie blitzt Paul an. »War die Idee mit der Hypnose von ihr? Der Masterplan, um deinen misslungenen Versuch zu vertuschen, deine unbequeme Ehefrau endlich loszuwerden?«

Gespannt beobachte ich Pauls Reaktion. Sein Atem wird flacher, sein Gesicht bleich. Seine Augen verengen sich zu Schlitzen. Weil er sich ertappt oder zu Unrecht beschuldigt fühlt?

»Was willst du damit sagen?« Seine Worte sind leise und drohend, seine Finger immer noch fest um meine Hand geschlossen.

Angela streckt wieder den Arm nach mir aus. »Komm mit mir, Clare. Ich kann dir helfen, dich zu erinnern. Dann weißt du wieder«, sie wirft einen eisigen Blick zu Paul, »was für ein …«

»Halt die Klappe, du …«

»Hört endlich auf!«, bricht es aus mir heraus. Ich schüttele Pauls Hand ab. »Beide!«

Tatsächlich halten Paul und Angela inne, ihre Blicke auf mich gerichtet.

»Woher weißt du überhaupt von der Hypnose?«, frage ich Angela.

»Das hat mir ein Vöglein gezwitschert.«

Ein Vöglein? In mir arbeitet es fieberhaft. Angela konnte diese Information nur von Raphael, Huntingdon, Beech oder Paul haben. Aber Paul hätte sich eher die Zunge abgebissen, als Angela von dem Termin zu erzählen, und von Huntingdon und Beech wusste Angela nicht. Und das bedeutet, die wahrscheinlichste Quelle für Angelas Information ist Raphael. Wut und Enttäuschung brodeln in mir hoch.

»Verschwinde von hier«, blafft Paul Angela an.

»Ich kann hier stehen, solange ich will, und ob Clare mich sehen will, bestimmt immer noch sie selbst.«

Etwas in mir kippt. »Ja, ich bestimme. Und jetzt gerade will ich *keinen* von euch sehen.« Ich lasse sie beide stehen, laufe zum Haus und passiere wortlos die von Raphael aufgehaltene Tür.

»Guten Tag, Clare.«

Mit fest zusammengepressten Lippen marschiere ich an ihm vorbei zum Aufzug, höre, wie er mir nachläuft, und bleibe notgedrungen vor dem Lift stehen.

»Wie ist es gelaufen?«

Meine Finger klatschen auf den Liftknopf.

»Clare?« Er hebt seine Hand, als wolle er sie mir besänftigend auf die Schulter legen. »Das war ein hässlicher Streit. Tut mir leid für Sie.«

»Warum haben Sie das getan?«, zische ich durch meine zusammengepressten Zähne.

»Wie? Was? Getan?« Sein Blick spiegelt völlige Verständnislosigkeit.

»Woher weiß Angela von der Hypnose? Von mir weiß sie es nicht. Und von Paul auch nicht.«

Seine Kinnlade fällt herunter. »Sie meinen... Iich habe Angela...?«

Endlich trudelt der Lift ein. Ich reiße das Gitter zurück, steige ein und knalle es hinter mir in die Verankerung zurück, während ich mit einer Hand schon auf die Vier drücke. Die Tür schließt sich, und ich sehe ihn durch den kleiner werdenden Spalt an: »Sonst habe ich es niemandem anvertraut.«

22

Das Fenster ist angenehm kühl an meiner Stirn. Ich starre hinaus, auf den Park, auf die Straße davor. Von Angela ist nichts mehr zu sehen, Paul dagegen ist vor ein paar Minuten im Haus verschwunden. Seitdem warte ich auf seine Schritte im Flur, auf den Schlüssel im Schloss.

Vergeblich – und je länger ich darauf warte und nichts geschieht, desto zwiespältiger werden die Gefühle in mir.

Ich habe ihn weggeschickt. Aber eigentlich möchte ich, dass er jetzt hereinkommt, mich in die Arme nimmt und mir eine Erklärung für all die Ungereimtheiten liefert, die sich zu einer immer massiveren Mauer zwischen uns auftürmen. Ich möchte ihm glauben und ihn als meinen Verbündeten behalten in diesem Irrsinn, der sich mein Leben nennt.

Ein Taxi hält, Paul erscheint, steigt ein, und ich bin mir sicher, sein Ziel zu kennen: Moira Blue.

Mein Magen zieht sich zusammen. Nun fährt er zu ihr, und ich bin selbst schuld daran.

Da klingelt es. Erst zaghaft mit Pausen, dann fordernd und schrill, als klebe der Finger des Läutenden auf dem Klingelknopf. Ich frage mich, wer das sein kann – Angela? Hat sie gewartet, bis Paul sich zurückgezogen hat, um eine erneute Attacke gegen ihn zu lancieren?

Unwillig gehe ich zur Wohnungstür und spähe durch den Spion – direkt in Raphaels übergroß verzerrtes Auge.

»Bitte, Clare, machen Sie auf, ich habe Ihrer Freundin nichts gesagt. Aber ich kann mir denken, woher sie die Information hat.« Er hält sein Smartphone an den Spion, und ich erkenne eine stilisierte Wanze, die über das Display läuft. »Ich glaube, sie hört die Wohnung ab.«

Überrumpelt öffne ich die Tür. »Eine Wanze?«

Raphael schlüpft in die Wohnung und schließt die Tür leise hinter sich. Er beugt sich so nah zu mir, dass sein Minzatem meine Wange streift.

»Ich habe mir ein Programm heruntergeladen, mit dem man Wanzen aufspüren kann«, flüstert er. »Es wäre gut, wenn wir den Suchbereich eingrenzen können. Wo waren Sie mit Ihrer Freundin?«

»Sofa und Küche«, flüstere ich zurück, mit einem Mal angesteckt von seiner ernsten Miene und dem eindringlichen Flüsterton.

Er nickt und läuft ins Wohnzimmer, die Hand mit dem Smartphone nach vorne gestreckt. Ich bleibe dicht hinter ihm, kann mir jedoch nicht so recht vorstellen, dass er wirklich eine Wanze finden wird. Raphael beugt sich über das Sofa, scannt mit dem Smartphone über die Kissen, winkt und zeigt auf das Display. Die stilisierte Wanze blinkt grellrot. Gemeinsam nehmen wir die Kissen von dem Sofa und fahren mit den Händen über den grauen Stoff.

Dann richtet Raphael sich auf. In einer Hand ein winziges Metallteil, mit der anderen streckt er den Daumen nach oben und bedeutet mir, still zu sein.

»Es tut mir wirklich leid«, entschuldige ich mich zum dritten Mal, seit wir gemeinsam die Wohnung verlassen und uns im Dachgarten auf die Hängestühle gesetzt haben. Ihn ohne jeden Beweis des Vertrauensmissbrauchs beschuldigt zu haben ist mir unendlich peinlich.

Er winkt ab. »Erzählen Sie mir lieber, was heute bei Darescz los war.«

»Ich habe ihn abgeblockt.«

»Was hat Sie dazu gebracht?«

Ich zucke die Schultern. »Seine Augen. Er selbst. Ich habe mich nicht wohlgefühlt.«

»Dann wäre das vom Tisch, oder?«

»Julian Beech hat einen neuen Termin vereinbart. Übermorgen.« Ich richte meinen Blick auf die bunten Blumen in den Terrakottatöpfen. »Ich glaube, ich werde mich darauf einlassen. Bonnie ...«

»Ernsthaft?«, fragt er, und ich spüre, dass er mich anstarrt. »Ich weiß, es geht mich nichts an, aber das gefällt mir alles nicht. Die Wanze, die Hypnose, der Streit zwischen dieser Frau und Ihrem Mann ... In was sind Sie da hineingeraten?«

»Genau das weiß ich doch nicht!« Nun hebe ich meinen Blick und sehe in seinen warmen braunen Augen etwas, das ich für ehrliche Sorge halte. »Ich muss an meine Erinnerung. Ich muss wissen, warum ich mit Bonnie aus London weg bin und was mit ihr passiert ist.«

Er hält mir einen Zettel hin. *Teresa Torenzo,* lese ich, *Istituto di Ricerca Fiorentino, Firenze.* Verwundert sehe ich auf.

»Was ist das?«

»Sie hatten mich nach einer Alternative zu Darescz gefragt.«

Florenz? Überrascht ziehe ich die Brauen hoch, als Raphael bereits fortfährt:

»Sie ist die Beste. Die kitzelt Ihre Erinnerung in wenigen Tagen aus Ihnen heraus. Kennen Sie EMDR?«

Ich nicke. »Eye Movement Desensitization and Reprocessing. Sehr effektiv bei posttraumatischen Belastungsstörungen. Der Therapeut simuliert bei dem Patienten die Augenbewegungen aus der Tiefschlafphase und gelangt so an verborgene Erinnerungen, die der Patient nun im wachen Zustand verarbeiten kann ... aber es funktioniert nur mit einer Einstiegserinnerung.«

»Nicht bei Torenzo. Sie hat auf der Basis von EMDR eine

eigene Methode entwickelt, fragen Sie jetzt bitte keine Details, ich war dort nur der Portier, aber wenn jemand an Ihre Erinnerung kommt, dann Torenzo. Und Sie sind die ganze Zeit über hellwach und behalten die Kontrolle. Allerdings …« Er zwirbelt nachdenklich seinen Ziegenbart. »… ist es praktisch unmöglich, bei Torenzo einen Termin zu bekommen. Außer … Ich kann Louisa anrufen. Sie verwaltet Torenzos Terminkalender.« Er zwinkert mir zu. »Louisa mag mich. Ich habe ihr immer mit dem PC geholfen.«

»Gut. Rufen Sie Louisa bitte an. Ich fliege nach Florenz«, sage ich, ohne auch nur eine Minute darüber nachzudenken, wie ich zum Beispiel den Flug bezahlen soll, ohne Paul in meinen Plan einzuweihen. Oder wo er meinen Pass hingetan haben könnte, oder ob Teresa Torenzo mich überhaupt so schnell behandeln kann. Aber ich weiß instinktiv, dass ich weg muss von Paul und Angela, um Zugang zu meiner eigenen unverfälschten Wahrheit zu finden.

23

Die Zeit ist knapp, und ich habe immer noch keine Ahnung, wo mein Pass sein könnte. Was bringen mir die von Raphael über den Portiersdienst gebuchten Flugtickets, wenn ich meinen Pass nicht finde? Es ist zum Verrücktwerden – er muss doch irgendwo hier sein!

Frustriert schließe ich die Tür von Pauls Arbeitskammer. Dort ist er nicht, in keiner Schublade, in keinem Ordner. Selbst die Wände habe ich nach einem versteckten Safe abgeklopft – Fehlanzeige. Dabei müsste hier doch irgendwo ein Safe sein – einer, in den der doppelbärtige Schlüssel aus Pauls Nachttischschublade passt. Nur wo?

Ich gehe in mein Behandlungszimmer, ehemals Pauls Arbeitszimmer – ein möglicher Ort für einen eingebauten Safe?

Zügig schaue ich hinter die medizinischen Lehrtafeln und das bunte Schrankregal. Besser gesagt, ich versuche, hinter das Regal zu sehen, ich stemme mich dagegen, drücke und schiebe, doch egal, wie viel Kraft ich aufwende, es gibt keinen Millimeter nach.

Kein Rucken, kein Knarzen, geradezu als wäre es im Boden verankert. Ich trete einen Schritt zurück und betrachte das Schrankregal mit völlig neuem Interesse.

Es sieht weder besonders schwer noch besonders sperrig aus. Was also hält es unverrückbar an seinem Platz?

Kurz entschlossen öffne ich die Glastüren, reiße die Akten aus den Regalen und leere den Inhalt der Schrankfächer auf den Boden. Doch selbst leer lässt es sich keinen Millimeter bewegen. Als sei es fest mit der Wand verschraubt.

Das gibt es doch nicht! Ich lasse meine Finger über die Seitenwände gleiten, suche nach einem Mechanismus, mit dem man das Regal von der Wand lösen kann, und spüre eine Vertiefung.

Ich sehe genauer hin.

Ein Schlitz. Schmal, fünf Millimeter breit, etwa drei Zentimeter lang. Ein Schlüsselloch? Aufgeregt ziehe ich den Doppelbartschlüssel aus der Hosentasche und stecke ihn hinein.

Er passt!

Ich drehe den Schlüssel herum, frage mich, was als Nächstes passieren wird, als ein Surren mich erschrocken zur Seite springen lässt. Die Metallbeine des Schranks fahren nach oben und verschwinden in dem Schrankregal. Ein Klacken, dann schwingt es zur Seite und gibt den Blick auf eine Lifttür frei.

Ratlos stehe ich vor der matt glänzenden silbernen Tür. Ist das der Lift zur Dachterrasse, von dem Raphael gesprochen hat?

Falls ja, warum in aller Welt ist er so aufwendig versteckt?

Ich drücke auf den Knopf, und die Lifttür öffnet sich lautlos. Die Kabine ist klein, und das Schaltbrett verfügt über nur zwei Knöpfe. 0 und 1.

0 hier und 1 Dachterrasse, folgere ich, was allerdings immer noch nicht erklärt, warum der Lift hinter einem Schrank verborgen ist, dessen Schlüssel wiederum unter zehn Uhren und einer Samteinlage versteckt war. Zögerlich betrete ich die Kabine. Wohl ist mir dabei allerdings nicht. Ganz und gar nicht.

Ich drücke auf 1. Lautlos schließt sich die Tür, und der Lift setzt sich in Bewegung. Kein Surren, kein Ächzen der Kabel. Der Lift hält, die Tür fährt zurück und gibt den Blick auf einen Raum mit Monitoren und einer Behandlungsliege frei.

Wo zum Teufel bin ich hier gelandet?

»Hallo Paul«, gurrt eine weibliche Stimme, und ich erschrecke so sehr, dass ich panisch auf die 0 drücke. Ich schaue auf die sich schließende Tür und begreife, dass es sich bei der Gurrstimme um die gleiche Computerstimme handeln muss wie in Pauls Arbeitskammer. Doch so schnell will mein Herz nicht seinen normalen Rhythmus wiederfinden.

Die Lifttür öffnet sich, und ich stehe wieder in meinem Behandlungszimmer.

Was ist das für ein Raum? Was macht Paul dort oben? Ich muss wieder zurück, den Raum näher durchsuchen, doch zunächst muss ich herausfinden, wie viel Zeit mir bleibt, bis Paul durch die Tür hereinschneit.

Ich schnappe mir das Telefon vom Schreibtisch. Pauls Handynummer ist eingespeichert, er jedoch nicht erreichbar. Ich ahne, wo er ist, und es passt mir nicht. Mit zittriger Hand ziehe ich den Zettel mit Moiras Nummer aus der Hosentasche und wähle. Nach fünfmal Läuten ein Knacken.

»Moira Blue.«

»Guten Abend.« Mühsam kontrolliere ich meine Stimme, versuche irgendwie so zu klingen, als sei es völlig normal, dass ich sie anrufe, um meinen Mann zu sprechen. »Clare Brent. Ist *mein Mann* bei Ihnen?«

Stille am anderen Ende. Offenbar überrascht Moira mein Anruf. Dann ein Rascheln. Ihre Stimme gedämpft, als habe sie gerade die Hand über den Hörer gelegt. »Für dich. Clare.«

Ich habe damit gerechnet. Eigentlich. Und doch zerschmettern die zwei Worte meine letzte Hoffnung, dass Angela gelogen hat.

»... meine Frau?«, höre ich Paul ausrufen. Definitiv überrascht. Ich achte auf die Hintergrundgeräusche. Höre ich Bettfedern knarzen?

»Clare?«, ruft Paul hektisch.

»Ich will dich nicht stören«, sage ich mit einer Stimme, so eisig, dass sie mir selbst fremd ist. »Ich wollte dich nur bitten, mir nachher Geld mitzubringen. Ich kann nicht einmal dem Portier ein Trinkgeld geben.«

»Natürlich. Selbstverständlich.« Er klingt erleichtert. »Ich komme gleich nach Hause. Brauchst du noch etwas?«

»Nein«, würge ich heraus. »Bis später.«

Ich lege auf und knalle das Telefon auf den Schreibtisch. Fixiere es wie eine Giftschlange. Angela hatte in Bezug auf Moira recht. Womit noch?

Kein Wunder, dass Paul alles daransetzt, mich von Angela fernzuhalten.

24

Entschlossen drücke ich auf die Eins. Die Tür schließt sich, und der Lift bringt mich lautlos nach oben. Dort gleitet sie zur Seite und gibt den Blick auf die Monitore und die Behandlungsliege frei.

»Hallo Paul«, gurrt die Stimme, und diesmal gerate ich nicht in Panik. Ich betrete den hellen, weiß gestrichenen Raum und versuche ihn als Ganzes zu erfassen.

Er ist nicht sehr groß, keine zwanzig Quadratmeter, eine Wand ist voll gepflastert mit Pferdepostern in jeder Größe. Sie passen nicht in den sterilen Raum, in dem neben zwei medizinischen Apparaturen ansonsten nur eine Therapieliege, ein Kindertisch mit Bank, ein Stahlschrank und ein Computerarbeitstisch sind.

Ich wandere durch den Raum und betrachte die medizinischen Apparaturen genauer: Elektroden, Dioden, verschiedenfarbige Kabel, verbunden mit Kästen voller Regler. Geräte zum Messen der Vitalwerte und der Gehirnströme. Ich lupfe an einer der Apparaturen die kleine, mit unzähligen bunt isolierten Drähten verkabelte Kappe von dem Haken.

Es ist völlig klar, wessen Gehirnströme hier gemessen wurden: Der Kindertisch, die Pferdeposter, die Einrichtung sind eindeutig auf Bonnie zugeschnitten.

Nur – was hat Paul mit Bonnie hier gemacht? Ich gehe zu dem kleinen Tisch, bemerke die Scharniere und hebe die Platte hoch. Stifte, Malpapier. Eine rosa Haarspange. Ich greife danach, lege sie an meine Lippen und schließe sie dann fest in meiner Faust ein.

Bonnie hat hier gesessen. Wie oft?

Dorota und Angela haben beide bestätigt, dass ich Bonnie ausschließlich mit meinen Händen behandele.

Durch ein Oberlicht pinselt die Junisonne einen hellen Streifen auf den steingrauen Fliesenboden, ich spüre die Wärme auf meinen Füßen, und doch fröstele ich. Ich gehe weiter zu der Magnettafel an der Wand.

Angela behauptet, Paul und ich hätten uns über unseren Streit bezüglich Bonnies Behandlung fast getrennt. Weil Paul nicht wollte, dass ich Bonnie neuen Spezialisten vorstelle. Warum? Was hat Paul mit Bonnie in diesem Raum gemacht? Wie passt das in das von Angela dargestellte Szenario?

Und – wusste ich davon?

Kopfschüttelnd betrachte ich die an die Magnettafel gepinnten Ausdrucke. Sie sind beide etwas über drei Wochen alt. Doch während bei dem einen die Messwerte starke Ausschläge zeigen, sind sie bei dem zweiten unauffällig. Ich prüfe den Zeitabstand zwischen den Messergebnissen. Knapp zwei Stunden. Was ist in diesen zwei Stunden passiert?

Ich fahre mit dem Finger über die heftigen Zickzacklinien des ersten Ausdrucks. Die Ausschläge sind so extrem, dass ich sie medizinisch nicht erklären kann. Während manche Gehirnregionen aus dem messbaren Bereich schießen, legen die Messwerte anderer die Indikation einer irreversiblen Schädigung nahe. Doch das kann nicht der Fall sein, denn auf dem zweiten Ausdruck sind die Messwerte wieder im Normbereich – was ich genauso wenig erklären kann wie die extremen Ausschläge auf dem ersten Ausdruck.

Ich spüre ein Kribbeln in meiner Magengegend. Das hier war eindeutig mehr als Angelas leichthin abgewiegeltes »Bonnie hat Visionen und ich alles im Griff«. Das hier war ein Beweis, dass Bonnie ein gravierendes Problem hat.

Ohne große Hoffnung schalte ich den Computer an.

»Hallo Paul. Bitte verifiziere dich.«

Genau damit habe ich gerechnet. Schon leuchten die Monitore auf. Grelles Blau, doch statt des Fingerabdrucks pocht darauf ein achtstelliges Codefenster. Die gleiche Sackgasse wie in Pauls Arbeitszimmer.

Ich gehe zu dem Stahlschrank und rüttele an dem Griff, obwohl ich mir bereits denke, dass er sich nicht öffnen lassen wird. Dann klopfe ich gegen die Wand. Ein dumpfer Ton verrät, dass sie massiv ist. Dahinter müsste die Dachterrasse liegen. Deshalb ist unser Dachgarten also kleiner als die übrigen – weil Paul einen Teil abgetrennt und überdacht hat.

Ich habe genug gesehen. Zeit zu gehen.

Kaum öffnet sich die Lifttür zum Behandlungszimmer, höre ich Schritte im Flur. Blitzschnell betätige ich den Schließmechanismus und hoffe, dass das Schrankregal zurückschwingt, bevor Paul durch die Tür marschiert.

Doch er kommt nicht, was mir äußert seltsam scheint. Oder *hat* er nach mir gesehen und seinen offenen Geheimzugang entdeckt?

Ein mulmiges Gefühl beschleicht mich. Was hat er nun vor?

25

»Paul?«

Ich laufe vom Wohnzimmer in die Küche, höre im Badezimmer Wasser rauschen.

»Paul?« Im Flur stolpere ich über einen Korb mit Bügelwäsche. Fluchend veratme ich den Schmerz, den die abrupte Bewegung bei meinen lädierten Rippen auslöst.

Wo kommt der Korb her? Die Badezimmertür geht auf, doch nicht Paul, sondern Dorota erscheint im Türrahmen.

»Nur ich. Oh! Entschuldigen! Korb in Weg.«

Ich reibe mir das schmerzende Schienbein. »Seit wann sind Sie hier?«

»Gut halbe Stunde. Ich Wäsche macht«, erklärt Dorota und mustert mich verwundert. »Ich nicht habe gesehen Sie hier.«

Aus dem Wohnzimmer höre ich das Telefon klingeln. Schnell laufe ich los, froh, Dorotas wachsamem Blick zu entkommen.

»Brent?«

»Walker.«

Der rothaarige Polizist mit den wässrig blauen Augen.

Bonnie.

Mein Herzschlag stockt. Bitte keine schlechten Nachrichten, bete ich lautlos.

»Ist Ihr Mann schon zu Hause?«

»Tut mir leid«, sage ich schnell und voller Angst, etwas hören zu müssen, das ich nicht zu hören bereit bin. »Worum geht es?«

»Ich hätte da noch eine Frage.«

»Vielleicht kann ich sie beantworten.«

Ein Zögern, dann: »Also gut. Als Ihr Mann Sie wegen Kindesentzugs angezeigt hat, hat er seine Anzeige damit bekräftigt, dass Sie am Tag Ihrer Abreise einhundertfünfzigtausend Pfund in bar abgehoben haben.«

In letzter Sekunde unterdrücke ich das »Waas?«, das mir auf der Zunge liegt. Einhundertfünfzigtausend Pfund! Wozu um alles in der Welt habe ich so viel Bargeld gebraucht? Das Einzige, was mir auf die Schnelle einfällt, ist der Spezialist im Ausland, von dem Angela gesprochen hatte.

Hat Angela also auch damit recht?

»Aber dann«, fährt Walker fort, »als er die Anzeige zurückgenommen hat, hieß es plötzlich, ich zitiere: *Die Frau meines Mandanten ist nach Stanton gefahren, dem langjährigen Urlaubsort der Familie, und auf dem Weg dorthin verschwunden. Wie mein Mandant nun anhand kürzlich aufgetauchter Notizen seiner Frau feststellen konnte, war die größere Geldsumme dazu bestimmt, ein Ferienhaus anzuzahlen. Es sollte eine Überraschung für meinen Mandanten sein, deshalb war mein Mandant nicht eingeweiht und hat das plötzliche Verschwinden von Frau und Tochter sowie das Fehlen der Geldsumme falsch interpretiert.* Nur … als ich nachgehakt habe, hat sich herausgestellt, dass keiner der Ferienhausbesitzer in Stanton mit Ihnen wegen eines Kaufs in Kontakt war. Da frage ich mich doch …«

»Hat mein Mann die Anzeige zurückgenommen?«

»Ja«, sagt Walker gedehnt, als ob ihm das überhaupt nicht gefiele.

»Bin ich damit aus der Sache raus?«

»So wie die Umstände sich entwickelt haben …«, sagt er zögerlich. »Ja.«

Ich atme leise auf. Ein Problem vom Tisch.

Soll ich ihm von Pauls möglicher Verwicklung in Bonnies Verschwinden erzählen? Was habe ich gegen Paul in der

Hand? Der geheime Raum, die Affäre mit Moira, die Hypnosesitzung, das Verstecken von Bonnies Zeichnungen ... Für mich ergibt all das ein klares Bild, für Walker jedoch ... Er wüsste so gut wie ich selbst, dass Moira Blue jedes einzelne Indiz als reine Spekulation in der Luft zerfetzen würde: *Der geheime Raum? Kein Verbrechen. Bonnies Zustand ist bekannt, dass sie zu Hause behandelt wird, ebenso – und wer sagt, dass der Raum geheim ist, nur weil seine Frau sich nicht daran erinnert? Und die Affäre mit ihr: Die Telefonnummer auf dem Prospekt, die Worte einer bekannten Unruhestifterin und Pauls Besuch bei Moira – als hochbezahlte Anwältin kann sie nicht strikt von neun bis fünf Uhr arbeiten – wenn ein Klient sie braucht, ist sie verfügbar, auch rund um die Uhr. Sie ist seine Anwältin, und damit ist jeder seiner Besuche bei ihr völlig legitim.*

Ebenso wenig kann ich nachweisen, dass Paul mir von Darescz eine neue Erinnerung verpassen lassen wollte und Bonnies Zeichnungen vor mir versteckt hat.

»Warum konzentrieren Sie sich nicht auf die Suche nach meiner Tochter?«, frage ich. »Das und nichts anderes sollte Sie interessieren.«

Stille. Schnaufen. »Ich hebe Ihre Reiseeinschränkung auf. Sie dürfen ab sofort London wieder verlassen.«

»Heißt das, *Sie* haben meinen Pass?«, frage ich, als es an der Wohnungstür klingelt.

»Ja. Sie können ihn jederzeit abholen.«

Ich ziehe die Unterlagen aus dem Umschlag, den Raphael mir gerade gebracht hat, und breite sie vor mir auf meinem Schreibtisch aus. Die Bestätigung der Flugbuchung über den Portiersservice, Artikel zu Torenzos Arbeit und die Anschrift des Istituto di Ricerca Fiorentino, wo ich laut Raphael auch übernachten werde. Ich vertiefe mich in die Artikel von und über Teresa Torenzo, einer Ausnahmewissenschaftlerin auf dem Gebiet der Hirnforschung und erfolgreichen Psychiaterin, die erste weibliche Leiterin eines wissenschaftlichen Instituts in Italien, gleichermaßen anerkannt in wissenschaftlichen wie politischen Kreisen.

Von dem Foto in einem der Artikel blickt mir eine gepflegte, etwa fünfzigjährige Frau mit aristokratisch feinen Zügen und ernstem Gesichtsausdruck entgegen. Je mehr ich lese, desto beeindruckter bin ich und desto hoffnungsvoller werde ich. Das ist meine Alternative zu Darescz. Eine Ärztin und Wissenschaftlerin. Eine Frau, die meine dissoziative Störung professionell und unter Berücksichtigung der letzten medizinischen Erkenntnisse behandeln kann.

Auch wenn sie, wie Raphael vorhin noch einmal betont hat, mir keine Erfolgsgarantie geben will. Sie wird mich zumindest ansehen, schon morgen.

Es klopft.

»Ja?«, sage ich und ziehe eine Hochglanzbroschüre über die Ausdrucke. *Pharkotex – unser gemeinsamer Weg in die Zukunft*, steht dort. Ein grauhaariger Mann ist darauf abgebildet. Ich erkenne das sympathische Gesicht sofort. *Interview mit Sir Terence Huntingdon über die Möglichkeiten und Grenzen der Gentechnologie.*

Huntingdon … Paul scheint ihm blind zu vertrauen. Ich schlage die Broschüre auf. Über dem Interview steht kursiv ein Zitat von Huntingdon: *Der Mensch ist vergleichbar mit einem Ferrari, der auf 50 km/h gedrosselt wurde. Selbst wenn er seine Leistung um 100% steigern würde, wäre er weit entfernt von dem Potenzial, das er in sich trägt.*

… Weil die Drosselung der Leistungsfähigkeit ein Schutzmechanismus der jeweiligen evolutionären Stufe ist, schießt mir durch den Kopf, ohne dass ich zuordnen kann, wo der Gedanke herkommt.

Paul nähert sich dem Schreibtisch, sein Blick fällt auf die Broschüre, und er runzelt einen kurzen Moment die Stirn.

»Ich … ich möchte nicht, dass du etwas Falsches denkst«, beginnt er und nestelt nervös an einer Tüte herum. »Moira ist meine Anwältin, und ich war zur Rechtsberatung bei ihr. An Angelas Anschuldigungen ist nichts dran.«

»Aha«, sage ich nur und spüre, wie Wut in mir aufsteigt. »Und das soll ich glauben?«, möchte ich ihm am liebsten entgegenschleudern.

»Ich nehme an, *Angela* hat dir Moiras Nummer gegeben. Selbst jetzt will sie einen Keil zwischen uns zu treiben.«

»Warum sollte sie das tun?«

»Sie ist verrückt.« Er tritt an den Tisch heran und stellt die Tüte vor mir ab. »Ich würde dich nie betrügen, Clare. Wenn du in dein Herz horchst, wüsstest du, dass ich dich trotz allem noch immer … liebe.«

Ich senke den Blick, tue so, als betrachte ich die Tüte.

»Gib uns …« Seine Stimme bricht. Seine Lippen beben. »Gib uns eine Chance, Liebes.« Abrupt dreht er sich um und verlässt den Raum.

Noch Minuten später starre ich auf die offene Tür. Mein Kopf schwirrt. Wie passt dieser Auftritt zu allem, was ich bislang herausgefunden habe?

Ich greife in die Tüte. Ein Geldbeutel. Ein Smartphone. Ein Parfumflakon. Ich öffne den Geldbeutel. Ein Foto von Bonnie. Eine Visitenkarte von Paul. Eine von mir. Eine von Julian Beech. Eine Partnerkarte von American Express, die nur auf meine Unterschrift wartet. Fünfhundert Pfund in bar.

Als Nächstes nehme ich das Smartphone aus der Schachtel. Darauf klebt ein Zettel mit der Telefonnummer und einem vierstelligen Code, darunter handschriftlich vermerkt *Ich habe dir deine alte Nummer geben lassen. Der Sperrcode ist unser Hochzeitstag – das war immer unser Handycode.*

Ich gebe ihn ein und stelle fest, dass Paul das Handy bereits für mich eingerichtet hat. Unter Kontakt sind seine Handy- und seine Kliniknummer eingespeichert, mehrere SMS teilen mir mit, dass ich Zugang zu verschiedenen Apps und Diensten habe.

Ich öffne erneut den Geldbeutel und betrachte Bonnies Foto. Ich habe ihn um Geld gebeten. Er hat mir zu dem Geld einen Geldbeutel gekauft und ein Foto von Bonnie hineingetan.

Wie passt das zu dem Fiesling, den Angela in ihm sieht? Dem Mann, der mich mit seiner Anwältin betrügt und mich loswerden will?

Und wenn alles ganz anders ist? Wenn ich die Fakten aufgrund meiner fehlenden Erfahrungswerte falsch interpretiere?

Ich stöhne auf. Wie soll ich das wissen, solange ich mich nicht an meine Vergangenheit erinnere?

26

Plötzlich ein Laut.

Das Blut, die Schmauchspuren, die tödlichen Krater in den reglosen Körpern. Alle sind tot.

Wo kommt der Laut her?

Ein Wimmern.

Tote wimmern nicht.

Ihre Hand auf leblosen, starren Körpern. Sie zieht und zerrt, an ihren Händen ist Blut, überall Blut, so viel Blut.

Dort.

Versteckt unter dem toten Mädchen.

Ein Baby.

So kläglich. Zu schwach zum Schreien.

Blutrot die winzigen Hände, blutrot der Strampler, blutrot das zum Weinen verzogene Gesicht.

Das Baby in ihren Armen. Tränen tropfen auf sein Gesicht und waschen helle Flecken in das blutige Rot.

»Schsch, Baby, schsch. Ich werde auf dich aufpassen.«

27

Meine Tasche ist schnell gepackt, und ich wünschte, ich könnte mich sogleich und vor allem unbemerkt aus dem Haus schleichen. Unbemerkt von Paul, der von meiner Reise nach Florenz am besten erst nach dem Abflug erfahren sollte. Ich werfe einen Blick auf die Uhr. In fünfzehn Minuten kommt das Taxi, und mit etwas Glück bleibt Paul solange noch liegen.

Da klopft es.

»Wollen wir zusammen früh…« Das Lächeln fällt aus Pauls Gesicht. »Du packst?«

»Ich fahre ein paar Tage weg.«

»Das… Wohin?« Mit zwei Sätzen ist er am Bett, steht vor mir, so nah, dass ich das Beben seines Körpers spüre.

»Ich fahre zu einer Frau, die mir hilft, meine Erinnerung zu finden.«

»Ich komme mit.«

»Nein. Das muss ich alleine machen.«

»Ich komme mit.« Er geht zu seinem Schrank, reißt eine Hose und zwei Poloshirts heraus und wirft sie auf das Bett.

»Nein«, sage ich erneut und so bestimmt, dass er innehält. »Um Bonnie zu finden, brauche ich meine Erinnerung. Ich weiß nicht, wer ich bin, und ich muss das alleine herausfinden.« Ich greife nach meiner Reisetasche. »Vertrau mir.«

»Vertrauen?« Er spuckt mir das Wort vor die Füße. »Wie soll ich dir vertrauen?«

»Das fragst ausgerechnet du *mich*?« Ich packe die Reisetasche fest unter den Arm, bereit, mir notfalls den Weg zur Tür zu erkämpfen.

Nun steht er wieder dicht vor mir. Seine Finger legen sich wie eine Schelle über mein Handgelenk. Sein Griff ist hart und schmerzhaft.

»Du bist einfach auf und davon«, zischt er. »Mit *meiner* Tochter und hundertfünfzigtausend Pfund.«

»Du tust mir weh.« Ich versuche mich aus seinem Griff zu winden, doch seine Finger quetschen mein Handgelenk nur noch stärker zusammen.

»Bonnie ist weg. Und du wirst verdammt noch mal nicht abhauen, bevor du mir nicht geholfen hast, sie wiederzufinden.«

Endlich kann ich mich losreißen. Zitternd bringe ich etwas Distanz zwischen uns. »Ich soll bleiben? Dann frage ich dich jetzt: Warum bin ich auf und davon? Was hast *du* uns angetan, dass ich sang- und klanglos verschwunden bin?«

»Ich …« Er verstummt. Seine Lippen zittern, er drückt Daumen und Zeigefinger in seine Augen, als versuche er, Tränen zurückzudrängen. »Ich weiß es nicht …«

Dann zieht er seinen Geldbeutel hervor und holt einen zusammengefalteten, abgegriffenen Zettel heraus. Wortlos reicht er ihn mir.

Liebster, ich fahre mit Bonnie ein paar Tage nach
Stanton. Sie braucht Ruhe.
Bitte vergiss den Geburtstag deiner Mutter nicht wieder.
Nimm einfach das Telefon und denk an unseren Spruch:
1-2-3, und schon ist es vorbei! Das schaffst du ☺
Ich liebe, liebe, liebe dich! Clare
PS: Ich habe mir deine Sportuhr ausgeliehen.

Wieder und wieder lese ich die wenigen Worte. Etwas daran lässt mich stutzen. Der ungewöhnliche Duktus, die unnötigen Wiederholungen, als wäre der Text nur Träger einer darin verborgenen Nachricht.

Ich lese die Zeilen erneut, achte auf jede Silbe. *Liebster… Ich liebe, liebe, liebe dich!*

So etwas schreibt man doch nicht, wenn man jemanden hasst und vor ihm wegrennt!

»Der Geburtstag meiner Mutter ist im Oktober«, sagt Paul. »Ich habe ihn noch nie vergessen. Und ich habe auch kein Problem damit, bei meiner Mutter anzurufen. Ich habe mich immer wieder gefragt, was du mir damit sagen wolltest. Ob du verwirrt gewesen bist.«

»Was hat es mit Stanton auf sich? Was ist dort?«

»Dort mieten wir ein kleines Häuschen. Sehr einsam gelegen. Bonnie tut die Stille gut. Sie braucht das von Zeit zu Zeit.«

Er geht auf mich zu und umfasst meine Handgelenke, doch diesmal ist sein Griff sanft. »Bitte«, flüstert er, »ich weiß nicht, warum du gegangen bist, aber ich möchte es verstehen. Ich möchte bei dir sein, wenn deine Erinnerung zurückkommt.«

Ratlos stehe ich vor ihm. Der Brief verwirrt mich. Seine Präsenz verwirrt mich. Sie ist so stark, dass ich mich an ihn schmiegen, ihm vertrauen und die Last mit ihm teilen möchte. Aber das kann ich nicht. Nicht solange all die Ungereimtheiten zwischen uns stehen.

»Es tut mir leid«, sage ich und löse meine Handgelenke aus seinem Griff. »Ich muss alleine herausfinden, was passiert ist. Bonnie ist verschwunden, als sie in meiner Obhut war. Ich habe sie in mir getragen, und ich kann mich nicht an sie erinnern. Das macht es noch schlimmer.«

»Du hast sie nicht geboren.«

Verständnislos blicke ich zu ihm.

»Du kannst keine Kinder bekommen. Seit dem Unfall, bei dem deine Eltern ums Leben gekommen sind. Du wurdest aus dem Auto geschleudert, das hat dich vor den Flammen gerettet. Sie mussten dich wiederbeleben und die Gebärmutter herausnehmen. Wir haben sie adoptiert. Ich gehe durch die gleiche Hölle wie du.«

Adoptiert.

»Du hast sie damals gefunden«, sagt Paul. »Du hast sie unter ihrer toten Schwester aus dem Auto gezogen und bist seitdem nicht mehr von ihrer Seite gewichen.«

»Tote Schwester?«, rufe ich entsetzt. »War es ein Unfall? War ich schuld daran?«

Er schüttelt den Kopf. »Ein Massaker. Bonnies Familie wurde erschossen. Nur Bonnie hat überlebt – schwer verletzt.«

Ich schaue ihn an, überrumpelt und perplex – begreift er überhaupt, was er da sagt? Bonnie überlebt als Baby knapp ein Massaker, und dann wird sie als Fünfjährige entführt?

»Du hast dich damals beurlauben lassen, um sie zu betreuen«, fährt er fort. »Die Ärzte dachten, dass sie schwere Schäden zurückbehält, deshalb war es einfach für uns, die Adoption durchzuboxen. Nur wegen Bonnie hast du dich in alternativen Heilmethoden weitergebildet. Du wolltest eine Möglichkeit finden, ihr zu helfen. Und du hast es geschafft.«

»Warum hast du mir das nicht schon längst erzählt«, frage ich.

»Ich habe dir vieles noch nicht erzählt. Ich wollte dich nicht beunruhigen. Du bist traumatisiert, und alles, was dir noch mehr Angst machen kann, ist kontraproduktiv.«

Ich ziehe fragend die Brauen hoch. »Warum sollte mich das beunruhigen?«

»Der Mörder ist nie gefasst worden. Und der Grund für das Massaker ist nach wie vor unklar.«

Dann hat er also doch einen möglichen Zusammenhang zwischen dem Massaker und Bonnies Entführung gesehen. »Du meinst die Mörder von damals stecken hinter Bonnies Entführung?«

»Es ist eine Möglichkeit. Bonnie ist … sie ist besonders.«

»Sprichst du von den Visionen, die sie angeblich nicht hat?«

Er windet sich. »Ja.«

»Das hast du mir auch verschwiegen.«

Er zuckt verlegen mit den Schultern. »Ich wollte dich nicht …«

»Beunruhigen?« Verständnislos schüttele ich den Kopf.

»Verstehst du denn nicht?« Paul greift wieder nach meiner Hand. »Du hast mir mit eurem Verschwinden eine Menge Rätsel aufgegeben. Der seltsame Brief. Die gelöschten Fotos. Die hohe Bargeldsumme. Du musst einen Grund gehabt haben, all das zu tun, ohne mich einzuweihen. Etwas muss passiert sein, das dich zu diesen Handlungen bewegt hat. Wir müssen extrem vorsichtig sein. Und du weißt nicht, wem du trauen darfst, das beste Beispiel dafür ist deine wiedererwachte Freundschaft zu Angela.«

Ich glaube zu begreifen, was er mir mitteilen will: Was immer mich dazu gebracht hat, so zu handeln, kann nach wie vor auf mich lauern. Eine Gänsehaut zieht sich über meinen Rücken bis in den Nacken hinauf. »Und Bonnie? Wenn ihre Familie getötet wurde und dieselben Leute jetzt für ihr Verschwinden verantwortlich sind, warum glaubst du dann so fest daran, dass sie noch lebt?«

»Weil sie kein Interesse daran haben, sie zu töten, sonst hätten sie das in Indonesien getan. Und nachdem keine Lösegeldforderung kommt, wird es immer wahrscheinlicher, dass jemand dahintersteckt, der an Bonnies besonderer Fähigkeit Interesse hat.«

»Und wer könnte das ein?«

Er lacht bitter auf. »So ziemlich jeder Geheimdienst, jedes Genforschungslabor und jeder durchgeknallte Wissenschaftler auf der Welt. Du bist die Einzige, die weiß, wer dahintersteckt, und damit bist du für diese Menschen eine Gefahr.«

Und was diese Menschen mit jemandem machen, der für sie

eine Gefahr ist, haben sie in Indonesien bereits unter Beweis gestellt. »Was genau ist Bonnies besondere …«

Das Schrillen des Telefons unterbricht meine Frage. Ich grapsche es vom Bett.

»Brent.«

»Das Taxi ist da, Mrs. Brent.«

»Danke.« Ich lege auf. Sehe zu Paul. Entschlossen nehme ich meine Reisetasche wieder auf. »Zwei Tage«, sage ich leise, »gib mir bitte zwei Tage.«

28

Unter mir schrumpft London auf Puppengröße. In zwei Stunden lande ich in Florenz, und in zwei Tagen habe ich mit viel, viel Glück meine Erinnerung zurück und bin endlich dem Rätsel um Bonnies Verschwinden einen Schritt näher.

Es will mir nicht aus dem Kopf, dass zuerst Bonnies Familie getötet wurde und sie dann entführt wird. Ich versuche einen Zusammenhang zu finden, der nicht auf Zufall beruht, und hole mir Bonnies Zeichnungen ins Gedächtnis. Stolpere über die Zeichnung des schrecklichen Unfalls. Das Blut, das Feuer.

Hitze breitet sich in mir aus. Vor den Flammen gerettet, hat Paul gesagt. Die Frau mit dem Loch im Bauch: Das bin ich! Sie hat *meinen* Unfall gezeichnet. Nachdenklich streiche ich über die Narbe an meinem Bauch. Kein Notkaiserschnitt also, sondern ein Unfall.

Zufall? Nein. Nicht in der Detailtreue. Und niemals würde ich mit einem Kind eine so grausame Erinnerung teilen.

Wie macht sie das? Kann sie alle Erinnerungen sehen? Oder nur bestimmte? Das Ausmaß dieser Gabe beginnt langsam in meinem Kopf Formen anzunehmen.

»Störe ich?« Plötzlich steht Raphael neben mir.

»Sie?«, begrüße ich ihn erstaunt.

Raphael zuckt verlegen die Schultern.

»Was zum Teufel …« Ich senke die Stimme. »Was in Gottes Namen machen *Sie* hier?«

»Ich soll Sie begleiten.«

»*Soll?*«

»Entschuldigung, würden Sie bitte den Gang freimachen?«, ertönt da eine weibliche Stimme.

Raphael setzt sich auf den leeren Platz neben mir und sieht der Stewardess nach, die ihren Getränkewagen in die Economy Class schiebt.

»Das war Torenzos Bedingung. Sie quetscht Sie nur in ihren Terminkalender, wenn ich dabei bin und mich um Sie kümmere.«

»Wie bitte?« Was glaubt diese Frau, wer zu ihr kommt?

»Sie kennen Torenzo nicht. Aber ich habe drei Jahre als Chefportier für sie gearbeitet.« Seine Hände fahren nervös auf den Armlehnen hin und her. »Sie ist ... sehr ... bestimmend.«

Fragend ziehe ich die Brauen hoch.

»Na ja, Sie wissen schon ... Sie ist die Beste in ihrem Fachgebiet, und sie leitet dieses Institut und kennt Gott und die Welt. Sie ist es gewöhnt, dass die Leute tun, was sie von ihnen verlangt. Vom Portier bis zur Patientin.«

»Und *warum* glaubt sie, dass ich einen Aufpasser benötige?«

»Ich habe Torenzo gebeten, Sie im Institut unterzubringen, und da ...«

»Wenn das Torenzo nicht passt, kann ich auch in ein Hotel gehen«, fahre ich dazwischen.

»Nein, können Sie nicht!« Er beugt sich zu mir. »Sie sind schon einmal fast getötet worden, und Sie wissen nicht von wem und warum«, sagt er so leise, dass nur ich es hören kann. »Wie glauben Sie, fühle ich mich, wenn Ihnen in Florenz etwas zustößt?«

Mit einem Mal überfällt mich Angst. Wenn nicht Paul hinter Bonnies Verschwinden steckt, sondern die Mörder von Bonnies Familie – dann ist sowohl Raphaels als auch Pauls Sorge mehr als berechtigt. Ich bin eine potenzielle Zeugin, und Bonnies Entführer könnten mich verfolgen, um zu Ende zu bringen, was das indonesische Meer nicht geschafft hat: mich töten.

»Im Institut sind Sie abgeschirmt, aber Torenzo wollte nicht das Gefühl haben, dass sie sich um Sie kümmern muss.« Er schneidet eine Grimasse. »Das ist nicht ihre Stärke.«

»Daher müssen Sie als Babysitter mit«, murmele ich und freunde mich langsam mit dem Gedanken an, Raphael als eine Art unfreiwilligen Bodyguard um mich herum zu haben.

Er lächelt und hebt entschuldigend die Schultern.

»Ich bezahle Ihr Ticket und Ihren Lohnausfall.«

»Neunundfünfzig Pfund. Danke.« Er klingt erleichtert. »Ich musste nur umbuchen, ich wäre ohnehin in zwei Wochen nach Hause geflogen. Und wegen des Lohns …« Er winkt ab. »Ich muss Stunden abfeiern. Das mache ich nun eben zwei Wochen früher.« Damit steht er auf. »Ich geh dann mal auf die billigen Plätze zurück, bevor die Stewardess mich verscheucht. Bitte warten Sie beim Aussteigen auf mich.«

Ich nicke und greife dann nach seinem Ärmel. »Raphael …«

»Ja?«

»Warum machen Sie das? Sie kennen mich doch gar nicht.«

Er grinst. »Eben. Eine hervorragende Gelegenheit, Sie kennenzulernen …« Er zwinkert. »Nein, im Ernst. Sie haben mich um Hilfe gebeten, und jetzt steck ich nun mal mittendrin in Ihrer Geschichte. Was hätte ich sagen sollen, als Torenzo mir die Pistole auf die Brust gesetzt hat? Nein?«

»Danke. Sie sind sehr …« Ich suche nach einem passenden Wort für seine Hilfsbereitschaft, »… freundlich«, vollende ich schließlich den Satz, obwohl dieses Wort es keinesfalls trifft, denn was ich sagen möchte, ist: dass er ungewöhnlich ist und unkonventionell, flexibel und aufmerksam, und vor allem, dass ich mich in seiner Gegenwart wohlfühle.

29

Im Vergleich zu Heathrow ist der Florentiner Flughafen klein, das Gewühle allerdings keinen Deut geringer. Im Gegenteil. Die Menschenmasse vor mir ist unüberschaubar. Da löst sich ein junger Mann aus der Menge und kommt auf mich zu. Unwillkürlich trete ich einen Schritt hinter Raphael. Pauls Informationen über den Mord an Bonnies Familie beunruhigen mich wirklich – mit einem Mal wirkt jeder Fremde wie ein potenzieller Mörder auf mich.

»Raphael! *Come stai?*« Der Mann umarmt Raphael.

»Francesco!« Raphael tritt zur Seite. »Das ist unser Gast. Clare Brent.«

Der junge Mann reicht mir die Hand. »Willkommen in Florenz.« Er streckt die Hand nach meiner Reisetasche aus. »Ich bringe Sie zu Teresa Torenzo.«

»Danke.« Ich wende mich an Raphael. »Ich muss noch kurz wohin. Warten Sie hier?«

Raphael runzelt die Stirn, nickt dann verstehend und zeigt zu einem großen Schild mit Toilettenzeichen. »Dort.«

Ich kämpfe mich durch das Gewühl, doch je weiter ich mich von Raphael entferne, desto mulmiger wird mir. Die letzten Meter zur Toilette renne ich und sperre mich sogleich ein. Dreh jetzt nicht durch!, ermahne ich mich lautlos. Niemand weiß, dass ich nach Florenz gereist bin – außer Raphael und die Fluggesellschaft und – verdammt! Raphael hat die Tickets über den Portiersdienst gebucht. Ich kann mir vorstellen, dass für jemand, der unbedingt Informationen haben will, es relativ einfach ist, sie dort zu bekommen.

Als ich fertig bin, verlasse ich gemeinsam mit zwei unablässig plappernden Italienerinnen den Waschraum – und stoße einen überraschten Laut aus. Das kann doch nicht sein! Beech? Der Maßanzug, dazu die schiefe, auffällige Nase.

Ich renne auf ihn zu, doch er entfernt sich eilig.

»Julian!«, brülle ich, »Julian Beech! Warten Sie!« Ich rempele gegen Menschen, ignoriere ihre wütende Rufe, hole auf, doch plötzlich verschwindet Beech in der Menge, als hätte sie ihn geschluckt. Ich schaue durch das bunte Gewühl, dann sehe ich ihn wieder. Er bewegt sich langsamer, als wäre er sicher, mich abgehängt zu haben. Ich laufe ihm nach, packe ihn am Arm und reiße ihn herum.

Verdammt.

Ich lasse den Sakkoärmel los, spüre, wie mir das Blut in den Kopf schießt. Ein Fremder. Er sieht Beech ähnlich, von hinten jedenfalls, die dunklen gepflegten Haare, der gleiche Anzug, aber er ist es nicht.

»*Scusi*, eine Verwechslung.«

Der Mann schaut mich verwirrt an und wischt sich über den Ärmel. Hastig ziehe ich mich zurück. Werde ich jetzt paranoid? Pauls Bemerkung über den Zusammenhang zwischen Bonnies Verschwinden und ihrer getöteten Familie ist beunruhigend, aber letztlich ist auch das nur eine Theorie.

Die Fahrt durch Florenz vergeht wie im Flug. Mit halbem Ohr lausche ich der Unterhaltung von Raphael und Francesco, Tratsch über gemeinsame Bekannte, wenn ich es richtig deute. Meine wahre Aufmerksamkeit gilt jedoch der Stadt. Der Verkehr ist chaotisch, die Straßen zum Teil viel zu eng für den großen Wagen, ein Hupkonzert folgt dem anderen. Es ist hektisch wie in London und trotzdem ganz anders. Gleich jedoch ist mein Gefühl: Die Stadt wirkt vertraut, die Gebäude kommen mir bekannt vor, obschon ich keine Erinnerung damit verknüpfe. Aber ich weiß noch, genauso hat es sich angefühlt, als ich in London vom Flughafen zu unserer Wohnung gefahren bin. Nur – in London wusste ich, dass ich all die Straßen und Gebäude schon viele Male gesehen haben muss, hier dagegen weiß ich es nicht.

Allerdings ist, wenn ich meinem Gefühl trauen kann, Florenz wie eine alte Bekannte.

Wir passieren einen Friedhof, und sein Name wandert durch meinen Kopf.

»Cimitero degli Inglesi«, murmele ich gegen die Scheibe.

»Bitte?« Raphael dreht sich zu mir um.

»Nichts.«

»Der Friedhof der Engländer ist nicht besonders bekannt. Woher kennen Sie den Namen?«

»Er war einfach da.«

Raphael dreht sich wieder nach vorne. Seine Finger trommeln gegen die Tür. Dann wendet er sich erneut um. »Einfach so?«

»Einfach so.« Ich lehne meinen Kopf an das Fenster, schließe die Augen und versuche ruhig zu bleiben und nachzuvollziehen, woher der Name so plötzlich gekommen ist. War das eben der Anfang meiner Erinnerung? Der erste winzige Riss in dem Schwarz, das sie verhüllt? Ich bohre und pikse, doch von dort, wo der Name durchsickerte, will nichts weiter hervortreten.

Das Auto fährt eine Serpentinenstraße hoch, die Straße gesäumt von stattlichen Villen und blühenden Gärten. Schließlich halten wir vor einem hohen Stahltor. Francesco beugt sich aus dem Fenster und gibt einen Code ein. Das Tor fährt zur Seite und gibt den Blick auf ein riesiges altes Herrenhaus frei. Ein herrschaftliches zweistöckiges Sandsteinhaus mit hohen, zum Teil vergitterten Fenstern, Steinornamenten, meterhoch rankenden, feuerroten Kletterrosen und einem ausladenden Erker über dem Eingangsportal. Kleine Kiesel knirschen unter den Reifen, als wir im Schritttempo die gesplittete, von pink blühendem Oleander gesäumte Einfahrt entlangfahren. Direkt neben dem Herrenhaus befindet sich ein zweites Gebäude, leicht nach hinten versetzt, und obwohl ebenfalls zweistöckig, deutlich kleiner und einfacher. An einem vergitterten Fenster im ersten Stock steht eine junge Frau. Selbst auf die Entfernung wirkt sie verloren, blass und traurig.

Das Auto nähert sich den Parkplätzen vor dem kleineren Gebäude, und die junge Frau zieht sich so abrupt zurück, als wäre sie bei etwas Verbotenem ertappt worden.

»Willkommen im Istituto di Ricerca Fiorentino«, sagt Raphael. »Ziemlich beeindruckender Auftritt, nicht?«

Hinter uns ertönt ein Rattern. Ich blicke zurück, das Stahltor fährt in seine Verankerung und versperrt erneut die Zufahrt von der Straße. Das ganze Anwesen ist abgeschottet wie eine Festung – warum? Meine Finger krallen sich in das Leder meiner Handtasche. Ich möchte auf einmal nur noch weg.

Francesco biegt in eine begrünte Parkbucht ein. Mehrere Autos stehen bereits dort, beschattet von Olivenbäumen. Der Anblick der Autos beruhigt mich, meine Finger hören auf, das Leder der Tasche zu malträtieren.

Es sind andere Menschen hier. Mitarbeiter. Besucher. Ich muss aufhören, hinter jedem Baum einen Mörder zu vermuten.

Raphael steigt aus und hält mir die Tür auf.

Stumm folge ich ihm über einen schmalen Weg zu der ausladenden Eingangstreppe des Hauptgebäudes.

Die Stufen haben die Patina vieler Jahrzehnte, die schwere Holztür ist mit Intarsien verziert, nur an der Seite zeugt ein poliertes Metallgehäuse mit Zahlen von der Ankunft des einundzwanzigsten Jahrhunderts auf dem Anwesen. Francesco gibt einen Code ein. Es piept, und die Tür springt auf. Galant lässt er mir den Vortritt, doch ich zögere. Etwas warnt mich, das Gebäude zu betreten.

»Clare?« Raphael tritt neben mich. »Alles in Ordnung?«

»Nein!«, liegt mir auf der Zunge. Doch ich nicke nur und folge ihm.

Mit einem Klack schließt sich die Tür hinter uns. Ich drehe mich um und bemerke, dass die Tür keine Klinke hat. Was ist das für ein Institut, das keine Türklinken nach außen hat?

»Geht es Ihnen nicht gut?« Raphael legt seine Hand auf meinen Arm. Die Berührung ist leicht, und plötzlich komme ich mir ziemlich albern vor.

Ich wollte hierher. Es war meine Entscheidung gewesen. Ebenso wie es meine Entscheidung gewesen war, Raphael um Hilfe zu bitten. Das hat niemand planen können, und das heißt: Er *kann* nichts mit Bonnies Entführung zu tun haben, und das wiederum heißt, ich bin hier sicher.

»Ich hasse verschlossene Türen«, sage ich und zeige auf die klinkenlose Tür.

»Oh. Ich verstehe.« Er geht zu dem Zahlenfeld. »Der Code ist einfach. Nur die Ungeraden: 13579.« Er tippt, die Tür geht auf. »Besser?«

Ich nicke, es geht mir tatsächlich besser, da ich nun weiß, wie ich wieder aus dem Haus herauskomme.

Wir betreten eine großzügige Eingangshalle. Die Böden sind aus Stein, die dicken Mauern und Decken weiß getüncht. Mitten in der Halle ist ein Empfangstresen, dahinter eine Reihe alter Bücherschränke, voll gestellt mit Aktenordnern.

Raphael geht zu dem Empfangstresen und klopft mit der Hand auf die Tischplatte. Ein grauhaariger Kopf taucht auf.

»Raphael! *Come stai?*« Eine ältere Dame richtet sich ächzend auf, in der Hand ein Kabel. »*Sempre la solita storia!*«, schimpft sie, während sie sich zu ihm über den Tisch beugt und sich links und rechts einen Wangenkuss abholt.

»Ciao, Louisa. Ich habe Mrs. Brent mitgebracht. Sagst du bitte Teresa Bescheid?«

Die grauhaarige Dame lächelt mir zu, und ich lächele zurück. Das ist also Raphaels ehemalige Kollegin, der ich den schnellen Termin bei Torenzo verdanke.

»Guten Tag, Signora Brent, ich hoffe, Sie hatten eine gute Anreise.« Louisa nimmt den Hörer von einer Telefonanlage, drückt auf eine Taste und wartet kurz. »Ihr Termin ist da… gerne. Natürlich.« Sie legt auf. »Dottoressa Torenzo kommt sofort. Darf ich Ihnen einen Kaffee bringen? Cappuccino? Espresso?«

»Gerne. Cappuccino bitte.« Meine Schultern lockern sich von der Daueranspannung der letzten Minuten. Alles ist gut. Es ist ein ganz gewöhnliches Institut mit Empfang und Mitarbeitern – eben nur in einem ungewöhnlichen Setting.

Louisa zeigt auf ein braunes Ledersofa. »Bitte, nehmen Sie Platz.«

»Danke.« Ich gehe auf das Sofa zu, als Louisa weiterspricht.

»Nicht du, Raphael. Komm, sei ein Schatz, ich krieg das mit dem Kabel nicht hin.«

»Ich hab's gewusst…«, stöhnt Raphael.

Ich drehe mich zu ihm um und sehe, wie er hinter dem Schreibtisch verschwindet. Dabei erinnere ich mich an Raphaels Worte, dass er Louisa immer mit dem Computer helfen musste. Es passt alles zusammen, und mit einem Mal ist die Atmosphäre nicht mehr bedrohlich.

Ich setze mich auf das alte Sofa, nahe einem Tisch mit Zeitschriften. Medizinische Fachblätter, vorwiegend auf Italienisch, aber auch auf Englisch. Ich nehme mir eines der obersten Fachblätter, ein Gehirn ist darauf abgebildet. Interessiert schlage ich es auf und vertiefe mich in einen Artikel.

»Ich sehe, Sie haben Ihr altes Steckenpferd nicht vergessen. Interessant.«

Überrascht lasse ich die Zeitschrift sinken und stehe auf. Vor mir steht eine attraktive, schlanke Frau in einem teuer anmutenden Kostüm und der aristokratischen Aura einer Borgia. Die dunklen Haare sind zu einem eleganten Dutt hochgesteckt, und das Gesicht ist sorgfältig geschminkt. Ich erkenne in ihr sofort die Frau aus den Artikeln über Teresa Torenzo.

Sie streckt mir die Hand entgegen. »Dottoressa Torenzo. Schön, Sie wiederzusehen, Dottoressa Brent.«

»Sie kennen mich?«, frage ich verdutzt.

»Wir haben uns vor einem guten Jahr auf einer Konferenz in London über Ihre Arbeit unterhalten.« Torenzo winkt Raphael mit einem kurzen, harten Fingerschnippen zu sich. »Sonst hätte mich Louisa nicht zu einem so kurzfristigen Termin überreden können.«

»Dottoressa!« Raphael tritt zu uns. »Kann es sein, dass Sie immer jünger werden?«

Torenzo zieht eine Augenbraue hoch. »Hören Sie auf mit dem Gesülze, Raphael, Sie haben bereits bekommen, was Sie wollten. Machen Sie sich lieber nützlich und bringen Sie Dottoressa Brents Tasche auf Zimmer 14.«

Raphael grinst, als hätte Torenzo einen Witz gerissen, und verschwindet mit meiner Reisetasche.

»Kommen Sie, Dottoressa Brent. Gehen wir in mein Büro.«

Mit flottem Schritt geht sie voraus. Wir biegen erst links, dann rechts ab und steigen schließlich einige Stufen hinab in einen weiteren Flur. Noch immer bin ich perplex über Torenzos Begrüßung. Sie haben Ihr altes Steckenpferd nicht vergessen … So ähnlich hat Paul reagiert, als er mich mit dem Buch über das Gedächtnis der Zellen gesehen hatte. Wie intensiv habe ich mich damit auseinandergesetzt, dass ich so zielstrebig nach den immer gleichen Themen greife?

30

Torenzos Büro ist in zwei Bereiche unterteilt – in einem steht vor einer imposanten Bücherwand mit integrierter Anrichte ein moderner Glasschreibtisch, in dem anderen eine zierliche Sitzgruppe vor einer Fensterflügeltür mit Blick in den Garten. Etwas verunsichert bleibe ich in der Nähe der Tür stehen.

»Nehmen Sie Platz.« Torenzo weist mir einen Platz an der Sitzgruppe zu und setzt sich mir gegenüber. In der Hand hält sie ein Diktiergerät. »Stört es Sie, wenn ich unsere Unterhaltung aufnehme?«

»Das ist in Ordnung.« Mit einem Mal werde ich nervös. Es ist so weit. Endlich werde ich erfahren, was passiert ist.

Torenzo schaltet das Diktiergerät ein und stellt es auf den ovalen Glastisch.

»Erzählen Sie mir, warum Sie heute hier sind.«

So knapp wie möglich fasse ich die Ereignisse der letzten Tage zusammen, allerdings ohne auf Pauls undurchsichtige Rolle in dem Ganzen einzugehen. Torenzo hört aufmerksam zu, nickt, ab und zu notiert sie etwas in ein ledergebundenes Notizbuch.

»Gab es, seit Sie auf dem Boot aufgewacht sind, irgendeinen Zeitpunkt oder Ort, an dem Sie das Aufblitzen einer Erinnerung hatten?«

Ich schüttele den Kopf, halte dann inne. »Einmal, ganz kurz habe ich plötzlich Meerwasser geschmeckt und Rauschen gehört. Aber … es war alles verschwommen. Und dann heute, auf der Fahrt hierher. Wir sind am Cimitero degli Inglesi vorbeigefahren, und ich wusste den Namen des Friedhofs.«

»Interessant«, murmelt Torenzo. »Sehr interessant.« Sie beugt sich vor. »Finden Sie es nicht faszinierend, dass ausgerechnet eine Person, die sich so intensiv mit dem Thema Erinnerung auseinandergesetzt hat, nun die ihre verliert?«

Ich zucke mit den Schultern. Es besteht kein Zusammenhang zwischen meiner Forschung und meinem Zustand. Warum sollte es mich faszinieren?

»Wenn wir nach Ihrem Ansatz arbeiten, müssen wir Ihr Problem anders angehen. Eher ganzheitlich ...«

»Was ist mein Ansatz?«

»Natürlich. Sie erinnern sich nicht.« Torenzo steht auf. An ihrem Schreibtisch nimmt sie den Telefonhörer ab. »Louisa, veranlassen Sie bitte, dass die Aufsätze von Dottoressa Brent zum Zellgedächtnis in ihr Zimmer gelegt werden.« Als sie sich wieder setzt, lächelt sie. »Sie haben wohl ein wenig Lesenachholbedarf.«

»Verraten Sie mir nun, was mein Ansatz ist?«

»Sie vertreten die Ansicht, dass Erinnerungen nicht nur in den verschiedenen Hirnarealen gespeichert werden, sondern auch in den Körperzellen selbst«, erklärt Torenzo knapp.

Ich runzele die Stirn. Diese These wurde in dem Buch *Gedächtnis der Zellen* aufgestellt, doch es hat mich nicht wirklich überzeugt. Jetzt behauptet Torenzo, ich hätte sogar Aufsätze zu dem Thema verfasst ... Ob es hier einen Zusammenhang gibt zu meiner Arbeitsweise als Ärztin? Dorota hat gesagt, dass ich viel erklären musste und mit meinen Methoden bei einigen Kollegen auf Ablehnung gestoßen bin.

»Sie glauben, dass unsere Erfahrungen Teil unserer Zellinformationen werden«, holt Torenzo weiter aus. »Sie haben zahlreiche Beispiele dargelegt, wie traumatische Erlebnisse als transgeneratives Trauma von einer Generation an die nächste weitergegeben werden, wie zum Beispiel die ›German Angst‹ als Folge des Volkstraumas aus dem Dritten Reich.«

Diesmal nicke ich zustimmend. Ich kann die Fakten zum Thema »German Angst« mühelos aus meinem semantischen Gedächtnis abrufen. Die Studien, warum die Deutschen im internationalen Vergleich so zögerlich und sicherheitsbestrebt sind und so viel Geld wie kein anderes Volk auf der Welt für Versicherungen ausgeben. Ich erinnere mich sogar an die in diesem Zusammenhang gern zitierte Aussage des ehemaligen deutschen Bundeskanzler Helmut Schmidt, dass die Neigung der Deutschen, sich zu ängstigen, seit dem Ende der Nazizeit und des Kriegs in ihrem Bewusstsein steckt.

»Nicht zu vergessen«, fährt Torenzo fort, offenbar durch mein Nicken bestärkt, »der Diabetesanstieg als Folge des niederländischen Hungerwinters von 1944/45 …«

»… in dem zwanzigtausend Menschen an Hunger starben«, beende ich Torenzos Satz. Auch diese Studie ist mir geläufig: Überdurchschnittlich viele Babys waren stark untergewichtig. Weibliche untergewichtige Neugeborene, die später selbst Mutter wurden, brachten nach Jahrzehnten ohne Mangel ebenfalls untergewichtige Kinder zur Welt, die wiederum ein erhöhtes Diabetesrisiko trugen. »Ein durch Stressfaktoren ausgelöster epigenetischer Prozess, bei dem der Stoffwechsel generationenübergreifend heruntergefahren wurde. Aber das liefert keinen Beweis, dass *Erinnerungen* auf Zellebene abgespeichert sind.«

»Lesen Sie Ihre Aufsätze, Sie werden sich selbst überzeugen.« Torenzo lächelt. »Ein spannendes Thema. Sehr kontrovers diskutiert, es gibt nach wie vor viele, die diese Idee ablehnen und für Humbug erklären, aber … das ist ja nun seit Anbeginn der Wissenschaften das Schicksal progressiver Denker. Ich muss gestehen, Dottoressa Brent, ich bin eine überzeugte Anhängerin Ihrer Theorie, auch wenn Sie selbst ihr derzeit kritisch gegenüberstehen.« Torenzo wirft einen Blick auf ihre Armbanduhr. »Wie die Zeit rennt! Wir müssen unseren Diskurs leider auf später verschieben, jetzt sollten wir mit der Arbeit anfangen.«

Gespannt beuge ich mich zu ihr.

»Bevor wir an das Trauma gehen«, sagt Torenzo, »muss ich an eine Erinnerung von Ihnen anknüpfen, mit der ich arbeiten kann. Ich werde Sie in eine leichte Trance versetzen und eine unbelastete Erinnerung aktivieren. Ich werde versuchen, ob ich über den Cimitero degli Inglesi einsteigen kann. Das wird uns dann als Basis für die nächste Sitzung dienen.«

»Wir gehen nicht…«, frage ich enttäuscht.

»O nein! Das wäre völlig unverantwortlich. Hat Raphael das etwa behauptet?«

»Nein«, sage ich und hoffe, dass sie mir das auch glaubt. Er hat auch nicht behauptet, dass wir gleich bei Bonnie anfangen, ich hatte es nur inständig gehofft.

»Wir gehen in drei Schritten vor. Heute Vorbereitung, morgen Saat, übermorgen Ernte.« Torenzo verschränkt die Hände im Schoß. »Lehnen Sie sich zurück und konzentrieren Sie sich auf mich. Mehr müssen Sie nicht tun.«

31

Ich bin froh, als ich die Zimmertür hinter mir zumachen kann und alleine bin. Erschöpft lasse ich mich auf das Bett fallen und schleudere die Schuhe von den Füßen.

Mein Kopf ist zermatscht. Als hätte Torenzo mein Gehirn zu Hefefteig geknetet. Aber dafür ist mein erster Erinnerungsschnipsel zurück. Noch unscharf und bruchstückhaft, aber Torenzo war zufrieden.

Dabei war es nur ein winziger Einblick, kaum eine Viertelstunde meines Lebens, und doch bin ich überflutet mit Bildern und Eindrücken.

Ich schließe die Augen und hole die Bilder hervor, die Torenzo in mir geweckt hat.

Cimitero degli Inglesi. Der Friedhof. Ein lauer Tag im Frühling. An meiner Hand: Bonnie.

Meine wunderbare, schöne Tochter. Sie hüpft und plappert, nicht im Geringsten beeindruckt von der drückenden Stille der alten Steingräber. Gemeinsam gehen wir durch die Reihen. Alte, schiefe, zum Teil vermooste Grabsteine, Kreuze und Statuen, auf manchen die Namen darauf kaum zu lesen. Wir passieren den steinernen Tod, ein gruseliges Skelett in wallendem Steinumhang, die Augen mit einem Schal verbunden. Sofort drückt Bonnie sich enger an mich, als mache er ihr Angst, und löst sich erst von mir, als wir an einem Grab mit der Skulptur einer trauernden Frau vorbeikommen. In einer steinernen Hand ein Blumenkranz, in die andere ihr Gesicht versenkt. Leichtfüßig läuft Bonnie zu ihr und streicht über den hellen Stein. »Sie sieht so traurig aus, Mummy, erzählst du mir noch einmal ihre Geschichte?« Wir gehen weiter, dann bleiben wir vor einem einfachen Grab stehen. Ein Kreuz, darauf eine geschwungene Inschrift. Wir graben ein Loch in die harte Erde und pflanzen eine weiße Rose hinein. »Ich glaube«, sagt Bonnie, als sie eine viel zu schwere Gießkanne anschleppt und die Rose einschwemmt, »dass sie sich über die Rose freuen wird, Mummy.« Ich lasse sie den Satz in meinem Kopf wieder und wieder sagen, lausche ihrer Stimme, dem Mummy, und ein warmes, gutes Gefühl durchflutet mich.

Bonnie.

Ich halte mich an ihrem Bild fest. An der hellen Kinderstimme in meinem Kopf. Mummy.

»Ich werde alles tun, um dich zurückzuholen«, flüstere ich. »Alles, mein Schatz.«

Ich öffne die Augen, und die Bilder von Bonnie verschwinden hinter den Ästen des Baumes vor meinem Fenster. Laut Torenzo sollten wir übermorgen so weit sein, dass ich auf die Ereignisse um das Trauma herum zugreifen kann.

Noch zwei Tage, dann weiß ich, was passiert ist. Dann weiß ich, wer Bonnie in seiner Gewalt hat.

Zwei Tage.

Es klingt nicht viel, und doch erscheint es mir gerade unendlich lang.

Zumindest weiß ich nun, warum die Straßen und Gebäude sich vorhin so vertraut angefühlt haben. Meine Eltern liegen hier begraben – nehme ich an –, wem sonst haben Bonnie und ich eine Rose eingepflanzt?

Aus meiner Handtasche ertönt das Wummern des Telefons. Mein erster Gedanke: Bonnie!

Schnell rolle ich mich vom Bett und laufe zu meiner Handtasche am Schreibtisch.

»Hallo?«

»Schätzchen! Bist du von allen guten Geistern verlassen?«

Angela?? Woher hat sie meine Nummer? Ich beantworte mir die Frage selbst: Es ist meine alte Handynummer, sie musste sie nur ausprobieren.

»Wo zum Teufel steckst du? Paul sagt, du lässt dich von einer Spezialistin im Ausland behandeln.« Angela klingt verletzt. »Was ist nur mit dir los? Warum vertraust du mir nicht? Wir haben deine Behandlung doch schon angefangen.«

Ha! Vertrauen! Ich denke an die Wanze, will sie darauf ansprechen, lasse es dann aber sein. Ich kann nicht beweisen, dass sie die Wanze dort hingetan hat, und sie wird es leugnen. Für diese Art von Gespräch fehlt mir momentan die Energie.

»Ich kann nicht mit dir arbeiten. Tut mir leid.«

»Hat Paul dich gegen mich aufgehetzt?«

»Ich brauche jemanden, der neutral ist. Dieses ... Ding zwischen Paul und dir belastet mich.«

Am anderen Ende ist es still.

»Angela?«

»Das kann ich akzeptieren. Trotzdem: Wo bist du?«

»An einem sicheren Ort.«

Wieder herrscht Stille in der Leitung.

»Ich melde mich bei dir, wenn ich wieder zurück bin, ja?«, beende ich das Gespräch.

»Clare! Warte!«

»Was?«

»Ich muss dir noch etwas sagen. Es geht um Paul. Es ist wichtig.«

Ich unterdrücke einen Seufzer. Noch mehr Hickhack.

»Ich war heute bei Moira ein Paket abholen.«

Nun horche ich auf. »Ja?«

»Sie hat gerade mit Paul telefoniert.«

»Und?«

»Das Telefon war auf Lautsprecher und die Tür nur angelehnt ...«

»Du hast gelauscht?«

»Ich habe gehört, wie er gesagt hat, dass er dir von Bonnie erzählen musste und gerade alles außer Kontrolle gerät und du ihm nicht mehr vertraust und dass sie ihre Strategie ändern müssen. Kannst du damit etwas anfangen?«

Ein Fels legt sich auf meine Brust. Ja, ich kann mir vorstellen, was damit gemeint ist: meine Reise nach Florenz. Solange ich in London gewesen bin, konnte er kontrollieren, mit wem ich sprach und wer mich behandelte und welche Informationen ich bekam.

»Was hat er dir von Bonnie erzählt?« Angelas Frage sollte wohl beiläufig klingen, doch ich höre die brennende Neugier darin.

»Es ging um ihre Visionen. Was weißt du darüber?«

»Das Gleiche wie Paul. Die Visionen sind die Erinnerungen anderer Menschen.«

Wie ich es mir gedacht habe. »Weißt du, wie sie das macht?«

»Nein. Das weiß keiner von uns.«

»Uns?«, hake ich nach.

»Paul, du und ich.« Angela lacht rau. »Bevor du dich wunderst, warum dein Mann diese privilegierte Information mit mir teilt: Du warst mit ihr bei mir, als wir es entdeckt haben. Du wolltest, dass ich Bonnie behandle – wegen eines frühkindlichen Traumas«, fügt sie dazu. »Ihr wart etwas eher da und habt den vorhergehenden Patienten getroffen. Und weil er ein gemeinsamer Bekannter war, haben wir noch kurz geredet, er hat mit Bonnie gescherzt, und als sie später ein Bild malen sollte, hat sie *sein* Trauma gezeichnet. Das war echt … spooky.«

Ich muss nur an die Zeichnung von meinem Unfall denken und weiß genau, was Angela mit spooky meint. Es ist allerdings deutlich mehr als spooky. Es ist grauenvoll. Und zwar für Bonnie, in deren Kopf Bilder herumspuken, die dort nichts verloren haben.

»Du hast sie gefragt, was sie dort gemalt hat«, fährt Angela fort, »aber sie konnte es dir nicht sagen, und sie schien es auch nicht zu *wissen*. Es erschreckte sie nicht mal. Als ob das, was sie in ihrem Kopf gesehen und gemalt hat, völlig losgelöst von ihrem eigenen Empfinden ist.«

Ich denke an die Ausdrucke von Bonnies Hirnstrommessungen in dem versteckten Behandlungszimmer. Angelas Ausführungen passen zu den extremen Abweichungen der Kurven. Während bestimmte Areale außergewöhnlich aktiv sind, liegen andere in einem Dornröschenschlaf.

»Und dann?«, frage ich.

»Nichts dann«, sagt Angela kurz. »Du und ich, wir wollten das Phänomen anderen Menschen zugänglich machen und unsere Erkenntnisse veröffentlichen. Paul hat dem Ganzen einen Riegel vorgeschoben.«

Daher also der ungute Ton zwischen den beiden. Nun wird mir einiges klarer. »Danke«, sage ich. »Das hat mir geholfen.«

32

Leises Klopfen holt mich aus der Lektüre. »Ja?«

Raphael steckt den Kopf zur Tür herein. »Haben Sie auch Hunger? Ich habe einen Tisch in der besten Pizzeria von Florenz bestellt.« Er kommt ganz ins Zimmer. »Geheimtipp unter Florentinern. Kommen Sie, es wird Ihnen guttun.«

Wahrscheinlich wird es das. Jedenfalls klingt es besser, als mit meinen Gedanken und Aufsätzen den Rest des Abends allein zu bleiben. Also nicke ich. »Ich bezahle.«

»Sie sind der Boss.«

Vor dem Gebäude steuert er auf eine alte Vespa zu. Beim Losfahren kippe ich leicht nach hinten und lege schnell die Arme um seinen Bauch. Es ist ein seltsames Gefühl, fast ein wenig peinlich, Raphael körperlich so nahe zu sein. Und doch fühlt es sich irgendwie gut an, mich an ihm festzuhalten und anzulehnen, ohne einen falschen Eindruck zu hinterlassen.

Sicher fährt Raphael die Serpentinenstraße in die Stadt hinab und reiht sich in den chaotischen Verkehr von Florenz ein. Im Rückspiegel fällt mir ein weißer Mazda auf. Ich kann nicht erkennen, wer in dem Auto sitzt, die Sonnenblende auf der Fahrerseite ist heruntergeklappt, und der Rückspiegel vibriert zu sehr, um einen klaren Blick zu bekommen. Aber das Auto ist dasselbe. Schon auf dem Berg war es hinter uns. Auf dem Weg in die Innenstadt, an jeder Kreuzung, jeder Biegung ist es uns gefolgt. Ich lasse den Rückspiegel nicht mehr aus den Augen. Wir fahren in die Altstadt – warum sollte der Mann in dem weißen Mazda hinter uns nicht das gleiche Ziel haben?

In dem Moment biegt Raphael in eine kleine, dunkle Gasse

ab, mit jedem Meter wird sie schmäler, die alten, sandfarben verputzten Häuser schiefer. Die Vespa rumpelt über das Kopfsteinpflaster, jeder Hubbel überträgt sich auf das Gefährt, rüttelt mich durch und lässt meine angeknacksten Rippen schmerzen. Mein Blick ist weiterhin starr auf den Rückspiegel gerichtet. Der weiße Mazda ist noch immer hinter uns, allerdings vergrößert sich der Abstand mit jedem Meter, den wir weiter in die Gasse hineinfahren. Dann biegt Raphael ab. Die Nebengasse ist noch dunkler, noch schmaler, kaum vorstellbar, dass sich hier ein Auto durchzwängen kann. Gebannt starre ich in den Rückspiegel. Wenn der weiße Mazda uns auch hierhin folgt, bedeutet das, er verfolgt uns. Doch der Rückspiegel bleibt dunkel, und ich atme auf.

Die Vespa stoppt vor einem Lokal, so klein und unscheinbar, dass ich es kaum wahrgenommen hätte, wäre Raphael nicht darauf zugegangen. Er hält mir die Tür auf und lässt mir den Vortritt. Die Pizzeria hat nur etwa ein Dutzend Tische, einfach gedeckt und die meisten besetzt, was mich bei dem unfassbar guten Duft nach Holzofenpizza, geschmolzenem Käse und Rotwein auch nicht verwundert. Ein Geheimtipp unter Einheimischen eben. Ein junger Kellner kommt auf uns zu und führt uns zu einem Tisch in einer ruhigen Ecke. Verstohlen blicke ich mich mehrmals zur Tür um, und als kein weiterer Gast das Restaurant hinter uns betritt, entspanne ich mich langsam.

Wir bestellen und bekommen Karaffen mit Wasser und Wein. Mit italienischer Grandezza schenkt Raphael mir ein und hebt dann das Glas.

»Torenzo sagt, Sie haben einen ersten Erfolg erzielt. Darauf trinke ich.«

Wir stoßen an, doch es fällt mir schwer, sein Lächeln zu erwidern. Meine Gedanken kreisen um das Telefonat mit Angela – um Pauls Aufforderung an Moira, die Strategie zu ändern, und um Bonnies besondere Gabe.

»Sind Sie mit dem Ergebnis der heutigen Sitzung nicht zufrieden?«, fragt Raphael.

»Do... doch. Entschuldigung. Ich bin etwas müde.« Ich trinke einen Schluck Wein und spüre, wie der Alkohol direkt in meine Blutbahn schießt. Trotzdem nehme ich gleich noch einen. Und noch einen, bis ein angenehmes Gefühl der Schwerelosigkeit meinen Kopf umnebelt und ich Bonnie, Paul, Angela und Moira dort in eine hintere Ecke verbanne. Ich möchte jetzt einfach nur ein unverfängliches Gespräch mit Raphael über seinen Roman führen und eine Pizza essen. Mehr nicht.

»Ich habe vorhin Ihre Artikel zum Zellgedächtnis gelesen. Ich verstehe jetzt, warum Teresa sofort eingewilligt hat, Sie zu behandeln. Das liegt ganz auf ihrer Linie.« Er nickt anerkennend. »Ich fand das Thema Gedächtnis als solches ja schon immer hochspannend. Deswegen habe ich damals auch für Torenzo gearbeitet. Ich bin gern an der Quelle, wenn ich für einen Stoff recherchiere.« Er zwinkert. »Aber Torenzo als Chefin ist auf Dauer eine Herausforderung...«

»An der Quelle?«, frage ich, leicht alarmiert. »Darf ich fragen, an was Sie gerade arbeiten?«

»Oh, ich studiere die Reichen. In meinem neuen Buch werden die Reichen immer reicher und älter, ohne zu altern natürlich, und die Armen immer ärmer, da ihre Jobs von Robotern übernommen werden. Es kommt zum sozialen Unfrieden, die Welt versinkt im totalen Krieg, Reich gegen Arm, der Planet wird zerstört, und die Reichen fliehen zum Mars.« Er lacht. »So wie Sie gerade gucken, wird dieses Buch wohl auch keinen Verlag finden. Reden wir lieber über Ihre Arbeit. Ich finde Ihre These zum Zellgedächtnis sehr interessant. Wie sind Sie darauf gekommen?«

»Ich weiß es nicht. Ich kann mich nicht daran erinnern, diese Thesen aufgestellt zu haben, und das ist seltsam, denn mein Gedächtnis für Erlerntes ist intakt.« Ich halte inne. Diese

Frage beschäftigt mich schon, seitdem ich den ersten von mir verfassten Artikel gelesen habe. Warum kann ich mich daran nicht erinnern, an mein anderes medizinisches Fachwissen schon? Rein logisch gibt es nur eine Erklärung dafür: Dieses Thema hat einen autobiografischen Bezug, ergo, es ist verschollen mitsamt dem Rest meiner episodischen Erinnerungen – was für ein Bezug das allerdings sein könnte, ist mir schleierhaft. Oder …

Ein Gedanke formt sich in meinem Kopf. Ich denke an das Gespräch mit Angela, an Bonnies Visionen. Sie hat das Trauma eines Patienten gesehen, behauptet Angela, eine tief im Unterbewusstsein des Patienten verschollene Erinnerung. Kann es sein … Kann es sein, dass ein Zusammenhang zwischen Bonnies besonderer Gabe und meinen Ausführungen zum Thema Zellgedächtnis besteht?

Ich bemerke, dass Raphael mich erwartungsvoll ansieht, und nehme den Faden wieder auf. »Ich habe vorhin einen kurzen Blick in einen der Aufsätze geworfen, und wenn ich ehrlich bin, finde ich meine These wissenschaftlich nicht wirklich überzeugend.«

»Sie … Sie glauben nicht mehr, dass das Erlebte auf Zellebene abgespeichert wird?« Mit offenem Mund sieht er mich an.

»Doch. Natürlich. Es ist zum Beispiel eindeutig erwiesen, dass ein Trauma auf Zellebene abgespeichert wird. Durch die epigenetische Veränderung wird das zelluläre Gleichgewicht beeinträchtigt und führt zu Veränderungen der Nervenfunktion. Aber Sie reden davon, dass unsere *Erinnerungen* auf Zellebene abgespeichert werden. Ich rede von einem chemischen Prozess, einer Reaktion auf eine externe Stimulation, der Methy …«

»Und was ist mit Ihrer Studie von Patienten, die nach einer Organtransplantation plötzlich völlig neue Interessen und

Geschmäcker entwickelt haben?«, unterbricht er mich. »Der Bauarbeiter zum Beispiel, der sein Leben lang kein Buch angerührt und nach einer Lebertransplantation plötzlich James Joyce verschlungen hat. Oder die …«

Ich winke ab. Beispiele wie diese hat es auch in dem Buch zuhauf gegeben. Die Frau, die nach einer Transplantation plötzlich Klavier spielen konnte, das Kind, das nach dem Erhalt einer Spenderleber Russisch sprach. Unterhaltsame Geschichten, jedoch keine wissenschaftlich anerkannten Erklärungen für das auftretende Phänomen und schon gar keine wissenschaftlichen Beweise. Wissenschaftlich belegt sind die Zusammenhänge im Gehirn. Angefangen bei der Aufgabenverteilung der verschiedenen Gehirnteile. Nachgewiesen ist, dass der präfrontale Cortex für die Integration von Gedächtnisinhalten und emotionalen Bewertungen verantwortlich ist und im Hippocampus Informationen aus dem Kurzzeit- ins Langzeitgedächtnis übertragen werden. Seit Kurzem ist sogar nachgewiesen, dass dabei nicht alles im Hippocampus verbleibt, sondern miteinander verknüpfte Sinneswahrnehmungen an die Großhirnrinde weitergeleitet werden. Und nachgewiesen ist auch, dass sich die Erbanlagen in den Zellen befinden.

Nicht nachgewiesen ist jedoch, dass dort ebenfalls Erinnerungen gespeichert werden.

»Vielleicht habe ich das früher geglaubt. Vielleicht hatte ich einen Grund, das zu glauben. Aber auch daran erinnere ich mich nicht.« Ich bemerke, dass er widersprechen will und füge schnell hinzu: »Ich werde morgen meine anderen Aufsätze in Ruhe lesen, vielleicht stößt das etwas bei mir an.«

In dem Augenblick läutet Raphaels Telefon. Er prüft das Display und verdreht die Augen. »Entschuldigen Sie mich bitte einen Moment.«

Er verlässt das Restaurant und steckt sich vor dem Fenster eine Zigarette an. Meine Gedanken driften zurück zu dem

Telefonat mit Angela. Zu Bonnies besonderer Gabe. Sie hat mit Angelas Patient gespielt und danach sein Trauma gezeichnet. Die Erinnerung eines Fremden. Wie ist sie darangekommen? Telepathie? Gedankenübertragung?

Ich kann es weder mit Sicherheit sagen noch ausschließen, aber je intensiver ich darüber nachdenke, desto wahrscheinlicher erschient es mir, dass zwischen Bonnies Gabe und meiner These zum Zellgedächtnis ein Zusammenhang besteht, der für mich persönlich und emotional genug ist, dass das Wissen darüber nicht in meinem semantischen Gedächtnis für Erlerntes abgespeichert wurde, sondern in meinem noch immer verschütteten episodischen Gedächtnis.

33

Fröstelnd schmiege ich mich an Raphael. Der Fahrtwind verheddert sich kalt in meiner Jacke, und mein Kopf schwirrt vom Alkohol. Trotzdem prüfe ich immer wieder im Rückspiegel, ob uns ein Auto folgt, und bin froh, als wir den Fuß des Berges erreichen. Vor uns schlängelt sich die Straße zum Institut hinauf. Eine teure Gegend für ein Institut. Noch dazu ein Privatinstitut, in dem es Torenzo freisteht, die Schwerpunkte beliebig zu setzen. Sie muss entweder sehr reich oder eine herausragende Geschäftsfrau sein.

Da stoppt Raphael, öffnet das Tor und stellt kurz darauf die Vespa vor dem Nebengebäude ab.

Zitternd vor Kälte steige ich ab.

»Darf ich Sie noch auf einen heißen Tee einladen?« Er nimmt meinen Helm und verstaut ihn im Vespakoffer.

»Gerne.« Ich folge ihm zu dem Eingang des kleinen Nebengebäudes und stelle erstaunt fest, dass die Tür eine Klinke und ein Schlüsselloch anstelle des Codepads am Haupteingang besitzt. Raphael zieht einen Schlüssel aus der Tasche und lässt ihn zu Boden fallen. Ich hebe ihn auf. Ein Sicherheitsschlüssel mit beidseitigem Bart, am Anhänger baumelt eine Madonna mit blauem Cape.

Kaum haben wir das Haus betreten, versperrt er die Tür hinter sich und läuft über den unebenen Steinboden voraus. Der Gang ist lang und schmal. Wir passieren eine auffällig stabile Stahltür und betreten die Küche auf der gegenüberliegenden Flurseite. Raphael stellt Wasser auf und öffnet einen der Edelstahlschränke. »Grüner Tee? Malve? Apfel-Honig?«

»Malve.«

Er nimmt einen Teebeutel heraus und öffnet einen anderen Schrank. »Oder lieber noch ein Glas Wein?«

Ich verneine. Mein Kopf ist benebelt genug. »Was ist das hier?«, frage ich.

»Eine Küche«, grinst Raphael und entkorkt eine Weinflasche.

Ich verdrehe die Augen und grinse ebenfalls. »Für wen wird hier gekocht? Das hier…«, ich zeige auf die Kochfelder und Arbeitsflächen, »ist ziemlich groß dimensioniert.«

»Für die Probanden.«

Ich ziehe fragend die Augenbrauen hoch, da fällt mir die junge Frau ein, die bei unserer Ankunft einen kurzen Moment am Fenster erschienen war.

»Das Institut führt Verträglichkeitsstudien durch. Sagt Ihnen das etwas?«

»Die letzte Teststufe vor der Markteinführung eines Medikaments. Welche Richtung?«

»Vorrangig Psychopharmaka.« Er füllt ein Weinglas und schneidet eine »Gaga«-Grimasse.

»Wie lange sind die Probanden hier?«

»Je nach Krankheitsbild. Zurzeit sind zwei Probanden stationär untergebracht, manchmal bis zu einem Dutzend. Aber nie länger als ein paar Tage.«

In dem Moment heult eine Sirene los. Raphael dreht sich auf dem Absatz um, die Flasche wackelt, fällt um, und der Rotwein läuft über die Arbeitsplatte. Hektisch packt er mich bei der Hand und zieht mich in den dunklen Gang. Die schrille Sirene schmerzt in meinen Ohren. Ich stolpere über den unebenen Boden und schalte gerade die Leuchte meines Handys an, als er unvermittelt vor der Stahltür unter der Treppe anhält. Er tippt hastig einen Code in das Paneel am Türrahmen ein, die Tür springt auf, und Raphael schiebt mich über einen

Durchgang direkt in die Empfangshalle des Hauptgebäudes, wo das Geheul der Sirene wieder in voller Lautstärke ertönt.

Eilig läuft er mit mir an dem Schreibtischtresen vorbei zu einer verschlossenen Tür rechts vom Eingang. Er reißt sie auf. In einem kleinen, mit Monitoren vollgestopften Raum sitzen zwei Männer, die aufgeregt miteinander diskutieren.

»Was ist los?«, fragt Raphael den älteren der beiden.

»Ein Eindringling. Er ist am westlichen Flügel über die Mauer. Wir haben ihn verloren.«

»Habt ihr die Hunde rausgelassen?«

»Gerade dabei«, ruft der Jüngere und betätigt einen altertümlichen Hebel mit abgewetztem Holzgriff. Ein Scheppern und Rasseln, gefolgt von aufgeregtem Bellen. Auf einem der Monitore sehe ich zwei Rottweiler über den Splitt rasen. Ich verfolge den Lauf der Hunde von Monitor zu Monitor, das gesamte Gelände muss mit Kameras bestückt sein. Da bemerke ich eine Gestalt. Sie ist an einem der Fenster auf der Hangseite.

»Zoom rein!«, fordert der Ältere. »Und mach endlich die verdammte Sirene aus!«

Der Jüngere drückt auf einen Knopf. Augenblicklich verstummt das Geheul. Dann tippt er einen Befehl ein und fährt mit den Fingern über ein Touchpad. Das Bild wird größer. Die Gestalt ist deutlich als Mann erkennbar. Noch näher. Näher. Mein Atem stockt.

Paul! Ich bin mir ganz sicher und blicke zu Raphael. Hat er ihn erkannt? Falls ja, lässt er sich nichts anmerken. Gebannt starrt er auf den Monitor, sein Gesicht ist reglos.

Die Hunde erreichen Paul. Gehetzt blickt er sich um, packt die Gitterstäbe und zieht sich hoch. Der erste Hund springt, erwischt ihn am Hosenbein. Paul schüttelt ihn ab, tritt nach ihm, klettert weiter hoch, sieht sich um.

»Jetzt haben wir ihn.« Die beiden Wachmänner springen auf und verlassen den Raum.

»Das ist mein Mann«, sage ich tonlos. »Was haben Sie mit ihm vor?«

Raphael starrt weiter auf den Monitor. Kein Ausruf der Verwunderung. Er hat Paul also auch erkannt.

»*Ich* habe gar nichts mit ihm vor. Ich arbeite hier nicht mehr, aber laut Sicherheitsprotokoll wird ein unbefugter Eindringling der Polizei übergeben«, sagt er schließlich und dreht sich zu mir um. »Tut mir leid. Ich habe das Sicherheitsprotokoll nicht verfasst.«

Ich blicke wieder zu dem Monitor. Paul hat sich weiter die Hausmauer hochgehangelt. Er ist bereits außer Reichweite der fletschenden Hundemäuler und klettert weiter. Ich beobachte angespannt, wie die beiden Wachmänner sich ihm nähern. Da stößt sich Paul von der Mauer ab und springt aus dem Blickwinkel der Kamera. Panisch suche ich die Monitore ab, finde ihn schließlich am Ast einer Kastanie. Ich spüre meinen peitschenden Puls.

Paul blickt zurück, geradewegs in die Kamera, als wüsste er, dass ich ihn aus dem sicheren Zimmer der Wachen beobachte. Dann schwingt er sich hoch und verschwindet im dichten Blattwerk.

»Er hat es geschafft«, sagt Raphael und zeigt auf die Baumkrone. »Über die Kastanie kommt er auf das Nachbargrundstück.« Er verengt seine Augen. »Was will Ihr Mann hier? Wenn er wegen Ihnen hier ist, warum läutet er nicht einfach?«

Mit einem Mal ist mir schwindlig. Ich sinke auf einen der Stühle. Zu viel Alkohol. Zu viel Aufregung. Zu viel alles.

Paul hier. Damit habe ich nicht gerechnet. Ich dachte, er sei in London, bei Moira. Woher weiß er, dass ich in diesem Institut bin?

Natürlich! Der Flughafen. Julian Beech. Ich habe ihn gesehen, und dann war es doch ein anderer gewesen. Nachdem ich ihn für einen kurzen Moment aus den Augen verloren hatte.

Also habe ich mich doch nicht getäuscht. Er hat mich nur abgeschüttelt. Bleibt die Frage, warum Paul das Risiko auf sich nimmt, hier einzubrechen.

34

Flughafen. Menschen, überall. Kleine, große, junge, alte, eine konturlose Masse.

Ein Zeitschriftenstand.

Davor ein kleines Mädchen mit rotbraunen Zöpfen.

»Eliza! Du darfst nicht einfach so weglaufen!« Die Hände zittrig auf schmalen Kinderschultern.

»Ich habe mir nur die Zeitschriften angesehen.« Die Stimme dünn, Tränen in den Augen.

»Du warst plötzlich weg. Ich habe dich gerufen! Immer wieder!«

»Aber du hast nicht meinen Namen gerufen!«

»Ich habe Eliza gerufen. Das ist jetzt dein Name. Sag ihn. Sag deinen Namen.«

Tränen strömen über das kleine Gesicht.

»Sag es. Sag: Ich heiße Eliza.«

Schluchzen. »Ich will zu Daddy.«

»Das geht nicht, Liebling. Du bist jetzt Eliza. Eliza hat keinen Daddy.«

Das Schluchzen wird lauter. »Ich will zu Daddy.«

»Daddy kommt bald nach. Aber bis dann bist du Eliza, einverstanden?«

Nicken. Die zarten Schultern beben.

»Siehst du den Mann dort? In dem Glashäuschen mit dem Hut? Was sagst du, wenn er dich nach deinem Namen fragt?«

Schniefen. Dann leise: »Eliza.«

35

Die Vespa hält vor dem schmiedeeisernen Tor des Cimitero degli Inglesi. Ich steige ab und halte Raphael den Helm hin. Die Morgensonne bricht sich tausendfach in dem Chrom des Lenkers und blendet mich einen Moment.

»Sie sind sicher, dass Sie allein hineinwollen?« Sein Blick ist so skeptisch wie der Ton seiner Stimme.

Ich nicke. Dieser Ort birgt meine einzige wiedererweckte Erinnerung. Um sie zu prüfen, muss ich ihr folgen, allein, ohne Ablenkung, ohne jemanden, der mich beeinflussen könnte.

»Okay. Ich werde hier warten, aber…«, fügt er hinzu, »wenn eine Person hineingeht, die im Geringsten verdächtig erscheint, werde ich ihr folgen.«

»Danke.« Ich drücke seine Hand.

Er senkt den Blick, als mache ihn mein Dank verlegen, und brummelt ein kaum verständliches: »Nicht der Rede wert.« Doch seine Hand erwidert meinen Händedruck so fest, als wollte er mich davon abhalten, alleine loszumarschieren.

Am Eingang des Friedhofs bleibe ich stehen. Ich muss mich sammeln und auf die Bilder von Bonnie und mir konzentrieren, die seit meiner Sitzung mit Torenzo als einzige autobiografische Erinnerung in meinem Kopf kursieren. Ich passiere das einfache Gebäude hinter dem schmiedeeisernen Tor und gehe langsam den von Zypressen gesäumten Kiesweg entlang. Auf beiden Seiten Gräber, Reihe um Reihe, geschmückt mit steinernen Kreuzen und Statuen und Särgen und Grabsteinen. Ich suche nach einer Übereinstimmung mit den Bildern in meiner Erinnerung. Doch so unterschiedlich die Gräber auch sind, so gleich wirken sie. Steindenkmal an Steindenkmal, unendliche Reihen Gras und Stein, vereinzelt blühende Sträucher, die etwas Farbe in die graue Steinwüste bringen. Noch langsamer gehe ich weiter, die Wege kreuzen sich, und ich bleibe stehen. Links oder rechts oder geradeaus?

Ich weiß es nicht.

Rechts?

Zögerlich biege ich ab. Nirgendwo ein Hinweis, dass das Grab aus meiner Erinnerung wirklich hier sein könnte. Frustriert suche ich nach dem Skelett im Wallemantel oder der knienden Frau mit dem Blumenkranz aus meiner Erinnerungssequenz.

Plötzlich höre ich ein Knirschen hinter mir. Erschrocken sehe ich mich um. Die Zypressen stehen hier dichter, werfen dunkle Schatten auf den Weg und die Gräber und bieten besten Schutz für jemanden, der nicht gesehen werden möchte. Ich beschleunige meinen Schritt, verfluche meinen Eigensinn. Hätte ich nur Raphael mitgenommen! Ich kann mich ohnehin an kein einziges dieser Gräber erinnern. Was immer mir gestern in der Session mit Torenzo in den Sinn gekommen sein mag, es entspricht nicht der Realität. Ein Trugbild, eine Sinnestäuschung. Ich habe Torenzo erzählt, dass ich mich an den Namen des Friedhofs erinnern konnte. Das Skelett im Wallemantel, die kniende Frau – beides sind sehr auffällige Skulpturen. Kenne ich sie aus einem Reiseführer – ergo, erlerntes Wissen, das ich mit Wunschbildern von Bonnie und mir verbunden habe? Abgeleitet von den mir bekannten Fotos von ihr? Ich weiß, dass die Verknüpfung von Wissen und Vorstellung bei einem labilen Psychosystem sehr mächtig sein kann. Irreal wird zu real, zu einem eigenen persönlichen Erlebnis, obwohl es nie stattgefunden hat. Erneut schreckt mich ein Knirschen auf. Verdammt! Hektisch drehe ich den Kopf, spüre, dass jemand hier ist und mich beobachtet. Angespannt verenge ich die Augen und wage kaum zu atmen.

Die Zypressen. Ich bin mir sicher, dort einen Schatten gesehen zu haben. Mein Herz hämmert gegen die Brust. Gebannt starre ich hinüber, doch keine Bewegung verrät, ob sich jemand dahinter versteckt. Nun laufe ich. Geradeaus, der Weg scheint kein Ende zu nehmen, die Gräber liegen wie stumme Mahnmale zu beiden Seiten. Da steht es plötzlich vor mir. Die Skulptur ist größer als die in meiner Erinnerung. Der steinerne Tod. Das hämische Grinsen des Totenkopfes jagt mir einen Schauder über den Rücken. Doch dann, als hätte der Totenkopf mit den verbundenen Augen mir den Weg eingeflüstert, weiß ich, wo ich hinmuss. Ich verlasse den Weg und gehe zwischen den Gräbern hindurch, vorbei an der knienden Frau, und bleibe schließlich vor einem Kreuz stehen. Eine weiße Kletterrose rankt sich an dem Kreuz hoch, verwitterte Buchstaben verraten den Namen der Verstorbenen: Maria und Pietro Vicenze.

Es ist das Grab aus meiner Erinnerung. Die Rose, die ich mit Bonnie gepflanzt habe. Ich berühre die seidigen Blütenblätter und könnte vor Erleichterung heulen. Meine Erinnerung ist echt gewesen. Die Rose ist real. Nur – wer sind Maria und Pietro Vicenze? Ein Blick auf die Jahreszahlen genügt, um zu wissen, dass es sich dabei nicht um meine Eltern handeln kann.

Es erstaunt mich nicht. Raphael hatte mir bereits erklärt, dass auf diesem Friedhof seit 1887 keine Neubestattungen zugelassen sind. Was also habe ich mit den Vicenzes zu tun?

Wieder vernehme ich ein Knirschen, fast zeitgleich spüre ich eine Hand auf meiner Schulter. Ich schreie auf und fahre herum, sehe Pauls Gesicht keine dreißig Zentimeter vor mir. Sein Mund ist verkniffen, seine Augen wandern nervös hin und her, als erwarte er jeden Moment einen ungebetenen Dritten, der unser Zusammentreffen stören könnte.

»Warum tust du mir das an?« Seine Stimme ist rau.

Unwillkürlich weiche ich zurück, kratze mich an einem Rosendorn. Ich streiche über den rosa Striemen an meiner Hand und suche nach Worten. »Woher … woher weißt du, dass ich hier bin?«

»Ich … ich habe gehofft, dass du hierherkommen würdest, nachdem du … du Angela nach dem Friedhof deiner Eltern gefragt hast.«

»Das sind nicht meine Eltern«, gebe ich zurück, verwundert, wie die plötzlich offenbar rege Kommunikation zwischen Angela und Paul zu Angelas letzter Warnung passt.

»Nein, Maria und Pietro sind die Großeltern deiner Mutter. Deine Eltern haben ein Urnengrab in Plymouth.« Er zeigt auf die Rose hinter mir. »Maria Vicenze ist deine Urgroßmutter. Sie ist dein großes Vorbild. Die Rose hast du mit Bonnie gepflanzt. Vor ziemlich genau einem Jahr. Wie hast du von dem Grab erfahren?«

»Ich habe mich daran erinnert.« Ich registriere seinen erstaunten Blick.

»Du hast deine Erinnerung zurück?«

»Ich habe *eine* Erinnerung zurück.«

»Hast du … Weißt du, was mit Bonnie …«, stammelt er.

Ich schüttele langsam den Kopf und beobachte ihn. Ist das Hoffnung in seinen Augen oder Verunsicherung, weil meine Erinnerung ihm gefährlich ist? Ich suche nach Antworten in seinen Augen.

Freund oder Feind?

»Wie kam es zu der Erinnerung?«

Ich zucke die Schultern. Soll ich ihm von Torenzo und ihrer Therapie erzählen? Soll ich wirklich mit offenen Karten spielen, nachdem ich von Angela weiß, dass er dies definitiv nicht tut? Neue Strategie … viel Interpretationsspielraum lässt diese Aussage nicht. Er verbirgt etwas vor mir.

»Woher weißt du, dass ich in Florenz bin?«, frage ich.

»Julian Beech. Er hat genau fünfundzwanzig Minuten gebraucht, um herauszufinden, auf welchen Flieger du gebucht warst. Er war in derselben Maschine wie du und ist dir zu diesem Institut gefolgt.«

Julian Beech. Also doch. Ich habe mich nicht getäuscht.

»Bitte, Clare, lass uns das gemeinsam durchstehen. Ich muss wissen, was passiert ist. Ich muss wissen, warum meine Tochter verschwunden ist. Ich ...« Er macht einen Schritt zurück, presst die Fäuste gegen seine Augen. »Ich ... ich brauche dich mehr als je zuvor.«

Plötzlich ist der verkniffene Zug um seinen Mund verschwunden. Seine Mundwinkel und sein Kinn zucken. Einer Regung folgend gehe ich zu ihm und streiche über seine Wange. Ihn zu berühren elektrisiert mich. Als bestünde eine magische Verbindung zwischen unseren Körpern. Wieder überkommt mich der Drang, mich an ihn zu lehnen. Ich möchte ihm glauben, und ich verstehe nicht warum, wo doch so vieles gegen ihn spricht. Er atmet laut aus.

»Zwei Tage«, sage ich mit mühsam beherrschter Stimme. »Dann komme ich nach London zurück. Das hier geht nur allein.«

In dem Moment schallt Raphaels Stimme über den Friedhof. »Clare? Wo sind Sie?«

»Aber du bist nicht allein!« Er wischt meine Hand von seiner Wange. »Dieser Raphael ist bei dir! Wie kannst du ihm vertrauen und mir nicht? Was hat er damit zu tun? Was hat er mit dir zu tun? *Wer* ist er?«

»Unser Portier. Ich vertraue ihm, weil ... er nur der Portier ist. *Ich* bin auf ihn zugegangen, nicht er auf mich. Ich habe ihn um Hilfe gebeten, weil er *zufällig* da war, als ich jemand zum Reden brauchte. Er kann in all das nicht verstrickt sein.« Ich mache einen Schritt von Paul weg. »Fahr nach Hause. Bitte.«

Doch Paul bleibt stehen. Starrt mich an, der verkniffene Zug schleicht sich wieder in sein Gesicht. »Er ist nicht ›nur der Portier‹.«

Verdutzt schaue ich ihn an. »Was weißt du über ihn?«

»Vielleicht ist er gar kein Portier. Er hat an dem Tag in unserem Haus angefangen, nachdem du in Indonesien aufgegriffen wurdest. Und jetzt schleift er dich nach Florenz. Ausgerechnet zu Torenzo. Ein Zufall? So naiv kannst du nicht sein!« Er geht auf mich zu. »Komm mit nach Hause. Du darfst …«

»Clare?« Raphaels Rufen kommt näher.

»Zwei Tage«, flüstere ich, drehe mich um und laufe in die Richtung, aus der Raphaels Rufen kam. Doch Pauls Worte schwingen in meinem Kopf nach und beunruhigen mich. Vielleicht ist genau das seine Absicht gewesen, mich mit seinen Worten zu beunruhigen und zur Abreise zu bewegen. Vielleicht hat er aber auch recht mit seiner Sorge – wenn Raphael tatsächlich an dem Tag nach meiner Verhaftung in Indonesien die Stelle als Portier angetreten hat, wäre das ein verdammt großer Zufall … und was hat Paul gemeint mit ausgerechnet Torenzo?

36

»Gut, Dottoressa Brent«, dringt Torenzos Stimme zu mir. Ich fühle mich trotz der Sorge um Bonnie und trotz Pauls verwirrender Warnung extrem entspannt. Die Übung, durch die Torenzo mich gerade leitet, fällt mir leicht – es ist fast die gleiche, die Angela mir in London beigebracht hat. »Sie machen das sehr gut. Sie haben jetzt einen Raum in Ihrem Bewusstsein, in dem Sie jederzeit Zuflucht suchen können. Wenn eine Erinnerung kommt, die Sie überfordert, ziehen Sie sich in diesen Raum zurück. Haben Sie das verstanden?«

»Ja.« Ich lehne mich auf dem Sofa zurück und lege meine Hände in den Schoß, ohne meine Augen von Torenzos Finger zu nehmen. Ich bin bereit für die nächste Erinnerung. So bereit wie ich nur sein kann. Trotz Torenzos Aufforderung, es langsam anzugehen, mich nicht zu überfordern und lieber abzubrechen, als zu früh eine Erinnerung hochzulassen, die mich überfordern und mein Trauma verstärken wird. Der Finger schwingt links, rechts, links, rechts, schnell und gleichmäßig wie ein Pendel.

»Dann gehen wir jetzt zu dem Tag, an dem Sie das letzte Mal Ihre Wohnung in London verlassen haben. Sie sind in London. Mit Ihrer Tochter. Wohin geht die Reise? Wir bleiben bei diesem Tag. Nur dieser Tag.«

Meine Augen folgen Torenzos Finger, und obwohl ich ihn wahrnehme, ist meine Aufmerksamkeit auf die Bilder gerichtet, die langsam vor meinem inneren Auge entstehen. Verschwommen. Wirr. Ein Taxi. Bonnie und ich gemeinsam auf der Rückbank. Ein Bahnhof. Menschen, die eilig in alle Richtungen hetzen. St. Pancras. Nein. Zu modern. Zu sauber. Die riesige Glaskuppel, die Geschäfte, der große Lift. Das Schild. Eurostar. Departure Lounge. Wir sind in St. Pancras International. An einer Hand Bonnie. Ich halte Bonnie fest, zerre sie regelrecht mit mir. Eilig. Wir sind spät dran. In der anderen Hand ein großer Koffer. Auch Bonnie hat einen Koffer. Kariert. Rot-grün, ein Pferdekopf eingestickt.

Ein Schild.

»Wir fahren nach Paris. Bonnie und ich.«

»Gut. Wie geht es Ihnen dabei?«

»Ich … ich bin nervös. Ich lasse Bonnie keinen Moment aus den Augen. Ich kontrolliere meine Handtasche. Immer wieder.«

Die Bilder vor meinem Auge werden klarer. Paris. Gare du Nord. Ein Hotel. Schäbig. Eine Absteige. Der Mann an der Rezeption ist ungepflegt und desinteressiert. Er nimmt mein Geld und gibt mir einen Schlüssel. Das Zimmer. Der Teppich fleckig, die Tapete verblasst. Ich öffne den Koffer. Wühle darin. Verschwinde mit meinem Kosmetiktäschchen im Bad.

»Ich färbe Bonnies Haare. Rötlich. Und meine braun. Wir finden keinen Föhn. Ich kämme ihre Haare glatt und flechte zwei Zöpfe. Dann setze ich ihr Linsen ein. Grüne Linsen. Sie weint.«

»Sehr gut. Sie machen das sehr gut. Gehen Sie weiter. Was machen Sie als Nächstes?« Torenzos Finger bewegt sich, links, rechts, die Bilder laufen weiter.

Wir verlassen das Hotel. Ein Taxi. Bonnie sitzt auf meinem Schoß, die Zöpfe hinterlassen dunkle, feuchte Flecken auf meiner hellen Bluse. Das Taxi hält. Ich steige aus, Bonnie an der Hand. Eine Bank. Rotes Logo mit zwei weißen Dreiecken. HSBC. Ich zahle Geld ein. Viel Geld. Der Bankangestellte holt seinen Chef, ich halte ihm ein Dokument hin. Der Mann nickt eilfertig und nimmt das Geld entgegen. Wieder ein Taxi. Nein. Es ist dasselbe Taxi, der Fahrer hat gewartet.

»Wir fahren zum Flughafen. Es ist viel Verkehr. Bonnie schläft ein. Ich bin immer noch nervös.«

Der Flughafen. Eine lange Schlange am Schalter. Bonnie zupft quengelnd an ihren Zöpfen. Die Dame an der Gepäckaufgabe ist freundlich. Sie lässt Bonnie ihren Koffer wiegen und bewundert das eingestickte Pferd. Ein Lächeln auf Bonnies Gesicht. Ich nehme Bonnies Hand. Führe sie durch die Menge. Bleibe stehen. Ein Geschäft. Ein Ständer mit Reiseadaptern. Australien. Amerika. Deutschland. Asien. Ich greife danach. Gehe zur Kasse. Zahle. Drehe mich um. Bonnie? Neben mir steht ein Mann. Hinter mir eine junge Mutter mit Kind. Eine blonde Frau blättert in einer Zeitschrift. Ein Bärtiger holt Wasserflaschen aus einem Kühlregal. Bonnie? Bonnie! Wo ist Bonnie? Wo ist …

»Dottoressa Brent! Schauen Sie auf meine Hand. Sie gehen jetzt in den Raum. Die Tür ist offen. Sie gehen hinein. Sie schließen die Tür. Sie sind in Sicherheit.«

Ich starre auf Torenzos Finger.

Bin ich das, die so hektisch nach Luft schnappt?

»Clare! Schließen Sie die Tür. Jetzt! Atmen Sie ein. Auf eins, zwei, drei, jetzt atmen Sie aus, auf eins, zwei, drei. Die Tür ist fest verschlossen. Ihr Atem wird ruhiger, Sie fühlen sich sicher und geborgen.«

Die Bewegung des Fingers stoppt.

Ich atme langsam ein und aus, spüre wie mein Herzschlag sich mit jedem Atemzug beruhigt. Torenzo erhebt sich und öffnet die Fenstertüren. Warme Luft strömt in den Raum, Vögel zwitschern ein fröhliches Lied.

»Machen wir eine Pause.«

»Aber …«

»Pause«, wiederholt Torenzo. »Nur ein Narr erzwingt, was man nicht erzwingen kann. Wir haben heute viel erreicht. Lassen Sie uns damit zufrieden sein.«

Meine Hände sind kalt wie Eisklötze. Trotz der wärmenden Sonnenstrahlen, trotz des heißen, starken Cappuccinos, den Louisa mir auf der kleinen, von blühendem Oleander umringten Terrasse serviert hat. Die Bilder meiner Erinnerung verfolgen mich, das Gefühl der Panik, das in mir aufstieg, als ich Bonnie in dem Flughafenladen nicht mehr gesehen habe, steckt mir noch immer in den Knochen – dabei weiß ich, dass ich sie dort nicht verloren haben *kann*. Ich wäre nicht ohne sie in den Flieger nach Jakarta gestiegen.

Ich mache eine der Atemübungen, die Torenzo mir mit in die Pause gegeben hat, und spüre, wie langsam die Angststarre von mir abfällt und ich beginne, die Erinnerung zu sezieren.

Ich habe Bonnie und mir die Haare gefärbt und Bonnie farbige Linsen eingesetzt. Das macht man nicht ohne Grund. Das macht man, wenn man untertauchen möchte. Wenn man nicht erkannt werden möchte. Ich habe London freiwillig und mit falschen Papieren und einer großen Summe Bargeld verlassen.

Warum?

Vor wem bin ich geflohen? Vor Paul? Etwas in mir sträubt sich gegen den Gedanken, dabei ist dies die naheliegende Schlussfolgerung: Wäre ich vor jemand anderem geflohen – hätte ich Paul dann nicht eingeweiht?

So viele Informationen, die ich nicht einordnen kann, die in meinem Kopf hin und her flitzen wie Kugeln in einem Flipperautomaten. Ich muss das Chaos ordnen, sonst kann ich keine sinnvollen Korrelationen erstellen. Welche Fakten sprechen gegen Paul?

Zunächst, dass ich gegangen bin, ohne ihn ins Vertrauen zu ziehen. Dann sein enges Verhältnis zu Moira. Haben sie eine Affäre, oder ist sie schlicht seine Anwältin? Doch selbst wenn sie nur seine Anwältin ist – was für eine Strategie fahren sie mir gegenüber? Und was ist mit den Lügen bezüglich Angelas Anruf und Bonnies Gabe und dem Treffen mit Zalewsky? Nicht zu vergessen das geheime Behandlungszimmer, in dem eindeutig Bonnie untersucht wurde.

Ich hole mir den Raum vor Augen. Die Liege, die Poster, den blinkenden Bildschirm mit dem Codefenster. Was hat er dort mit ihr gemacht? War ich eingeweiht? Oder arbeitet er heimlich mit jemandem zusammen? Das würde auch erklären, warum er Angela verboten hat, eine Studie über Bonnie durchzuführen, und nicht wollte, dass ich einen Spezialisten hinzuziehe.

Seufzend nippe ich an dem Cappuccino. Andererseits spricht so viel *für* Paul: mein Gefühl der Vertrautheit, seine Sorge um Bonnie, seine Sorge um mich und nicht zuletzt meine seltsame Nachricht an ihn. Was wollte ich ihm damit sagen? Versteckt sich darin eine Botschaft?

Nachdenklich starre ich auf die pinken Oleanderblüten. Was noch spricht für Paul? Dass er mich aus dem Gefängnis geholt hat? Immerhin war das ein ziemlich großes Risiko. Ich schüttle den Kopf, unschlüssig, wie ich seinen Einsatz bewerten soll. Wollte er dadurch etwas vertuschen oder die Suche nach Bonnie beschleunigen? Genauso wenig kann ich einschätzen, warum er Darescz gewählt und mich abgeschottet hat.

Oder warum ich meine Fotos aus dem Bilderrahmen gelöscht und Bonnies Bilder versteckt habe, *falls* ich es getan habe. Schritte nähern sich, und ich wende meinen Kopf zu der offen stehenden Terrassentür. Lächelnd tritt Raphael zu mir.

»Sie machen Ihre Sache gut, sagt Torenzo.« Er setzt sich mit seiner Tasse zu mir. »Blass sehen Sie aus. Geht es Ihnen nicht gut?«

»Etwas erschöpft.« Ich nehme einen Schluck von dem Cappuccino und lehne mich wieder in dem Stuhl zurück.

»Möchten Sie später mit mir essen gehen?«

»Louisa wollte mir ein Sandwich und einen Salat organisieren.«

»Hmm.« Er stellt seine Tasse ab.

Ich schließe die Augen, ich will jetzt nicht mit ihm reden. Ich spüre die Sonne auf meinem Gesicht, spüre seine Anwesenheit. Spüre seine Ruhe, und es verwirrt mich. Wer ist er? Paul sagt, Raphael habe seinen Portiersjob einen Tag nach meiner Verhaftung begonnen. Und jetzt bin ich mit ihm in diesem Institut. Kann es so viel Zufall geben? Ich glaube immer noch nicht an Zufall. Ich glaube auch nicht an Geschenke des Himmels. Aber ich glaube sehr wohl an geplante Schachzüge. Auch wenn ich mir noch keinen Reim darauf machen kann, wie Raphael es planen konnte, dass ich ihm mein Vertrauen schenke. *Ich* habe ihn gebeten, mir die Dachterrasse zu zeigen, und ich habe ihm dort oben von meinem Dilemma erzählt. Zu keinem Zeitpunkt hat er sich mir aufgedrängt, er war einfach nur zum richtigen Zeitpunkt am richtigen Ort. Kann es sein, dass genau das der Plan war? Dass es Raphaels Job war, zur richtigen Zeit am richtigen Ort zu sein, um mich hierherzulocken?

Ich höre sein Feuerzeug aufflammen, höre, wie er den Rauch der Zigarette inhaliert und ausstößt.

Allerdings, großer Haken: Warum sollte er das tun? Was hat er davon, wenn ich durch Torenzo meine Erinnerung wiedererlange? Oder: Falls er von Torenzo beauftragt wurde: Was hat sie davon, wenn ich meine Erinnerung wiedererlange? Paul hat Torenzo erwähnt. Ich rufe mir den Wortlaut unseres Gesprächs in Erinnerung und bin mir ziemlich sicher, er hat ausgerechnet Torenzo gesagt, was wiederum implizieren würde, dass Torenzo mir oder uns bekannt ist.

Ich verschränke die Arme vor meiner Brust. Wie soll ich mich Raphael und Torenzo gegenüber verhalten? Was, wenn

Paul das nur gesagt hat, um mich gegen Raphael aufzuhetzen, damit er sein Ziel erreicht: dass ich mit ihm nach London fliege, zum Manipulationsmeister Darescz, bevor meine wahre Erinnerung zurückkommt?

Ich höre den Aschenbecher über den schmiedeeisernen Bistrotisch schleifen, höre Raphael schlucken, höre das leise Klirren seiner Tasse auf dem Unterteller. Das Schweigen ist drückend. Erdrückend. Einer von uns müsste es brechen, doch es hat sich bereits wie Kleister auf meine Lippen gelegt. Eigentlich müsste er aufstehen und gehen. Ich spreche nicht mit ihm, halte die Augen geschlossen und die Arme vor dem Brustkorb verschränkt. Signale der Ablehnung, die jeder versteht, besonders ein Mensch, der so beobachtungsstark ist wie Raphael.

Wieder höre ich das Aufflammen seines Feuerzeugs. Langsam raucht er die nächste Zigarette. Dann ertönt erneut das Knirschen des Aschenbechers auf der schmiedeeisernen Tischoberfläche.

»Habe ich etwas falsch gemacht?«, fragt er schließlich. »Oder sind Sie einfach nur so erschöpft von der Sitzung? Mich hätte wirklich interessiert, wie es heute gelaufen ist.«

Ich öffne die Augen und setze mich gerade auf. »Seit wann arbeiten Sie in unserem Haus als Portier?«

Er sieht mich überrascht an. »Ist das wichtig?«

»Seit wann?«, wiederhole ich.

»Weiß nicht, zehn Tage? Acht? Ich müsste nachsehen.«

»Und nach acht Tagen haben Sie bereits so viele Überstunden, dass Sie Zeit abbauen und Urlaub nehmen müssen?«

Er nimmt den letzten Schluck seines Cappuccinos. »Ich bin Springer. Ich werde dort eingesetzt, wo es gerade brennt. Und als Robert in Ihrem Haus ausgefallen ist, hat mich die Portieragentur dort hingeschickt. Aber meine Überstunden laufen natürlich weiter.«

Springer. Wahr oder nicht, es klingt zumindest plausibel, und es kam spontan.

»Warten Sie«, er zieht sein Handy aus der Hosentasche. »Ich gebe Ihnen die Nummer von meinem Boss, wenn Sie das nachprüfen wollen.«

»Ich glaube Ihnen.«

»Wie kommen Sie überhaupt darauf? Erinnern Sie sich an Robert?« Seine Brauen wandern Richtung Nase. »Nein, es hat mit Ihrem Mann zu tun, nicht? Er hat mich gestern gesehen und versucht jetzt, Sie gegen mich aufzuhetzen.«

Sein Blick ist forschend. Ich weiche ihm aus und schlage die Augen nieder. Ich fühle mich ertappt und manipuliert und haltlos wie ein Herbstblatt, das der Wind mal hierhin, mal dorthin weht. An was soll ich mich auch festhalten können? Wie soll ich entscheiden können, wer die Wahrheit sagt?

Da lehnt er sich zu mir. Immer näher, bis ich seinen Atem auf meiner Wange spüre. Seine Hand legt sich um meine.

»Clare.« Seine Stimme ist leise und unsicher. »Lass mich dein Freund sein. Lass mich dir helfen, Bonnie zu finden. *Dich* wiederzufinden.«

Stocksteif starre ich auf den Oleander. Seine Hand fühlt sich unbeholfen an und doch so vertraut, als hätten diese Finger mich schon tausendmal berührt. Das Dich klingt scheu und doch so natürlich, als wären wir seit Jahren befreundet. Konnte das sein? Aber … müsste dann Paul nicht Raphael erkannt haben?

»Ich … Dir ist etwas sehr Schlimmes passiert, und irgendwie haben sich unsere Wege gekreuzt, und jetzt sind wir hier, weil ich dich hierhergebracht habe. Ich fühle mich verantwortlich, und es ist schrecklich, dich so verloren zu sehen.« Er zieht seine Hand zurück.

Ich blicke zu ihm, seine Augen haben etwas Verletzliches,

das mich tief in meinem Inneren berührt. Zögerlich strecke ich meine Hand aus. »Einen Freund kann ich gerade gut gebrauchen.«

37

Ein Hotelzimmer. Ein Doppelbett. Ein Schrank. Ein Stuhl.

Die Wände weiß und fleckig, ein verblasstes Landschaftsbild.

Das Fenster. Durch das Moskitonetz der Blick auf terrassenförmig angelegte Reisfelder wie auf dem Bild, nur die Farben frisch und kräftig.

»Mummy, ich will hier nicht bleiben.«

»Bleiben wir nicht, Liebling, wir fahren zu einer Insel. Einer sehr besonderen Insel.«

Bonnie liegt auf der rechten Seite des Doppelbetts, durch das Laken zeichnet sich der zierliche Körper ab, die Locken leuchten dunkelrotbraun auf dem Kissen.

Ein Klopfen, hart und fordernd.

Bonnies ängstlicher Blick.

»Clare, cara, mach auf.«

Ihr Schritt ist zögerlich. Ihr Puls rast.

»Du hast keine Chance. Sie werden dich finden. Ich kann dich verstecken. Ich kann dir helfen.«

»Geh weg.«

»Lass mich dir helfen. Ich bin dein Freund.«

Die Tür. Sie davor. Er dahinter. Ihr Atem heftig.

»Mach auf, Clare, bitte. Oder ich trete die Tür ein.«

Die Hand auf der Türklinke zittert.

»Geh weg. Ich will dich nie wiedersehen.«

38

Das Aspirin sprudelt so intensiv in dem Zahnputzbecher, dass einzelne Spritzer auf meiner Hand landen. Ich stürze den Inhalt des Bechers auf einen Sitz hinunter, verziehe angeekelt das Gesicht und mache eine mentale Notiz: keine Brausetabletten. Klackend stelle ich den Becher ab und verlasse das Badezimmer. Die Kopfschmerzen pochen in meiner Stirn. Nur zu gern würde ich mich kurz hinlegen, die Augen schließen und darauf warten, dass die Tablette ihren Dienst tut und meine Schmerzen verschwinden lässt.

Doch ich muss zu Torenzo. Die Pause ist vorbei, und ich muss mich wieder meiner Erinnerung stellen. Ich brenne darauf zu erfahren, was mit Bonnie passiert ist, zu erfahren, wo wir nach ihr suchen sollen, und gleichzeitig habe ich Angst davor. Je näher ich der Wahrheit komme, desto mehr Angst habe ich vor dem, was sie mir über Bonnie und Paul und, ja, auch über mich selbst sagen wird.

Ich schlüpfe in die Jacke und schnappe die Tasche vom Bett, als mein Handy klingelt.

»Hallo?«

»Ich bin's, Paul. Bitte leg nicht auf.«

Ich atme tief durch. »Hast du von Bonnie gehört?«

»Ich will mit dir über Raphael reden.« Seine Stimme klingt hektisch.

Das Telefon am Ohr, laufe ich den dunkelroten Läufer entlang. »Ja?«

»Er ist nicht der, der er vorgibt zu sein.«

»Hatten wir das nicht bereits? Er ist Springer. Deshalb ist er erst seit kurzer Zeit in unserem Haus. Du kannst das mit seinem Chef abchecken.«

»Das habe ich. Er hat keinen Raphael auf der Gehaltsliste.«

Ich biege in einen etwas schmaleren Gang ab, versuche diese neue Information auf ihre Glaubwürdigkeit hin einzuschätzen, und passiere eine Ritterrüstung mit rotem Federbusch, die ich mit Sicherheit noch nie passiert habe. Suchend blicke ich mich nach einem vertrauten Orientierungspunkt um. Wo bin ich?

»Clare? Hast du gehört, was ich eben gesagt habe? Raphael ist nicht koscher.«

»Mit wem hast du gesprochen?«

»Der Portiersservice weiß nichts davon, dass Robert durch Raphael ersetzt worden ist. Sie wollen der Sache auf den Grund gehen. Glaubst du mir jetzt?«

Der Gang verzweigt sich erneut. Links oder rechts?

»Clare? Hast du mir zugehört? Du darfst diesem Raphael nicht trauen.«

Ich gehe rechts entlang, wundere mich, wie düster der Gang hier ist. Kein Fenster, nur dämmrige Leuchten, die gespenstische Schattenbilder an Wände und Decken werfen. »Was soll mir hier passieren? Dank deiner Klettereinlage gestern Nacht wissen die vom Institut, dass du mich im Visier hast. Außerdem ... ich hatte heute einen kleinen Durchbruch.« Die Bilder von Bonnie und mir am Flughafen schießen mir vor Augen. Bonnie und ich auf der Flucht. Vor Paul? »Ich kann jetzt nicht abbrechen.«

Der Gang mündet in eine Treppe nach unten. Erleichtert steige ich hinab. Torenzos Raum ist im Untergeschoss, ebenerdig zur hügelseitigen Terrasse mit Blick auf Florenz.

»Clare?« Das Signal bricht ab, dann höre ich Paul wieder. »Nicht trauen ... Torenzo ... dich ... hat ... Bonnie ...«

»Paul?« Was redet er da? Torenzo und Bonnie? Ich laufe ein

paar Meter zurück, sprinte die Treppe hoch. »Paul? Was ist mit Torenzo?«, rufe ich in das Telefon.

»Torenzo kennt dich. Und sie kennt Bonnie. Hat sie dir das gesagt?«

»Bonnie?«, wiederhole ich verwirrt. »Nein. Sie hat nur gesagt, sie kennt mich.«

»Du bist mit Bonnie … gewesen … einem Jahr. Ihr habt … Behandlung … Torenzo damit … abgebrochen … «

»Was hat Torenzo? Versuchst du gerade zu sagen, dass Torenzo Bonnie behandelt und die Behandlung abgebrochen hat?« Das Knistern in der Leitung wird wieder stärker. »Paul! Ich verstehe dich nicht.«

»… det … in den Tabletten … nicht …«

»Paul? Hallo?« Frustriert schaue ich auf mein Display. Der Empfang ist ausreichend, die schlechte Leitung muss auf seiner Seite liegen. Trotzdem versuche ich es erneut. »Paul? Warum sagst du mir das erst jetzt?«

»… noch labil … befürchten, dass …«

Dann ist die Verbindung ganz weg. Ich rufe Pauls Nummer an, bekomme jedoch nur eine Mitteilung, dass der Dienst zurzeit nicht verfügbar ist.

Verdammt. Wieder einmal stehe ich vor der Frage, wie weit ich Pauls Aussage trauen kann. Denn falls das stimmt, falls Torenzo und ich alte Bekannte sind, warum hat er mir nicht schon am Friedhof davon erzählt? Weil ich labil bin? Das macht für mich keinen Sinn.

Das Handy klingelt, und ich reiße es an mein Ohr. »Paul?«, rufe ich, »warum erzählst du mir das erst jetzt?«

»Das kann ich Ihnen nicht sagen, Dottoressa«, antwortet Torenzo mit eisiger Stimme, »aber ich wüsste gern, wann Sie zu unserer Sitzung kommen.«

39

»Wie fühlen Sie sich?« Torenzo sitzt mir in ihrem Sessel gegenüber, von dem Ärger über meine Verspätung ist ihr nichts mehr anzumerken.

»Mein Kopf schmerzt. Und ich bin sehr müde.«

»Das ist nicht ungewöhnlich. Eine Handvoll Schlaf, und Sie fühlen sich wieder fit. Das ist schwere Arbeit, die wir Ihrem Körper abverlangen. Nur weil wir dabei sitzen, bedeutet das nicht, dass Ihr Körper ruht. Während der Sitzung wird jede Zelle in Ihrem Körper aktiviert. Das ist Hochleistungssport.«

Jetzt. Der perfekte Andockpunkt, um die Sitzung zu verschieben. Ich möchte mit Paul reden, bevor ich mit Torenzo weitermache. Ich fühle mich nicht mehr wohl in ihrer Gegenwart – das Telefonat hat bei mir einen Nerv getroffen. Torenzo ist auf Monate ausgebucht, mir gibt sie sofort einen Termin – ein Gefallen unter Kollegen, weil sie meine wissenschaftlichen Thesen schätzt? Möglich.

Genauso denkbar ist jedoch, dass sie ein eigenes, besonderes Interesse daran hat zu erfahren, was mit mir und Bonnie passiert ist. Weil sie sich nicht nur für meine Thesen interessiert, sondern weil sie ein eigenes, besonderes Interesse an Bonnie hat…

Ich gähne, halte mir die Hand vor den Mund. »Entschuldigen Sie. Ich fühle mich so müde, können wir nicht morgen weitermachen? Ich glaube nicht, dass ich heute noch einmal zu Hochleistungssport fähig bin.«

Torenzo schüttelt bedauernd den Kopf. »Wir müssen die Eindrücke von vorhin festigen. Sonst stehen wir morgen wieder dort, wo wir heute früh waren. Kopf hoch, Sie schaffen das, zwanzig Minuten, dann sind wir durch.«

Wieder gähne ich. Ich bin wirklich schrecklich müde, das Gähnen stiehlt sich ganz von allein aus meiner Kehle. »Entschuldigung.«

»Vielleicht hilft ein Espresso?«

»Da sage ich nicht Nein.«

Torenzo erhebt sich, geht zur Anrichte hinter ihrem Schreibtisch und hantiert mit der kleinen Espressomaschine. Ich lasse sie nicht aus den Augen. Hat sie tatsächlich Bonnie behandelt?

»Dottoressa Torenzo?«

»Ja?«

»Wie gut kannten Sie mich, bevor ich hierherkam?« Ich beobachte, wie Torenzo in ihrer Bewegung innehält, nur ein paar Sekunden, bevor sie sich langsam umdreht, in der Hand die noch leere Espressotasse. »Haben wir uns wirklich nur auf der Konferenz gesehen?«

Noch immer die leere Espressotasse in der Hand kommt Torenzo auf mich zu, die Stirn gerunzelt. »Können Sie das etwas genauer erläutern?«

»Nun, als ich Paul erklärt habe, dass ich von Ihnen und nicht meiner Freundin Angela behandelt werden möchte, weil Sie als Fremde neutraler sind, hat er angedeutet, dass Sie sowohl mich als auch meine Tochter Bonnie bereits gut kennen. Sie sollen Bonnie sogar behandelt haben.«

Die Runzeln in ihrer Stirn verwandeln sich in Furchen. »Das hat Ihr Mann gesagt?«

Ich zucke mit den Schultern, als wollte ich mich für Pauls Worte entschuldigen. »So habe ich ihn zumindest verstanden.«

Langsam kommt sie näher, die Augen fragend auf mich gerichtet.

»Kennen Sie meinen Mann?«, frage ich.

»Nein.« Torenzo schüttelt dezent den Kopf. »Nicht dass ich wüsste.«

»Und Bonnie?«

»Dottoressa«, sagt Torenzo und schenkt mir ein so offensichtlich künstliches Lächeln, dass sie es ebenso gut hätte sein lassen können. »Ich kenne weder Ihre Tochter noch Ihren Mann persönlich, und ich wundere mich ein wenig über diese Unterhaltung. Sie sind hier, um Ihre Erinnerung hochzuholen, weil Sie hoffen, so in Erfahrung zu bringen, was mit Ihrer Tochter passiert sein könnte. Möchten Sie das noch, oder sollen wir das Ganze hier und jetzt beenden? Ich habe einen sehr vollen Terminplan.«

Mir schießt bei diesem klaren Tadel die Röte heiß ins Gesicht, und mir wird eines sofort klar: Ich will auf keinen Fall, dass sie die Sitzungen beendet. Die Zweifel an Torenzos Motiven sind ein Luxus, den ich mir nicht leisten kann, solange ich ihre Hilfe benötige, um endlich Bonnies Spur zu finden. Und egal, was Paul über Torenzo sagen wollte – ich bin überzeugt von ihrer Fähigkeit, meine Erinnerung ans Licht zu bringen. Ohne Hypnose und während ich bei vollem Bewusstsein bin.

»Entschuldigen Sie«, murmele ich, »natürlich möchte ich weitermachen.«

»Dann mache ich jetzt den *caffè*, und wir fangen an.« Torenzo geht zu der Espressomaschine zurück.

»Darf ich Sie noch etwas fragen?«

»Bitte«, sagt Torenzo, ohne sich zu mir umzudrehen.

»Es geht um meine These zur Zellkommunikation. Es fällt mir schwer, meinen eigenen Ausführungen zu folgen.«

»Tatsächlich?« Torenzo kommt mit dem Espresso zum Sofa zurück. »Ich finde Ihre Ausführungen sehr überzeugend.«

»Es fehlt der wissenschaftliche Unterbau.«

»Was ist mit Ihren empirischen Studien?« Torenzo stellt die Tasse vor mir ab. »Die Geschichte mit dem blonden Mädchen als Fallbeispiel zur Zellkommunikation ist meines Erachtens deutlich aussagekräftiger als bunt markierte Areale auf den schicken PETs, mit denen die Hirntätigkeit bei der Beantwortung verschiedener Fragenkomplexe nachgewiesen wird.«

Der Kaffeeduft steigt in meine Nase. Ich nehme die Tasse, doch anstatt ihn zu trinken, sauge ich den Duft ein und spüre, wie er meine Sinne belebt.

Zellgedächtnis. Zellkommunikation. Warum habe ich mich mit dem Thema so intensiv auseinandergesetzt?

Die Fallbeispiele in meinen Aufsätzen klangen zum Teil hanebüchen. Wie der Fall der panischen Mutter, die in der zehnten Woche ihrer Risikoschwangerschaft die Angst um ihr ungeborenes Kind metaphorisch an ihren verstorbenen Vater abgegeben hatte. Sobald sie eine Angstattacke kommen spürte, veratmete sie die Panikattacke und übertrug in Gedanken die Verantwortung für das Ungeborene dem verstorbenen Vater. In der zwölften Schwangerschaftswoche bemerkte sie, dass sie dabei immer öfter ein bestimmtes Bild vor Augen hatte: ihren Vater, der an der Hand ein kleines Mädchen mit langen blonden Haaren und blauen Augen hielt. Sie selbst und ihre Söhne waren braunhaarig und braunäugig.

»Nehmen wir das Beispiel mit dem blonden Mädchen«, fährt Torenzo fort, und mit einem Mal glänzen ihre Augen, und ihre Stimme vibriert enthusiastisch. »Sie haben in Ihrem Aufsatz zur Zellkommunikation die Zeichnung abgebildet, welche die Mutter in der zwölften Schwangerschaftswoche angefertigt hat. Daneben ein Foto ihrer inzwischen fünfjährigen Tochter. Identisch. Sie wusste in der zwölften Schwangerschaftswoche nicht nur, dass sie eine Tochter bekommen würde, sondern auch, dass diese Tochter blonde Haare, blaue Augen und ein rundliches Gesicht haben würde. Woher? Wir beide glauben nicht an Hellseherei. Also kann es nur über eine unbewusste Kommunikation auf Zellebene gelaufen sein.«

Ich nicke. Bis dahin habe ich kein Problem, meinen Ausführungen zu folgen: Die Informationen zum Geschlecht, zur Haar- und Augenfarbe etc. sitzen in den fetalen Zellen. In dem geschilderten Fall muss das Unterbewusstsein der Mutter im Zustand ihrer meditativen Angstbewältigungsstrategie einen Zugang zu diesen Informationen geschaffen haben. Wissenschaftlich nicht bewiesen, aber wissenschaftlich erklärbar, da die fetalen Zellen zu diesem Zeitpunkt Teil des Körpers der Mutter waren. Mein Aufsatz geht jedoch noch weiter und stellt eine zweite These auf, deren wissenschaftliche Erklärung ich schuldig bleibe.

Ich kippe den Espresso mit einem Schluck hinunter und verziehe das Gesicht. Viel zu bitter und stark. Klirrend stelle ich die Tasse auf den Unterteller. »Dass ich heute hier sitze, ist der beste Beweis, dass meine weiterführende These falsch ist. Wenn unser Gehirn, genauer der Hippocampus, nur eine Art Arbeitsspeicher für die wichtigsten Informationen zur sofortigen Abrufbarkeit darstellt, die Zelle dagegen alle Informationen speichert, warum aktivieren Sie dann nicht einfach meine Zellerinnerung?«

»Weil Sie noch nicht so weit sind mit Ihrer Forschung. Weil Sie uns das Wissen, wie man auf diese Erinnerung bewusst zugreifen kann, noch nicht geliefert haben.« Torenzo legt einen USB-Stick neben meine leere Espressotasse. »Können Sie mir sagen, was das ist?«

»Ein USB-Speicher.« Was ist plötzlich mit meiner Stimme los? Sie klingt so anders. So fern.

»Korrekt. 256 Gigabite Speichervolumen.« Torenzo nimmt den USB-Stick und lässt ihn durch ihre Finger wandern. »Wenn Sie vor fünfzig Jahren einen zweimal fünf Zentimeter großen und acht Gramm schweren Alustick in die Luft gehalten und behauptet hätten, darauf passe der gesamte Inhalt einer Bibliothek, hätte man sie mit großer Wahrscheinlichkeit für einen

Spinner gehalten. Dass dies sehr wohl möglich ist, würden Sie mit dem *heutigen* Wissensstand nicht anzweifeln. Und doch können Sie ohne einen Computer nichts mit dem Stick anfangen. Sie brauchen einen Zugang zu den gespeicherten Daten. Die passende Hardware und ein Programm, das die Informationen ausliest und so aufbereitet, dass sie verständlich sind. Und genau das brauchen wir für die Zellinformationen. Einen Zugang. Sie schulden uns das.«

Meine Augen folgen gebannt dem Stick. Er wandert in ihrer Hand von Finger zu Finger, dreht um, wandert zurück. Ich will ihm nicht folgen, doch ich kann meinen Blick nicht abwenden. Torenzos Stimme wickelt mich ein, ich fühle mich wie in Watte gepackt, die Stimme wird leiser und lauter, kommt und geht wie Brandungswellen.

»Dottoressa Bent?« Der Stick wandert weiter, genau vor meinen Augen. Hin und her. Unermüdlich. »Erzählen Sie mir von Ihrem Telefonat mit Ihrem Mann.« Die Stimme rollt auf mich zu. Überrollt mich.

40

Mein Kopf.

Ich presse die Hand auf meine Stirn und versuche den Schmerzpunkt zu lokalisieren, während ich langsam die Augen öffne. Das Mondlicht scheint durch das Fenster und taucht mein Zimmer in silbrig sanftes Dämmerlicht. Wie komme ich hierher? Ich kann mich nicht erinnern, von Torenzos Büro in mein Zimmer gegangen zu sein, geschweige denn, mich hingelegt zu haben. Ich taste über meinen Körper. Hose, Top, Gürtel. Warum liege ich vollständig bekleidet auf meinem Bett?

Ich richte mich auf, langsam, die Hand fest gegen die pochende Stirn gepresst. Es hilft nichts. Ich brauche eine Kopfschmerztablette. Vorsichtig stehe ich auf, gehe im Mondlicht ins Badezimmer und löse eine Kopfschmerztablette im Zahnputzbecher auf.

Was ist nach der Sitzung mit Torenzo passiert?

Wir haben über meine wissenschaftliche Arbeit geredet, ich habe den bitteren Kaffee getrunken.

Und dann?

Rauschen.

Als hätte ich eine Bildstörung. Schemenhafte Bilder, völlig unkenntlich hinter dem schwarzgrauen Rauschen.

Die Tablette sprudelt kalt und feucht auf meine Hand, und ich schütte den Inhalt des Glases auf einen Sitz in mich hinein und mache einen mentale Notiz: keine Brausekopfschmerztabletten …

Stopp. Déjà-vu. Bilder blättern an meinem Auge vorbei. Bevor ich zu Torenzo bin, habe ich ebenfalls eine Kopfschmerztablette genommen. Zu Torenzo bin ich zu spät gekommen, weil ich mit Paul telefoniert habe. Paul wollte mich vor Torenzo warnen. Er hat gesagt, Torenzo kenne Bonnie und mich. Torenzo hat das abgeblockt. Und dann … Rauschen. Ich habe keine Ahnung, was dann passiert ist.

Verdammt. Etwas muss in dem Kaffee gewesen sein. Und das heißt, Pauls Warnung vor Raphael und Torenzo war korrekt gewesen.

Ich benetze mein Gesicht mit eiskaltem Wasser und betrachte mich im Spiegel. Meine Nase schält sich, dunkle Ringe unter den Augen lassen mich müde aussehen. Nachdenklich gehe ich ins Zimmer zurück. Was habe ich Torenzo erzählt?

Viel kann es nicht gewesen sein, denn wie soll ich ihr etwas erzählen, das ich selber nicht weiß? Außerdem – ist nicht die viel interessantere Frage: Was will Torenzo von mir?

Ich blicke unverwandt auf den Vorhang, folge den sanften Bewegungen, dem Blähen des Windes, der mit dem leichten Stoff spielt wie eine Katze mit einer Maus.

Ich habe keine Ahnung, was sie von mir will.

Mit aller Konzentration hole ich mir die Details unserer Diskussion über meinen Fachartikel zum Thema Zellgedächtnis in Erinnerung. Ich erinnere mich nicht nur an Torenzos Worte, ich erinnere mich auch an das Leuchten in ihren Augen. Ihre Begeisterung für das Thema und ihre Forderung an mich: Sie schulden uns das.

Wut steigt in mir hoch. Ich schulde Torenzo das? Ist diese Frau nicht mehr ganz dicht? Ich schulde niemandem etwas, niemandem außer Bonnie.

Bonnie. Ihr Bild erscheint vor meinem inneren Auge, und ich fühle mich so nutzlos. Es geht alles viel zu langsam. Es ist alles viel zu ungewiss. Aber ich darf jetzt nicht aufgeben. Ich schulde Bonnie, dass ich nichts unversucht lasse, um sie zu finden. Und zwar so schnell wie möglich.

Ich hole mein Handy und wähle Pauls Nummer. Ich muss wissen, was er mir über Torenzo und Bonnie sagen kann. *Kein Dienst*, teilt mir die monotone weibliche Stimme des Handyproviders mit. Mist.

Torenzo und Bonnie. Paul hatte etwas von Behandlung und Abbruch gesagt. Und … Medikamente. Hat das im Zusammenhang mit dem Abbruch gestanden? Oder hat Paul das Wort Abbruch auf meinen Aufenthalt im Institut bezogen?

Ich weiß es nicht, doch ich weiß, es macht wenig Sinn, die Bruchstücke des Telefonats ohne das nötige Hintergrundwissen in die eine oder andere Richtung zu interpretieren. Ich schreibe Paul eine SMS: *Muss mit dir reden. Dringend. Melde dich*.

Kaum habe ich auf Senden gedrückt, starre ich ungeduldig auf das Handy, als könnte ich es durch mein Starren zum Läuten bringen. Tut es aber nicht, und ich wandere zum Bett zurück und setze mich hin. Ich sollte schlafen. Was immer der morgige Tag bringen wird, ausgeschlafen werde ich ihn besser meistern. Ich sollte mich ausziehen und hinlegen.

Sollte.

Aber ich weiß, dass ich genau das nicht tun werde. Ich bin so wach, als hätte jemand ein Kraftwerk in mir angeworfen, und in mir rotiert die Frage, die, wie ich glaube, von zentraler Bedeutung sein könnte: Besteht ein Zusammenhang zwischen Bonnie, Torenzo und meiner Forschung?

Falls ja, wäre das erst einmal gut. Solange Torenzo uns beide braucht, wird sie alles tun, damit ich an meine Erinnerung komme und wir Bonnie finden.

Aber welcher Zusammenhang könnte das sein?

Wieder wandert mein Blick zu dem Vorhang und verliert sich in dem Spiel des Windes mit dem zarten Stoff.

Ich weiß es nicht. Aber ich werde es herausfinden.

Langsam werden meine Augen müde, und ich bin froh, als ich mit dem letzten Artikel durch bin. Das Thema ist hochkomplex, und ich fasse für mich selbst die wichtigsten Erkenntnisse noch einmal zusammen:

Die Ausgangsfrage ist, was passiert mit den Eindrücken, die nicht in unserem Kurz- oder Langzeitgedächtnis gespeichert werden: Verpuffen sie? Oder bleiben sie in unserem Unterbewusstsein hängen, wie Schläfer, die durch bestimmte Signale geweckt werden können? Zum Beispiel Fotos, Gerüche, Hypnose, bewusstseinserweiternde Substanzen etc.

Meine These ist, dass alle Eindrücke, alles erlernte Wissen, alle Erfahrungen auf Zellebene gespeichert werden – die Zelle als der potenteste Speicherort der Welt – und leider auch der am schwersten zugängliche. Ich stütze diese Behauptung zunächst mit einer Analogie zur genetischen Zellinformation. Dass sich in den Zellen die genetischen Informationen befinden, die unser Leben bestimmen, zweifelt niemand an: Aussehen, Gestik, Gang, Intelligenz, Vorlieben, Begabungen, Krankheiten… Es ist erwiesen, dass das Vorkommen bestimmter Krankheiten in der Familie die Wahrscheinlichkeit derselben Krankheit bei einem selbst signifikant erhöht – warum? Weil diese Informationen in den mütterlichen oder väterlichen Zellen gespeichert sind, oder anders ausgedrückt: Weil sich die mütterliche oder väterliche Zelle daran »erinnert« – was über chemische Veränderungsprozesse nachweisbar ist.

Bislang nicht nachweisbar dagegen sind auf Zellebene gespeicherte Informationen, die keinen direkten Einfluss auf unsere körperliche Entwicklung haben, z.B. emotionale Erfahrungen, erlerntes Wissen, Sinneseindrücke. Und doch behaupte ich, dass sie ebenfalls in den Zellen gespeichert sind. Ein unvorstellbarer Datenpool jenseits unserer bewussten Wahrnehmung, der unbewusst unser Verhalten beeinflusst. Dabei gehe ich auf die extreme Leistungsfähigkeit unseres Unterbewusstseins ein, auf die allgemein angenommene Ratio von Bewusstsein zu Unterbewusstsein von 5% zu 95% und das Potenzial, das in den ungenutzten 95% liegt.

Erklärend führe ich einige Beispiele von Menschen mit Inselbegabungen an, sogenannte Savants – Menschen mit Autismus in verschieden starker Ausprägung, die in Sekundenschnelle komplizierteste Rechenaufgaben im Kopf lösen, die nach einmaliger Lektüre ganze Bücher auswendig aufsagen, die hochkomplexe Strukturen in ihrem Kopf visualisieren und frei zeichnen, die nach nur einmaligem Hören Musikstücke fehlerfrei nachspielen können etc. Diesen Inselbegabungen geht in der Regel eine Schädigung der linken Gehirnhälfte voraus, die Extremleistung ist das Ergebnis einer Kompensation der rechten Gehirnhälfte.

Weiter führe ich eine These an, die Huntingdons Vergleich des Menschen mit einem auf 50 km/h gedrosselten Ferrari stützt: Nach diversen Studien geht man inzwischen davon aus, dass die Anlagen zu diesen Extremleistungen bei *allen* Menschen vorhanden sind, unser Gehirn jedoch diese Fähigkeiten herunterdrosselt, damit ein »normales« Leben möglich ist. Tatsächlich haben Menschen mit Inselbegabungen zumeist erhebliche Defizite in anderen Bereichen. Ebenso wie Menschen, deren Sinneswahrnehmungen signifikant über dem menschlichen Norm- oder auch Toleranzbereich liegen. Menschen, die Frequenzen hören, die sonst Fledermäusen vorbehalten sind, oder so fein riechen, dass ein Spaziergang durch eine Fußgängerzone sie überfordert. Alle diese Ausnahmefähigkeiten sind dokumentiert und medizinisch katalogisiert. Sie belegen, dass der Mensch unter bestimmten Voraussetzungen – oftmals physische und/oder psychische Abweichungen, die wir als krankhaft bezeichnen – zu Leistungen fähig ist, die wir als »jenseits der menschlichen Norm« klassifizieren.

Ich blättere noch einmal zurück und lese erneut das Beispiel der Frau, die unter einer extremen Form der Hyperosmie leidet, einem die Norm um ein Vielfaches übersteigenden Geruchssinn, doch das ist nicht das Interessante. Spannend ist, dass sie den übernatürlich exakt wahrgenommenen Gerüchen Dinge zuordnen kann, die ihr nicht bewusst bekannt sind. Woher also kommen die Namen der ihr unbekannten Gewürze und Blumen, die sie den Gerüchen zuordnet?

Ich gebe dafür zwei mögliche Erklärungen:

1. Die Informationen sind ihr bekannt, weil sie diese irgendwann einmal gehört oder gelesen hat oder bereits in ihren Erbanlagen verankert sind. Allerdings ist sie sich dessen nicht bewusst. Erst durch den Geruch wird dieses Wissen aktiviert und abrufbar.

2. Auf eine nicht erkennbare Art und Weise kommuniziert sie nonverbal mit dem Testleiter. Dabei stütze ich mich auf das weitläufig dokumentierte und diskutierte nonverbale Kommunikationsphänomen am Beispiel der Geistheiler.

Ich lege den Artikel auf den Schreibtisch zurück. Aktivierung des Unterbewusstseins und nonverbale Kommunikation. Mir ist klar, dass ich mich spätestens ab diesem Abschnitt des Artikels auf extrem dünnem Eis bewege. Ich bin Ärztin und kann mir gut vorstellen, dass die hier von mir getroffenen Aussagen bei den meisten meiner Kollegen eher ein belustigtes Lächeln als ein anerkennendes Schulterklopfen hervorrufen. Und doch sind Torenzo und Raphael vollkommen überzeugt – mehr noch, begeistert von meiner These. Warum?

Die Antwort formt sich in meinem Kopf, zögerlich zunächst, doch dann bin ich mir sicher: Bonnie.

Laut Angela und Dorota kann Bonnie die Erinnerungen von Fremden »sehen«. Das ist eine Form der nonverbalen Kommunikation, bei der sie auf das Unterbewusstsein ihres Gegenübers zugreift. Bonnie kann also genau das, was ich in dem

Artikel beschreibe, jedoch ohne sie als Referenz zu verwenden. Laut Paul hat Torenzo Bonnie behandelt, oder zumindest hat Torenzo Bonnie kennengelernt, wahrscheinlich auch untersucht.

Ich flüstere Torenzos Forderung in die Stille: »Einen Zugang. Sie schulden uns das.«

Einen Zugang, von dem Torenzo weiß, dass er existiert, weil sie weiß, dass Bonnies Gabe genau das ermöglicht: einen Zugang zu einer unfassbaren Fülle an verborgenen Informationen.

Torenzo hat gelogen. Sie kannte mich nicht nur von der Konferenz, bevor ich hierherkam, sie kennt Bonnie, und sie hat Raphael engagiert, um mich hierherzulocken. In meinem Bauch grummelt und schwärt es.

So ein Mistkerl! Von wegen, unsere Wege haben sich gekreuzt, und deswegen fühlt er sich für mich verantwortlich. Ich bin ein Job für ihn. Ein Auftrag. Er muss sich totgelacht haben über meine Naivität. Darüber, wie leicht ich ihm seinen Job gemacht habe.

Nur, was bedeutet das für Bonnie? Und für mich?

41

Ich werfe einen letzten Blick auf den Mechanismus des alten Schlosses und ziehe den Schlüssel ab. Jetzt oder nie. Eine bessere Chance werde ich nicht bekommen, um in Torenzos Unterlagen herumzuschnüffeln.

Leise schließe ich meine Zimmertür und schalte meine Handylampe ein. Damit schleiche ich durch die Gänge und orientiere mich an den Gemälden und Schränken, bis ich endlich zu der Treppe gelange, die zu Torenzos Büro führt.

Wie erwartet ist der Raum abgesperrt, und ich ziehe meinen Zimmerschlüssel und eine Haarspange hervor. Es dauert ein wenig, bis ich den richtigen Punkt finde, dann erwische ich mit meiner Schlüssel-Haarspangen-Kombination den Mechanismus, und das Schloss gibt nach.

Ich mache kein Licht, zu sehr befürchte ich, man könnte den Schein über eine der im Garten angebrachten Kameras sehen. Auf Zehenspitzen gehe ich zu Torenzos Schreibtisch. Dort widme ich mich als Erstes dem Regal. Sukzessive leuchte ich die Ordnerrücken ab und prüfe die Beschriftung auf ihre Relevanz in Bezug auf Bonnie, mich und mein Forschungsgebiet. Negativ.

An der Nennung bestimmter Wirkstoffe auf den Etiketten sehe ich, dass es sich um Psychopharmaka handelt. Ich nehme einen Ordner heraus und blättere durch die Berichte verschiedener Testphasen. In der Hinsicht hatte Raphael also die Wahrheit gesprochen. Torenzo verdient ihr Geld mit Verträglichkeitsstudien. Woher aber stammt ihr großes Interesse an meiner Forschung und damit an Bonnies Gabe? Es muss eine

Komponente geben, die ich bisher übersehen habe. Oder nicht kenne – besser gesagt: vergessen habe.

Nachdem ich alle Ordnerrücken geprüft habe, wende ich mich dem Schreibtisch zu. Ich ziehe an der ersten Schublade, rüttele daran. Sie ist abgeschlossen.

Schnell ziehe ich an den übrigen Knäufen, doch auch die anderen Schubladen bleiben zu. Es muss eine zentrale Verriegelung geben. Ich gehe vor dem Schreibtisch in die Hocke und betrachte das Schloss an der Schublade in der Tischmitte. Es ist zu filigran für meine Haarklammer. Mein Blick fliegt über den Schreibtisch auf der Suche nach etwas Passendem, dann verwerfe ich den Plan. Selbst wenn ich etwas fände, mit dem ich das Schloss manipulieren könnte, ich würde deutliche Spuren, eventuell sogar ein kaputtes Schloss hinterlassen.

Frustriert richte ich mich wieder auf, als ich den kleinen Monitor neben dem Telefon bemerke. Er hat etwa die Größe eines Navigationsgerätes, und ich frage mich, wozu Torenzo so etwas auf ihrem Schreibtisch braucht und warum es mit der Telefonanlage auf ihrem Tisch verbunden ist. Neugierig betrachte ich die Anlage näher und bemerke das Wort Kamera, darunter zwei Reihen mit je acht Tasten.

Hat Torenzo sechzehn Kameras auf dem Gelände?

Mein Finger verweilt einen Moment über dem Anschaltknopf des Minimonitors, dann drücke ich.

Ein Bild erscheint. Pixelige Grautöne, aber ich erkenne das große Stahltor bei der Einfahrt. Nichts rührt sich, und ich hole die nächste Kamera auf den Monitor. Die Eingangstür. Der Eingang zum Nebengebäude. Die Garagen. Der Parkplatz. Der Eingangsbereich des Hauptgebäudes mit Blick auf Louisas Empfang. Ein Zimmer, unbewohnt, einfach eingerichtet, mit Bett, Tisch, Schrank und Stuhl. Ein weiteres Zimmer. Noch eines, dieses sieht allerdings bewohnt aus. Eine Jacke hängt über dem Stuhl, in dem Bett liegt eine Frau. Ich runzle die

Stirn. Kameras in den Zimmern? Das geht zu weit – selbst bei klinischen Studien. Ob die Probanden wissen, dass sie gefilmt werden? Ich schalte weiter, noch ein Zimmer, dann ein Laborraum, ein Konferenzraum, wieder ein Zimmer, bewohnt.

Ich gehe näher an den Monitor, halte den Atem an – das ist *mein* Zimmer! Wut brodelt kaum kontrollierbar in meinem Bauch. Wie kann Torenzo es wagen, mich heimlich zu filmen!

Da wird mir klar, dass die Wachmänner inzwischen bemerkt haben sollten, dass ich nicht mehr in meinem Zimmer bin. Hitze schießt in meinen Kopf, und ich sehe mich hektisch nach Kameras um – vielleicht wissen sie sogar genau, wo ich bin …

Ich schalte auf Kamera Nr. 14, erwarte, mich selbst in Torenzos Büro zu sehen. Doch es ist nicht Torenzos Büro, es ist ein gepflasterter Hinterhof zwischen Haupt- und Nebengebäude und einem kleinen, in eine Mauer eingebundenen Rückgebäude. Ich sehe genauer hin. Die Existenz dieses Gebäudes war mir bis eben nicht bewusst, und ich frage mich, wie man dorthin kommt. Nur über das Nebengebäude, oder gibt es einen externen Zugang?

Im Gegensatz zu dem Haupthaus ist seine Bauweise sehr einfach. Doch das Einfache ist es nicht, was mich an dem Bild stört – etwas passt nicht. Ich bücke mich tief über den Schreibtisch zu dem Minimonitor. Ist das ein … Kinderrad?

Vielleicht wohnt dort der Hausmeister mit seiner Familie, erkläre ich mir den unerwarteten Anblick.

Ich sehe zur Tür und lausche, ob Schritte über den Gang kommen. Alles ruhig. Dann schalte ich auf Kamera 15. Ein Wohnraum, Essplatz, Sofa, Fernseher, Regale mit Büchern und Boxen, eine Kiste mit Spielsachen.

Offenbar liege ich mit meiner Vermutung »Hausmeister oder auch Mitarbeiter mit Familie« richtig. Wobei … Ich schüttle langsam den Kopf. Dass ein Proband einer Testreihe sich freiwillig videoüberwachen lässt, kann ich mir vorstellen, eventuell gibt es dafür einen Extraaufschlag, aber ein Mitarbeiter? Tag und Nacht von Kameras beobachtet ... Wer würde sich auf so etwas einlassen? Vorausgesetzt, die Kameras sind bekannt.

Die Kamera in meinem Zimmer wäre mir nicht aufgefallen, hätte ich das Übertragungsbild nicht auf diesem Monitor entdeckt.

Ich schalte auf Kamera 16. Wieder ein Schlafzimmer. Zwei Betten. Ein Erwachsenenbett, ein Kinderbett, darauf eine Auswahl an Puppen und Pferden. Im Bett liegt ein Kind. Ich suche nach einem Zoom, tippe auf das Display, doch es reagiert nicht.

In mir wächst ein unfassbarer Verdacht. Ich muss das Kinderbett näher heranzoomen. Ich berühre das Display mit zwei Fingern und bewege sie voneinander weg, und tatsächlich, der Bildausschnitt verändert sich. In letzter Sekunde ersticke ich den Ausruf in meiner Kehle. Auf dem Monitor erkenne ich eindeutig dunkle Locken und die Statur eines Kindes unter dem Laken.

Ist das Bonnie?

Ich weiß es nicht, aber mein Herz klopft so stark, dass ich meine Hand flach auf meine Brust presse. Torenzo würde kein Kind überwachen, wenn es nicht von besonderem Wert für sie ist. Nur – warum hat sie mich hierhergeholt? Ihr muss klar sein, dass ich Bonnie mitnehmen, sie verklagen und nie wieder einen Fuß in dieses Institut setzen werde, falls sich mein unglaublicher Verdacht erhärtet. Mit zittriger Hand fotografiere ich das Überwachungsbild.

Da höre ich Schritte die Treppe herunterkommen. Verdammt! Schnell schalte ich auf Kamera 1 zurück und den Monitor aus und laufe auf Zehenspitzen zur Tür. Ich lausche, öffne sie einen Spalt und spähe hinaus. Der Kegel der Taschenlampe des Wachmannes bewegt sich weg von mir. Ich warte, bis er nicht mehr zu sehen ist, dann schlüpfe ich aus Torenzos Büro und schließe lautlos die Tür. Nach dem dritten Anlauf gelingt es mir, sie wieder abzusperren, und ich laufe auf schnellstem Weg zurück in mein Zimmer und verschwinde sofort im kamerafreien Bad.

Dort setze ich mich auf den Boden. Kopf und Rücken gegen die Wand gelehnt, starre ich auf das pixelige Foto, das ich von dem Monitor abfotografiert habe. Ich zoome rein, sehe Locken, eine Hand, den Kinderkörper, der sich unter der Decke abzeichnet. Ich vergleiche in meinem Kopf das Bild mit den Fotos von Bonnie, die ich in London gesehen habe, aber ich komme zu keinem Ergebnis. Könnte ich mich an Bonnie erinnern, und damit meine ich mehr als die kurze Friedhofssequenz, könnte ich mich daran erinnern, wie sie schläft, wie ihre Locken über das Kissen fallen, ob ihre Hand beim Schlafen geballt oder offen ist, ja dann könnte ich vielleicht mit Sicherheit sagen, das ist Bonnie, oder das ist sie nicht.

Es ist zum Verrücktwerden!

Der Boden ist kalt und hart, und plötzlich denke ich an die Zelle in Indonesien. Ich schüttele das Bild ab und fühle mich wie eine Figur in einem Spiel, dessen Regeln ich nicht verstehe.

Ich möchte das Spiel endlich begreifen. Ich möchte wissen, wer mein Gegenspieler und wer mein Mitspieler ist. Ich möchte zurück in Torenzos Büro, mich vor den Monitor setzen und so lange warten, bis das Mädchen mit den dunklen Locken sich bewegt und sein Gesicht offenbart. Ich möchte zu dem Rückgebäude, es stürmen wie eine Antiterroreinheit einen konspirativen Unterschlupf. Ich möchte Torenzo und Raphael zur Rede stellen.

Ich möchte.

Doch machen tue ich nichts von alledem. Ich stehe auf und putze mir einfach nur die Zähne und ziehe mir mein Nachthemd an.

Es fällt mir schwer, sehr schwer, nichts zu unternehmen, obwohl Bonnie hier sein könnte. Aber das Einzige, das ich bei diesem unfreiwilligen Spiel inzwischen begreife, ist, wie wichtig es ist, einen klaren Kopf zu behalten und nichts zu überstürzen.

Schritt für Schritt. Morgen muss ich zuallererst herausfinden, ob das Mädchen *tatsächlich* Bonnie ist. Dann kann ich mich an die Polizei wenden.

Ich weiß nicht, wie weit Torenzo gehen würde, um Bonnie gegen meinen Willen hierzubehalten. Ich weiß nicht, ob sie hinter meinem ausgiebigen Bad im Indischen Ozean steckt. Aber ich weiß, dass ich sie nicht unterschätzen darf, und ich weiß, dass – falls das Mädchen Bonnie ist – es in Sicherheit ist, solange ich stillhalte.

Und das zumindest ist ein gutes, ein sehr gutes Gefühl.

42

Zu spät. Durch die Tür höre ich Torenzos Stimme. Sie ist bereits in ihrem Büro und mir damit der Zugang zu den Kameras und der Antwort auf meine brennendste Frage verwehrt: Ist das Mädchen Bonnie?

Enttäuscht gehe ich zu meinem Zimmer zurück. Dann also Plan B: Ich werde Paul kontaktieren und ihm das Foto zeigen. Er kann Bonnie vielleicht an ihrer Schlafhaltung unter dem Laken erkennen.

Ich hätte nicht so lange schlafen dürfen. Lang?, korrigiere ich mich, vier Stunden sind nicht lang, sondern deutlich jenseits des Minimums, das du brauchst, um effizient und überlegt zu agieren. Und genau das ist unerlässlich: Ich bin in der Höhle des Löwen. Aber ich weiß nun, welche Räume von Kameras überwacht werden. Und das verschafft mir einen Vorteil, den ich nicht durch eine unbedachte Bemerkung oder Handlung verlieren darf. Wie also gehe ich vor?

Ich mache mir eine mentale Liste:

1. *Paul Foto des Kindes von Überwachungskamera schicken (Was immer seine Rolle in dieser Geschichte ist, er steckt nicht mit Torenzo unter einer Decke)*
2. *Informationen über Rückgebäude sammeln (Louisa? Wachdienst? Raphael? Wer wohnt dort, wie komme ich dorthin?)*
3. *Torenzo auf meine Seite bringen – sie muss glauben, dass ich für sie arbeiten würde, dazu aber Bonnie brauche.*

Sogleich beginne ich mit Aufgabe eins meiner Liste, ziehe mich ins Bad zurück und schicke Paul das unscharfe Foto des Monitorbildes per SMS. Ich schicke es wieder und wieder, erhalte jedoch jedes Mal eine Nachricht, die eigentlich nur ein Irrtum sein kann: *Dateiupload im Streamingmodus nicht möglich.* Genervt überprüfe ich das Handy, finde jedoch keinen Hinweis auf »Streamingmodus«.

Es klopft. Ich gehe ins Zimmer zurück. »Ja?«

Die Tür öffnet sich, und Raphael steckt seinen Kopf hinein. »Darf ich?«

Nein! Hau ab, du Arsch!, liegt mir auf der Zunge, doch ich lächle ihn freundlich an. Das Spiel geht weiter. Neue Runde. Und ich bin am Zug. »Bitte.«

Er kommt herein und schließt die Tür hinter sich. »Geht es dir besser?«

»Ich bin ziemlich zermatscht. Was ist mit mir passiert?« Ich setze mich auf das Bett.

»Du bist einfach umgekippt. Torenzo meinte, du solltest heute eine Pause einlegen.«

»Eine Pause?« Ich muss mit Torenzo reden, noch heute, aber will ich mich ihr auch wieder ausliefern? Sie hat mir gestern etwas eingeflößt, das kein Kaffee war, was wird sie als Nächstes tun?

Er setzt sich zu mir aufs Bett und legt seine Hand auf meine Schulter. »Du bist gestern mitten in der Sitzung zur Seite gesackt und warst nicht mehr ansprechbar. Maurice, der Wachmann, und ich haben dich in dein Bett getragen.« Er streicht mir eine Strähne aus dem Gesicht, und ich möchte am liebsten seine Hand wegschlagen. »Du siehst immer noch blass aus. Soll ich dir das Frühstück aufs Zimmer bringen lassen?«

...damit du brav dort bleibst, wo wir dich beobachten können, vollende ich stumm seinen Satz und zwinge mich zu einem weiteren Lächeln. »Lieb von dir, aber ich bevorzuge einen Spaziergang durch Florenz und ein ordentliches Panini und zwei oder drei Cappuccini.«

Er zuckt die Schultern. »Wie du meinst. Dein Wunsch ist mir Befehl.«

Ich drücke auf Wahlwiederholung. Zum vierten Mal. Verdammt, Paul, nun geh endlich ran! Ich kann nicht ewig auf der Toilette bleiben, bitte ich ihn innerlich. Durch die Kabinentür höre ich, wie ein Gast den Waschraum des Restaurants betritt, und betätige die Spülung. Im Vorraum drehe ich den Wasserhahn auf und rufe Paul ein letztes Mal an. »Muss mit dir reden – komm innerhalb der nächsten Stunde zum Café Bellagio an der Piazza della Signorina«, spreche ich leise auf seine Mailbox. Dann verlasse ich die Toilette und zaubere ein hoffentlich natürliches Lächeln auf meine Lippen.

Raphael hat uns einen Tisch in der noch sanften Vormittagssonne ausgesucht. Ich setze mich zu ihm, und da kommt auch schon der Kellner mit Cappuccino und Panini. Ich merke, wie hungrig ich bin, und prompt knurrt mein Magen, was Raphael mit einem belustigten Grinsen kommentiert.

»Sag jetzt nichts«, mahne ich. »Dort wo bei dir Abendessen und Frühstück um die effektivsten Enzyme streiten, ist bei mir gähnende Leere.«

Ich esse das Panini. Langsam.

Eine Stunde, habe ich auf Pauls Mailbox gesprochen. Nun muss ich dieses Zeitfenster auch einhalten. Und Raphael irgendwie loswerden.

»Sag mal«, frage ich, nachdem ich den letzten Bissen hinuntergeschluckt habe, »wohnt Torenzo im Institut? Wohnt dort außer mir und den Probanden überhaupt jemand?«

»Torenzo wohnt ein paar Häuser weiter die Straße hoch. Wie kommst du darauf?«

»Als ich heute früh aufgewacht bin, dachte ich, ich hätte Stimmen gehört.«

»Vielleicht einer vom Wachdienst? Bei seinem Morgenrundgang.«

»Eine helle Stimme. Klang eher wie ein Kind.« Ich beobachte ihn genau. Doch er reagiert nicht so, wie ich es mir erhofft habe. Eigentlich reagiert er gar nicht. »Hat Torenzo Kinder?«, frage ich weiter.

»Torenzo?« Er grinst spöttisch. »Gott bewahre. Das Institut ist ihr Kind. Und nein, im Institut selbst wohnt niemand. Im Haupthaus gibt es mehrere Gästezimmer, da übernachten manchmal Pharmavertreter oder Gastdozenten, wenn im Institut Fachtagungen stattfinden. Und im Probandenhaus übernachten die stationären Probanden und der jeweils diensthabende Arzt. Aber das würde ich nicht ›wohnen‹ nennen.«

»Komisch«, sage ich, »dann muss ich mir das eingebildet haben. Oder gibt es noch ein Gebäude auf dem Gelände?«

Nun ist sein Blick aufmerksam. »Was genau hast du gehört?«

»Keine Ahnung. Stimmen. Mein Fenster war offen, und ich habe mich einfach gewundert.« Ich muss aufpassen, was ich sage. Er darf keinen Verdacht schöpfen, sonst verliere ich meinen Vorteil.

»Vielleicht kamen die Stimmen von der Straße. Oder aus dem Radio. Oder du hast sie dir nur eingebildet.« Er zündet sich eine Zigarette an.

Interessant, dass er mit keiner Silbe auf das potenzielle dritte Gebäude eingegangen ist. Oder darauf, dass es eine Kinderstimme war. Aber dafür umso ausführlicher darauf, wer im Institut übernachtet. Auch wenn das nichts beweist, stärkt es doch meine Hoffnung, dass Torenzo Bonnie in diesem Gebäude versteckt hält.

»Was möchtest du jetzt machen?«, fragt Raphael und drückt seine Zigarette aus.

»Hier sitzen, die Sonne genießen, Cappuccino trinken, durch Florenz bummeln…« Ich winke dem Ober. »Noch einen Cappuccino, *per favore.*«

Ich lege den Kopf zurück und schließe die Augen, als versuche ich zu entspannen. »Du musst nicht bei mir bleiben, ich nehme mir nachher ein Taxi zurück ins Institut.«

»Kommt nicht infrage! Ich lasse dich auf keinen Fall allein!« Er zündet sich noch eine Zigarette an. »Oder… willst du mich loswerden?«

Ich lache seine Bemerkung beiseite.

»*Un cappuccino, signora.*«

Ich öffne die Augen und nehme den Kaffee entgegen. »*Grazie.*« Raphael abzuschütteln wird schwieriger werden als gedacht. Was soll ich machen, wenn Paul tatsächlich auftaucht? Natürlich kann ich einfach aufstehen und gehen. Raphael wird mich nicht davon abhalten können, mit Paul allein zu reden – aber ich darf mir nicht den Zugang zum Institut verscherzen. Noch wissen Raphael und Torenzo nicht, dass ich die Kameras entdeckt habe, und so soll das auch bleiben, bis ich Gewissheit und einen Plan habe. Nachdenklich rühre ich den Milchschaum in den Kaffee, als hinter einer mannshohen Kübelpflanze Paul auftaucht.

Ich halte in der Bewegung inne und sehe unauffällig in seine Richtung. Er ist unrasiert und blass, dunkle Augenringe vollenden das Bild des Getriebenen. Hinter Raphaels Rücken macht Paul mir ein Zeichen. Der Zeitungshändler. Ich soll dort hinkommen.

Geschäftig krame ich in meiner Handtasche und nehme meinen Geldbeutel heraus.

»Passt du kurz auf meine Tasche auf?«, bitte ich Raphael. »Ich hole mir eine Zeitschrift.«

»Ich kann dir eine holen.«

»Ach, du wählst für mich?«, wehre ich ab. »Danke, aber

welchen Klatsch ich lese, entscheide ich selber. Und lass den Ober ja meinen Cappu nicht wegräumen.« Noch bevor Raphael protestieren kann, stehe ich auf und gehe zu dem Kiosk. Dabei platziere ich mich so, dass Raphael mich, aber nicht Paul sehen kann.

Ich reiche Paul mein Handy mit dem verpixelten Foto von dem Überwachungsmonitor.

»Was erkennst du darauf?«, frage ich, ohne meine Lippen zu bewegen.

»Das ist Bonnie.« Er packt mein Handgelenk. »Sag mir, dass du nichts damit zu tun hast. Sag es mir, Clare.«

»Bist du verrückt?« Sprachlos starre ich ihn an und schnappe mein Handy aus seiner Hand.

Plötzlich schiebt sich Raphael zwischen uns. »Eine Zeitschrift kaufen? Sag doch einfach, dass du mit dem Mann reden möchtest, der dich von vorne bis hinten verarscht. Wegen dem gerade das Institut auseinandergenommen wird, weil er den Bullen gesteckt hat, dass *du* dort seine Tochter versteckt hältst.« Mit jedem Satz schubst er Paul weg von mir, weg von dem Zeitungsstand, in den offenen Platz hinein. Ich habe Paul das Foto eben erst gezeigt, seit wann weiß er, dass Bonnie im Institut ist? Und woher?

Ich bin so perplex, dass ich gar nicht begreife, was geschieht. Raphael schubst Paul Meter für Meter von mir weg. Dann, als erwache Paul aus einer Starre, schubst er zurück, holt aus und schlägt zu. Seine Faust landet in Raphaels Gesicht, Raphael schlägt zurück. Ein gezielter Schlag auf den Solarplexus. Paul taumelt, Raphael packt ihn. Sie rangeln, raufen, es geht alles so schnell, dann landet Paul am Boden.

»Hört auf!«, brülle ich und reiße Raphael am Ärmel.

Heftig atmend steht er über Paul. »Verpissen Sie sich, verdammt«, herrscht er ihn an. »Kapieren Sie nicht, dass Sie alles nur noch schlimmer machen?« Dann packt er mich am

Arm und zieht mich mit sich. »Komm, wir müssen ins Institut.«

Ich reiße mich los. »Was ist mit Bonnie? Ist sie im Institut?«

»Natürlich nicht! Das ist kompletter Unsinn!« Er greift wieder nach meinem Arm. »Und du musst jetzt mitkommen und der Polizei erklären, dass du als Amnesiepatientin im Institut bist und nicht, weil du dort deine Tochter versteckt hältst.« Er bleibt stehen, seine Finger krallen sich in den Stoff meiner Jacke. »Tust du das nicht, steht dein Name dank deinem Mann in spätestens einer Stunde erneut auf der Fahndungsliste wegen Kindesentzug.«

Verunsichert blicke ich von Raphael zu Paul. Ich möchte Paul fragen, woher er wusste, dass Bonnie bei Torenzo ist. Seit wann er das wusste. Doch ich kann nicht bleiben. Ich muss mit Raphael ins Institut und sicherstellen, dass die Polizei Bonnie findet.

43

Im Institut wuselt es vor Polizisten. Wie Raphael gesagt hatte: Paul hat die Polizei alarmiert, und ich bin ihm dankbar dafür. Ein gutes Dutzend Beamte schwärmt durch das Gebäude, während etwa zwanzig Mitarbeiter die Empfangshalle mit neugierigem Getuschel füllen. Mein Blick gleitet über ihre Gesichter, und mir fällt auf, dass Torenzo fehlt. Wo ist sie?

Und warum finden sie Bonnie nicht?

Ich werde immer nervöser, schiele zu Raphael. Louisa klebt ein Pflaster auf die Wunde an seiner Stirn und redet leise auf ihn ein. Ich beobachte seine Mimik. Er wirkt ruhig, geradezu gelassen, als wäre er absolut sicher, dass die Polizei Bonnie nicht finden wird.

Ich halte nach einem Polizisten Ausschau, sehe, wie einer die Treppe hinunterkommt, und eile zu ihm.

»Entschuldigung«, spreche ich ihn an, »haben Sie schon das Rückgebäude abgesucht?«

»Rückgebäude?«, fragt er und an seinem Stirnrunzeln erkenne ich, dass sie das nicht getan haben.

»Ich habe eine Kinderstimme dort gehört. Heute früh.«

»Und Sie sind?«

»Clare Brent. Die Mutter des gesuchten Kindes.«

Er sieht mich verständnislos an. »Die Mutter? Was machen Sie hier?«

»Ich bin bei Dr. Torenzo in Behandlung. Dass meine vermisste Tochter hier sein könnte, war mir nicht bewusst. Bitte, durchsuchen Sie das Rückgebäude.«

Sein Blick verweilt ein paar zweifelnde Sekunden auf mir, dann nickt er und fordert mich auf, hier zu warten. Im Anschluss steuert er direkt auf Raphael zu und redet auf ihn ein. Schließlich händigt Raphael ihm einen Schlüssel aus.

Ich erkenne den Anhänger. Eine blaue Madonna, der Schlüssel zum Probandentrakt und damit zu dem Durchgang am Rückgebäude.

Ich wünschte, ich könnte dabei sein, wenn der Polizist es durchsucht. Selbst wenn sie Bonnie aus dem Institut gebracht haben – niemals können sie so schnell die Spielsachen und das Kinderbett entfernen, was wiederum Fragen aufwerfen würde. Ungeduldig trete ich von einem Fuß auf den anderen, da fällt mir ein, dass ich dabei sein kann. Nicht live, aber wenigstens virtuell.

Ich ziehe mich unauffällig in den Flur zurück, dann laufe ich so schnell ich kann zu Torenzos Büro. Wie bei allen anderen Räumen, die bereits durchsucht worden sind, steht auch hier die Tür offen. Trotzdem klopfe ich an – falls Torenzo sich in ihr Büro zurückgezogen hat. Doch es ist leer, und ich stürze zum Schreibtisch und schalte den Monitor an.

Kamera 14. Der Hof ist leer, aber die Tür zu dem kleinen Haus ist sperrangelweit offen. Ich schalte auf Kamera 15. Das Wohn- und Esszimmer. Ich erkenne den Polizisten. Er spricht mit einer Frau, die ich noch nie gesehen habe. Sie schüttelt den Kopf, dann geht sie aus dem Blickfeld der Kamera und kommt kurz darauf mit einem kleinen Mädchen an der Hand wieder in das Wohnzimmer zurück. Ich halte den Atem an, zoome auf das Mädchen.

Bonnie?

Nein. Ein Kloß bildet sich in meiner Kehle. Das Mädchen ist nicht Bonnie. Sie ist deutlich jünger und hat nicht einmal im Ansatz eine Ähnlichkeit mit ihr. Ihre Haare sind kürzer und glatt, ihr Gesicht sehr schmal, überhaupt alles an ihr ist schmal, die Statur regelrecht zerbrechlich. Bonnie wirkte auf den Fotos nie schmal und zerbrechlich. Eher wie ein Kind, das sich viel bewegt und gesund ernährt. Wer also ist dieses verschreckte kleine Mädchen?

Der Polizist zieht einen Ausdruck aus seiner Tasche und vergleicht ihn mit dem Mädchen, dann schüttelt er den Kopf und sagt etwas.

»Schau in das Kinderzimmer«, rufe ich und schalte auf Kamera 16 um. Doch das Kinderzimmer ist leer.

Sie haben Bonnie weggebracht. Tränen steigen in meine Augen. Wir waren so nah an ihr dran. So nah.

Ich rufe das Foto auf meinem Handy auf. Das Mädchen auf dem Bett hat dunkle Locken und ist größer und kräftiger. Jemand muss Torenzo gewarnt haben. Daraufhin ist sie mit Bonnie weggefahren, sie haben an ihrer statt dieses zarte Mädchen und ihre Mutter hergebracht, und schon ist Torenzo über jeden Verdacht erhaben.

Ich schalte den Monitor ab und verlasse Torenzos Büro. Kein Wunder, dass Raphael dem Polizisten so entspannt seinen Schlüssel übergeben konnte.

Verdammt. Verdammt. Verdammt! Nach dieser erfolglosen Durchsuchung wird kein Polizist in Florenz mir glauben, wenn ich erkläre, dass Bonnie gestern noch hier gewesen ist. Ich muss Torenzo dazu bringen, Bonnie ins Institut zurückzuholen. Nur wie?

In der Empfangshalle bemerke ich Raphaels suchenden Blick und gehe davon aus, dass ich es bin, nach der er Ausschau hält. Kaum sieht er mich, winkt er mich zu sich.

»Wo ist Torenzo?«, frage ich ihn, bevor er mich fragen kann, wo ich gewesen bin.

»Bei einem Termin«, antwortet er. »Zum Glück, sie würde ausrasten.«

Aus der Nähe sieht Raphaels Gesicht deutlich ramponierter aus. Das Auge ist geschwollen und beginnt sich bereits zu verfärben. Die Lippe ist auf einer Seite aufgeplatzt und blutverkrustet. Ob es Paul ebenso schlimm erwischt hat?

»Wie kommt die Polizei auf diese absurde Idee?«, fragt Louisa. »Also ob wir Verbrecher wären! Ein Kind hier zu verstecken! Das ist doch …« Anstatt den Satz zu beenden, schüttelt sie nur verständnislos den Kopf.

»Das verdanken wir Dr. Brents Mann. Er hat der Polizei diesen Floh in den Kopf gesetzt. Ich würde auch gerne wissen, wie er auf diese Idee gekommen ist.« Sein Blick gleitet zu mir und durchbohrt mich.

Da bemerke ich das Handy in seiner Faust. Ich erkenne die Hülle mit dem Monogramm. Es ist Pauls.

»Wo hast du das her?«, fahre ich ihn an und strecke meine Hand danach aus. Doch Raphael hält es so weit über meinen Kopf, dass ich es nicht erreichen kann.

»Ich habe es deinem verrückten Mann geklaut«, gibt er unumwunden zu. »Mal sehen, von wem er diese absurde Information bekommen hat.« Er wirft mir einen misstrauischen Blick zu.

»Gib mir das Handy. Es gehört meinem Mann. Du kannst den Sicherheitscode ohnehin nicht knacken.«

»Brauche ich nicht. Der Livestream liegt über der Sperre.« Raphael hält mir das Handy hin. »Er hat dich überwacht. Auf Schritt und Tritt. Jede Sekunde, die dein Handy an war.«

»Was?« Entgeistert greife ich nach dem Handy, und dieses Mal gibt Raphael es mir. Aus Pauls Telefon kommen dieselben Geräusche, die ich in der Halle vernehme. Das Klappern der Sohlen auf dem alten Stein, das Murmeln der zusammenstehenden Mitarbeiter. Ich hole mein eigenes Handy aus der Tasche, und plötzlich gesellt sich zu dem Murmeln und Rufen auch ein Bild. Louisas geblümter Blazer. Ich bewege mein Handy, und schon verändert sich das Bild auf Pauls Handy.

Louisas Brust, ihr Hals, dann erscheint ihr Gesicht auf dem Display. Ich lasse mein Handy sinken und starre auf den unebenen Steinboden, der sogleich auf Pauls Display auftaucht.

Daher also hat er gewusst, dass Bonnie hier war. Plötzlich beantworten sich viele Fragen von selbst. Pauls und Angelas plötzliche Kommunikationsfreudigkeit – Paul musste Angela nicht anrufen, um sie auszuhorchen, er hat einfach unsere Unterhaltung belauscht.

Er hat jede Unterhaltung belauscht. Jedes Wort, das ich mit Raphael und Torenzo gewechselt habe.

Nun verstehe ich auch, wie er mich so leicht hat finden können. Nicht Beech hat er dazu gebraucht, er musste nur auf sein Handy sehen, um zu wissen, wo ich gerade war, was ich tat, was ich sprach.

Ich fühle mich nackt und ausspioniert.

Torenzo, Raphael, Paul – sie stecken zwar nicht unter einer Decke, aber sie alle benutzen mich, um ihr Ziel zu erreichen – was dieses auch sein mag. Die einen spionieren mich über eine Kamera in meinem Zimmer aus, der andere über mein Handy.

Maßlose Wut brodelt in mir.

Es wird Zeit, dass ich mich wehre.

44

Das Hotelzimmer.

Die Tür offen.

Er tritt ein, geht zum Bett.

Sie stellt sich dazwischen. Vor Bonnie.

Bonnie erwacht. Reckt sich. Setzt sich auf.

Sieht ihn.

»Raffi!«

Er nimmt das Kind auf seinen Arm.

Die Locken an seiner Brust.

»Bleibst du bei uns?« Die Ärmchen um seinen Hals.

»Ja, mein Schatz. Ich bleibe bei euch.«

Raphael. Der Gütige. Der Lustige.

Der Freund.

Er sieht sie an. Streckt die freie Hand nach ihr aus. Die Augen traurig und müde. »Du weißt, du hast allein keine Chance. Du hattest nie eine Chance.«

45

Kaum bin ich in meinem Badezimmer, ziehe ich Pauls Handy hervor. Mit fliegenden Fingern tippe ich unser Hochzeitsdatum ein und navigiere direkt zu den Videos. Wie erhofft stoße ich dort auf einen Ordner *Stream_Clare*.

Ich öffne ihn, und eine Reihe an Videosequenzen erscheint. Ich klicke die erste an. Das Bild ist grau und verpixelt, doch die Stimmen sind deutlich. Raphael, Francesco und ich. Im Hintergrund die Geräuschkulisse des Flughafens. Ich schließe es und öffne die nächste. Und die nächste. Lausche kurz und klicke dann weiter und weiter. Wieder bleibt der Bildschirm schwarzgrau verpixelt, die Innenfarbe meiner Jackentasche, wie ich inzwischen weiß, doch Raphaels Stimme ertönt klar, wenn auch leise.

- Grüner Tee? Malve? Apfel-Honig?

- Malve.

Scharren. Das Geräusch von laufendem Wasser.

- Oder lieber noch ein Glas Wein?

Sirenengeheul. Aufruhr. Schnelle Schritte. Atmen.

Gebannt verfolge ich, wie aus dem Schwarz des Bildschirms ein dunkles Grau wird, ein helleres Grau mit dunklen Konturen, dann erkenne ich den Gang des Nebengebäudes im Licht der Handytaschenlampe. Dann erscheint ein Codepad. Ich presse den Stoppbutton. Das kann nicht sein! Danke Paul. Danke. Danke. Danke!

Ich spule zurück und spiele die Sequenz erneut ab. Da! Raphaels Finger über dem Codepad. Ich sehe ganz genau hin.

7-3-8-3-3-4-9.

Der Code für den Zugang zum Nebengebäude. Und von dort geht es zu dem kleinen Haus auf dem Überwachungsvideo.

Aufgeregt notiere ich mir den Code. Dabei weiß ich noch nicht, ob ich ihn wirklich benutzen werde, zu viele Unbekannte sind noch im Spiel, und der Plan, was ich heute Nacht tun werde, ist noch zu unausgegoren.

Ich gehe ins Zimmer zurück und setze mich zu dem Tablett mit meinem Abendessen. Gemächlich esse ich meinen Salat, und eine eigentümliche Ruhe überkommt mich. Ich bin fest davon überzeugt: Heute Nacht werde ich Antworten bekommen. So oder so.

Kurz vor eins. Ich bin bereit, und ich bin vorbereitet: Vor einer Stunde habe ich das erste Mal mein Zimmer verlassen und Torenzos Büro einen kleinen Besuch abgestattet.

Bonnie ist zurück. Kamera 16 zeigt sie diesmal klar im Profil. Ich habe sie herangezoomt, und ich bin mir so sicher, wie ich nur sein kann.

Der Besuch bei Torenzo hat insgesamt weniger als zehn Minuten gedauert, und ich gehe davon aus, dass die Wachen meine Abwesenheit nicht bemerkt haben, da sie auf ihrem stündlichen Rundgang waren.

Ich warte noch eine Minute, spätestens jetzt müssten die Männer den Überwachungsraum verlassen haben. Mein Bett ist präpariert, Decke und Kissen so drapiert, als läge ich darunter, zumindest erhoffe ich mir diesen Effekt bei ungenauem Hinsehen. Ich lausche bei jeder Ecke, ob mir Schritte entgegenkommen, laufe zur Empfangshalle und direkt zu der Verbindungstür zum Nebengebäude. Hastig gebe ich den Code ein. Die Tür schwingt auf, und ich stehe in dem schmalen Flur, der zur Küche führt. Wenn mich nicht alles täuscht, müsste die Tür am Ende dieses Gangs auf den Hof zwischen diesem Gebäude und dem Rückgebäude führen.

Zu Bonnie. Mein Puls steigt merklich an, und ich renne auf die Tür zu. Sie ist vergittert, und neben der Tür ist ein rot blinkendes Zahlenfeld. Meine Schultern sacken nach unten. Verdammt. Sackgasse.

Alarmgesichert, lese ich auf dem Display des roten Kästchens.

Ich tippe 7-3-8-3-3-4-9 ein. *Code falsch*, erscheint auf dem Display. Ich versuche 13579, den Code, den Raphael mir für die Eingangstür gegeben hatte. *Code falsch* informiert mich das Display erneut.

Am liebsten würde ich das Zahlenfeld von der Wand reißen. Aber ich darf der Wut jetzt keinen Raum geben.

Irgendwie werde ich einen Weg zu dem Haus auf der anderen Seite der Tür finden. Ich weiß nur noch nicht wie.

Planlos laufe ich den Gang zurück und betrete die Küche. Ich taste den Raum mit meiner Handylampe ab. Die Milchglasfenster sind vergittert, hier geht es nicht weiter.

Also einen Stock höher. Ich laufe einen schmucklosen Flur entlang, die Treppe hoch und zu dem letzten Raum am Flur.

Er ist abgesperrt. Mit Anlauf trete ich gegen das altersschwache Schloss. Berstend gibt es nach, Holzsplitter spritzen mir entgegen und treffen mich an Hand und Wange. Ich laufe zum Fenster und atme auf: Es ist nicht vergittert. Hektisch reiße ich es auf, die Entfernung zum Boden sind etwa drei Meter. Ich sehe mich im Zimmer um, laufe zum Bett und reiße das Laken von der Matratze.

Zurück am Fenster verknote ich es mit der Heizung unter dem Fenster, als ich gedämpfte, aber aufgeregte Stimmen höre.

Wo kommen sie her? Ich blicke aus dem offenen Fenster und begreife, dass sie aus dem kleinen Haus kommen. Da sehe ich durch die Gardinen die Umrisse eines Mannes. Er hat eine Pistole im Anschlag und zielt auf eine Frau. Der Mann macht einen Schritt auf sie zu, die Frau dreht sich um, der Mann verschnürt ihre Arme und stößt sie aufs Bett. Nun erst bemerke ich die Beule an seinem Rücken. Groß und buckelig, als wäre er ein Ninja Turtle mit riesigem Rückenpanzer. Da sehe ich es: Die Arme und Beine, die aus dem Panzer herausragen, der kleine Kopf, der hinter dem Mann marionettenhaft hin und her wackelt.

Ein Kind.

Bonnie?

»Nein!« Der Schrei kommt ungebremst aus meiner Kehle. Ich schwinge mich über das Fensterbrett, lasse mich an dem Laken hinunter, springe. Die Landung ist hart, ich rappele mich hoch und renne zu dem kleinen Haus. Ich hämmere mit der Faust gegen das Fenster, doch der Mann und das Kind sind nicht mehr zu sehen.

Wo ist er hin?

Panisch leuchte ich den Hof ab, hämmere erneut gegen das Fenster. »Wo ist der Mann?«, brülle ich.

»Ü… über den Balkon«, kommt es dumpf aus dem Haus.

Ich renne die Hauswand entlang zu der Stelle, die in einer hohen Steinmauer mündet. Dort ziehe ich mich hoch, hieve den Kopf über die Mauer und stoße einen überraschten Laut aus. Wie soll der Mann hier mit seiner Last entkommen sein?

Es gibt kein Entkommen. Der Fels, auf dem das Haus gebaut ist, fällt senkrecht ab, mindestens zehn Meter bis zur ersten in den Fels geschlagenen Terrasse.

»Clare!«

Ich drehe mich um. Raphael stürmt mit einem Wachmann zu mir. »Was ist hier los?«

Durch die Wohnungstür dringen jetzt Hilferufe der Frau. Der Wachmann schließt die Tür auf und läuft ins Haus, gefolgt von Raphael und mir. Wir laufen durch einen winzigen Eingang und ein hell erleuchtetes Wohn-Esszimmer in das Kinderzimmer.

Die Frau sitzt auf dem Bett, die Arme hinter dem Rücken gefesselt.

»Was ist hier los?«, wiederholt Raphael seine Frage, die Stimme schroff und tonlos. »Wo ist sie?«

»Ich habe ihn angefleht«, sagt die Frau, die Stimme nah am Kippen ins Hysterische. Der Wachmann bindet ihre Arme los.

»Wen?«, fährt Raphael sie an.

»Den Mann.«

Abrupt verschwindet er aus dem kleinen Zimmer. Wie betäubt blicke ich ihm nach.

Wer hat diese Frau gerade mit einer Waffe bedroht und Bonnie einen senkrecht abfallenden Fels hinabgetragen?

Paul?

Ich hoffe es von ganzem Herzen. Ich ertrage die Vorstellung nicht, dass Bonnie noch mehr Angst hat oder schlecht behandelt wird. Doch irgendwie passt das bewaffnete Ninja-Turtle-Bild nicht zu meinem Bild von Paul.

Aber wer war es dann?

Da kommt Raphael ins Zimmer zurück, sein Gesicht ungläubig. »Er hat sich abgeseilt.«

»Er hatte eine Waffe«, sagt die Frau, und auf dem eben noch bleichen Gesicht erscheinen rote Flecken. »Und bei Gott … er hätte sie abgefeuert, wenn ich sie ihm nicht in den Tragesack gehoben hätte.«

Der Wachmann zeigt auf mich. »Die hängt da mit drin. Was macht sie sonst hier?«

»Gute Frage.« Raphael zieht bedrohlich die Brauen zusammen. »Wie kommst du hierher, Clare?«

»Wie kommt meine Tochter hierher?«, frage ich zurück.

Aus den Augenwinkeln sehe ich Torenzo in das überfüllte Zimmer stürzen. Sie trägt einen Hausanzug, die Haare notdürftig im Nacken zusammengefasst. Ihre Augen jagen in Lichtgeschwindigkeit von einem zum anderen.

»Wo ist sie?«, fragt sie so ungehalten, als hätte jemand ihren wertvollsten Besitz verschlampt. »Wo ist Bonnie?«

Der Name meiner Tochter detoniert in meinem Kopf und zerspringt in tausend Scherben. Ich mache einen Satz, stürze mich auf Torenzo, meine Hände schließen sich um ihre Gurgel und drücken zu, bevor Torenzo überhaupt reagieren kann.

46

»Sie hat wirklich nichts damit zu tun.« Raphaels Stimme dringt wie durch Watte in mein Bewusstsein.

Alles ist wie durch Watte. Verschwommen, hell und undefiniert. Ich hebe den Kopf und zwinkere mehrmals mit den Augen. Langsam verschwindet die Helligkeit, und die Welt um mich herum nimmt Konturen an. Ich bin in dem Überwachungsraum mit den vielen Monitoren, mit mir die Wachmänner, Raphael und Torenzo.

Meine Hände sind an die Lehnen des Stuhles gefesselt. Ich ruckele daran. Sogleich dreht Raphael sich zu mir.

»Hast du dich beruhigt?«, fragt er, »oder musst du weiter angebunden sein?«

»Beruhigt«, sage ich.

Raphael nickt einem der Wachmänner zu. Er bindet mich los, zunächst zögerlich unter Torenzos zweifelndem Blick. Ich bemerke ihren Griff an den Hals und erinnere mich an die Attacke.

Ich bereue sie nicht. Torenzo hat meine Tochter entführt. Aber ich habe nicht vor, mich wieder auf Torenzo zu stürzen. Der Schockmoment ist vorbei, und mir ist bewusst, dass eine weitere Attacke kontraproduktiv ist. Torenzo hat mich von Raphael nach Florenz locken lassen, und das heißt, sie hatte vor, mich mit Bonnie zu vereinen. Ich verstehe nur noch nicht, warum sie mich bis jetzt von ihr ferngehalten haben. Dennoch sind wir nun in ein und demselben Boot: Wir alle wollen wissen, wo Bonnie ist.

Ich richte den Blick auf den Monitor. Raphael drückt auf

Play und lässt die Aufnahme laufen. Sie muss von der Kamera in dem Kinderzimmer aufgenommen worden sein, denn nun erkenne ich klar und deutlich, wer sich unter der Kapuze versteckt: Paul.

Erleichtert atme ich auf. Bonnie ist bei ihrem Vater.

Auf dem Monitor verfolge ich, wie Paul in das Zimmer stürmt und die Frau bedroht. Wie er Bonnie weckt, sie an sich drückt und auf sie einredet, während er die Waffe weiterhin auf die Frau richtet. Die Frau holt etwas aus dem Schrank und drückt es ihm in die Hand. Dann hebt sie Bonnie in den Tragesack auf Pauls Rücken.

Während der ganzen Zeit weint die Frau, Bonnie dagegen ist ganz still. Ihre Augen sind offen und groß, als verstehe sie nicht, was ihr Vater gerade tut.

Meine Finger krallen sich um die Lehne. Wie in aller Welt soll Bonnie das verstehen? Wie kann Paul seine kleine Tochter in eine solche Situation bringen?

Hätte er wirklich abgedrückt? Hätte er auf die Frau geschossen? Vor Bonnies Augen?

Ich bin mir nicht sicher. Ich glaube eher nicht, aber ich könnte dafür auch nicht meine Hand ins Feuer legen. Die Referenzdaten in meinem Kopf sind einfach noch zu dürftig. Die wenigen Tage und Stunden, die ich mit Paul seit meiner Rückkehr aus Indonesien verbracht habe, reichen nicht, um mir ein zuverlässiges Bild machen zu können – zumal er sich in dieser Zeit einerseits immer wieder in Halbwahrheiten und Lügen verstrickt hat und andererseits besonders fürsorglich und liebevoll war.

»Hättest du das von ihm geglaubt?«, fragt mich Raphael und hält den Film an.

»Nein«, sage ich leise. »Hätte ich nicht. Aber was wissen wir schon, was verzweifelte Menschen tun, wenn man sie mit dem Rücken an die Wand drängt?«

Raphael runzelt die Stirn. »Nimmst du ihn gerade in Schutz?«

»Sie ist seine Tochter. Vergessen?«, schnappe ich. »Als er sie geholt hat, war ich gerade auf dem Weg, um das Gleiche zu tun. Nur dass ich a) keine Waffe und b) im Gegensatz zu Paul einen Scheißplan hatte.«

»Du nimmst ihn in Schutz. Das ist doch …« Raphael schüttelt missbilligend den Kopf.

»Mensch, kannst du mal einen Realitätscheck machen?«, brause ich auf und spüre, wie das Blut durch meine Adern schäumt. »*Ihr* seid die Verbrecher! Wie kommt ihr dazu, unsere Tochter von uns fernzuhalten?« Ich bemerke den alarmierten Blick der Wachmänner und mäßige meine Stimme. »Heute Nachmittag hat er versucht, seine Tochter legal hier herauszuholen. Wetten, die berühmte Dottoressa Torenzo hat einen kleinen Tipp bekommen … Was soll er eurer Meinung nach sonst tun?« Wieder schwillt meine Stimme an. Ich bin so wütend, ich möchte am liebsten den ganzen Raum kurz und klein schlagen. »Er hat sich wie ein Vater verhalten. Und ihr? Was ist eure Entschuldigung? Für was haltet *ihr* euch? *WER* seid ihr? Was wollt ihr von Bonnie? Und was …«, ich springe auf und ziehe mein Handy hervor, »was glaubt ihr, hält mich davon ab, jetzt sofort die Polizei darüber zu informieren, dass *ihr* meine Tochter entführt habt?«

Raphael steht ebenfalls auf. Mit ihm Torenzo, die Wachmänner. Alle in Habachtstellung. Torenzo, schützend die Hand am Hals, Raphael, die Arme beschwichtigend erhoben, die Wachmänner, bereit, mich bei der geringsten Bewegung erneut niederzuringen.

»Ist sie so weit?« Raphaels Frage richtet sich an Torenzo, obwohl er mich keine Sekunde aus den Augen lässt. Aus den Augenwinkeln bemerke ich Torenzos Nicken.

»Dann werden wir jetzt deine Vergangenheit besuchen«,

sagt Raphael und macht den Wachmännern ein Zeichen, sich zurückzuziehen. »Du sollst dir deine Fragen selbst beantworten. Uns wirst du nicht glauben.«

47

»Hier. Trinken Sie das.« Torenzo hält mir eine dampfende Espressotasse hin. Der Duft ist verlockend, doch ich weiß noch, was das letzte Mal passiert ist, als ich in Torenzos Büro einen *caffè* angenommen habe. Dieses Mal möchte ich meine Sinne beisammenhaben, wenn ich mich in ihre Gewalt begebe.

Ich schüttele den Kopf. »Danke nein.«

»Wie Sie meinen, fit sehen Sie jedoch nicht gerade aus.« Torenzo mustert mich abschätzig, hebt die Tasse an ihre Lippen und genießt den Espresso demonstrativ in kleinen Schlucken.

Noch immer argwöhnisch richte ich mich kerzengerade auf dem Sofa auf und atme kontrolliert und tief in den Bauch. Ich brauche jetzt all meine Kraft und Konzentration. Sie darf mich nicht wieder überrumpeln.

Schnaubend atme ich aus.

»Geht es dir gut?«, fragt Raphael und tritt aus der Ecke, in die er sich zurückgezogen hat.

Soll das ein Witz sein, Arsch? Ich ignoriere seine Frage und pumpe mit jedem Atemzug Kraft und Sauerstoff in mein Blut.

»Gut.« Torenzo hat den gewohnten Platz mir gegenüber eingenommen und schlägt ihre Beine übereinander. »Sehen Sie bitte auf mich.« Sie hebt ihren Finger und bewegt ihn sachte hin und her. »Öffnen Sie die Tür zu Ihrem Schutzraum. Öffnen Sie die Tür ganz. Merken Sie sich, dass Sie jederzeit dorthin zurückkehren können. In Sicherheit. Sehen Sie auf mich. Sie sind am Flughafen, Sie suchen Bonnie.«

Sofort schießt Adrenalin in mein Blut, meine Atmung wird schneller. Bonnie. Die vielen Menschen, das fehlende Kind.

»Dottoressa Brent. Bleiben Sie bei mir. Atmen Sie ruhig. Ein – aus. Sie werden Bonnie finden. Erzählen Sie mir, wo Sie mit ihr hinfliegen.«

Bruchstückhaft erscheinen Bilder vor meinen Augen. Bonnies Hand in meiner. Trippelnde Schritte. Ein Kontrollpunkt. Wir sind immer noch am Flughafen. Bonnies Augen sind verheult. Der Polizeibeamte prüft den Pass, sieht auf Bonnie.

»Und, wo drückt der Schuh? Keine Lust auf Urlaub? Wie heißt du denn, junge Dame?«

»E...liza«, schnieft sie, ohne den freundlichen Beamten anzublicken.

»Gute Reise, Eliza, ich sag deiner Mummy, sie soll dir ein extradickes Eis kaufen.«

»Wohin geht die Reise, Dottorressa Brent?«, unterbricht Torenzo den Zollbeamten, als habe sie zu wenig Zeit, um sich in Details aufzuhalten.

Ich sehe mich um. Gate 23. Jakarta.

»Indonesien.«

Der Flug. Filme. Immer wieder Minimoys. Essen. Schlaf. Bonnies Kopf auf meinem Schoß. Meine Hand in ihren dicken, weichen Locken. Die Landung. Jakarta. Laut. Verwirrend. So viele Menschen. So viel Lärm. Laute, Worte, die ich nicht verstehe, die ich nicht einordnen kann. Meine Hand umklammert Bonnies. Ich fühle mich verloren. Ich muss umkehren. Es ungeschehen machen. Ich halte die Luft an. Halte die Zeit an.

»Gehen Sie weiter, Dottoressa Brent«, fordert Torenzo mich auf. »Sie sind in Sicherheit. Sie können jederzeit in den Raum zurück. Ich halte ihn für Sie offen. Aber jetzt noch nicht. Gehen Sie ein Stück weiter. Atmen Sie. Ein – aus.«

Hart stoße ich die Luft aus.

Bonnie an meiner Hand. Wir irren durch den Flughafen.

Aber … es ist ein anderer Flughafen. Kleiner. Weniger Menschen. Wo sind wir? Ein Gepäckband. Unsere Koffer. Das Etikett. Bali. Wir verlassen den Flughafen. Nehmen ein Taxi. Ein Hotelzimmer.

»Wir sind in Bali. Bonnie sieht Zeichentrickfilme im Fernsehen. Es ist schwül.«

Eine Nacht. Die Koffer nicht ausgepackt. Wir bleiben im Hotel, am Pool, im Zimmer. Ich habe Angst. Sehe mich immer wieder um, versperre die Tür, stelle einen Stuhl davor. Dann geht es weiter. Ein Auto. Der Fahrer freundlich, das Lächeln offenbart bräunlich verfärbte Zähne. Ein Boot. Wieder ein Hotel. Kleiner. Schäbiger. Keine Klimaanlage. Kein Fernseher. Die Koffer geschlossen. Wieder nur ein Zwischenstopp?

»Bonnie ist müde. Sie schläft. Jemand klopft.«

»Bleiben Sie ruhig, Clare«, dringt Torenzos Stimme zu mir. »Die Tür ist offen, aber Sie brauchen sie noch nicht. Sehen Sie nach, wer da anklopft.«

»Es ist … Raphael.«

Ich schicke ihn weg. Er bleibt. Er ist freundlich. Er nimmt mich in den Arm. Er tröstet mich. Redet auf mich ein. Bonnie wacht auf. Lässt sich von ihm tragen. Schmiegt sich an ihn. »Bonnie. Sie kennt Raphael. Sie mag ihn. Sie nennt ihn … Raffi.«

Das Zimmer verschwimmt vor meinen Augen. Ich blinzele, folge Torenzos Finger. Links. Rechts. Links. Rechts. Ein neues Bild. Wasser. Es ist dunkel. Nachts?

Ein Boot.

»Er bringt uns auf ein Boot. Ein Kutter.«

Wieder verschwimmt das Bild. Ich drifte weg, sosehr ich mich auch dagegen wehre.

»Dottoressa Brent. Clare. Schauen Sie auf mich. Bleiben Sie bei mir. Sie machen das sehr gut. Was passiert als Nächstes? Fahren Sie mit dem Kutter? Ist Raphael bei Ihnen?«

Raphael. Wo ist er? Ich lege Bonnie in der Koje schlafen. Verlasse die Koje. Suche Raphael. Gehe an Deck. Ein Mann. Groß. Zu schlank für Raphael. Es ist… Paul?

Paul!

Ein Zittern geht durch meinen Körper. Ich schiebe das Bild weg. Falsch! Paul kann nicht dort gewesen sein. Er war in London.

Doch das Bild schiebt sich erneut vor mein inneres Auge. Paul. Er kommt auf mich zu. Bleibt vor mir stehen. Im Licht der Laterne sehe ich die Wut in seinen Zügen.

»Wo ist meine Tochter?«

Ich schweige.

»Wie kannst du es wagen, mir meine Tochter zu stehlen?«

»Es ist zu ihrem Besten.«

»Wer gibt dir das Recht, das zu entscheiden?«

»Ich bin ihre Mutter.«

»Und ich ihr Vater.« Er gibt mir ein Blatt Papier. »Ich werde dich einsperren lassen. Ich werde dir das Sorgerecht nehmen. Du wirst sie nie wieder sehen. Nie wieder.«

Wo ist Raphael? Mein Atmen wird schneller.

»Er will mir Bonnie wegnehmen.«

»Wer will Ihnen Bonnie wegnehmen? Sagen Sie es, Clare, sprechen Sie es aus.«

»Paul. Er ist auf dem Kutter.«

Er wendet sich ab und geht auf die Kajüte zu. Er will Bonnie holen. Ich laufe ihm nach. Bitte. Flehe ihn an. Er darf Bonnie nicht zurückbringen. Er darf nicht. Darf. Nicht. Ich werde es nicht zulassen. Ich packe seinen Arm, ziehe ihn zurück, er schüttelt mich ab, geht weiter. Ich packe ihn wieder, ziehe, zerre, er stößt mich weg. Hart. Fest. Ich pralle mit den Rippen gegen die Kanten einer Kiste. Ich stöhne auf. Greife ihn erneut an. Er stößt mich von sich, gegen den Mast, ich falle auf die Knie, rappele mich hoch. Will ihn aufhalten, ich brauche eine Waffe, er ist zu stark. Ich nehme ein Brett, schlage zu. Er brüllt auf, entwindet es mir, drischt damit auf mich ein, Arme, Beine, Oberkörper, er ist wie von Sinnen, drängt mich zurück, Meter um Meter, ich spüre die Reling hinter mir, er holt aus, schlägt zu, ich verliere den Halt, den Boden unter den Füßen, ein Platsch, Wasser steigt in meine Nase, ich rudere, schwimme, höre das Tuckern, immer leiser, wo ist das Boot? Wo? Wer hält mich fest? Hilfe!

Ein Schnippen. Laut. Torenzos Finger. Direkt vor meinen Augen. Raphael, der meine Arme umklammert. »Gehen Sie in Ihren Schutzraum. Jetzt. Drei. Zwei. Eins. Sie sind in Sicherheit. Schließen Sie die Tür.«

48

Sanft streicht eine Hand über meinen Kopf. Streicht mir eine Strähne aus der Stirn. Erleichtert spüre ich der zarten Berührung nach. Es war nur ein Traum. Ein böser Traum, ein Traum, wie ich ihn nie wieder träumen möchte.

Ich öffne die Augen und richte mich erschrocken auf. Nicht Paul, sondern Raphael sitzt neben mir.

»Konntest du etwas schlafen, *cara*?«

Ich starre ihn an. Wie kommt er dazu, mich zu streicheln? Mich zu behandeln, als wären wir ein Paar? Mich »Schatz« zu nennen?

Raphael erhebt sich und geht zu Torenzos Espressomaschine. »Für dich auch einen?«

»Ja.« Ich zupfe meine Kleidung zurecht und setze ein »Bitte« hinterher. Ich muss auf Torenzos Sofa eingeschlafen sein.

Es war kein Traum.

Ich habe mich erinnert.

An das Schlimmste, was mir je passiert ist. An den Kampf mit Paul. Ich habe ihn angegriffen, aber er, er hat mich über Bord geworfen und mich im Meer treiben lassen, während er selbst mit Bonnie in den nächsten Hafen getuckert ist. Nur… etwas stimmt nicht in der Geschichte.

Paul ist nicht mit Bonnie in den nächsten Hafen getuckert – Bonnie wurde nach Florenz gebracht, von wem weiß ich nicht, vielleicht von Raphael oder Torenzo – aber nicht von Paul… Argwöhnisch mustere ich Raphael. Er dreht sich um, als habe er meinen Blick gespürt. Ich setze zu einer Frage an und bleibe doch stumm.

»Was ist? Ich sehe doch, dass dir etwas auf der Zunge brennt.«

»Wo…« Ich beiße mir auf die Lippe und überlege, welche Frage ich zuerst stellen soll: Wo ist er gewesen, als Paul mich ins Meer gestoßen hat? Warum hat er mich nicht herausgefischt? Warum war Bonnie hier und nicht bei Paul?

Er stellt den Espresso auf dem Couchtisch ab. »Du wunderst dich, warum ich auf dem Kutter nicht eingegriffen habe?«

Ich nicke.

»Du hattest mich weggeschickt.«

Fragend ziehe ich die Augenbrauen hoch.

»Du hast gesehen, wie Paul den Kutter betreten hat. Du wusstest, dass er Ärger machen würde und hast mich mit Bonnie von Bord geschickt, gerade rechtzeitig, bevor wir abgelegt haben. Du wolltest ihn ablenken und zur Vernunft bringen und dich später bei mir melden. Und dann warst du verschollen. Also habe ich Bonnie hierhergebracht.«

»Und du hast nicht nach mir gesucht?«

»Ich habe einen Privatdetektiv beauftragt. Und als du in diesem Gefängnis aufgetaucht bist, haben wir Himmel und Hölle in Bewegung gesetzt, um dich rauszuholen, aber dann hieß es plötzlich, du seist nach England überführt worden.«

Ich sehe ihm nach, als er zur Espressomaschine zurückgeht. Kurzes Rattern, dann schlendert er mit einer zweiten Tasse zum Sofa zurück.

»Deshalb«, fügt Raphael hinzu und legt seine Hand auf meinen Oberschenkel, »habe ich sofort in London den Portiersjob angenommen und dich auf Schritt und Tritt bewacht.« Er zieht seine Hand zurück, als bemerke er, dass er mich damit überfordert, und steht auf. Lässig zieht er seine Zigaretten aus der Hemdtasche und tritt auf die kleine, eingewachsene Terrasse. Ein Klicken, dann glüht die Zigarette auf. »Glaubst du wirklich«, sagt er, leiser dieses Mal, den Blick auf die Zigarette in seiner Hand geheftet, »ich hätte zugelassen, dass er dir noch einmal etwas antut?«

Ich schweige. Die Nase Millimeter über der Tasse. Die Augen geschlossen.

So viele Informationen. Zu viele Informationen. Ich stelle mir den Kaffeeduft wie ein Kabel vor, auf dem die Informationen an die richtigen Stellen im Gehirn geleitet werden. Dann setze ich die Tasse an die Lippen und kippe den bitteren Sud hinunter. Ich stelle die Tasse ab, warte, dass die Fakten sich sukzessive mit meiner noch dürftigen Erinnerung zu einem sinnvollen Puzzle vermengen, und erhebe mich. Eine Frage, die wichtigste von allen, habe ich Raphael noch nicht gestellt. Ich stelle mich zu ihm in das noch tagesjunge Sonnenlicht und verschränke die Arme vor der Brust.

»Und Bonnie? Warum habt ihr sie vor mir versteckt?«

Er drückt die Zigarette aus. »Weil es für Bonnie das Beste war. Wir konnten dich nicht zu ihr lassen, bis deine Erinnerung zurück ist.«

»Bullshit!«, stoße ich hervor. »Wer seid ihr, dass ihr darüber bestimmt, wann ich mein Kind sehe?«

»Du hättest es nicht anders gewollt.« Er umfasst meine Arme.

Ich schüttele ihn ab. »Ich habe es anders gewollt, und das weißt du!«

»Du hättest dich genauso entschieden.« Seine Hände umfassen meine Arme erneut. Sanft und doch bestimmt. »Hör. Mir. Bitte. Zu. Wenn deine Erinnerung vollständig zurückkommt und du dich wieder an Bonnie und ihre Gabe und ihre Probleme und unsere Arbeit erinnerst, dann wirst du Teresa und mir zustimmen. Wir haben in deinem Sinne gehandelt. Und in Bonnies natürlich.«

»Dann hilf mir, mich zu erinnern.«

Er lässt mich los. »Natürlich. Komm mit.«

49

Er führt mich in ein Büro, ähnlich in der Größe wie das von Torenzo, doch die Einrichtung ist deutlich moderner und männlicher. Ein großer Glasschreibtisch, ein mächtiger Drehstuhl aus dunklem Leder, eine Bücherwand, ein Stahlschrank, eine Behandlungsliege, eine Sitzecke mit dunkler Ledercouch und Ledersessel.

»Was ist das hier?«, frage ich.

»Mein Büro.« Er lächelt verlegen. »Sorry, ich bin weder Portier noch Möchtegern-Autor. Ich bin Arzt. Und ich begleite deine Studien mit Bonnie. Du übermittelst mir regelmäßig deine Daten, und circa alle acht Wochen treffen wir uns in Stanton und werten die Ergebnisse gemeinsam aus.«

Stanton? Unser Ferienhaus? Ich sehe ihn nachdenklich an. Kann es sein, dass ich mich hinter Pauls Rücken mit Raphael in Stanton getroffen habe, um Bonnie gemeinsam mit ihm zu beobachten? Und Bonnie? Hätte sie Paul nicht davon erzählt?

»Wir haben dir in London ein geheimes Behandlungszimmer neben der Dachterrasse eingerichtet«, fährt Raphael fort. »Dort überwachst du Bonnies Vitalwerte und ihre Gehirnaktivität, wenn sie ihre Visionen auf Papier bannt.«

Ich horche überrascht auf. Dann gehört der geheime Raum in London mir? Hallo Paul, hat mich die Stimme begrüßt. Der Schlüssel war in Pauls Nachttisch gelegen. Wie passt das zusammen?

»Wir versuchen herauszufinden, wie Bonnie es schafft, die Erinnerungen der Menschen um sie herum zu lesen«, unterbricht Raphael meine Überlegungen.

»Meinst du, sie kann Gedanken lesen?«

»Du hörst mir nicht zu: Erinnerungen. Das ist ein essenzieller Unterschied. Gedankenlesen ist eine Form der bewussten nonverbalen Kommunikation. Aber hier geht es um Erinnerungen. Manchmal unbewusste Erinnerungen, von deren Existenz der Träger oft gar keine Ahnung hat. Bonnie kann sie nicht verbalisieren. Wir nehmen derzeit an, dass ihr Sprachzentrum runterfährt, um die emotionale Belastung zu reduzieren.«

»Deswegen zeichnet sie diese Bilder.«

»Wir gehen davon aus«, sagt Raphael, »dass es sich bei den meisten Erinnerungen, auf die sie zugreift, um Informationen handelt, auf die die Person keinen bewussten Zugriff hat. Denk an die Theorie des transgenerativen Traumas. Du kennst die Studien.«

Er hält inne, als warte er auf eine Reaktion, doch ich bleibe stumm. Natürlich kenne ich die gängigen Studien, doch keine gilt als Beweis, lediglich als *Indiz*, woher bestimmte epigenetische Veränderungen stammen könnten, die als Massenphänomen Aufmerksamkeit erregen.

»Bei den Studien werden keine Erinnerungen nachgewiesen, sondern Veränderungen der Zellstruktur«, werfe ich ein.

»Exakt«, sagt Raphael, »aber wir gehen davon aus, dass diese Veränderung direkt mit einer traumatischen Erinnerung zusammenhängt. Und wir gehen weiter davon aus, dass Erinnerungen, die so einschneidend sind, dass sie Veränderungen in der Zelle hervorrufen, die über Generationen hinweg unser Verhalten beeinflussen, auch in der Zelle gespeichert und mit ihr weitergegeben werden.«

Es klingt abenteuerlich. Andererseits sind da Bonnies Zeichnungen. Ich habe sie gesehen, und sie bekräftigen Raphaels Aussage.

»Woher kann sie das?«

»Wir gehen von einer genetischen Disposition aus. Ähnlich wie bei ihren Geschwistern.«

»Wie bei ihren Geschwistern?« Ich sehe ihn erstaunt an. Paul hatte nur von einer Schwester gesprochen und hatte er nicht gesagt, Bonnies Familie sei ausgelöscht worden?

»Sie sind beide tot. Erschossen. Nur Bonnie hat überlebt. Du hast sie damals gefunden und adoptiert.«

Ich nicke. Das deckt sich mit der Version der Ereignisse, die Paul mir geschildert hat. Mit einem Mal schwappen Bilder durch meinen Kopf. Mächtig. Übermächtig. Ein Rastplatz. Ein Auto. Rot. Die Türen offen. Überall Blut. Tote Menschen. Vater. Mutter. Tochter. Sohn. Ein Wimmern. Das Baby in meinem Arm. Bonnie.

Ich schnappe nach Luft.

»Bist du in Ordnung?«

Ich nicke. Unfähig zu sprechen.

»Die ersten Jahre hat Bonnie mit den Nachwirkungen ihrer Verletzung gekämpft. Als dann ihre Anfälle kamen, dachtet ihr zunächst, es wäre eine Spätfolge, dann war die Diagnose Babyepilepsie. Ihr seid von Pontius zu Pilates, ohne dass jemand euch helfen konnte. Du warst verzweifelt. Ausgerechnet du konntest deiner Tochter nicht helfen. Dann hast du bemerkt, dass kurz vor einem Anfall großer Aufruhr in ihrem Kopf herrscht.«

Er nimmt meine Hand und streicht mit dem Finger leicht über meine Handinnenfläche.

»Du hast mit deinen Händen erspürt, was wir später mit Geräten sichtbar gemacht haben. Extreme Aktivitäten in verschiedenen Gehirnarealen, die nicht mit den externen Einflüssen korrelieren.« Er streicht weiter über meine Hand. »Du spürst durch die Schichten. Erst die Bewegung der Schädelknochen, dann die Hirnhaut, dann das Gehirn. Du erspürst die Bewegung der Ventrikel und den Thalamus und regulierst. Du bändigst den Tanz in ihrem Kopf.«

Ich nicke nachdenklich. Ich glaube ihm, dass ich Bonnie mit meinen Händen über eine Regulierung des Thalamus helfen kann. Nicht umsonst ist er die Vorzimmerdame des Gehirns, die nicht nur entscheidet, was ins Bewusstsein und was ins Unterbewusstsein gelangt, sondern auch das vegetative Nervensystem reguliert.

»Und warum der ganze Aufwand, wenn ich Bonnie im Griff habe?«

Er seufzt, als habe er genau diese Frage gefürchtet. »Weil du genau weißt, dass es nur eine Frage der Zeit ist, bis du es nicht mehr im Griff hast.«

»Woher weiß ich das?«

»Von deinen Aufzeichnungen.« Er geht zu dem Schrank und gibt einen Code ein. Es piept, dann schwingt die Tür auf. Sein breites Kreuz verdeckt den Inhalt des Schrankes, dann dreht er sich um, in der Hand einen Schnellhefter. Er winkt mir damit zu und gibt ihn mir. »Hier. Das sind deine letzten Aufzeichnungen.«

Ich blättere durch den Schnellhefter. Aufzeichnungen, Kurven, Randbemerkungen, Notizen und immer wieder Ausrufezeichen: *Höchste Messung! Krisenintervention!*

Ich sehe auf das Datum. 10. Mai dieses Jahres.

»Manchmal bekommt sie schreckliche Kopfschmerzen, die zu quasi-epileptischen Anfällen führen. Wir wissen noch nicht warum, aber ich glaube, wir sind nahe dran. Es kündigt sich immer gleich an. Viele aufeinanderfolgende Visionen, Kopfschmerzen; wenn sie dann kaum noch redet, folgt nach kurzer Zeit ein Anfall. Meist kannst du rechtzeitig eingreifen und bringst sie nach Stanton. Dort schottest du sie kategorisch von allen Umwelteinflüssen ab. Und manchmal komme ich dorthin nach, um mit dir und Bonnie gemeinsam regulativ zu arbeiten.«

Stanton. Das Ferienhaus am Meer. Alles macht Sinn. Außer meiner Reise nach Indonesien. Was wollte ich dort?

»Und wie kommt ihr«, ich mache eine Handbewegung, die Raphael, das Institut und Teresa mit einschließt, »ins Spiel?«

»Du hast Teresa auf einer Fachtagung kennengelernt, und ihr seid ins Gespräch gekommen. Du warst auf der Suche nach Antworten. Und Teresa hat dich in die richtige Richtung gelenkt. Wir gehen davon aus, dass Bonnie auf das Zellgedächtnis von Menschen zugreifen kann, mit denen sie in Berührung kommt. Seitdem arbeitet ihr zusammen.« Er nimmt den Schnellhefter und bringt ihn zurück in den Schrank.

»Und Paul? Warum macht er nicht mit? Er liebt Bonnie.«

Bei der Erwähnung von Pauls Namen ziehen Gewitterwolken auf Raphaels Gesicht auf. »Oh. Da hätten wir einige Gründe. Zum einen möchte dein Mann nicht akzeptieren, dass seine Tochter eine Gabe hat, die wahrscheinlich einzigartig auf der Welt ist. Epilepsie klingt weniger bedrohlich. Du wolltest ihn mit einbeziehen, er war sogar bei dem Erstgespräch mit Torenzo dabei, aber dann hat er gedroht, sie vor Gericht zu zerren, wenn du Bonnie noch einmal zu ihr bringst. Du machst all das hinter seinem Rücken. Er nennt es Menschenversuch. Und rein faktisch hat er damit sogar recht. Diese Studien sind weder angemeldet noch genehmigt. Was wir machen, ist streng geheim. Und … genau genommen ist es verboten. Wir arbeiten auf sehr dünnem Eis.«

Wieder muss ich schlucken. Menschenversuch … Darauf habe ich mich eingelassen?

Raphael scheint meinen Gedanken erraten zu haben, denn er fährt schnell fort: »Wir schaden ihr nicht. Wir helfen ihr. Wir versuchen herauszufinden, was genau diese Gabe auslöst und wie wir sie regulieren und stabilisieren können, damit sie normal aufwachsen und uneingeschränkt Kontakt mit anderen Menschen haben kann. Aber wenn wir das über offizielle Kanäle laufen lassen, was glaubst du, wird dann mit Bonnie geschehen? Sie wird herumgereicht werden, schlimmstenfalls wird sie verschleppt, um sie in Ruhe zu studieren …« Er knallt die Schranktür zu, und ich zucke zusammen. »Kannst du dir vorstellen, welches Potenzial in Bonnies Gabe liegt? Abgesehen von der Fähigkeit, in jedem Menschen zu lesen wie in einem offenen Buch, also nicht nur versteckte, traumatische Erinnerungen aufzudecken, nein, auch ganz aktuelle bewusste Erinnerungen. Wir glauben, dass in Bonnies Gabe der Schlüssel zu unserem Unterbewusstsein versteckt ist. Und das ist derzeit eines der größten verbliebenen Rätsel des Menschen. Bonnie ist eine Goldgrube für die Wissenschaft.«

Ja, ich kann mir das Potenzial in Bonnies Gabe vorstellen. Sie ist fünf – zu was wird sie fähig sein, wenn sie eines Tages ihre Gabe steuern kann? Was passiert, wenn ein Genforscher herausfindet, was bei ihr diese Gabe hervorruft, und die genetische Abweichung künstlich nachbaut? Ein Schauder durchfließt mich.

Bonnie hat auf die letzte verbliebene Ebene der Privatsphäre des Menschen Zugriff. Der letzte Bereich, der nicht erfasst und überwacht werden kann, weder legal noch illegal. Es ist geradezu eine Einladung für Missbrauch. Ich stelle mir vor, wie Regierungen diese Gabe zum Ausspionieren ihrer Feinde und Freunde nutzen, wie leicht geistiges Eigentum gestohlen werden kann, wie das Justizsystem sich verändert … Wenn Bonnies Gabe bekannt werden würde, wäre sie kaum noch zu schützen.

»Und die Zeichnungen?«, frage ich. »Spricht sie über diese … Fremderinnerungen?«

»Nie. Manchmal, wenn du sie behandelst, schickt sie Bilder in deinen Kopf. Das macht sie nur mit dir. Teresa kann sie auch behandeln, aber nicht so wie du. Eher als Notfallintervention. Sie kann verhindern, dass Bonnie einen Anfall bekommt, aber sie hat keinen Zugang zu ihr. Warum den nur du hast, wissen wir nicht. Aber …«, er lächelt mich an, »es ist kaum ein Jahr, dass ihr an einer Lösung für Bonnie arbeitet. Erst säen. Dann ernten.«

Teresas Worte bei der ersten Sitzung. Säen und ernten. Ein wenig habe ich letzte Nacht schon geerntet. Ein weiterer winziger Teil der Erinnerung ist zurück. Aber wo ist der Rest? Noch immer ist meine Vergangenheit ein schwarzes Loch.

Raphael verschließt den Schrank und geht zur Tür. Dort bleibt er stehen, die Hand auf dem Lichtschalter, und wartet auf mich.

»Raphael? Warum bin ich mit Bonnie nach Indonesien?«

Er zuckt die Schultern. »Das möchte ich auch gern wissen. Du hast es mir nicht verraten.«

50

Das Wasser rinnt heiß meinen Rücken hinunter. Ich drehe mich herum, schließe die Augen und lasse es über mein Gesicht laufen, die Brust, den Bauch, spüre den heißen Wasserfäden auf meinem Körper nach und wünschte, es könnte die Erkenntnisse der letzten Stunde wegspülen.

Pauls Verrat. Bonnies verhängnisvolle Gabe. Die ausweglose Situation.

Was immer ich unternehmen werde, um Bonnie wiederzubekommen, es wird eine weitere Wunde in ihre Psyche schlagen.

Bonnie liebt Paul. Paul liebt Bonnie.

Und doch ist diese Liebe verheerend für Bonnies Gesundheit, solange Paul sich weigert, ihre besondere Gabe als das anzusehen, was es ist: eine besondere Gabe. Keine Krankheit, die man mit Tabletten in den Griff bekommen kann. Eine Gabe, die ein Fluch für uns alle sein mag, aber auch eine Verantwortung, der wir uns stellen müssen.

Paul.

Ich drücke die Finger gegen die Augen und versuche die Bilder zurückzudrängen, die in mir hochsteigen.

Er ist mir nicht auf den Kutter gefolgt, um mich zu töten. Nein. Hätte ich ihm Bonnie ausgehändigt, hätte er mich laufen lassen. Oder der Polizei übergeben. Aber er hat meinen Tod in Kauf genommen.

Angela hat es mir auf den Kopf zugesagt, und ich wollte es nicht glauben. So vieles, was Angela mir gesagt hatte, hat sich als wahr erwiesen. Ich muss sie um Verzeihung bitten.

Plötzlich stutze ich. War Paul nicht in London, als ich aus dem Meer gefischt worden bin? Ich drehe mich herum und lasse das Wasser erneut über meinen Rücken plätschern. Ich muss Walker anrufen. Er hat sicherlich Pauls Alibi geprüft. Ich öffne die Augen und schreie auf.

Durch den Duschvorhang hebt sich ein schwarzer Schatten ab. Ein Mann in meinem Bad!

Der Schatten zieht sich zurück und verschwindet eilig durch die Tür. Ich stelle das Wasser ab. Mein Herz klopft im Stakkato, schneller als ein Trommelwirbel, härter als das Stampfen eines Dieselmotors.

Wer war das?

»Clare!«, ertönt da Raphaels Stimme aus dem Zimmer. »Entschuldige bitte, ich wollte dich nicht erschrecken. Ich habe geklopft, und du hast mich nicht gehört.«

»Was willst du?«, rufe ich erleichtert und frage mich, wen ich hinter dem Schatten vermutet habe.

Ich steige aus der Dusche und schnappe mir ein Handtuch.

»Teresa möchte uns sehen. Es ist dringend«, ruft er durch die Tür. »Ich warte draußen auf dich.«

Keine fünf Minuten später laufe ich neben Raphael die Treppen zu Teresas Büro nach unten. Meine Haare hinterlassen nasse Flecken auf der Bluse, und die Hose klebt unangenehm auf der zu hastig abgetrockneten Haut.

»Was will Teresa?«

»Es klang dringend.«

Er eilt vor mir den Gang entlang, klopft und lässt uns in Torenzos Büro eintreten. Auf dem Couchtisch stehen Croissants und eine Auswahl an Früchten und Getränken. Torenzo lädt uns mit einer Handbewegung ein, Platz zu nehmen, und gesellt sich zu uns.

»Bitte, bedienen Sie sich«, sagt Torenzo. »Sie müssen Hunger haben nach der letzten Nacht.«

Raphael tauscht einen verwunderten Blick mit mir, und ich verstehe, was er sagen will: Es sieht Torenzo kaum ähnlich, ein spätes Frühstück als so dringlich zu betrachten, dass Raphael mich schnellstens holen soll.

»Wir haben ihn«, sagt Torenzo da und stellt ein würfelähnliches Radio neben die Obstschale.

Ich schaue zu Raphael, doch dieses Mal teilt er meine Verwunderung nicht. Im Gegenteil, erleichtert springt er auf.

»Worauf warten wir noch?«

»Langsam. Ich habe mich nicht korrekt ausgedrückt. Den GPS-Sender haben die Jungs heute früh am Hügel entdeckt.«

Enttäuscht setzt Raphael sich wieder. »Was haben wir dann?«

Torenzo dreht einen Knauf an dem Würfelradio. »Wir haben Ton.«

Es knackst etwas. Rauscht. Dann ertönt leises Weinen durch das Rauschen. Stumm fixiere ich den Würfel. Presse die Hand vor den Mund. Bonnie! In dem Moment ertönt Pauls Stimme.

»Schsch, Prinzesschen, Bonnie, Süße, schsch. Daddy ist bei dir. Ist es der Kopf? Tanzt der böse, blöde Bär in deinem Kopf?«

Das Weinen wird eine Nuance heftiger. Im Hintergrund Knarzen. Regelmäßig wie das Schlagen einer Uhr. Ich sehe ein Bild vor mir. Paul, Bonnie auf seinem Schoß, er wiegt sie vor und zurück, vor und zurück.

Aber damit wird er ihr den Schmerz nicht nehmen.

»Schsch, Daddy holt dir gleich etwas aus der Apotheke. Ich mache deinen Kopf besser. Ich verspreche es dir.«

Torenzo wirft einen verächtlichen Blick auf den Würfel. »Es gibt keine Medizin dagegen, wann kapiert er das endlich?«

Das Knarzen wird intensiver. Offenbar versucht Paul Bonnie in den Schlaf zu wiegen.

»Wir müssen zu ihr.«

Bonnies leises Weinen schnürt mir die Kehle zu.

»Wenn Sie mir sagen, wo sie sind.« Torenzo nimmt sich mit

spitzen Fingern ein Croissant. »Wir müssen warten, bis er uns einen Hinweis gibt. Einem Taxifahrer die Adresse nennt oder jemandem verrät, wo er sich aufhält. Einem Apotheker zum Beispiel.«

Aus dem Würfel dringt dumpfes Tippgeräusch. Das Freizeichen eines Telefons.

»Beech.«

»Wo stecken Sie, verdammt noch mal, wenn man Sie braucht?«

»Es gibt Orte, an denen hat auch ein Privatdetekiv sein Handy aus.«

»Sie müssen mir helfen.«

»Ich weiß. Ich habe es gerade gehört.«

»Was haben Sie gehört?«

»Sie haben Wildwest gespielt und eine Frau mit einer Waffe bedroht.«

»Ich habe nur den Job dieser unfähigen italienischen Carabinieri erledigt. Ich habe meine Tochter zurückgeholt.«

»So liest sich das aber nicht im Polizeibericht. Sie gelten als bewaffnet, gewaltbereit und gefährlich. Sie stecken gehörig in der Scheiße, Doktor.«

»Ich weiß, dass ich in der Scheiße stecke, deswegen rufe ich Sie ja an.«

»Wo sind Sie?«

»Tut nichts zur Sache.«

»Sie trauen mir nicht?«

»Besorgen Sie mir Papiere. Ich muss Bonnie nach London bringen, dort stelle ich mich der Polizei und kläre das Missverständnis auf.«

»Wie wollen Sie einen bewaffneten Einbruch als Missverständnis aufklären? Es gibt eine Videoaufzeichnung von Ihrem Meisterstück. Verdammt, wozu bezahlen Sie mich, wenn Sie solche Alleingänge hinlegen?«

»Verdienen Sie sich Ihr Geld, indem Sie mich nach England schleusen. Und außerdem, die Waffe ist ein Fake.«

»Weint da jemand? Ist das das Kind? Wo zum Teufel sind Sie?«

»Das Kind ist meine Tochter und die ganze Aktion Notwehr. Ein englischer Richter wird das verstehen. Bringen Sie mich hier raus. Und kontaktieren Sie Moira Blue. Sie soll alles für einen Auslieferungsantrag vorbereiten. Erklären Sie ihr die Situation.«

»Gut. Ich kümmere mich darum. Wo finde ich Sie?«

»Wie lange brauchen Sie?«

»Bis morgen früh.«

»Dann rufe ich Sie morgen früh an. Lassen Sie Ihr Handy eingeschaltet.«

Torenzo schaltet den Ton leiser, doch das leise Weinen ist noch immer zu hören.

Die Hände weiter auf den Mund gepresst, starre ich auf das Würfelradio und hoffe, dass Paul etwas sagt, das seinen Aufenthaltsort verrät. Ich lasse das Gehörte in meinem Kopf Revue passieren. Paul sitzt in der Patsche, und Bonnie ist die Leidtragende. Und ich kann nicht eingreifen. Was für eine beschissene Situation.

»Woher weiß die Polizei von dem Einbruch?«, frage ich.

»Ich habe es angezeigt und ein paar Videoaufnahmen freigegeben.« Torenzo stippt das Croissant in ihren Milchkaffee.

»Musste das sein?«, brause ich auf. »Verdammt, ist es nicht so schon kompliziert genug?«

»Dottoressa Brent«, erwidert Torenzo mit unterkühlter Stimme, »Sie verkennen die Lage. Wären Sie nicht einfach sang- und klanglos nach Indonesien abgezischt, wären wir nicht in dieser verfahrenen Situation. Dann müssten wir jetzt nicht diese Form der taktischen Kriegsführung betreiben, zu der Sie mich mit Ihrem unverantwortlichen Handeln zwingen.«

»Scht!« Raphael hat sich nach vorn gebeugt und dreht den Ton des Würfels lauter. Das Weinen ist verstummt, Straßenlärm untermalt das rhythmische Knarzen. Bonnie muss eingeschlafen sein. Raphael dreht noch lauter. Hält das Ohr an den Würfel. Strahlt.

»Ich weiß, wo sie sind. Jedenfalls ungefähr.«

Torenzo hebt die Augenbrauen.

»Hörst du das nicht?«, fragt Raphael, doch in dem Moment ist ein Klacken zu vernehmen, dann sind die Straßengeräusche verstummt. Paul muss das Fenster geschlossen haben. »Der Ginseng-Mann! Es muss in der Nähe von seinem Stand sein!«

Er steht auf, greift nach einem Croissant und zieht mich hoch. »Komm, wir fahren. Bonnie braucht jetzt ihre Mutter.«

51

Das Auto quietscht um die engen Kurven der Bergstraße, als Raphael den Schaltknüppel in den nächsten Gang schiebt und das Gas durchtritt.

»Warum hat Teresa das getan?« Wir rasen um die nächste Kurve, und ich werde gegen die Tür gepresst. »Das war kurzsichtig und dumm.«

»Schadensbegrenzung, nehme ich an«, murmelt Raphael, die Augen fest auf die Straße gerichtet. »Paul hat Bonnies Pass mitgenommen. Sie muss verhindern, dass er mit ihr nach London fliegt.«

Mir entfährt ein harscher Lacher. Schadensbegrenzung? Ich möchte nicht wissen, was Torenzo anstellt, wenn sie Schaden anrichten will. Ihr kurzsichtiger Plan hat Paul in die Enge getrieben und die Situation für alle verschärft.

»Glaubst du, ich finde das gut?«, fragt Raphael ungehalten. »Mich hat sie damit genauso überrumpelt wie dich, aber ich glaube zu verstehen, was sie mit ihrer strategischen Kriegsführung erreichen will.«

»Ja? Dann klär mich bitte auf. Ich möchte verstehen, warum Torenzo hinter meinem Rücken Entscheidungen fällt, die *mein* Kind und *meinen* Mann betreffen.«

»... der dich immerhin im Indischen Ozean hätte ersaufen lassen. Vergiss das nicht, bevor du dich für ihn starkmachst. Er hat versucht, dich zu töten. In meinen Augen hat er damit das Recht verspielt, von dir als *dein Mann* bezeichnet zu werden.«

Ich mustere ihn von der Seite. Woher kommt die Bitterkeit in seiner Stimme? War da etwas, das ich noch nicht wieder wusste? Etwas, das meine Beziehung zu Raphael betraf? Waren wir mehr als nur … Freunde? Ich denke an seine Hand auf meinem Oberschenkel und spüre Röte in meine Wangen steigen. Schnell wende ich mich ab und sehe angestrengt aus dem Seitenfenster. Habe ich eine Affäre mit Raphael gehabt? Daher die latente Feindschaft zwischen Raphael und Paul?

»Ich glaube«, sagt Raphael etwas ruhiger, »dass Teresa Paul in die Ecke drängt, um sich Verhandlungsspielraum zu schaffen. So wie ich sie kenne, wird sie Paul einen Deal vorschlagen: Er willigt ein, dass wir Bonnie behandeln dürfen, und sie lässt alle Anschuldigungen fallen und das Video verschwinden. Alle gehen in ihr altes Leben zurück und tun so, als seien die letzten Wochen nie geschehen.«

»Sie lässt ein Video verschwinden, das sie bereits der Polizei ausgehändigt hat?« Ich hebe spöttisch die Augenbrauen. Torenzo mag Einfluss und Macht haben, aber zaubern kann sie nicht.

»Ja. Du kannst sicher sein, dass die Kopie, die sie der Polizei gegeben hat, einen Zeitcode beinhaltet und sie bereits jetzt unwiederbringlich gelöscht ist. Ebenso kannst du sicher sein, dass das Kindermädchen, das in der Nacht bei Bonnie gewesen ist, je nach Anweisung bei einer Gegenüberstellung Paul erkennen wird oder auch nicht.« Er schnaubt resigniert aus. »Kurzsichtig, sagst du? Teresa? Sie ist eine Generalin. Es gibt nichts, was sie nicht bis ins letzte Detail durchplant, keine Eventualität, die sie nicht bedenkt. Außer …«

»Meinen Ausreißer.«

Er bremst am Ende des Berges und reiht sich in den nun dichter werdenden Verkehr ein. »Ja. *Das* war kurzsichtig. Was immer du damit bezweckt hast.«

Stoßstange an Stoßstange schlängeln wir uns durch den Verkehr, immer weiter ins Herzstück der Stadt hinein, vorbei an der Ponte Vecchio, der Piazza della Signoria, der Basilica di San Lorenzo. Werden wir Paul finden? Und selbst wenn? Was wird passieren? Paul wird Bonnie nicht einfach so herausgeben.

»Raphael?«

Er blickt kurz zu mir.

»Versprichst du mir, dass du nichts tun wirst, das Bonnie verschreckt? Sie macht schon genug durch, sie muss nicht noch einen Kampf mit ansehen. Schlimm genug, dass sie miterleben musste, wie Paul diese Frau mit der Waffe bedroht hat.«

Ich höre ihn schnaufen.

»Raphael?«

»Ja«, sagt er und knallt den Ganghebel nach vorne. »Ich verspreche es.«

Wieder legt sich Schweigen über uns. Er biegt von einer Gasse in die nächste, bis wir an einem kleinen kopfsteingepflasterten Platz haltmachen, in dessen Mitte sich ein gutes Dutzend Marktwagen aneinanderreihen. Raphael stellt das Auto im absoluten Halteverbot ab und steigt aus. Er nimmt mich an der Hand und führt uns im Laufschritt zu dem zweiten Marktstand. Schon von Weitem höre ich eine raue, aber laute Stimme:

»... hundert Jahre, meine Damen und Herren, hundert Jahre beste Lebenszeit. Das und nicht mehr, aber auch nicht weniger verspreche ich Ihnen. Jeden Tag drei Kapseln. Eine morgens, eine mittags, eine abends, und Sie werden erblühen wie toskanischer Oleander im Juni.«

»Der Ginseng-Mann«, erklärt Raphael.

»Signorina«, wendet sich der Verkäufer nun an mich. »Kommen Sie näher, werte Dame, ich sehe Ihnen an, dass Ihre Weisheit Ihrer Schönheit in nichts nachsteht...«

Raphael winkt ab und zieht mich ein paar Meter von dem Stand weg. Dort sieht er sich aufmerksam um. Ich folge seinem Blick. Der Marktschreier hatte Hinweis gegeben auf Pauls Aufenthaltsort. Folglich muss er sich entweder in einem der Häuser direkt am Platz oder in einem der vorderen Häuser der Nebenstraßen aufhalten. Ich betrachte die Häuser. Zwei kleine, ziemlich heruntergekommene Hotels, eine Pension.

»In den Nebenstraßen sind auch Pensionen«, sagt Raphael. »Wir fangen mit den Hotels und Pensionen an und klingeln dann bei den Wohnhäusern.«

»Du links, ich rechts?«, schlage ich vor.

»Wir bleiben zusammen.«

»Du links, ich rechts«, wiederhole ich, diesmal als Befehl formuliert. »Bonnie ist bei ihm, er wird mir nichts tun – und du ihm auch nicht, verstanden?«

Raphael verdreht die Augen und nickt. Dann ziehen wir los, er nach links, ich nach rechts.

Das erste Hotel auf meiner Seite hat den hochtrabenden Namen *Majestic,* und in der Lobby ist ein Mobiliar aus Plüsch und Leder, das zwar dem Namen zur Ehre gereicht, dessen verschlissener Zustand jedoch davon zeugt, dass die Glanzzeit des Hotels bereits viele Jahre in der Vergangenheit liegt. Hurtig gehe ich zu dem Empfangstresen aus dunklem Holz und drücke auf den altertümlichen Klingelknopf mit der Aufschrift: »Bitte klingeln«.

Kurz darauf schiebt sich eine dickliche Matrone durch einen geblümten Vorhang hinter den Tresen.

»*Si*?«, fragt sie mit steinernem Lächeln.

»*Scusi*, Signora, hat bei Ihnen gestern ein Mann mit einem Kind eingecheckt?« Ich ziehe Bonnies Foto aus dem Geldbeutel. »Die Locken meiner Tochter sind inzwischen etwas heller und rötlich.«

Die Matrone blickt misstrauisch zwischen dem Bild und mir hin und her. »Ihr Kind?«, fragt sie schließlich langsam.

»Meine Tochter.«

»Sie sieht Ihnen aber nicht ähnlich.«

»Sie ist adoptiert.«

Ihr Blick bleibt misstrauisch.

»Wir haben gestritten, mein Mann und ich. Ich möchte ihm sagen, dass es mir leidtut.«

»Hm.«

»Bitte.«

Die Matrone richtet ihren Blick auf ein zerfleddertes Terminbuch. Ihr Finger fährt über die voll geschriebenen Spalten. »Vater und Tochter …«

Gespannt folge ich ihrem Finger. Kann es so einfach sein? Gleich das erste Hotel ein Volltreffer?

»Zimmer 12, erster Stock rechts«, sagt die Frau. »Ich will keinen Ärger, haben Sie verstanden? Streiten können Sie zu Hause.«

»Danke!« Ich strahle sie an und laufe behände zum Treppenhaus und die Stufen hinauf, am Treppenabsatz nach rechts, die Augen auf die Messingzahlen der Türblätter gerichtet. 15, 14, 13, 12.

Ich bleibe stehen, schicke drei ruhige, tiefe Atemzüge zu meinem wild pochenden Herz und klopfe.

Keine Antwort. Ich lege das Ohr an das Türblatt und höre Stimmen, Gelächter und Klatschen. Der Fernseher läuft. Erneut klopfe ich, etwas bestimmter.

Schritte. Dann geht die Tür auf. Vor mir steht ein Mann mit dunklem, leicht schütteren Haar, braunen, müden Augen und einem dichten Schnauzbart. Hinter ihm auf dem Bett sitzt ein Mädchen, etwa sieben oder acht Jahre alt, die dunklen Haare zu hüftlangen, braven Zöpfen geflochten.

»*Si?*«

»*Scusi*, ich … habe mich in der Tür geirrt.«

Die Tür schließt sich grußlos vor meiner Nase. Ich mache auf dem Absatz kehrt und laufe auf die Straße zurück.

Wo könnte Paul dann untergeschlüpft sein? Auf meiner Seite ist kein Hotel mehr. Ich blicke zu Raphaels Seite hinüber. Er tritt gerade aus einer Pension, erblickt mich und zeigt mit dem Daumen nach unten.

Mutlos biege ich in die erste Seitengasse ein. Im Gegensatz zu dem hellen Platz ist sie eng und duster, wie so viele Gassenfluchten in Florenz, deren hohe, zu eng beisammenstehende Häuser dem Tageslicht begrenzten Zutritt gewähren. Meine Schritte hallen auf dem Kopfsteinpflaster, ich biege den Kopf nach oben und versuche zu erspüren, ob ich Paul und Bonnie hier finden werde. Doch das Einzige, was ich spüre, sind meine verkrampften Halsmuskeln. Über mir baumelt Wäsche von vollgehängten Leinen vor winzigen Balkonen. Doch, nein, ich spüre etwas, und es lässt mich den Kopf senken und den Schritt beschleunigen. Ein Augenpaar. Der Blick in meinem Rücken haftet wie ein Magnet an mir. Ich sammle meinen Mut und bleibe stehen. Langsam drehe ich mich einmal um mich selbst und betrachte die Eingänge und Fenster, begegne neugierigen Gesichtern, die aus Fenstern und über Brüstungen lehnen. Doch keines der Gesichter ist mir bekannt.

Ich drehe um und gehe zurück zur Piazza. Das Schild, hinter dem ich eine Pension vermutet hatte, gehört zu einem Broccante-Laden, und weiterzulaufen macht keinen Sinn. Der Ginseng-Mann ist kaum noch zu vernehmen, nur wenn man genau weiß, auf was man sich beim Hören konzentrieren muss.

Ein Hupen reißt mich herum. Direkt hinter mir fährt lautlos ein Elektroauto, schmal genug, um problemlos die Gasse zu passieren. Schnell springe ich auf den hohen, schmalen Gehsteig. Meine Tasche streift die Wand entlang. Ich wechsle sie auf die andere Schulter, als plötzlich jemand meinen Arm packt und mich in einen dunklen Hauseingang zieht.

Noch ehe ich schreien kann, legt sich eine Hand über meinen Mund, und ein Körper drückt mich hart gegen die Wand.

52

Eine Kabine. Winzig klein. Ein Schlafplatz, ein am Boden verankerter Tisch vor einer an die Wand montierten Bank.

Bonnie. Zusammengerollt in der Koje, draußen, vor dem Bullauge, tiefschwarze Nacht.

Die Luke öffnet sich.

Raphael. Den Kopf eingezogen. Seine Haare berühren die niedrige Decke. Er ist wütend. Sein Gesicht verzerrt. Der Griff hart.

»Verdammt, Clare, wann kapierst du es endlich?«

Sie reißt sich los. Zeigt auf Bonnie, einen Finger auf den Lippen.

»Du entkommst ihnen nicht.« Seine Stimme ist gedämpft. Er setzt sich auf die Bank. »Nie. Sie werden dich genauso finden wie ich.«

»Ich bin es ihr schuldig.«

»Nein, du bist ihnen etwas schuldig. Hast du irgendeine Ahnung, wie viel Geld sie in Bonnie investiert haben? Die Apparate, die Computersysteme, allein der Raum in London …«

»Ich habe nicht darum gebeten.«

»Du hast es zugelassen.« Er streckt seine Hand nach ihr aus. »Komm mit mir zurück. Bitte. Ich bieg das für dich wieder hin.«

Sie nimmt seine Hand. Drückt sie. »Und dann? Wie soll es weitergehen?«

»Es muss sich nichts ändern. Ich werde für dich bürgen. Ich werde dafür sorgen, dass sie dich nicht mehr für ein unwäg-

bares Risiko halten. Du weißt, was es bedeutet, wenn du diesen Stempel bekommst.«

Ihr Gesicht ist eine Nuance blasser. Ihr Kinn zittert. »Das wagen sie nicht. Ich bin nicht ersetzbar.«

»Ha!« Der Ausruf laut. Zu laut. Ein schneller Blick zu Bonnie. Leiser jetzt: »Jeder ist ersetzbar. Du hast Bonnies leibliche Mutter ersetzt, hast du das vergessen?«

»Wie könnte ich das? Ich schulde es ihr. Ich habe geschworen, dass ich sie beschützen werde.«

»Aber du beschützt sie doch! Wir beschützen euch!«

»Nein, das tut ihr nicht.« Ihre andere Hand schnellt hervor. Ein Stoß in seine Rippen. Ein Knistern.

Er schreit auf, stöhnt, sackt über dem Tisch zusammen.

Sie beugt sich über ihn, prüft seinen Puls, küsst seine Wange.

»Es tut mir leid. Es tut mir so leid.«

53

»Keinen Mucks.« Pauls Hand presst schmerzhaft meine Lippen gegen die Zähne. Mein linker Arm ist zwischen Körper und Wand eingeklemmt, der Ellenbogen drückt gegen meine lädierten Rippen. Den rechten Arm hat er mir nach hinten gedreht. Adrenalin schießt durch meinen Körper, ich will mich wehren, doch er presst mich so fest gegen die Wand, dass ich mich keinen Zentimeter rühren kann. Ich versuche zu nicken, bringe jedoch nur eine vage Seitenbewegung zustande.

»Hast du verstanden? Keinen Mucks«, raunt er in mein Ohr und lockert seinen Griff. Nur eine Nuance, gerade genug, damit ich nicken kann.

Ich spüre, wie der Druck nachlässt, wie Paul sein Gewicht verlagert und wieder Luft zwischen mir und der Wand fließt. Langsam, ganz langsam nimmt er die Hand von meinem Mund.

»Los.« Den Arm noch immer auf den Rücken gedreht, schiebt er mich durch den Eingang des Hauses, die schmale Treppe hoch, alte, knarzende, schiefe Stufen, erster Stock, zweiter Stock, dritter Stock, vierter Stock. Immer wieder setze ich zum Sprechen an, aber dann halte ich doch wieder inne. Ich hoffe, dass er mich zu Bonnie bringt, um ihr zu helfen, und ich weiß nicht, was ich sagen soll, ohne zu riskieren, dass er es sich anders überlegt.

Vor einer rotbraunen Kassettentür bleibt Paul stehen. Er schließt sie auf, stößt mich in die Wohnung und sperrt von innen ab, ohne meinen Arm loszulassen. Den Schlüssel steckt er in seine Hosentasche. Die Wohnung ist groß, viel größer als man von der Straße aus den Eindruck gewinnt, der Parkettboden gewachst, die Möbel antik und teuer. Wir durchqueren das Esszimmer, von dort geht es durch eine Flügeltür in ein vornehmes Wohnzimmer.

Wo sind wir hier?

Da höre ich Schritte. Leichte, schnelle, federnde Schritte. Paul lässt so plötzlich meinen Arm los, als hätte man ihn bei einem Verbrechen erwischt.

»Mummy! Mummy! Mummy!«

Bonnie rennt auf mich zu, die Arme weit geöffnet. Ich sehe das kleine, blasse, so wunderschöne Gesicht, öffne meine Arme ebenfalls, und schon fliegt Bonnie hinein. Ich drücke sie an mich, spüre meine Tränen, die mir unaufhaltsam über die Wangen laufen.

Bonnies kleine Arme schlingen sich fest um meinen Hals, ihre weichen Wangen liegen an meinen, und anders als bei Paul, bei Angela, Torenzo oder Raphael ist sie mir auf Anhieb vertraut. Und plötzlich, als würde Bonnie die Bilder in meinen Kopf schicken, sehe ich uns auf der Dachterrasse, wir sitzen vor der grünen Sandkastenschildkröte, sie formt geduldig Sandkuchen, während ich auf einem Laptop die Fotoauswahl für den Bilderrahmen bearbeite und alle Bilder lösche, auf denen ich zu sehen bin.

»Bist du traurig, weil ich nicht mit dir auf die schöne Insel wollte?«, fragt Bonnie.

Ich will ihr sagen, nein, natürlich nicht, aber ich kann nicht antworten. Nicht eine Silbe kommt durch meine Kehle.

»Mummy freut sich nur so, dich zu sehen.« Pauls Stimme ist brüchig. »Du weißt doch, wie sehr sie dich liebt. Mummy hatte einen kleinen Unfall, aber sie ist so schnell gekommen, wie sie konnte.«

Ich lasse Bonnie los, ein winziges bisschen nur, und drücke sie dann erneut an mich. Sie im Arm zu haben, fühlt sich so gut an. So richtig. So vertraut.

»Können wir jetzt nach Hause? Du und Papi und ich?«

Ich nicke. Flüstere: »Bald, mein Liebling.«

»Wirklich?« Pauls Stimme ist hart. »Wissen deine Freunde davon?«

Ich werfe ihm einen warnenden Blick zu und erhebe mich. Bonnie an der Hand gehe ich in das Zimmer, aus dem sie mir entgegengelaufen war. Ein Schlafzimmer, ebenso vornehm eingerichtet wie der Rest der Wohnung, auf dem Teppich neben dem Bett liegen mehrere antik anmutende Puppen. Ich drücke Bonnie einen Kuss auf die Stirn. »Spiel ein bisschen, mein Liebling, ich muss kurz mit Daddy reden.«

Ich bemerke Panik in Bonnies Augen aufflattern und küsse sie erneut. »Wir gehen nicht weg, keiner von uns. Versprochen.«

Dann wende ich mich an Paul und bedeute ihm mit einer Kopfbewegung zur Tür hin, mir zu folgen. Ich durchschreite das Wohnzimmer und setze mich im Esszimmer an den großen, ovalen Mahagonitisch.

»Gib mir dein Handy.« Noch bevor ich reagieren kann, hat er mir bereits die Tasche entrissen und durchwühlt sie. Er zieht mein Handy heraus und schaltet es ab. »Wegen der Ortung«, murmelt er.

»Bemüh dich nicht. Ich weiß, dass du mich auf Schritt und Tritt belauscht hast.«

Sein Gesichtsausdruck ist erst überrascht, dann trotzig. »Hast du mir eine Wahl gelassen?«

»Ja. Du hättest mir vertrauen können.«

Er lacht bitter auf. »Soll das ein Witz sein? Ich habe dich angefleht, mich einzubeziehen, und was machst du? Du verschwindest bei erster Gelegenheit mit diesem Typen und lässt mich weiter in dem Glauben, Bonnie sei verschollen. Das ist…«, er schnauft, »unverzeihlich.« Das letzte Wort stößt er mit solcher Innbrunst hervor, dass ich unwillkürlich auf dem Stuhl zurückweiche.

Stumm sehe ich ihn an. Versuche zu begreifen, was in ihm vorgeht. Wie er ernsthaft vor mir sitzen und sich selbst als Opfer sehen kann, nachdem er mich im Wasser hat treiben lassen.

»Wie hast du dir das vorgestellt, Clare?« Pauls Gesicht ist gerötet. »Dass ich Bonnie aufgebe, wenn du sie nur lange genug bei diesen Leuten versteckst? Wie stellst du dir das jetzt vor? Dass wir gemeinsam nach London zurückkehren und weitermachen, als sei nichts geschehen? Wie sieht der nächste Schritt aus? Bist du hier, um mich der Polizei auszuliefern?« Sein Blick wandert zum Fenster. Er hat keine Ahnung, dass ich in Bonnies Nähe nur die Wohnung erwähnen muss, damit in kürzester Zeit Raphael und Torenzos Wachleute hier auftauchen.

»Was zum Teufel geht in dir vor? Haben sie dir eine Gehirnwäsche verpasst, oder warum willst du mich loswerden?«

Ich *ihn* loswerden? Etwas in mir platzt. »Loswerden?«, fahre ich ihn an. »So wie du es mit mir versucht hast, in Indonesien?«

Seine Gesichtszüge entgleisen. »Bist du jetzt völlig…«

Aus dem Nebenzimmer ertönt ein Poltern, dann Röcheln und Japsen.

Gleichzeitig springen wir auf, rennen ins Schlafzimmer. Am Boden inmitten der Puppen liegt Bonnie, ihr Gesicht verzerrt, ihr Körper verrenkt in Spasmen.

»Bonnie!« Er stürzt zu ihr, kniet sich neben sie und hält den sich aufbäumenden kleinen Körper.

Ich stehe hilflos daneben.

Paul sieht hoch. »Tu endlich was, verdammt! Clare!«

Seine Stimme dringt wie von weiter Ferne zu mir. Ich nehme die Panik darin wahr, und mit einem Mal schnappe ich aus meiner Tatenlosigkeit und knie mich auf den Boden.

Sanft schiebe ich Bonnies Kopf auf meine Oberschenkel und

lege ihr eine Hand unter den Hinterkopf, die andere auf Kopf und Stirnansatz. Ich schließe die Augen und schicke meinen Atem bewusst in meine Hände, bündele meine Energie und konzentriere mich auf Bonnie.

Ich mache genau das, was Raphael vorhin beschrieben hat: Ich spüre durch die Schichten, die knöchernen Strukturen, die Hirnhaut und stoße dann auf das Chaos in Bonnies Kopf. Ich spüre den Aufruhr und ihre Angst. Sanft erhöhe ich den Druck der Finger. Ich muss nicht darüber nachdenken, wo ich den Druck erhöhen, wo ihn reduzieren muss. Ich spüre auch das.

Mit einem Mal erscheinen Bilder in meinem Kopf. Verzerrt, dunkel und so schnell im Wechsel, dass jedes einzelne unkenntlich bleibt. Ich blende alles um mich herum aus und tauche ganz in Bonnies Kopf ein. »Alles ist gut, Liebling. Mami ist bei dir. Es ist gut. Beruhige dich. Alles ist gut ...« Die Bilder werden langsamer, doch noch immer sind sie bis zur Unkenntlichkeit verzerrt. »Ruhig, Bonnie ...« Ich spüre, wie meine Energie durch die Finger in ihren Kopf strömt, der Frontallappen ruhiger wird und die Aufregung verebbt wie die Wogen eines aufgewühlten Meeres nach einem tosenden Sturm. Dann auf einmal werden die Bilder klarer.

Nachtdunkel. Es kristallisieren sich Konturen heraus. Ein Schiff. Ein Mast. Eine niedrige Reeling. Eine Frau.

Mein Blut gefriert. Ich will die Finger von Bonnies Kopf zurückziehen, zwinge mich jedoch, die Verbindung aufrechtzuerhalten. Das Bild wird schärfer. Die Frau bin ich selbst. Etwas schnellt durch die Luft, trifft mich an der Seite. Ich reiße die Hände nach oben, um den nächsten Schlag abzuwehren, zu spät, schon trifft es mich an der Hüfte, ich stolpere rückwärts und falle. Wasser spritzt hoch, als ich ins dunkle Meer eintauche.

54

»Clare!«

Paul berührt meinen Arm. Ich schrecke hoch. Öffne die Augen. Höre mein abgehacktes Atmen. Blicke auf Bonnie. Ihre Augen sind geschlossen, und ihr Körper liegt so ruhig da, als hätte sie nie einen Anfall gehabt.

»Sie schläft«, sagt Paul. Seine Hand liegt schwer auf meinem Arm. »Danke.«

Vorsichtig löse ich die Finger von Bonnies Kopf. Ich versuche nachzuvollziehen, woher die Bilder gekommen sind. Aus Bonnies Kopf? Oder aus meinem?

»Ich lege sie auf das Bett«, flüstert Paul und hebt Bonnie hoch. Sorgsam breitet er eine Decke über sie, küsst ihre Stirn und zeigt mit dem Kopf zur Tür. Ich beuge mich ebenfalls über Bonnie und presse meine Lippen in die rötlich braunen Locken. »Ich bin zurück, Liebling. Hab keine Angst mehr. Ich passe auf dich auf …«, flüstere ich.

»Kommst du?«

Ich löse mich von Bonnie und folge Paul ins Nebenzimmer. Leise schließe ich die Tür, und mit einem Mal fühle ich mich kraftlos.

»Wir müssen sie zurückbringen.« Erschöpft setze ich mich zu ihm an den Tisch. Er setzt zu einer Antwort an, doch ich hebe die Hand, um ihn zum Schweigen zu bringen. »Torenzo ist unsere beste Chance, Bonnie zu …«

»Nur über meine Leiche«, zischt Paul. »Du wirst meine Tochter nicht zu diesen Verbrechern zurückbringen. Bonnie ist kein Versuchskaninchen.«

»Bonnie leidet«, sage ich müde. »Warum versagst du ihr die einzige Hilfe, die sie bekommen kann?«

»Hilfe?«, schnappt er. »Verstehst du denn nicht? Diese Leute wollen nicht helfen. Du bist ihnen scheißegal. Bonnie ist ihnen scheißegal. Für sie ist Bonnie kein Mensch. Sie ist ein Forschungsobjekt.«

»Wie kannst du das sagen? Du hast keine Ahnung, was sie dort machen.«

»Ja, leider habe ich keine Ahnung, was Torenzo wirklich macht, ich weiß nur, dass sie Bonnie in den Wochen bevor du mit ihr zu einer einwöchigen Untersuchungsreihe nach Florenz solltest einen nicht zugelassenen Wirkstoff verabreicht hat, der fast zu Nierenversagen geführt hätte.«

»Das habe ich zugelassen?«, frage ich entsetzt.

»Du wusstest nicht, dass in den Tabletten, die sie dir geschickt hat, etwas anderes drin war als draufstand. Und als du es gemerkt hast, wolltest du alles abbrechen und sie anzeigen, aber Torenzo war dir einen Schritt voraus.« Er ballt eine Hand zur Faust. »Sie hat sich abgesichert, dass du Bonnie nicht aus der Studie nehmen kannst.«

»Bin ich deshalb mit ihr nach Indonesien?«

Er schüttelt den Kopf. »Das war vor knapp drei Monaten. Nachdem du herausgefunden hast, dass Torenzo dir Bonnie wegnehmen lassen könnte, haben wir auf Zeit gespielt. Du hast behauptet, dass ich wegen der vielen Trips nach Stanton misstrauisch geworden sei und Bonnie nicht verreisen lasse, und da Torenzo nicht wusste, dass du ihr kleines Geheimnis herausgefunden hast, hat sie dir das geglaubt und dich mit allerlei Tipps unterstützt, wie du mich aushebeln kannst.«

»Wir haben nie wegen Bonnies Behandlung gestritten?« Angelas Worte fliegen durch meinen Kopf. Ihr wart kurz vor der Trennung – Moira sollte deine Rechte gegenüber Paul durchboxen …

»Nie. Was du für Bonnie getan hast, war am Rande der Legalität. Du hast viel riskiert – deine Zulassung als Ärztin, deine Freiheit, dein Sorgerecht, deine Reputation. Um das Risiko so gering wie möglich zu halten, habe ich mich herausgehalten. Es wusste niemand von der Zusammenarbeit mit Torenzo, offiziell auch ich nicht. Im Gegenteil, ich habe mich nach einem ersten Treffen in Florenz dagegen verwahrt und ihr schriftlich gedroht, dass ich gerichtlich gegen sie vorgehen würde, wenn sie ohne meine Zustimmung Bonnie irgendwelchen Tests unterzieht, und dass Bonnie unter Kinderepilepsie leidet, die du im Griff hast und die sich verwachsen wird.« Er zuckt die Schultern und lächelt entschuldigend. »Das war meine Rolle. Solltest du in Schwierigkeiten geraten, musste ich sauber sein, um Bonnies Sorgerecht zu sichern und weiter als Arzt arbeiten zu können. Und wir brauchten Zeugen, die das bestätigen würden.«

»Dann hast du gewusst, dass ich mit Torenzo arbeite, und ich habe dir nie etwas darüber erzählt?«, frage ich ungläubig.

»Keine Namen, keine Details. Unser Credo: Je weniger ich weiß, desto weniger kann ich mich im Fall des Falles in Lügen verstricken. Es war zu Bonnies Schutz.«

»Und der Behandlungsraum neben der Dachterrasse?«

»Inoffiziell wusste ich, dass du den Raum hast herrichten lassen, offiziell war ich während der Umbauarbeiten auf Geschäftsreise. Die Rechnungen sind bar bezahlt worden. Zum großen Teil aus einer von Torenzos schwarzen Kassen. Und ich habe den Raum bis zu deinem Verschwinden nie betreten, um keine Spuren zu hinterlassen. Das war Teil der Coveraktion: Ohne diesen geheimen Raum könnten wir niemals glaubhaft darlegen, dass ich nichts von deiner Zusammenarbeit mit Torenzo gemerkt habe. Dann bist du weg und hast den Schlüssel in meine Uhrenschublade gelegt. Was glaubst du, wie überrascht ich war, als ich den Raum betreten habe und der Computer mich begrüßt hat.« Paul seufzt. »Ich weiß, wie unglaubwürdig das klingt, und vielleicht verstehst du jetzt, warum ich so zurückhaltend mit diesen Informationen war. Ich weiß nicht, was in Indonesien passiert ist, ob man versucht hat, dich umzupolen oder dir eine Gehirnwäsche verabreicht hat oder was auch immer. Ich wusste nicht, wie viel ich dir anvertrauen kann und wie du reagieren wirst. Stell dir vor, ich hätte dir den Raum gezeigt – wie sollte ich dir glaubhaft beweisen, dass ich mit dem Raum nichts zu tun habe und den Code nicht kenne, wenn der Computer mich mit *Hallo Paul* begrüßt? Hättest du mir geglaubt, bevor du von Torenzo erfahren hast, dass ihr zusammenarbeitet?«

Ich schüttle zaghaft den Kopf. »Wahrscheinlich nicht.«

Er nickt. »Nun stell dir vor, du hättest Walker davon erzählt, weil du angenommen hättest, dass ich Bonnie für illegale Tests missbraucht habe und du sie vor mir retten wolltest und deswegen mit ihr geflüchtet bist. Hätte er mir geglaubt, dass ich nichts damit zu tun habe? Nein. Und selbst wenn: Was wäre mit dir passiert? Und mit Bonnie, wenn sie wieder auftaucht? Und wie soll ich dir von deiner Arbeit mit Bonnie erzählen, wenn ich so gut wie nichts darüber weiß? Nur, dass Torenzo eine Grenze überschritten und Bonnie ernsthaft gefährdet hat. Stell es dir wie einen Undercovereinsatz vor. Du hast eine Art Doppelleben geführt, und ich habe nie nachgefragt. Nicht mit wem du telefonierst, ob ihr vorankommt, ob du wirklich nach Stanton fährst, wenn du mit Bonnie ein paar Tage weg bist, und was du dort machst. Wir haben gemeinsam beschlossen, dass du die Chance für Bonnie wahrnimmst, die Torenzo dir versprochen hat, und dass ich nur involviert werde, wenn es brennt oder du einen Durchbruch hast. Und genau das hast du getan, als du bemerkt hast, dass Torenzo falschspielt.«

Mir schwirrt der Kopf, während sich nach und nach die Ungereimtheiten der letzten Tage zu einem sinnvollen Bild verdichten. Ich arbeite heimlich mit Torenzo zusammen, um Bonnie zu helfen, und Paul ist nach außen hin dagegen, da die Arbeit mit Torenzo illegal ist. In Wahrheit sind Paul und ich jedoch ein Team, und alles, was er getan hatte, war zu meinem und Bonnies Schutz gewesen. Ich verstehe nun, warum er mir Bonnies Gabe und den Raum neben der Dachterrasse verheimlichen musste, warum er mich von Angela fernhalten wollte. Warum er ein Spionageprogramm auf mein Handy gespielt hatte. Allerdings bleibt eine wichtige Frage im Raum: Wenn er außen vor war und Torenzo mir den Raum neben der Dachterrasse eingerichtet hatte – warum begrüßt die Computerstimme ihn, wenn man aus dem Lift aussteigt?

Ich bräuchte Zeit, um Pauls Version mit Raphaels zu vergleichen. Erst dann kann ich entscheiden, welche die plausiblere war und wie ich mich verhalten soll. Doch genau das habe ich nicht. Ich bin schon viel zu lange hier oben, und Raphael weiß das. Torenzo hat über das Mikro in Bonnies Haar längst mitbekommen, dass ich hier bin. Nervös blicke ich zum Fenster. Was soll ich tun? Ich brauche mehr Informationen. Bevor Raphael uns findet.

»Und Bonnie?«, frage ich hastig. »Hat sie nie etwas erzählt?«

»Bonnie weiß, dass sie über ihre Gabe und alles, was damit zusammenhängt, nicht reden darf. Du hast vergessen, was für eine weise Seele unsere Tochter hat. Sie ist anders als andere Kinder, nicht nur wegen ihrer Visionen.«

»Und Moira? Was ist ihre Rolle?«, bohre ich weiter.

»Offiziell hast du sie eingeschaltet, um von mir die Zustimmung für Bonnies Florenzreise zu erzwingen.« Er lächelt schief. »In Wahrheit hast du mit ihr auf Hochtouren daran gearbeitet, Torenzo zu Fall zu bringen. Und genau daran arbeite ich mit ihr noch immer. Und mit Huntingdon. Den haben wir mit ins Boot geholt, nachdem du verschwunden bist. »

Ich nicke. Seine Antworten sind schlüssig. Und doch ist da diese Erinnerung, wie er mich ins Meer gestoßen hat …

55

»Was ist mit Raffi?« Bonnie zeigt auf Raphael. Vornübergebeugt verdeckt sein regloser Oberkörper den kleinen Tisch der Kajüte.

»Er schläft.« Sie nimmt Bonnie auf den Arm. »Wir müssen los, mein Schatz.«

»Und Raffi?«

»Er bleibt hier.«

Schritte. Vor dem Bullauge verstummen sie.

Sie presst Bonnie an ihre Brust. Schiebt sie unter die Koje.

»Schhhhh. Keinen Mucks. Keine Bewegung. Mummy muss kurz weg.«

Angst in Bonnies Augen.

»Schhhh. Raphael ist bei dir. Keine Angst, mein Liebling.«

Ein Gesicht erscheint im Bullauge.

Ein Mann. Der Blick kalt und suchend, die Nase groß und schief.

Sie schreit auf. Rast zur Tür. Aus der Kajüte, die Stufen hinauf aufs Deck. Zieht ihren Taser.

Ein Schlag trifft sie an der Seite. Der Taser fällt auf die Deckbohlen.

Ein Schlag auf den Rücken. Sie weicht zur Seite. Hält die Arme schützend über den Kopf.

Ein Schlag gegen die Hüfte. Sie taumelt. Das Holzbrett saust durch die Luft, kracht gegen ihre Rippen.

Ein Stoß.

Sie fällt.

Und versinkt im schwarzen Meer.

56

Torenzo zu Fall bringen ... Torenzo, die gerade nervös in ihrem Institut sitzt und darauf wartet, dass ich meine Tochter zu ihr zurückbringe.

Aber das werde ich nicht. Meine Entscheidung ist gefallen. Nie wieder werde ich Torenzo und Raphael in Bonnies Nähe lassen.

Denn Torenzo will Bonnie nicht helfen. Sie erhofft sich durch Bonnie einen Zugang zu dem größten Wissenspool der Menschen – dem eigenen Unterbewusstsein. Das und nichts anderes interessiert sie.

Und Paul?

Ich möchte ihm gern glauben, doch die Bilder aus meiner nächtlichen Erinnerungssequenz sind zu präsent, um sie einfach zu ignorieren. Er wollte mir Bonnie wegnehmen. Er hat mich ins Meer gestoßen. Er hat mich über mein Handy ausspioniert. Er hat mich angelogen ... Ich presse die Lippen zusammen, sehe Paul an, sehe ihm direkt in die blauen, traurigen Augen. »Wenn wir über all das einig waren, warum hast du mich in Indonesien dann ins Meer gestoßen?«

Paul glotzt mich an, als sei ich verrückt. »Ich ... was?« Dann ziehen seine Brauen sich zusammen, und sein Mund wird schmal. »Das glaubst du von mir?« Wieder nimmt seine Stimme den bitteren Ton an. »Wer hat dir das erzählt? Raphael?«

Ich schüttele den Kopf, doch seine Reaktion verunsichert mich. Dass er es abstreiten würde, habe ich erwartet, aber seine Überraschung wirkt zu echt, um gespielt zu sein. »Ich habe mich daran erinnert. Wir haben gekämpft. Auf dem Kutter. Du wolltest Bonnie holen, ich habe versucht, dich zurückzuhalten, es kam zum Kampf, und ich bin über Bord.«

Mit offenem Mund starrt er mich an.

»Ich glaube nicht, dass du mich töten wolltest«, füge ich hastig hinzu, »aber du hast mich einfach meinem Schicksal überlassen.«

Er starrt mich weiter an, schließt den Mund, schüttelt den Kopf, setzt zum Reden an und bleibt doch stumm.

»Das wird zwischen uns stehen«, sage ich. »Wenn alles so klar und gut war, warum bin ich dann weg, ohne dir Bescheid zu sagen?«

Da tastet seine Hand nach meiner und streicht über meinen Handrücken, über den ringlosen Ringfinger. Sein Blick ist auf unsere Hände gerichtet, als er schließlich antwortet: »Ich weiß nicht, warum du mit Bonnie nach Indonesien bist. Vielleicht hat Torenzo herausgefunden, dass wir ihr auf der Spur sind. Und ich weiß nicht, warum du mir nur diesen seltsamen Zettel hinterlassen hast. Aber bis zu dem Tag dachte ich, wir hätten eine perfekte Beziehung. Ich kann nicht schlafen, wenn du nicht neben mir liegst und ich dich nicht atmen höre. Seit du verschwunden bist, kann ich nicht mehr klar denken …« Er verzieht den Mund zu einem kläglichen Lächeln. »Du siehst doch, in was für eine Situation ich mich gebracht habe.«

»Aber …«, beginne ich, besinne mich dann eines anderen. Was bringt es, ihn noch einmal daran zu erinnern, dass meine Erinnerung eine andere Geschichte erzählt?

In dem Moment höre ich meinen Namen. Er dringt von der Straße hoch, und ich erkenne Raphaels Stimme. Abrupt zieht Paul seine Hand zurück. Sieht zum Fenster, dann zu mir.

»Das ist Raphael«, flüstere ich. »Er ist mit mir hergekommen, um dich und Bonnie zu suchen.«

»Woher …«

»In Bonnies Haarspange ist ein winziges Mikro versteckt.«

Er springt auf. Ich lege den Finger an den Mund, stehe auf und flüstere in sein Ohr: »Nicht entfernen. Wir können sie damit von hier weglocken.«

Skeptisch sieht er mich an.

»Wir müssen Bonnie nach Hause bringen«, wispere ich. »Wir müssen irgendwie zum Flughafen kommen. Dazu brauchen wir freie Bahn.«

»Sie werden mich bei der Passkontrolle verhaften.«

»Ich bürge für dich. Bonnie ist unser Kind.«

»Ich habe eine Frau mit einer Waffe bedroht.«

Ich wende mich zum Fenster. Das Rufen ist kaum noch zu hören. Schnell schließe ich das Fenster und spähe von der Seite auf die Straße hinunter. Raphael spricht mit einem Passanten und eilt weiter.

»Ich rufe Beech an«, flüstert Paul. »Er wird eine Möglichkeit finden.« Er holt das Telefon von der Ladestation, wählt eine Nummer und verlässt den Raum. Ich folge ihm in die Küche und schließe die Tür hinter mir.

»Brent«, sagt Paul. »Wie ist die Lage?« Er lauscht. Nickt mehrmals. »Gut. So machen wir das. Ich rufe Sie in zehn Minuten an und gebe Ihnen die Adresse.«

»Was sagt er?«

»Es gibt keinen internationalen Haftbefehl gegen mich. Er bringt mich nach Siena, dort nehme ich den Zug nach Paris. Sobald ich aus Italien raus bin, kann ich ungehindert über die Grenze.«

»Gut, dann fahren wir mit dem Zug.«

»Nein, du wirst mit Bonnie fliegen«, sagt er bestimmt. »Mit etwas Glück schaffst du den Nachmittagsflug. Wenn du weißt, wann du in London ankommst, rufst du Moira an. Sie wird dafür sorgen, dass du in London abgeholt wirst. Oder – nein, Beech soll dich begleiten. Ich komme allein zurecht.«

57

»Du meinst, das funktioniert?«, fragt Paul zweifelnd.

Ich nicke und lächele so aufmunternd, wie es mein eigener Zweifel zulässt. »Bist du fertig? Beech kommt in fünf Minuten.«

Paul schließt die Reisetasche, zieht die Kapuze seines Sweatshirts über den Kopf und geht ins Esszimmer. Dort stellt er die Reisetasche ab und bleibt stehen. Ich schlüpfe aus den Schuhen und schleiche barfuß ins Schlafzimmer. Dort streiche ich Bonnie über den Kopf und rede leise auf sie ein, während ich sanft die Spange aus ihrem Haar ziehe. Ohne meine Litanei zu unterbrechen, gehe ich damit auf Zehenspitzen ins Esszimmer zurück und zeige sie Paul. Sofort kommt er zu mir, seine Schuhe sind auf dem Parket laut und deutlich zu hören.

»Das ist also dein letztes Wort?«, fragt er.

»Psst. Bonnie schläft.«

»Wie kannst du dir so sicher sein, dass Torenzo für Bonnie nur das Beste will?«, sagt er leiser, aber deutlich in Richtung Haarspange.

»Bonnies Gabe bringt sie um Jahre weiter in ihren Forschungen, und uns nützt es ebenfalls. Wenn wir nicht wissen, was Bonnie so zu schaffen macht, können wir ihr nicht helfen. Wir brauchen Torenzo, alleine schaffen wir das nicht. Du hast doch gesehen, wie schlecht es Bonnie geht. Willst du, dass sie noch mehr leidet?«

»Nein, natürlich nicht.«

»Dann lass sie uns ins Institut zurückbringen. Torenzo wird dir mit der Polizei helfen, und wir fliegen gemeinsam nach

London zurück. Bitte, Paul. Ich habe fast ein Jahr mit Torenzo von London aus gearbeitet. Du kannst ihr vertrauen.«

»Habe ich eine Wahl?«, fragt er, eine Nuance zu mürrisch.

»Nicht, wenn du Bonnie und mich in deinem Leben haben möchtest.«

»Ich habe also keine.« Er geht ein paar deutlich knarzende Schritte, wählt dann eine Nummer. »Guten Tag, Taxizentrale? ... Ja, bitte, sofort. Via Panicale, das dritte Haus vorne am Marktplatz.« Er legt auf, zwinkert mir zu. »Das Taxi ist in fünf Minuten da. Ich hoffe nur, diese Torenzo hält, was du versprichst.«

Wir warten im Schutz des Hauseingangs. Bonnie ist auf Pauls Arm, ihr Kopf liegt müde und bleich auf seiner Schulter, doch ihre Augen weichen keine Sekunde von mir. Motorengeräusch nähert sich. Paul geht mit Bonnie zur Haustür. Sogleich streckt Bonnie die Hand nach mir aus.

»Mummy. Du sitzt neben mir.«

Ich ergreife Bonnies Hand. »Aber gerne, mein Liebling.«

Ein Auto stoppt. Es ist der weiße Mazda, der Raphael und mich auf dem Weg zur Pizzeria verfolgt hat, und ich erkenne den Fahrer: Julian Beech. Pünktlich auf die Minute. Erleichtert werfe ich die Haarspange auf den Boden und trete darauf. Ein Knirschen verrät das Ende der versteckten Wanze.

Beech reißt die Fahrertür auf. Eilig läuft er zum Hauseingang, bleibt dann überrascht stehen.

»Was ist mit dem Kind? Das war nicht abgemacht.«

»Planänderung«, sagt Paul und geht an ihm vorbei zu dem Mazda. Erst jetzt scheint Beech mich zu bemerken. Er sieht mich einen winzigen Moment verständnislos an, dann wendet er sich grußlos ab und läuft Paul hinterher. »Sie allein. Das war der Deal. Zu dritt ist zu auffällig.«

»Planänderung«, wiederholt Paul und setzt Bonnie auf die

Rückbank des Mazdas, ich rücke neben sie. Sofort umklammert Bonnie meinen Arm. Panik steht in ihren silbergrauen Augen. Beruhigend ziehe ich sie an mich. »Keine Angst. Bald sind wir zu Hause. Alle drei.«

Doch ich spüre Bonnies Angst größer werden, als ahne sie etwas Schreckliches, und ich spüre, wie sie sich auf mich überträgt. »Alles wird gut«, flüstere ich und kämpfe gegen meine eigene Angst an.

Inzwischen hat Paul die Tür geschlossen und sich auf dem Beifahrersitz niedergelassen. »Kommen Sie endlich!«, herrscht er Beech an, der sich schließlich unentschlossen hinters Steuer setzt. »Sie fliegen mit meiner Frau und meiner Tochter nach London, ich schlage mich allein durch. Setzen Sie mich irgendwo auf dem Weg in der Nähe einer Bushaltestelle ab.«

»Ich halte das nicht für ...«

»Jetzt fahren Sie endlich los, verdammt! Oder steigen Sie aus und ...«

Ein Quietschen. Erschrocken blicke ich auf. Raphaels Auto kommt wenige Zentimeter vor dem Mazda zum Stehen und blockiert die Straße. Wie konnte das passieren? Er müsste auf der anderen Seite des Platzes in einer Gasse auf uns warten! Woher weiß er, dass wir hier sind?

Schon ist Raphael aus dem Wagen gesprungen.

»Julian! Worauf warten Sie? Fahren Sie los!«, ruft Paul.

Doch Beech fährt nicht. Stattdessen steigt er ebenfalls aus, geht auf Raphael zu.

Paul dreht sich zu mir um, brüllt: »Bring sie weg! Los!«, und reißt die Tür auf.

Ich schalte sofort. Sekunden später bin ich auf dem Fahrersitz, vor mir stürzt sich Paul auf Raphael, ein Gerangel, die beiden landen auf der Kühlerhaube. Ich lege den Rückwärtsgang ein, strecke mich, um das Gaspedal zu erreichen, und trete es durch. Ich sehe noch, wie Paul und Raphael von der

Kühlerhaube rutschen, zu Boden fallen und dort weiterkämpfen, während Beech unschlüssig zwischen den Kämpfenden und mir hin- und herschaut. Dann sprintet er uns nach.

»Mummy«, kreischt Bonnie, »schneller!«

Panisch drehe ich den Kopf nach hinten, rase rückwärts durch die enge Gasse und bringe Abstand zwischen Beech und das Auto. Die Felgen schrammen am Gehsteig entlang. Bitte, lass jetzt kein Auto entgegenkommen! Dann endlich erreiche ich die nächste Querstraße. Ich stoße rückwärts in die Straße und drehe mich zu Bonnie. »Bist du angeschnallt?«

»Ja.« Ihr Gesicht ist noch bleicher als zuvor, die Augen so groß und voller Angst, dass es mein Herz zusammenschnürt. Ich richte den Blick auf die Straße und fahre los, wahllos nehme ich die nächste Abbiegung, Hauptsache weg von Raphael. Erst nachdem ich mehrere Kilometer zurückgelegt habe, wende ich mich dem Navigationsgerät zu und gebe als Ziel den Flughafen ein. Eine schmeichelnde Stimme gebietet mir, an der Ampel nach rechts abzubiegen.

Ich stoppe an dem Rotlicht und blicke in den Rückspiegel, direkt in Bonnies Augen. »Hab keine Angst, Liebling. Raphael wird Daddy nichts tun. Alles wird gut.« Ich bemühe mich, Zuversicht in meine Stimme zu legen, und suche nach Bestätigung in Bonnies Augen, dass sie meinen Worten glaubt. Stattdessen versinke ich in dem unergründlichen Silbergrau, und ohne dass Bonnie eine einzige Silbe von sich gibt, weiß ich mit einem Mal, dass meine Worte nichts als schale Luft sind. Beech wird Paul nicht helfen, und Raphael wird ihn nicht gehen lassen.

58

»Mummy! Schau doch! Der Mann hinter uns! Fahr los!«

Im Seitenspiegel sehe ich nun auch den Mann, der auf das Auto zurennt. Wie lange ist diese Ampel denn noch rot? Und wo ist die verdammte Türverriegelung?

Der Unbekannte erreicht das Auto, von hinten ertönt Bonnies panischer Schrei. »Mummy! Fahr!«

Der Mann greift nach der hinteren Tür, seine Hand ist an der Klinke, als ich panisch auf die Türverriegelung drücke. Seine Faust schlägt gegen das Fenster.

Ich trete aufs Gas, eine Hand auf der Hupe, fahre in die Kreuzung, ignoriere quietschende Bremsen, keifende Hupen, drohende Gebärden, ein Knall, dann bin ich auf der anderen Seite, mein Herz pumpt und pumpt, meine Hände zittern. Im Rückspiegel sehe ich den Mann, die Hände in die Seiten gepresst, als sei er außer Atem.

Ich drücke das Gaspedal durch, überhole, wo ich nicht überholen darf, begleitet von weiteren Huptiraden. Ich werfe einen Blick zurück zu Bonnie, das bleiche Gesicht ernst und konzentriert, die Hände um den viel zu hoch sitzenden Sicherheitsgurt gekrallt.

Ich will sie beruhigen, ihr sagen, dass wir gleich in Sicherheit sind, dass ich die Situation unter Kontrolle habe, doch ich bleibe stumm. Denn ich weiß, dass ich Bonnie nicht in Sicherheit wiegen kann, solange wir es nicht sind. Bonnie weiß mehr, als ich je begreifen werde, und sie weiß genau, wie es um uns steht, und irgendwie teilt sie mir das gerade mit. Wie, weiß ich nicht, aber ich drücke das Gaspedal weiter durch, als hätte sie mich dazu aufgefordert.

»Bitte links einordnen, dann geradeaus fahren«, tönt die Schmeichelstimme aus dem Navigationssystem. Ich gehorche und ordne mich auf der Schnellstraße ein. Noch immer fahre ich zu schnell, hoffe, dass keine Carabinieri mich auf den Radar bekommen und aus dem Verkehr ziehen. Da endlich erscheint der erste Wegweiser zum Flughafen. Ich beschleunige und scheuche mit der Lichthupe die Autos vor mir mit sechzig Stundenkilometer über dem Limit von der Überholspur.

Im Navigationssystem leuchtet grellrot eine Warnung auf. Radar. Ich ignoriere sie, presse das Gaspedal weiter durch. Der Tacho zeigt hundertachtzig, achtzig darf ich fahren. Noch drei Kilometer. Hinter mir jault eine Polizeisirene.

Verdammt!

Ich drücke das Gaspedal bis zum Anschlag, der Tacho klettert auf hundertneunzig, mehr gibt der Mazda nicht her. Vor mir taucht das Ausfahrtsschild zum Flughafen auf.

»Bonnie, festhalten! Gurt vom Hals!«

Der Fuß auf der Bremse, ein Blick in den Rückspiegel, der Mazda schlingert über die Spuren, hinter mir ein Ausweichmanöver, ein lang gezogener Hupton, der an mir vorbeizieht wie Kaugummi. Ich presse den Fuß mit aller Macht weiter auf die Bremse und reiße das Lenkrad nach rechts. Die Reifen rattern über die durchgezogene Linie, die Seite schrammt an dem breiten, grünen Pfeiler der Ausfahrt entlang, dann bin ich auf der richtigen Spur, wechsele von Bremse zu Gas und presche den Zubringer zum Flughafen hoch. Die Sirene heult an der Ausfahrt vorbei, und ich lasse einen Stoßseufzer los. Zitternd reihe ich mich in die Straße zum Abflugbereich ein und fahre bis genau vor die Tür. Im absoluten Halteverbot stoppe ich und steige aus. Den Schlüssel lasse ich stecken.

Hand in Hand rennen wir durch die Schalterhalle, meinen

Blick auf die riesigen Tafeln der Fluggesellschaften gerichtet. Wir rempeln gegen Menschen, einer verheddert sich zwischen Bonnie und mir. Hastig murmele ich dem bösen Blick eine Entschuldigung entgegen und nehme Bonnie auf meinen Arm.

Da endlich sehe ich das Logo von British Airways. Ich laufe hin, so schnell ich mit Bonnie auf der Hüfte laufen kann, und erkenne im letzten Moment die lange Schlange. Ein Kloß setzt sich in meiner Kehle fest. Das darf jetzt nicht sein! Wir müssen aus dem öffentlichen Bereich raus, bevor der Mann von der Ampel oder Raphael uns einholt.

Da bemerke ich, dass nur eine der zwei Frauen arbeitet. Kurz entschlossen gehe ich zu der Frau, die gelangweilt auf ihre Nägel starrt und so tut, als ginge sie die Schlange vor dem Schalter ihrer Kollegin nichts an.

»Sie fliegen erste Klasse, Madam?« Der Blick der Frau hinter dem Schalter verrät mir, dass ich nicht ihrem Bild der Erste-Klasse-Klientel entspreche.

»Würde ich sonst hier stehen?«, frage ich angestrengt freundlich. »Der nächste Flug nach London, zwei Tickets, bitte.«

Die Frau am Schalter überspielt ihre Überraschung mit einem Lächeln und versenkt den Blick in den Bildschirm.

»Haben Sie Gepäck?«

»Nein.«

»Dann schaffen Sie gerade noch den Flug um 14.45 Uhr. Das Gate schließt in zwanzig Minuten.«

Erleichtert lasse ich Bonnie auf den Boden gleiten und stelle sie zwischen mich und den Schalter. Ich beuge mich zu ihr herunter. »Halte dich an meinem Bein fest. So fest, dass ich dich die ganze Zeit spüre.«

Schon umschließen Bonnies Arme meinen Oberschenkel, der Kopf lehnt an meiner Hüfte. Ich lege unsere Pässe auf den Tresen und sehe mich um, suche nach Raphaels Gesicht, nach

Beechs. Würde ich den Mann von der Straße wiedererkennen? Dunkle Hose, helles Shirt, braune Haare.

»Das wären dann eintausendeinhundertundsechsundsechzig Euro, Madam«, sagt die Frau hinter dem Schalter, und ihre Stimme ist mit einem Mal von überbordender Dienstfertigkeit.

Eilig reiche ich der Frau meine American-Express-Karte. Ein Rattern, der Drucker spuckt zwei Boardingkarten und einen Beleg aus. Ich unterschreibe, spüre Bonnies Angst und sehe mich um. Doch was immer Bonnie ängstigt – ich kann es nicht sehen.

»Sie können direkt zum Gate gehen«, sagt die Frau hinter dem Schalter und schiebt mir Boardingkarten, Kreditkarte und Pässe zu. »Ich habe Sie bereits eingecheckt.« Ihr Arm zeigt quer durch die Halle. »Gate 7. Ich wünsche einen guten Flug.«

»Danke.« Ich wische die Kreditkarte in die offene Handtasche, drücke Bonnie Boardingkarten und Pässe in die Hand und nehme sie auf den Arm. Im Laufschritt durchquere ich die Halle, den Blick geradewegs auf das Ziel gerichtet, die Passkontrolle.

»Schneller, Mami!«

Ich lege noch einen Zahn zu, die Passkontrolle ist nur wenige Meter entfernt, dahinter sind wir in Sicherheit – zunächst.

»Clare!« Raphaels Stimme schallt durch die Halle. »Clare!«

Ich laufe schneller, nur noch ein paar Schritte! Dann stehe ich vor einem älteren Beamten, der uns freundlich ansieht. Bonnie reicht ihm die Boardingkarten und Pässe. Er wirft einen Blick auf die Karten. »Ist doch noch genügend Zeit. Braucht die Mama nicht so zu hetzen.«

Mit enervierender Langsamkeit prüft er die Pässe. Ich sehe mich um. Ist Paul auch hier? Doch ich sehe nur Raphael durch die Menschen laufen und winken. Was ist mit Paul? Hat Beech ihm gegen Raphael geholfen? Oder … das Blut weicht aus meinem Gesicht.

Haben Beech und Raphael Paul ausgeschaltet?

»Clare!«, ruft Raphael. »Warte! Bitte!«

Der Beamte gibt Bonnie die Boardingkarten und Pässe zurück. »Gute Reise, junge Dame.«

Ich laufe weiter zur Sicherheitskontrolle, erst dort lasse ich Bonnie von meinem Arm. Ich werfe Handtasche und Jacke in einen Korb, Bonnies Jacke in einen zweiten, und schiebe sie durch den Metalldetektor. Ich will hinterher, doch der Mann auf der anderen Seite hebt die Hand und gebietet mir zu warten. Gehetzt blicke ich zurück.

»Clare!« Raphael steht vor der Passkontrolle und fuchtelt hektisch mit den Armen. »Tu das nicht!«

»Madam.« Anstelle des Mannes steht nun eine Frau hinter dem Metalldetektor und winkt mich zu sich. Ich gehe durch. Der Detektor schlägt an, und die Frau kommt mit einem Handscanner auf mich zu. Mit ihr Bonnie, die sich vor die Beamtin schiebt und sich an mein Bein klammert.

»Du musst deine Mummy kurz loslassen, Kleine«, sagt die Beamtin freundlich und löst Bonnies Arme von meinem Bein.

»Alles gut, Liebling.« Ich lächele ihr zu und verfolge ungeduldig das Piepen des Handscanners.

»Was haben wir denn da?«, fragt die Beamtin, die Stimme eine Nuance weniger freundlich, und tastet den Kragen meiner Bluse ab, verweilt dann mit den Fingern an einer Stelle. »Was ist das?«

»Was meinen Sie?« Ich greife an den Kragen und ertaste etwas Hartes, Kleines, eingenäht in den steifen Kragen der Bluse. Ein Gefühl ohnmächtiger Wut erfasst mich. Dabei ist es nur logisch, dass Torenzo und Raphael mich keinen Schritt unüberwacht lassen würden. Ich packe den Zipfel des Kragens, halte mit der anderen Hand die Knopfleiste fest und reiße ruckartig an dem Stoff.

»Hören Sie auf! Sie zerreißen Ihre Bluse.«

Noch ein Ruck, dann verrät mir ein Krachen, dass die Naht nachgibt, Sekunden später löst sich der Kragen von der Bluse. Ein leises Scheppern verrät, dass etwas auf den Boden gefallen ist. Ich bücke mich und hebe einen daumennagelgroßen, wenige Gramm leichten Gegenstand auf, umfasst von haarfeinen Metallfäden, die nach allen Seiten wegstehen. Ich drücke das Ding der Beamtin in die Hand.

»Würden Sie das für mich entsorgen?«

»Was ist das?«, fragt die Beamtin.

Nervös zucke ich mit den Schultern und spähe zur Passkontrolle, wo Raphael wild gestikulierend mit dem Polizisten diskutiert. Verdammt! Das muss schneller gehen! Wir müssen hier weg, bevor er Raphael durchlässt!

Doch die Beamtin scheint meine Eile nicht zu bemerken. Gemächlich winkt sie einen Kollegen herbei und zeigt ihm den Fremdkörper. Er betrachtet ihn eingehend. »Das ist eine Wanze. Wussten Sie davon?«, fragt er mich.

Ich schüttele ungeduldig den Kopf, hoffe, dass ich endlich weiterdarf.

»Mummy! Komm endlich!« Bonnie zieht an meiner Hand, und ich hebe sie hoch und streiche ihr beruhigend über die Haare.

Der Beamte sieht von mir zu Bonnie, dann legt sich ein Schatten über seine Miene. »Jemandem eine Wanze unterzujubeln ist strafbar, Madam. Möchten Sie Anzeige erstatten?«

»Nein.«

»Haben Sie …« Sein Blick streift Bonnie, und er senkt seine Stimme. »Probleme im … häuslichen Bereich?«

»Ich …« Ich räuspere mich und blicke erneut nervös Richtung Passkontrolle, doch Raphael ist verschwunden.

Wo ist er hin? Kauft er gerade ein Ticket?

»Madam?« Der Blick des Beamten ist nun inquisitorisch. Meine Nervosität ist ihm ganz offensichtlich nicht entgangen.

»Bitte, darf ich einfach weiter?«

Der Beamte und seine Kollegin wechseln einen Blick, dann inspiziert er mein Ticket. »Ich begleite Sie.«

59

Bonnies Kopf liegt in meinem Schoß. Mit einer Hand umfasse ich ihren Hinterkopf, die andere Hand liegt auf ihrer Stirn. Konzentriert arbeite ich gegen die Wogen der Unruhe in Bonnies Kopf, glätte, beruhige im stummen Dialog, spüre, wie sie müde wird, wie sie sich fallen lässt, schließlich einschläft.

Ich hebe den Blick zu dem kleinen Bullaugenfenster. Blauer Himmel um uns herum. Hoch über den Wolken entfernen wir uns Meter um Meter aus Torenzos Machtbereich, und doch wäre es naiv zu glauben, dass die Sache damit ausgestanden ist – durch die Flucht haben wir lediglich ein wenig Zeit gewonnen –, denn es könnte durchaus in London bereits einer von Torenzos Chargen auf uns warten.

Paul wollte, dass ich Moira kontaktiere, bevor wir in London landen.

Moira. So ganz sicher, wie ich sie einordnen soll, bin ich mir nicht. Paul sagt, sie arbeiten gemeinsam daran, Torenzo zu Fall zu bringen – aber was ist mit der Affäre, die Angela beobachtet haben will? Ich kann mir nicht vorstellen, dass sich das so einfach wegerklären lässt.

Ebenso wenig wie meine Erinnerung daran, dass er mein unfreiwilliges Bad im Indonesischen Ozean verursacht hat. Und doch klangen seine Erklärungen zu dem geheimen Raum in London und der geheimen Arbeit mit Torenzo glaubwürdig.

Vorsichtig löse ich die Hände von Bonnies Kopf. Ich taste nach meiner Handtasche. Im Institut habe ich Pauls Handy in die Innentasche gesteckt. Leise ziehe ich den Reißverschluss auf und nehme es heraus. Moiras Nummer ist sicher darin abgespeichert.

Ich entsperre das Handy und bemerke, dass er eine neue Textnachricht hat. Von Moira. Neugierig öffne ich sie.

Hallo Paul, du kannst mit Bonnie regulär fliegen. Ich habe sie als gefunden gemeldet und aus der Fahndungsliste streichen lassen. Du musst in London mit ihr zur Polizei und eine Aussage machen. Es liegt nichts gegen dich vor, auch nicht in Italien. Woher stammt diese Falschinfo? Kommt Clare mit? Erinnert sie sich wieder? Melde dich, sobald du zurück bist. LG Moira.

Ich gehe zum Anfang des Nachrichtenthreads und scrolle hinunter. Es sind nicht viele, der Ton ist durchwegs sachlich-freundschaftlich, meist Terminabsprachen, nichts, das auf eine Affäre hinweisen würde. Da stoße ich auf eine spannende Nachricht von Moira:

Hallo Paul, es gibt Aufnahmen von Clare und Bonnie auf HSBC Paris-Sicherheitskamera. Keine Drittperson. Keine akute Gefährdungslage erkennbar. Du musst Anzeige wg. Kindesentzugs stellen. LG Moira

Paul: *Muss das sein?*

Moira: *Leider ja, sonst wird es keine Fahndung per Interpol geben. Wenn wir sie gefunden haben, rücke ich das wieder gerade. LG Moira*

Etwas weiter unten entdecke ich noch eine interessante Nachricht:

Moira: *Hallo Paul, habe Anzeige wg. Kindesentzugs offiziell zurückgezogen. Huntingdon meldet sich bei dir wg. Rückführung. Bereite dich auf kurzfristige Reise vor. Du musst vorläufigen Pass für Clare beantragen. Hast du von Bonnie gehört? LG Moira*

Paul: *Hi Moira, Bonnie wurde in Paris gesehen! Sie lebt! Clares UK-Reisepass ist hier, sie ist mit falschem gereist. DANKE für alles!*

Nachdenklich lasse ich das Telefon sinken. Die Nachrichten sind allesamt sachlich und bestätigen die Form der Beziehung, die Paul beschreibt: Moira ist seine Anwältin. Nicht mehr.

Ich navigiere zu den Videoschnipseln, die Paul von dem Spionageprogramm runtergezogen hat. Anstatt Moiras Nummer zu suchen, wähle ich die zuletzt gespielte Stelle und befinde mich wieder mit Raphael vor der Verbindungstür zwischen Hauptbau und Nebengebäude auf dem Institutsgelände. Ich skippe zum nächsten Video und weiter und weiter, doch was ich suche, finde ich nicht.

Nicht eine Sitzung mit Torenzo ist darauf. Ob sie einen Störsender in ihrem Raum hat? Ich skippe weiter. Ich bin auf dem Weg zu der vorletzten Sitzung mit Torenzo, der Sitzung, bei der ich umgekippt bin. Wieder ein schwarzes Loch, sobald sich die Tür zu Torenzos Büro schließt. Dann höre ich sie:

»Bringt sie auf ihr Zimmer.«

Ächzen, Treppenknarzen. Bumpern.

»Pass auf, Mann! Du trägst doch kein Möbelstück!« Raphaels Stimme.

»'tschuldigung.« Einer der Wachmänner?

Schritte, ein Schlüssel im Schloss, Türenquietschen, Schritte, dann Knarzen von Bettfedern.

»Danke, du kannst gehen.« Wieder Raphael.

Bettfedernknarzen. Hat er sich zu ihr aufs Bett gesetzt?

»Hörst du schlecht? Hier gibt's nichts zu glotzen. Zisch ab.« Raphaels Stimme hat einen drohenden Unterton.

Schritte. Ein Poltern. Noch ein Poltern.

Was ist das gewesen? Meine Schuhe, die Raphael auf den Boden hat fallen lassen?

Wieder Schritte. Die Tür.

»Schläft sie?« Torenzo.

»Hat es geklappt?« Bettfedernknarzen. Raphael muss sich erhoben haben.

»Sie wird sich an genau das erinnern, was wir besprochen haben.«

»Sicher?«

»Was soll die Frage?« Torenzos Stimme ist scharf. »Zweifelst du an meiner Kompetenz?«

»Entschuldige. So war das nicht gemeint. Nur … sie …«

»Sie wird sich daran erinnern, was ich ihr eben suggeriert habe. Genau das und nichts anderes. Und sie wird nichts davon infrage stellen.« Die Tür quietscht. »Gute Nacht.«

Ich presse Stopp. Gehe zurück. Höre die Sequenz wieder und wieder. Über meinen Rücken läuft es heiß und kalt. Meine Erinnerung ist nicht meine Erinnerung? Welche der wenigen Erinnerungen, die ich bislang zurückhabe, ist nicht meine eigene? Ich rekonstruiere, wann ich mich an was erinnert habe, und schlage die Hand vor den Mund. Es kann nur die Erinnerung an den Kampf mit Paul sein! Deshalb also war Torenzo am nächsten Tag so darauf erpicht, dass ich die Wahrheit von mir selber erfahre …

Von wegen Wahrheit!

Ich habe nie mit Paul gekämpft. Er ist nie auf dem Boot gewesen.

Er hat die Wahrheit gesagt: Er hätte mich nie von der Reling gestoßen, er hätte mich nie im Meer treiben lassen. Immer wieder hat er es bewiesen. Und ich habe ihm misstraut. Torenzo hat meine Erinnerung manipuliert!

Ich stöhne auf. Es darf nicht wahr sein! Weil ich Angst hatte, dass meine Erinnerung manipuliert wird, bin ich nach Florenz geflogen. Warum hatte ich Angst? Nur weil Darescz' Webseite unseriös wirkt? Ich schüttle den Kopf. Nein, weil Raphael mich so nachdrücklich vor ihm gewarnt hat.

Ich bin auf Raphael hereingefallen wie ein naives Schulmädchen, das über kein Jota Lebenserfahrung verfügt. Lebenserfahrung. Genau das ist es, was mir fehlt.

Ich sehe zum Fenster hinaus. Wolkenloses Blau, doch das Blau ist deutlich heller als das Blau, das mich in meinem erinnerungslosen Leben empfangen hat. Und auch mein Leben fühlt sich heller an. Trotz der desolaten Lage, in der ich mich befinde.

Es wird heller, weil ich anfange, die Zusammenhänge zu begreifen. Weil meine Tochter bei mir ist und ich nun weiß, dass ich ihr nichts angetan habe. Weil sich für fast alle Punkte, die gegen Paul sprachen, glaubhafte Erklärungen gefunden haben – sein Verhältnis zu Moira, die Lügen bezüglich Angela und Bonnie, der geheime Behandlungsraum … Weil Paul der Mann ist, dem ich vertrauen möchte – und nun auch darf. Weil ich mir langsam meinen Platz im Leben zurückerobere.

Plötzlich legt sich eine Hand auf meine Schulter. Ich schreie leise auf.

»Pardon, Madam. Möchten … Sie etwas … trinken?« Dem Stewart steht die Verwunderung über meine Reaktion ins Gesicht geschrieben.

»Verzeihung, ich habe mich erschreckt. Bitte entschuldigen Sie.« Ich ringe mir mühsam ein Lächeln ab.

»Ich … wollte Sie nicht erschrecken.« Er zeigt auf die Champagnerflasche auf dem Servierwagen. »Darf ich?«

»Nein danke. Wasser bitte. Und einen Saft für meine Tochter.«

Er reicht mir die gewünschten Getränke. »Kann ich noch etwas für Sie tun?«

Ich schenke ihm noch ein Lächeln, halte inne. »Würden Sie mir das Bordtelefon bitte bringen?«

60

Die Menge macht mich nervös. Ich drücke Bonnie an mich und halte sie fest. Geradezu als befürchte ich, jemand könnte sie mir aus den Armen reißen.

»Ich kann laufen, Mummy«, sagt Bonnie, als spüre sie, dass mir langsam der Arm abfällt.

»Ich weiß, aber so ist es mir lieber.« Bonnie abzusetzen ist keine Option. Ich habe keine Ahnung, ob Torenzo mir ein Empfangskomitee geschickt haben könnte. Jeder in dieser Menge könnte von ihr beauftragt sein.

Jeder. Oder jede.

Auf meinem Arm ist Bonnie sicherer. Auch wenn Sicherheit nur noch ein Konzept mit marginaler Aussagekraft ist. Nervös sehe ich mich um. Glotzt mich jemand an? Was ist mit dem Mann dort drüben mit dem Berberhut? Ich glotze zurück, verlegen sieht er zur Seite. Die Schlange rückt weiter.

»Nächster, bitte.«

Ich stolpere und krache gegen den Tresen des Zollbeamten.

»Hoppla.« Der Zollbeamte nimmt Bonnie die Pässe ab und schneidet ihr eine ulkige Grimasse. »Wen haben wir denn da? Bonnie Brent. Das ist aber ein schöner Name, den deine Mama dir gegeben hat. Und deine Mama? Hat die auch einen schönen Namen? Wollen wir mal sehen? Clare. Clare und Bonnie…« Das Grinsen verschwindet so plötzlich aus seinem Gesicht, als halte ich ihm eine geladene Glock unter die Nase. Er legt den Pass auf den Scanner.

Ich erstarre. Was ist nun los? Ich denke sofort an Torenzo. An das Überwachungsvideo mit Paul als Einbrecher. Hat sie eines vor mir, wie ich in ihr Büro einbreche? Hat sie mir etwas angehängt, um zu verhindern, dass ich Bonnie nach Hause bringe? Oder ist Bonnie doch noch im System als gesucht gemeldet?

»Gibt es ein Problem?«, frage ich so ruhig wie möglich.

Angespannt tippt er. Dann nimmt er den Pass vom Scanner und reicht ihn mir, erneut umspielt ein freundliches Lächeln die Lippen. »Alles in Ordnung, Mrs. Brent. Einen schönen Tag noch.«

Ich lächele zurück und gehe mit weichen Knien am Kofferband vorbei zum Ausgang. Stolpere erneut, als ein Mann zu mir springt und uns vor einem Sturz bewahrt.

»Geht es Ihnen nicht gut?« Seine Hände umfassen meine Schultern. »Soll ich Ihnen das Kind abnehmen?«

»Danke, nein«, sage ich hastig.

»Ich kann laufen, Mummy.«

»Nein.« Mein Griff um Bonnie gleicht einer Schraubklemme.

Der Mann zuckt die Schultern, murmelt etwas und geht weiter. Schweiß läuft mir den Rücken hinunter, und ich wünschte, Paul wäre bei uns. Paul. Wo bist du? Wie geht es dir? denke ich.

Mit einem Mal streichen Bonnies Finger über mein Gesicht, ihr Mund berührt mein Ohr. »Ich habe Daddy auch lieb. Daddy ist nicht böse. Er hat das nicht getan.«

»Was hat er nicht getan?«

»Was in deinem Kopf ist. Das hat Daddy nicht getan.«

»Ich weiß, Liebling. Es tut mir leid, dass du diese Erinnerung sehen musstest. Sie ist falsch. Kannst du es vergessen?«

Bonnie nickt und haucht mir wie zur Bestätigung einen Kuss auf die Wange.

Endlich erreichen wir die Schiebetür, dann stehen wir im Ankunftsbereich.

Ich durchforste die wartende Menge an Abholern. Wird Moira da sein? Das Telefonat mit ihr war kurz gewesen. Keine Nachfrage, warum sie uns abholen soll. Kein wie, weshalb, wieso. Die Flugnummer. Das war alles, was sie wissen wollte. Dann war das Gespräch beendet gewesen. Zehn Sekunden. Höchstens.

Da winkt Bonnie und lacht. »Moira!«, ruft sie.

Schon löst sich eine Frau aus der Menge und läuft auf uns zu. Moira ist so blond und schlank und schön wie auf dem Flyer. Neben ihr läuft ein großer, bulliger Mann mit kurz geschorenem Haar.

Bevor ich Hallo sagen kann, umarmt Moira Bonnie und mich so herzlich, als seien wir beste Freundinnen. Und vielleicht sind wir das ja auch – jedenfalls ist sie die Person, der Paul vertraut, und wenn Paul ihr vertraut und Bonnie sich freut, sie zu sehen, dann werde ich ihr ebenfalls vertrauen.

»Ich bin so froh, dass ihr zurück seid!«, ruft Moira und drückt Bonnie einen Kuss auf die Wange. Dann dreht sie sich zu dem Mann. »Das ist Ken.« Sie zwinkert Bonnie zu. »Ken ist der beste Memoryspieler in Nordlondon. Ich habe ihm erzählt, dass du besser bist.«

»Das wollen wir doch mal sehen.« Er hält Bonnie die Hand hin. Auf der Rückseite prangt ein auffälliges Spinnentattoo. »Ich nehme die Herausforderung an.«

Bonnie grinst Ken an und klatscht begeistert ab. Ich atme erleichtert auf. Sie benimmt sich völlig anders als vor ein paar Stunden, als Beech uns abgeholt hat und sie sich bei seinem Anblick stumm im Fond des Wagens zusammengekauert hat.

Ken streckt seine Arme nach Bonnie aus, und nach kurzem Zögern lasse ich zu, dass Bonnie zu Ken wechselt.

»So, jetzt aber flott. Raus hier.« Moira führt uns zielstrebig zum Taxistand und hält die Tür eines London-Taxis auf.

Erschöpft sinke ich auf die Polster. Moira reicht mir eine Sitzerhöhung, und Ken stellt Bonnie ab. Behände klettert Bonnie auf den Kindersitz und schnallt sich an. Moira steigt als Letzte ein und setzt sich mir gegenüber.

Das Taxi fährt los.

»Was …«, setze ich an, doch Moira legt den Finger an den Mund. Ken zückt ein handygroßes, schwarzes Gerät und fährt damit meinen Körper entlang. Von den Füßen bis zum Kopf und zurück, dann Bonnie. Schließlich lehnt Ken sich zurück und steckt das Gerät ein. »Sauber.«

»So. Jetzt können wir reden.« Moira beugt sich zu mir. »Was ist mit Paul?«

Ich schlucke den Kloß hinunter, den Pauls Name in meine Kehle katapultiert hat. »Ich weiß es nicht. Raphael und er haben miteinander gekämpft, Beech war bei ihnen. Paul hat mich mit Bonnie weggeschickt.«

»Beech? Aber gemeinsam müssten sie doch Raphael überwältigt haben.«

»Raphael ist mir zum Flughafen gefolgt. Ich weiß nicht, ob Beech und Paul es zum Zug geschafft haben, und …« Ich schlucke und schlucke, doch der Kloß kämpft sich hartnäckig immer wieder die Kehle hoch. »Es könnte sein, dass Beech ein doppeltes Spiel treibt.«

»Beech? Hat Paul ihn nicht überprüft?«

»Huntingdon hat ihn empfohlen. Das war ihm wohl Leumund genug.«

»Verdammt!«, flucht Moira und schnippt ärgerlich mit den Fingern. »Eine Empfehlung von Huntingdon hätte ich auch nicht weiter überprüft. Wie kommst du darauf?«

Ich beuge mich zu Moira, weg von Bonnie, die bei der Erwähnung von Beechs Namen zusammengezuckt ist, und senke die Stimme. »Bonnie hat große Angst vor ihm. Und als Raphael uns den Weg abgeschnitten hat, hat Beech sich nicht wie jemand benommen, der uns beschützen wollte. Eher …«

Ich hole mir die Szene ins Gedächtnis zurück. »Eher wie jemand, der nicht ganz sicher ist, wem er nun helfen soll. Paul musste ihn anbrüllen, damit er überhaupt aussteigt.«

»Was ist mit seinem Handy?«, flüstert Moira zurück.

»Das habe ich.«

»Verdammt«, wiederholt Moira. »Dann bleibt uns nichts anderes übrig als zu warten, bis er sich meldet. Hast du deine Erinnerung wieder?«

»Teilweise, aber nicht zuverlässig. Ich wurde manipuliert.«

»Genau das wollten wir verhindern.« Moira wirft mir einen vorwurfsvollen Blick zu. »Was für eine Schnapsidee, zu Torenzo zu fliegen. Ausgerechnet zu ihr!«

Ich zucke entschuldigend die Schultern. »So hat sich das vor ein paar Tagen nicht angefühlt. Ich wusste nicht, wer Torenzo ist, und Paul hat sich in meinen Augen mehr als verdächtig benommen. Ich konnte ihm nicht trauen.«

»Ja, das hat er mir erzählt, aber warum nur? Er ist dein Mann!«

Ich mache eine Kopfbewegung zu Bonnie. »Können wir das zu Hause bereden?«

»Wir fahren nicht zu euch.«

»Was?« Ich wende mich zum Fenster. Die vorbeiziehenden Häuserfronten haben in der Tat nichts Vertrautes. Verlotterte, mit Graffiti besprühte Fassaden, heruntergekommene, teils mit Holz notdürftig vernagelte Ladenfronten, davor überquellende Müllsäcke.

Wo bringt Moira uns hin?

61

Gitter.

Schlafzimmer, Wohnküche, Bad. Alles vergittert. Panik steigt in mir hoch. Ich will raus aus der Wohnung, ich ertrage keine Gitter, obwohl ich weiß, dass diese Gitter mich nur schützen sollen. Ich sinke auf den Toilettendeckel.

»Mummy, was hast du?«

Ich hebe den Kopf, strecke die Hand nach Bonnie aus und ziehe sie auf meinen Schoß.

»Nichts, mein Schatz. Ich bin einfach nur müde.« Ich vermeide es, sie anzusehen, ich würde das Wissen um meine Lüge in ihren Augen jetzt nicht ertragen. Ich lehne meinen Kopf an ihren und halte sie einfach nur fest.

Sieht so ab jetzt unser Leben aus? Fremdbestimmt und abgeschottet, dazu immer ein Aufpasser an unserer Seite?

Ein Klopfen an der Badezimmertür holt mich aus meinen Gedanken.

»Clare? Bonnie?«, ruft Moira und klopft erneut. »Alles gut bei euch? Der Tee ist fertig.«

Ich lasse Bonnie auf den Boden rutschen und stehe auf. »Wir kommen.« Ich spüle die unbenutzte Toilette und gehe mit Bonnie zur Tür.

»Mummy?«

»Ja?«

»Ich kann dir helfen.«

Die Bilder, die Bonnie mir in den Kopf geschickt hat, schießen mir vor Augen. Der Aufruhr in Bonnies Gehirn, der Anfall. Ich gehe in die Knie, sodass ich mit Bonnie auf Augenhöhe bin. »Nein, Bonnie, das geht nicht. Das ist nicht gut für dich. Moira und Ken passen hier auf uns auf, bis Daddy wieder da ist.«

»Bitte, Mummy. Wegen Daddy.«

Ich mustere sie. »Du weißt etwas, das ich wissen sollte?«

Bonnie nickt.

»Willst du es mir sagen?«

Ihre Augen füllen sich mit Tränen.

Natürlich! Sie kann nicht darüber reden!

Ich wische die Tränen aus Bonnies Augenwinkeln und küsse sie auf die Nase. »Möchtest du mir ein Bild malen?«

Moiras »Tee« entpuppt sich als Platte mit belegten Toastecken, Pastetchen, Keksen, zweierlei Teesorten, Saft und einer Flasche Sherry, hübsch angerichtet auf dem wackeligen Esstisch des einfach eingerichteten Wohnzimmers. Das abgewetzte, großblumige Sofa mit dem niedrigen Couchtisch, der dunkel melierte Teppich, das schiefe Holzregal, die winzige Küchennische – alles wirkt billig und trostlos.

Ich sitze Moira gegenüber am Esstisch, doch meine Augen sind auf Bonnie gerichtet. Hoch konzentriert kniet sie an dem Couchtisch und malt, während Ken neben ihr auf der Couch in ein Rätselheft vertieft an einem Stift kaut. Den Teller mit Toast und Keksen hat sie bisher nicht angerührt.

»Jetzt können wir reden«, sagt Moira leise, mit einem Seitenblick auf Bonnie. »Was wolltest du vorhin über Paul sagen?«

»Angela sagt, ihr habt euch geküsst«, entfährt es mir.

»Nur solange Angela geguckt hat.« Moira kichert. »Ach, Clare, jetzt schau nicht so! Es war völlig harmlos. Ein amerikanischer Filmkuss aus den Fünfzigerjahren.«

»Und warum wolltet ihr, dass Angela das sieht?«

»Du hast wirklich alles vergessen…« Der Rest des Toasts verschwindet in ihrem Mund. »Offiziell vertrete ich dich gegen Paul. In Wahrheit arbeiten wir an einer Exitstrategie für dich und Bonnie. Eine kleine Lebensversicherung – ein Dossier über Torenzo, das so brisant ist, dass es ihre Karriere und das Institut zerstören würde, wenn es an die Öffentlichkeit kommt. Und dann verschwindest du spurlos. Gerade, als wir so kurz vor dem Durchbruch sind.« Mit Daumen und Finger zeigt sie einen Abstand von etwa zwei Zentimetern. »Nachdem wir wochenlang wie die Irren Informationen zusammengetragen und einiges riskiert haben. Paul kam zu mir in die Kanzlei und wollte wissen, ob dein Verschwinden etwas mit unserer Arbeit zu tun haben kann. Was blieb mir anderes übrig, als ihn einzuweihen? Zumindest was die groben Eckpunkte angeht. Hast du irgendeine Vorstellung, wie Paul beieinander war, nachdem ihr verschwunden seid? Nur diese kryptische Nachricht, sonst nichts …«

Ich hebe entschuldigend die Schultern. Ich kann mir langsam vorstellen, wie Paul sich gefühlt haben musste, aber ich kann mir beim besten Willen nicht erklären, warum ich so gehandelt habe.

»Ich wollte nicht in der Kanzlei darüber reden«, fährt Moira fort, »also habe ich ihn zu mir nach Hause bestellt. Wir haben befürchtet, dass dein Verschwinden mit Torenzo zusammenhängt, und haben mit Hochdruck weitergemacht, um ein Druckmittel gegen sie in der Hand zu haben, das wir notfalls für Bonnies und deine Freilassung einsetzen können … Jedenfalls ist Paul einmal, es war schon ziemlich spät, Angela praktisch in die Arme gelaufen, und als ich den erstaunten Ausdruck in ihrem Gesicht gesehen habe, habe ich reagiert. Ich wollte nicht, dass Angela neugierige Fragen stellt, warum Paul und ich so viel Zeit miteinander verbringen. Also habe ich ihr einen Grund gegeben.«

»Deshalb also wollte Paul unter allen Umständen ein Zusammentreffen zwischen mir und Angela vermeiden.«

»Auch. Aber er hält Angela schlicht für unberechenbar. Er befürchtet, dass sie sich nicht an die Auflagen des Gerichts halten wird und versucht, dich rumzukriegen, um wieder an Bonnie ranzukommen.«

»Welche Auflagen?« Ich runzle die Stirn. »Wie meinst du, an Bonnie rankommen will?«

»Angela hat ein Buch über Bonnie geschrieben. Extrem reißerisch, offenbar in der Hoffnung, damit berühmt zu werden. Das Buch führt Fallbeispiele von Patienten auf, natürlich anonymisiert, deren Trauma Bonnie gezeichnet hat – mitsamt den Zeichnungen. Sie darf sich Bonnie nicht mehr nähern, und ihr Buch wurde verboten.«

»Wusste ich davon?«

»Nicht bis zur Veröffentlichung. Dann habt ihr das Buch per Eilverfügung verbieten lassen. Bei Persönlichkeitsrechtsschutz von Minderjährigen geht das sehr schnell.«

»Dann …« Ich beobachte, wie Bonnie die Stifte wechselt. Sie ist so vertieft in ihre Zeichnung, dass ich mich frage, ob sie uns überhaupt noch wahrnimmt. »Dann könnte man mein Verhältnis zu Angela nicht mehr als freundschaftlich bezeichnen?«

Moira lacht leise. »Nicht wirklich. Du hast dich schuldig gefühlt, weil du mit Bonnie so oft bei Angela warst, aber du warst sauer, dass sie hinter deinem Rücken so etwas macht und dann auch noch behauptet, das wäre mit dir abgesprochen. Wobei du immerhin noch Mitleid hattest, weil Angela jetzt Schadensersatzforderungen vom Verlag bevorstehen, die sie ruinieren können.«

»Und woher wusste sie von meinem Gedächtnisverlust?«

»Na, aus den Nachrichten. Wir haben euch als vermisst gemeldet, das ging durch alle Sender. Dann kam die Meldung, dass du aufgefunden, aber ohne Erinnerung bist.« Moira schiebt mir den Teller hin und sieht mich auffordernd an, doch ich habe keinen Appetit. »Ich nehme an, Angela hat ihre große Chance gewittert – ich weiß aber nicht, was sie sich davon erhofft hat, dass du ohne Erinnerung bist. Vielleicht wollte sie dir einen Zettel unterschieben, auf dem du unterschreibst, dass sie über Bonnie schreiben darf. Oder dir eine kleine Erinnerung zu ihren Gunsten einpflanzen …«

»Und woher wusste sie, dass ich zurück bin?«

»Diese Info hat sicherlich einem der Portier ein kleines Taschengeld eingebracht.«

Ich nicke. Ja, das würde passen. Wie sonst konnte Angela derart zielgenau immer die Zeit abpassen, wenn Paul nicht zu Hause war?

Immer mehr fügen sich Informationsfetzen der letzten Tage zu sinnvollen Puzzleteilen zusammen. Angelas Hetze gegen Paul, ihr Interesse an Bonnie, ihr Interesse, mich zu behandeln … Ich rufe mir ihren ersten Besuch ins Gedächtnis. Ihre baumelnden Holzketten – ich erinnere mich, dass ich wie gebannt darauf gestarrt habe, kurz bevor ich meine allererste winzige Erinnerung hatte. Hatte Angela versucht, mich zu hypnotisieren?

»Und Raphael? Hätte Paul ihn nicht kennen müssen? Er war doch beim ersten Mal mit in Florenz.«

»Paul hat Raphael nie kennengelernt. Nur Dr. Torenzo. Dass der Portier zu Torenzo gehört und in Wahrheit ein Arzt ist, mit dem du zusammengearbeitet hast, damit haben wir nicht gerechnet.«

»Warum habt ihr mir das nicht erzählt?«

»Weil wir dachten, dass es zu gefährlich ist, die Karten offenzulegen, solange wir nicht wissen, wie du reagierst«, sagt Moira. »Du warst weg. Dann tauchst du wieder auf. Ohne Gedächtnis. Wir wussten nicht, ob und was du uns glauben würdest, und haben beschlossen, dir keinerlei Informationen zu Torenzo und Bonnies Besonderheit zu geben, um dieses

Wissen zu schützen. Und dann war Angela schneller und hat dich gegen Paul aufgestachelt, was alles nur noch schwieriger und komplizierter gemacht hat.«

Ich spüre, wie alle Farbe aus meinem Gesicht weicht.

»Was ist?«, fragt Moira alarmiert.

»Paul hat mir von den Nachforschungen erzählt.«

»Und?«

»Im Kragen meiner Bluse war eine Wanze eingenäht.« Mit einem Mal scheine ich keine Luft mehr zu bekommen. »Ich habe sie am Flughafen entdeckt. Sie haben alles mit angehört. Huntingdons Name ist gefallen und ... deiner auch.«

»Dann stehen wir jetzt alle auf der Abschussliste ...« Moira starrt mich an. Mit halb offenem Mund. Auch aus ihrem Gesicht ist alle Farbe gewichen. »Okay, dann ... dann müssen wir sofort handeln. Wir müssen in deine Wohnung und rausfinden, was du Paul mitteilen wolltest. Vielleicht ist das unsere Lebensversicherung.«

»Was sollte das sein?« Ich habe absolut keine Ahnung, auf was Moira abzielt.

»Du hast ihm einen Abschiedsbrief hinterlassen und den Computer in dem geheimen Raum mit einem Code versehen. Wir glauben, dass der Code in dem Abschiedsbrief steckt, konnten ihn aber nicht entschlüsseln.«

»Ich kenne die Nachricht, sie sagt mir nichts. Wie kommt ihr darauf?«

»Paul sagt, dass du in deiner Zeit im Kinderheim Nachrichten an andere immer verschlüsselt hast. Aber ... vielleicht funktioniert der Fingerabdruckscanner – hast du ihn probiert?«

Ich schüttle den Kopf. Nachdem ich das Codefenster gesehen hatte, habe ich gar nicht erst nach einem solchen Scanner gesucht.

»Ich bin fertig, Mummy!« Bonnies legt den Stift weg und kommt mit der Zeichnung zu mir.

Ich drehe mich zu ihr und nehme die Zeichnung entgegen. Unterdrücke einen überraschten Ausruf. Beech!

Es war Beech, der mich zu töten versucht hatte. Schlagartig begreife ich, warum Raphael alleine am Flughafen aufgetaucht ist:

Weil Beech der Mann für die Drecksarbeit ist.

Weil Beech sich um Paul kümmern musste, während Raphael mir nachjagte.

62

Nicht eine Sekunde lasse ich den Seitenspiegel aus den Augen. Bei dem wirren Weg, den Moira zu unserer Wohnung in Chelsea fährt, würde mir auffallen, wenn jemand uns folgt. Allerdings ist es nicht nötig, uns zu folgen, denn Torenzo muss klar sein, dass wir irgendwann in unserer Wohnung auftauchen würden.

Die Freisprechanlage tutet, Moira hebt ab. »Ja?«

»Die Wohnung ist sauber. Frag nicht, wie viele Wanzen wir entfernt haben. Da hat sich jemand richtig Mühe gemacht.«

Ich kralle die Hände um den Gurt. Wanzen. Wie ich dieses Wort hasse. Diese winzigen, leblosen Räuber meiner Privatsphäre. Ich fühle mich beschmutzt, allein durch den Gedanken an die Mithörer unserer Gespräche. Mit Paul. Mit Angela. Mit Dorota. Dorota! Ist sie ebenfalls in Gefahr?

»Was ist mit Huntingdon?«, fragt Moira.

»Er weiß Bescheid und wird entsprechende Sicherheitsmaßnahmen ergreifen. Wir warten unten im Foyer auf euch.«

Moira biegt um die Ecke, fährt eine weite Schleife und kehrt auf die gleiche Straße zurück.

»Da hängt keiner an uns dran«, sagt sie. »Du bist so still. Hast du Angst? Bonnie ist bei Ken in guten Händen. Glaub mir, sie ist dort sicherer.«

Sicherer. Nicht sicher. Auch wenn sicherer eigentlich eine Steigerung des Adjektivs ist. In diesem Fall ist es nur die Bestätigung, dass sie nirgendwo wirklich sicher ist. Aber es ist nicht die Angst um Bonnie oder mich selbst, die mir gerade am meisten Bauchschmerzen bereitet.

»Was glaubst du, haben sie mit Paul gemacht? Er hat sich immer noch nicht gemeldet.«

Moira wechselt die Spur, schneidet einen BMW und erntet verärgertes Hupen. »Sie werden ihm nichts tun, solange er ihnen als Unterpfand nützlich sein kann.«

»Du meinst, sie benutzen ihn als Druckmittel?«

»Ich verwette meinen Arsch drauf, dass sie genau das tun werden – außer sie sprengen uns allesamt in die Luft. Aber …«, Moira zwinkert mir zu, »dazu müssten sie die Gewissheit haben, dass wir nicht irgendwo eine brisante Datei hinterlegt haben, die bei einem plötzlichen Tod veröffentlicht wird. Solange Torenzo nicht genau weiß, was wir gegen sie in der Hand haben, werden sie stillhalten.«

»Und was haben wir gegen sie in der Hand?«

Moira prüft den Rückspiegel, biegt dann ohne zu blinken abrupt nach rechts ab, zwingt ein entgegenkommendes Fahrzeug zur Vollbremsung und prescht viel zu schnell durch die Seitenstraße. Links. Rechts. Links.

»Sie wissen doch sowieso, wo wir hinwollen«, kommentiere ich ihren Kamikazefahrstil, in der Hoffnung, dass sie etwas vom Gas geht.

»Vor der Wohnung warten zwei Männer vom Sicherheitsdienst auf uns. Wenn wir mal dort sind, haben wir Schutz. Hier auf der Straße sind wir am gefährdetsten.«

»Mitten im Verkehr? Das Auto ist verriegelt. Und außerdem«, füge ich hinzu, »sagtest du nicht, sie werden stillhalten?«

»Dachte ich. Aber der silberne Ford hinter uns war mir doch eine Spur zu anhänglich.«

»Also, was haben wir gegen sie in der Hand?«, wiederhole ich die Frage und schaue zurück.

»Sie macht Testreihen mit nicht zugelassenen Psychopharmaka.«

»Wie habe ich es herausgefunden?«

»Dir sind bei Bonnie irreguläre Blutwerte aufgefallen, und du hast daraufhin das Mittel analysieren lassen, das Torenzo dir zwei Wochen zuvor für Bonnie gegeben hat. Das Mittel war falsch deklariert und nicht zugelassen, und hättest du es ihr weitergegeben, hätte Bonnie Organschäden erlitten. Du wusstest, dass im Istituto di Ricerca Fiorentino reguläre Verträglichkeitsstudien mit menschlichen Probanden durchgeführt werden. Und dann hast du dir bei deiner nächsten Florenzreise Zugang zu den Medikamenten der Probanden verschafft und ebenfalls Tests veranlasst. Und siehe da, zwei der Probanden bekamen etwas ganz anderes, als eigentlich getestet wurde. Damit bist du zu mir, du wolltest wissen, wie man Torenzo die Luft abdrehen kann. Ich habe jemand organisiert, der sich bei Torenzo reinhackt, damit wir wissen, womit wir es zu tun haben.«

»Reicht das nicht?«

»Nein, wir können illegal beschafftes Beweismaterial nicht verwenden. Und die Probanden wissen nicht, was sie bekommen, und sind daher als Zeugen nicht aussagekräftig. Und bei Torenzos Beziehungen kannst du davon ausgehen, dass sie es schafft, Ermittlungen bei schwacher Beweislage sofort einstellen zu lassen.«

»Und die Herstellerfirmen? Es muss doch Berichte geben. Geldflüsse, Vereinbarungen …«

Moira seufzt. »Das ist unser Problem. Es gibt keine Herstellerfirma. Die Mittel, die Torenzo verwendet, sind in dieser Zusammensetzung nicht registriert. Die existieren gar nicht. So wie es derzeit aussieht, forscht sie auf eigene Rechnung an der Erweiterung unserer bewussten Wahrnehmung. Allerdings glaubst du, dass sie Hintermänner hat, die sie finanzieren. Und du glaubst, dass diese Studien mit Bonnie zusammenhängen. Du warst diesbezüglich an einer ganz großen Sache dran. Und dann bist du verschwunden.«

Moira verlangsamt das Tempo und biegt in unsere Straße ein. Schließlich stoppt sie das Auto direkt vor dem Eingang unseres Hauses, aus dem sogleich zwei dunkel gekleidete Gestalten gelaufen kommen.

63

Der Lift surrt in die vierte Etage, die dunkel gekleideten Männer, einer blond, einer mit Glatze, stellen sich wie ein lebender Schutzwall vor uns, als die Türen auseinandergleiten.

»Danke, Jungs«, sagt Moira und tritt aus dem Lift. Sogleich nehmen die Männer uns in ihre Mitte, der Blonde geht voran, der Glatzkopf hinter uns. An der Wohnungstür sperrt der Blonde die Tür auf.

»Woher habt ihr den Schlüssel?«, frage ich, einigermaßen erstaunt.

»Von Paul«, sagt Moira.

In der Wohnung geht sie zielstrebig auf mein Behandlungszimmer zu, während der Glatzkopf sich an der Wohnungstür postiert und der Blonde uns folgt. Im Behandlungszimmer kramt Moira in ihrer Handtasche, dann reicht sie mir den doppelbärtigen Schlüssel.

»Auch von Paul«, erklärt sie, bevor ich ihr die Frage stellen kann.

Ich taste die Regalseite nach dem Schlüsselloch ab und stecke ihn hinein. Die Füße fahren ein, das Regal schwingt zur Seite, und der Aufzug kommt zum Vorschein.

»Bitte«, sagt Moira und zeigt auf den Knopf.

»Woher weißt du von dem Raum?«

»Von dir.« Sie zeigt auf den Liftknopf. »Fingerabruckscanner. Nur du kannst ihn bedienen.«

»Aber …« Stirnrunzelnd sehe ich sie an. »Woher kann Paul dann wissen, dass der Computer ihn mit ›Hallo Paul‹ begrüßt?«

»Es gibt einen Zugang von der Dachterrasse aus. Dazu reicht der Schlüssel.«

Ich drücke auf den Knopf. Lautlos öffnet sich der Lift und bringt uns nach oben. Wir betreten den Raum.

»Hallo Paul«, begrüßt uns die Stimme.

Ich gehe zu dem Computer und schalte ihn an. Die Bildschirme leuchten blau auf, ein achtstelliges Codefenster erscheint. »Bitte verifiziere dich.«

Sogleich lege ich meinen Finger auf den Scanner. Nichts geschieht. Hilflos blicke ich zu Moira.

»Verdammt.«

»Bitte verifiziere dich.«

»Denk nach«, fordert Moira mich auf. »Du hast vor deiner Abreise die Begrüßung geändert und den Fingerabdruckscanner auf einen achtstelligen Code geändert. Was könnte der Code sein?«

Ich starre auf die Tastatur. Mein Kopf ist blank. Da klingelt Moiras Handy. Sie hebt ab, horcht, flucht und legt mit einem: »Verstanden, ich halte mich daran«, auf.

»Was?«, frage ich. Was immer der Anrufer Moira mitgeteilt hat, es war nichts Gutes gewesen.

»Raphael Galazzi und Julian Beech sind vor einer Stunde in London gelandet.« Moira blickt nervös auf die Uhr. »Wir haben maximal dreißig Minuten, dann müssen wir hier draußen sein. Also los, wir brauchen den Code: Wir haben bereits einen Decodierer drangehängt, aber sobald ein externes Gerät andockt, fährt der Computer runter. Also haben wir es so versucht. Telefonnummern, Namen, Lieblingssongs, eure Geburtstage …«

»Hast du den Abschiedsbrief an Paul da?«

»*Liebster, ich fahre mit Bonnie ein paar Tage nach Stanton*«, leiert Moira herunter. »*Sie braucht Ruhe. Bitte vergiss den Geburtstag deiner Mutter nicht wieder. Nimm einfach das*

Telefon und denk an unseren Spruch: 1-2-3-, und schon ist es vorbei! Das schaffst du. Ich liebe, liebe, liebe dich, Clare. PS. Ich habe mir deine Sportuhr ausgeliehen …« Moira atmet tief durch. »Was übrigens nicht korrekt war, denn die Sportuhr lag in der Schublade, und unter ihr war der Schlüssel zu dem Raum. Also haben wir in dem Brief einen Code gesucht: Der Geburtstag seiner Mutter ist es nicht. Obwohl wir darauf gehofft hatten, da der Satz in dem Brief absolut keinen Sinn macht. Erstens hat er ihn noch nie vergessen und zweitens ist ihr Geburtstag …«

»Im Oktober«, vollende ich Moiras Satz. Ich laufe zu dem kleinen Schreibtisch und hole ein Blatt und einen Stift heraus. Es muss also einen Grund geben, dass ich ihn aufgeschrieben habe. »Kannst du die Sätze so aufschreiben wie sie auf dem Papier standen?«

Gehorsam schreibt Moira den Text in Druckbuchstaben auf das Papier. Ich gehe den Text wieder und wieder durch und achte auf Achterreihen. Gehe vom Groben ins Feine. Absätze – Sätze – Wörter – Silben – Buchstaben. Der Code ist achtstellig – er wird mit großer Wahrscheinlichkeit in einer Achterstruktur stecken, und davon finde ich nur eine in dem Text:

Bitte vergiss den Geburtstag deiner Mutter nicht wieder.
Ein sinnloser Satz mit acht Wörtern.

Korrektur: Ein nur für Paul auf den ersten Blick erkennbar sinnloser Satz NACH zwei auf den ersten Blick sinnhaften Sätzen.

Ich schreibe den unsinnigen Satz mit acht Wörtern groß unter den Text.

Bitte vergiss den Geburtstag deiner Mutter nicht wieder.

Ich bin mir ziemlich sicher, dass darin der Code versteckt ist. Code ist Struktur und die ist hier klar erkennbar. Der Brief hat vier Absätze:

1. Absatz: Information ich bin weg und der Hinweis auf Stanton, als Aufforderung nicht nachzufragen.

2. Absatz: Sinnloser Satz mit acht Satzgliedern, der Pauls Aufmerksamkeit wecken musste.

3. Absatz: Hier muss die Anleitung des Codes versteckt sein, denn im 4. Absatz ist, wie ich inzwischen weiß, eine klare Handlungsaufforderung zu finden: *Ich habe mir deine Sportuhr ausgeliehen.* Paul sollte in seine Uhrenschublade schauen, um dort den Schlüssel zu finden und den geheimen Raum zu betreten.

Jetzt verstehe ich auch, warum der Computer »Hallo Paul« gesagt hat. Paul sollte es als Aufforderung begreifen, den Computer zu entsperren.

Ich konzentriere mich auf den dritten Absatz.

Nimm einfach das Telefon und denk an unseren Spruch: 1-2-3, und schon ist es vorbei! Das schaffst du. Ich liebe, liebe, liebe dich, Clare

Als Erstes fällt mir die Wiederholung ins Auge: Dreimal liebe. Dann der Spruch 1-2-3. Eine Reihung. 1-2-3 ... Was habe ich damit gemeint? Dass der Code gleichmäßig und in gerader Reihe in dem Satz zu finden ist? Ich überfliege die Anzahl der Buchstaben und Anzahl der Silben und schüttle den Kopf. Beide sind nicht durch acht teilbar. Ich muss den Blick auf die Wörter richten.

»Bitte verifiziere dich«, schallt es erneut durch den Raum.

»Was glaubst du, dass wir in dem Computer finden? Wie wichtig ist es?«, frage ich Moira, die gerade wieder nervös auf die Uhr schielt.

»Den Grund für deine plötzliche Flucht. Du hast etwas entdeckt. Etwas, das viel größer ist als der Skandal um die illegalen Experimente. Etwas, womit wir Torenzo auf immer von Bonnie fernhalten können. Das waren deine Worte. Und dann warst du weg.«

Moiras Handy klingelt erneut. »Ja? … Wir kommen.« Sie steckt das Handy in die Tasche zurück. »Unten gibt es ein Problem. Du musst mich kurz runterbringen.«

64

»Lassen Sie mich gefälligst los!«

Ich erkenne die Stimme, noch bevor ich die opulente Gestalt vor dem großen Bild im Flur erspähe.

»Schätzchen«, ruft Angela und winkt mir aufgeregt zu. »Kannst du diesem *brute* sagen, dass er seine Schweinegrapscher von mir nehmen soll?« Dann werden ihre Augen groß. »Was zum … Was macht *sie* hier?« Ihr Finger zeigt anklagend auf Moira, als sei ihre Anwesenheit in der Wohnung Hochverrat.

»Und was machst *du* hier?«, schießt Moira zurück.

»Ich wollte sehen, ob es Clare gut geht. Immerhin ist sie *meine* Patientin.«

»Und *woher* wusstest du, dass sie zurück ist?«

»Intuition.«

Moira lacht gehässig. »*Korruption* ist das korrekte Wort, Angela. Was hast du dem Portier für die Information gezahlt?«

Beleidigt hebt Angela das Kinn und zieht eine Schnute. »Clare, wieso duldest du Moira in deiner Wohnung? Nach allem, was sie dir …«

»Können wir das Geplänkel bitte lassen? Unsere Zeit ist knapp.« Ich stelle mich vor Angela und sehe aus dem Augenwinkel, wie Moira demonstrativ auf ihre Uhr tippt. »Woher wusstest du, dass ich zurück bin?«

»Wusste ich nicht«, sagt Angela. »Der Portier hat mich darüber informiert, dass zwei fremde Männer in eurer Wohnung sind. Ich wollte nachsehen, was los ist.«

»Also doch: Du schmierst die Portier«, stellt Moira fest.

Angela greift theatralisch an ihr Herz. »Ich mache mir Sorgen um Clare.«

»Wirklich?«, frage ich spitz. »Um mich oder um dich selbst? Besser gesagt, um das Buch?«

Angelas Augen werden größer, sie tritt näher an mich heran und packt meinen Arm. »Erinnerst du dich?«, fragt sie aufgeregt. »Und? Was wird nun passieren? Bringen wir es raus?«

Ihre Reaktion verwirrt mich. Müsste sie nicht verlegen sein? Laut Moira sind Paul und ich gerichtlich gegen sie vorgegangen, um das Buch verbieten zu lassen.

»Bist du verrückt?«, schnappt Moira. »Du kennst den Gerichtsbeschluss.«

»Nein, bin ich nicht!«, faucht Angela. »Am Tag bevor Clare weg ist, hat sie mich angerufen und gesagt, dass es vielleicht doch eine Möglichkeit gibt, mein Buch rauszubringen, und dass sich das in den nächsten Tagen klären wird. Und dann verschwindet sie… »

Ich runzle die Stirn. »Das habe ich zu dir gesagt?«

»Glaubst du, ich würde sonst einen auf Stalker machen? Ich mache mir Sorgen um dich«, sagt sie mit einem vorwurfsvollen Seitenblick auf Moira. »Erst stellst du mir eine Hundertachtzig-Grad-Kehrtwende in Aussicht, dann verschwindest du, und ich erwische Moira und Paul in flagranti, Paul versucht, mich von dir fernzuhalten, und… Verstehst du denn nicht, Clare? Du hast deine Meinung geändert, und das hat Paul nicht gepasst! Du hast immer an Bonnies Gabe geglaubt! Nicht wie Paul, der Bonnie für einen Freak hält. Es ist ein Geschenk! Nicht eine Krankheit, die man verstecken muss.«

»Du irrst dich, Angela, Paul hält Bonnie nicht für einen Freak«, sage ich bestimmt. »Er hält Bonnie für ein Geschenk, und er tut alles, um sie vor den Leuten zu schützen, die mich töten wollten und beabsichtigen, aus ihr ein Wissenschaftsobjekt zu machen. Und jetzt möchte ich, dass du gehst und nicht mehr ungefragt hier auftauchst.«

65

Kaum fällt die Wohnungstür hinter Angela ins Schloss, spüre ich Moiras Hand auf meiner Schulter.

»Komm. Wir haben keine Zeit mehr, wir müssen endlich den Code knacken.« Ihr Handy klingelt erneut. »Ja? ... Maximal zehn Minuten. Ja, okay, ich warte auf Sie.« Sie blickt mich an. »Das war Huntingdon. Er ist auf dem Weg hierher. Er möchte genau wissen, was Paul dir erzählt hat und inwieweit er involviert war.« Unschlüssig blickt Moira auf die Uhr. »Geh allein hoch. Ich ruf dich an, wenn Huntingdon da ist. In zehn Minuten. Wenn du ihn dann nicht hast, brechen wir ab. Deine Sicherheit geht vor.«

Zurück in dem Raum gehe ich sofort zum Computer, in der Hand den Zettel mit meinen eigenen Sätzen. Ich lese sie mir erneut durch. Stolpere diesmal über die Aufforderung, dass er das Telefon in die Hand nehmen soll, und ziehe Pauls Handy hervor. Telefon. 1-2-3. Wiederholung. Also 1-2-3, 1-2-3, 1-2-3 ... Ich starre auf das Telefon, auf den Satz mit den acht Wörtern. Natürlich! Wie kann ich nur so blind sein! Der Code ist so einfach und klar!

Acht Wörter habe ich, acht Zeichen brauche ich. Also geht es nur darum, welche Buchstaben aus den acht Wörtern ich nehmen muss. 1-2-3: Buchstabe 3 eines Wortes. Wiederholung: Wiederhole dies bei jedem Wort.

Bitte vergiss den Geburtstag deiner Mutter nicht wieder.

Ich schreibe unter den Satz den jeweils dritten Buchstaben jedes Wortes: *t-r-n-b-i-t-c-e*.

Nun blicke ich auf das Wählfeld des Telefons. Jeder Zahl sind drei Zeichen zugeordnet. Ich schreibe zu jedem Buchstaben die jeweilige Zahl von der Wählscheibe.

t=8; r=7; n=6; b=2; i=4; t=8; c=2; e=3

Mein Code: 87624823

Schnurstracks gebe ich die Zahlenfolge ein. Sogleich verändert sich der Bildschirm, und ein Dokument erscheint. Ich halte den Atem an, während ich zu lesen beginne:

Liebster Paul, du hast den Code geknackt – ich wusste, du würdest die versteckte Nachricht erkennen!

Wenn du das liest, bin ich mit Bonnie hoffentlich an einem sicheren Ort. Dich so zu verlassen, zerreißt mir das Herz, doch ich sehe keine andere Lösung. Ich muss Bonnie wegbringen, bevor du das liest, und ich muss diese Information so schützen, dass sie nicht Torenzo in die Hände fällt, falls sie unsere Wohnung auf den Kopf stellen lässt.

Vorab: Bitte wende dich in dieser Sache ausschließlich an Moira. Sie ist (bis auf den Inhalt dieses Briefes) voll eingeweiht.

Nun endlich weiß ich, was mit unserer Tochter los ist.

Liebster, das ist auch der Grund, warum du diese Zeilen als Erster lesen sollst. Ich überlasse es dir, ob du die nachfolgenden Informationen an Moira weiterreichen möchtest oder nicht. Es wird unser Leben auf den Kopf stellen.

Aber nun zu den Fakten:

Bonnies leibliche Eltern, Serge und Magdalena Moreno, waren Teil eines illegalen Genversuchs. Man versprach ihnen ein sorgenfreies Leben und Wunderkinder, die ihnen später für ihren Wagemut danken würden. Das Genmaterial der Eltern wurde manipuliert, um bei den Kindern (ein Junge, zwei Mädchen) eine Verschiebung der Korrelation zwischen Bewusstsein und Unterbewusstsein und der damit einhergehenden Optimierung ihrer natürlichen Fähigkeiten zu generieren. Der

Junge, Samuel, entwickelte ein Supergehör, jedoch ohne die Fähigkeit, bei dem Gehörten zwischen relevanten und irrelevanten Informationen zu unterscheiden bzw. das Unwichtige auszublenden. Er hat jede Ameise, jedes Blatt, jedes Leitungssurren gehört, alles vermischte sich in seinem Kopf zu einer unerträglichen Kakofonie, die ihn verrückt werden ließ. Bei seiner Schwester Cecilia begann alles sehr vielversprechend – mit zwei Jahren konnte sie lesen und schreiben, mit vier beherrschte sie neun Sprachen in Wort und Schrift. Sie nahm Wissen in unfassbarer Geschwindigkeit auf, doch leider korrelierte der Gehirnwuchs nicht mit ihrem Kopfumfang, was zu permanenten Kopfschmerzen und regelmäßigen Blackouts und schließlich Schädigungen des Gehirns führte. Nach der Geburt des dritten Kindes entschlossen sich Serge und Magdalena zur Flucht. Was dann passiert ist, weißt du: Mit Ausnahme von Bonnie wurde die gesamte Familie ausgelöscht. Jetzt wissen wir, warum Bonnies Familie sterben musste und warum Bonnie überleben durfte: Der Versuch an ihren Geschwistern war gescheitert, bei Bonnie war noch Potenzial.

Bonnies Visionen sind das Ergebnis einer künstlich erzeugten Bewusstseinserweiterung, anders ausgedrückt: einer Aufhebung der natürlichen Begrenzung. Erinnerst du dich an Huntingdons Vergleich mit dem auf 50 km/h gedrosselten Ferrari? Ungefähr so musst du dir das vorstellen: Bonnie und ihre Geschwister sind Teil eines Versuchs, diese Drosselung aufzuheben.

Torenzo hat das von Anfang an gewusst. All die Tests und Messungen haben nie dazu gedient, herauszufinden, wie wir Bonnie helfen können. Es ging immer nur um das Projekt und wie Bonnies Fähigkeit verwertet werden kann. Torenzo hatte uns ab dem Zeitpunkt der Adoption unter Beobachtung, und es war kein Zufall, dass ich sie, als Bonnies Anfälle immer schlimmer wurden, auf einem Kongress kennengelernt habe.

Und nun kommt der nächste Hammer:

Hinter dem Genversuch steht der uns gut bekannte Pharmakonzern Pharkotex unter der Leitung deines Gönners Huntingdon.

Ich lese die Zeile noch einmal. Moira vertraut Huntingdon, und er ist auf dem Weg hierher! Ich muss sie warnen! Da schießt Hitze in mir hoch. Bonnie! Weiß Huntingdon von der sicheren Wohnung? Mit zittrigen Fingern wähle ich Moiras Nummer, lese gleichzeitig weiter.

Dass er das Hilfsprogramm deiner Klinik gesponsert hat und ihr ein freundschaftliches Verhältnis habt, liegt nur an seinem Interesse an unserer Tochter. Doppelt genialer Schachzug: Er hatte ein Auge auf sein Investitionsobjekt, und durch die enge Verbindung mit dir, inklusive der geflossenen Gelder an dein Hilfsprogramm und dem (wie ich jetzt weiß, mit Pharkotexgeldern gesponserten) geheimen Behandlungsraum in unserer Wohnung, wird es sehr schwer für uns, glaubhaft darzulegen, dass wir nicht in das Projekt eingeweiht waren.

Das Belegtzeichen tönt in mein Ohr. Ich wähle erneut, merke, dass meine Hände zittern, und lese hastig weiter.

Ich weiß genau, wie du dich jetzt fühlst, Liebster, aber bitte bleib ruhig: Wir müssen überlegt und bedächtig handeln, denn es geht hier vor allem um eines: Bonnie.

Wir müssen sie vor den Torenzos und Pharkotexes dieser Welt schützen. Ich sehe zwei Möglichkeiten.

1. Wir gehen an die Öffentlichkeit. Wir nutzen Angelas Buch, lassen sie es veröffentlichen, mit eindeutiger Offenlegung von Bonnies Identität, um erstes Interesse zu schüren, und legen dann die gesamten Hintergründe in den Medien offen, um die Behörden in Zugzwang zu setzen, sich Pharkotex, Huntingdon und Torenzo vorzunehmen. Ohne eine breite Medienöffentlichkeit befürchte ich, dass Huntingdon genug Macht besitzt, um eine Ermittlung im Sande verlaufen zu las-

sen. Ich denke, dann müssten wir in ein Zeugenschutzprogramm, denn Bonnie ist der wichtigste Beweis, und selbst dort wären wir wahrscheinlich nur bedingt sicher. Außerdem befürchte ich, dass man uns Bonnie wegnehmen könnte. Aber – wenn es erst einmal ausgestanden ist, sind wir den Rest unseres Lebens sicher.

2. Wir schweigen und tauchen komplett ab. Lassen alles hinter uns und beginnen unter neuer Identität ein Leben auf der anderen Seite der Welt. Allerdings wird Huntingdon nie aufhören, nach Bonnie zu suchen, und das bedeutet, wir werden ein Leben lang auf der Flucht sein.

Ich möchte die Entscheidung dir überlassen. Aus Sicherheitsgründen bringe ich Bonnie sofort aus der Schusslinie, ich glaube, Torenzo hat meine Schnüffelei mitbekommen, und ich kann nicht einschätzen, wie sie darauf reagieren wird – denk an Bonnies leibliche Eltern, wir haben es hier mit Leuten zu tun, denen ein Menschenleben nichts wert ist.

Sobald wir in Sicherheit sind, melde ich mich.

Die Beweise für den Genversuch, inklusive Memos, Berichte, Unterschriften der Verantwortlichen (auch von Huntingdon) findest du auf dem USB-Stick in dem Fotobilderrahmen. Ich habe alle Fotos mit mir gelöscht, um deine Aufmerksamkeit darauf zu lenken. Die Informationen sind versteckte Dateien, die in die auf dem Stick vorhandenen Fotos eingebaut sind. Du kannst sie nur mit einem Spezialprogramm auslesen. Das findest du in dem Griff von Bonnies Gartenharke auf der Dachterrasse.

Pharkotex wird uns jagen und verleumden, die Medien werden uns belagern, vielleicht auch zerreißen, die Staatsanwaltschaft wird untersuchen, ob das, was ich mit Bonnie in diesem Raum gemacht habe, rechtswidrig war.

»Hast du den Code geknackt?«, meldet sich Moira plötzlich am Telefon, und ich zucke zusammen.

»Weiß Huntingdon von der sicheren Wohnung?«, frage ich.

»Warum? Was …«

»Huntingdon gehört zu ihnen!«

»Fuck. Bist du sicher?« Ich höre die Panik in Moiras Stimme. »Ich hatte ihn eben noch in der Leitung. Er wollte wissen, nach was wir hier suchen.«

»Scheiße. Sag, weiß er von der sicheren Wohnung?«

Die Stille am anderen Ende ängstigt mich. »Er hat sie organisiert«, sagt Moira leise. »Verdammt. Ich kümmere mich darum. Ich warne Ken. Beeil dich, wir müssen hier raus sein, bevor Huntingdon auftaucht.«

»Ich komme runter.« Ich überfliege die letzten Zeilen.

Ich überlasse es dir, ob du in London bleibst und Pharkotex anzeigst und die Weichen so stellst, dass ich mit Bonnie eines Tages zurückkommen kann, ohne dass ihr Leben gefährdet ist, oder in London alles auflöst und uns folgst. Egal, wie du dich entscheidest, ich werde deine Entscheidung mittragen.

Ich liebe dich. Clare.

Mit fliegenden Fingern schalte ich den Computer aus. Dass Beech mich in Indonesien zu töten versucht hat, kann nur bedeuten, Pharkotex weiß, dass ich diese Informationen habe und bereit bin, sie an die Öffentlichkeit zu bringen. Und das bedeutet, Moira und ich stehen auf der Abschussliste von Pharkotex. Wir müssen sofort weg hier!

Ich laufe zum Lift, warte ungeduldig, dass die Tür sich endlich hinter mir schließt und wieder öffnet, und fliege förmlich durch das Behandlungszimmer in unseren Flur hinaus.

»Moi…« Der Name bleibt mir in der Kehle stecken. Entsetzt starre ich auf Moira. Sie liegt am Boden, eine rote Lache verdunkelt das helle Holz. Der blonde Bodyguard sitzt einen Meter weiter, den Oberkörper gegen die rot verschmierte Wand gestemmt, Kopf und Arme hängen leblos herab. Panisch sehe ich mich um. Wo ist der andere mit der Glatze?

Was ist passiert? Wieso habe ich nichts gehört? Vor zwei Minuten haben wir doch noch telefoniert! Ich knie mich neben Moira, spüre das Blut durch meine Hose sickern. Zitternd drehe ich sie um und fühle ihren Puls. Er ist schwach, aber er ist da. Moira öffnet schwerfällig die Augen.

»Hau ab, verdammt!«, lallt sie. »Zurück… in den… Raum!«

Ich nicke, nehme ihre Hand und presse sie auf die klaffende Wunde unter ihrer Schulter. »Bitte, halte durch! Ich hole Hilfe!«

Da poltern rasend schnelle Schritte durchs Wohnzimmer. Ich springe auf. Zu spät. Im Flur steht Beech, eine Waffe in der Hand, und zielt auf meinen Kopf.

»Guten Abend, Clare«, sagt er, und ein breites Grinsen erscheint auf seinem Gesicht. »Ich hatte gehofft, dass wir uns unter genau diesen Umständen wiedersehen. Bringen wir es diesmal zu Ende.«

66

Die Bilder kommen plötzlich und heftig, überschwemmen mich wie eine Flutwelle. Mein Leben, ein rasend schnell vorbeiziehender Film. Unzensiert und doch lückenhaft, als bestünde mein Leben aus einer Aneinanderreihung von unzensierten Videoschnappschüssen.

Meine Erinnerung kommt zurück, und Beech zielt mit einer Pistole auf mich. Ich müsste Todesangst haben und mich auf ihn konzentrieren, aber es geht nicht.

Meine Erinnerung kommt zurück, und ich kann mich der bunten Flutwelle nicht entziehen.

Ich als Kind, auf dem Schoß meiner Mutter, sie hat die gleichen Locken wie ich, nur sind ihre Haare dunkler, ihr Lachen ist herzlich und laut und ansteckend.

Ich mit Schultüte vor einer riesenhaften Torte, ich auf einem Pferd, mit wehendem Haar jage ich meinem Vater hinterher, unter den Hufen spritzt das Wasser hoch.

Ich sehe das Wasser klar vor mir, während ich Beech nur verschwommen im Hintergrund wahrnehme.

Ich mit meinen Eltern im Auto, meine Mutter und ich singen, ein Knall, Schwärze. Ich im Krankenhaus, überall Schläuche und betroffene Gesichter.

Wie aus Nebel taucht hinter Beech eine zweite Gestalt auf. Huntingdon? Sie geht an ihm vorbei, auf mich zu und vermischt sich mit den Bildern in meinem Kopf.

Das Heim, kichernde Mädchen, nur ich bin still und ernst.

Raphael? Was macht er in dem Heim? Nein, er gehört nicht zu den Bildern. Er ist real, sein Gesicht schiebt sich vor meines, seine Hand berührt mich an der Schulter. Doch ich kann auch auf ihn nicht reagieren, mein Kopf ist zu beschäftigt, all die Bilder zu empfangen.

Die Uni, im Hörsaal der blonde Junge, Paul, er sieht mich an, lächelt. Schief und verschmitzt, das schönste Lächeln der Welt.

»Clare!« Raphael schüttelt mich.

Paul und ich. Hand in Hand, Arm in Arm, seine Lippen auf meinen, immer wieder, Paul und ich, an der Uni, im Park, am Meer, die Füße im eiskalten Wasser, im Bett, beim Frühstück mit Croissants und Himbeermarmelade.

»Clare!« Wieder Raphael.

Da stößt Beech die Waffe in meine Rippen. »Los, geh.«

»Siehst du nicht, dass sie unter Schock steht?«, raunzt Raphael Beech an.

Der Rastplatz, das Auto, die Toten, Vater, Mutter, Tochter, Sohn, das wimmernde Baby. Bonnie.

Beech packt mich am Arm und schleift mich mit sich.

Bonnie. Still und anschmiegsam, auf meinem Bauch, meinem Arm, zwischen Paul und mir, auf dem Sofa, im Bett, das erste Lachen, das erste Wort, der erste Schritt, der erste Anfall.

»Sag ihr, sie soll den Lift öffnen.«

Raphael nimmt meine Hand und presst den Finger auf den Knopf. Die Tür geht auf, ein Stoß von der Seite, und ich stolpere in den Lift. Raphael drückt meinen Finger auf die Eins.

Der Kongress, Torenzo, Bonnie, Paul. Die Sorge, die Erleichterung, endlich Hilfe für Bonnie. Florenz, Raphael, Stanton, Bonnies Augen, Bonnies Lachen, Bonnies Arme um meinen Hals.

Der Lift saust hoch, die Tür öffnet sich.

Erneut ein Stoß in die Rippen. Dumpf fühle ich den Schmerz.

»Hallo Paul«, sagt die Computerstimme.

Beech reißt es herum. Er sieht sich suchend im Raum um,

die Waffe im Anschlag. Dann scheint er zu begreifen, dass es sich um eine Computerstimme handelt. Er richtet die Waffe wieder auf mich.

Bonnie in dem Raum, an dem Tisch, ihr Kopf über dem Papier, das Kratzen des Stiftes.

Ein Schlag. Mein Kopf schleudert nach rechts. Noch ein Schlag. Mein Kopf schleudert nach links.

»Hör auf, verflucht!« Raphael fällt Beech in den Arm und hält ihn davon ab, mich erneut zu schlagen. Und plötzlich verschwinden die Bilder, und ich weiß, wer ich bin.

Clare Brent ist nicht länger nur ein Name.

Clare Brent ist ein Mensch mit Prinzipien und Zielen und Wünschen und Ängsten und Gefühlen und siebenunddreißig Jahren Vergangenheit.

Clare Brent bin ich.

Mutter von Bonnie, Frau von Paul, Ärztin von Beruf. In dieser Reihenfolge.

»Log dich ein.« Beech schubst mich zum Computer.

Ich schüttele den Kopf. »Ich weiß den Code nicht.«

Beechs Augen werden schmal, er mustert mich. Dann hält er mir die Waffe an den Kopf. »Vielleicht hilft das deinem Gedächtnis auf die Sprünge.«

»Julian!« Raphaels Stimme hat einen warnenden Unterton. »Es reicht! Sie hat ihre Erinnerung verloren, die kommt nicht zurück, weil jemand mit einer verfickten Knarre vor ihrer Nase herumfuchtelt. So blöd kannst nicht einmal du sein.«

Beechs Waffe wandert von meinem Kopf zu Raphael. »Und was hält mich davon ab, dich gleich mit abzuknallen, Klugscheißer?«

»Das wagst du nicht.« Raphael schiebt sich zwischen Beech und mich. Er nimmt mein Gesicht in seine Hände, und in seinen Augen sehe ich Wut und Trauer.

Warum?, frage ich mich, als sich erneut Bilder vor mein inneres Auge schieben.

Raphael und ich.

Ich höre, wie Beech den Computer zertrümmert, ein Störgeräusch zu dem Stummfilm in meinem Kopf.

Florenz. Die Terrasse. Eine laue Frühlingsnacht. Eine Flasche Wein, er raucht, wir reden, lachen, seine Hand auf meinem Oberschenkel, sein Arm um meine Schulter, sein Gesicht nah an meinem, näher als jetzt, sein Mund sucht meinen, er küsst mich, schmeckt nach Zigaretten und Rotwein, ich zögere, gebe nach, lasse mich küssen, seine Hand wandert über meinen Schoß, weiter unter meine Bluse, streichelt meine Haut. Die Bilder verschwimmen, werden wieder klarer. *Ich rühre etwas in Raphaels Rotwein, er schläft ein. Ich durchsuche seinen Safe, fotografiere Unterlagen und verlasse die Wohnung.* Ich habe ihn beklaut. Ich habe die Informationen über das Genprojekt von Raphael gestohlen. Warum also schützt er mich? Ich sehe in Raphaels Augen, und ich begreife warum: Er liebt mich.

»Clare.« Raphaels Stimme ist sanft, als rede er mit einem Kind. Seine Hände halten noch immer mein Gesicht, seine Daumen streichen über die Hautpartie unter meinen Augen. Die Berührung ist zart wie eine Feder und feucht. Erst jetzt merke ich, dass ich weine und er meine Tränen wegstreicht. »Bitte. Ich kann dich und Bonnie retten.«

»Ha, das wüsste ich aber!«, tönt Beech hinter ihm.

»Halt's Maul, Beech,«, schnauzt Raphael ihn an, ohne den Blick von mir zu nehmen. »Du weißt wie immer gar nichts. Ruf Torenzo an oder Huntingdon. Warum glaubst du, dass ich dich begleite? Um dir beim Rumballern zuzusehen und meine Spuren sinnlos am Tatort zu hinterlassen?«

Seine Finger streichen weiter über meine Wangen.

»Bitte, *cara*. Wenn schon nicht um deinetwillen, denk an

Bonnie. Komm zurück nach Florenz. Du wirst Pharkotex nie in die Knie zwingen können. Ist nicht schon genug Blut geflossen?«

Blut… Ich erstarre, denke an Moira. An Paul. Bete, dass sie beide noch leben, dass Moira es irgendwie schafft, Hilfe zu holen.

Raphael presst seine Lippen auf mein Haar. »Ich passe auf euch auf«, flüstert er. »Ich verspreche es dir. Ich passe auf, dass Bonnie nie wieder etwas verabreicht bekommt, das ihr schadet. Bitte. Es ist die einzige Chance, wie ihr den heutigen Tag überlebt. Du musst nur Ja sagen. Dann schicke ich Beech nach Hause.« Er küsst erneut mein Haar. »Denk an Bonnie, *cara.*« Dann lässt sein Griff nach, er schiebt mich von sich und sieht mich abwartend an.

Mein Kopf ist im Chaos. Ja, ruft eine Stimme, sag Ja! Was zögerst du noch? Rette dich! Rette Bonnie! Besser ein Leben in Gefangenschaft als gar keines! Eine andere Stimme schreit dagegen an. Nein! Sie werden Bonnie langsam, aber sicher zugrunde richten und euch dann töten. Du wirst ein Leben hinter vergitterten Fenstern fristen, Bonnie wird zum Versuchskaninchen, sie werden machen, was sie wollen, sobald sie wieder im Institut ist. Lieber ein Ende mit Schrecken als ein Schrecken ohne Ende.

»Was jetzt?«, grätscht Beech dazwischen. »Kommt wohl nicht so an dein Gesäusel«, sagt er spöttisch zu Raphael und zieht mich am Arm.

Ich muss etwas sagen, doch was? Auf welche Stimme soll ich hören?

Beech schleift mich zu dem Stahlschrank, nimmt meine Hand und presst den Daumen auf den Fingerabdruckscanner. Ich lasse es widerstandslos geschehen – der Schrank wird sich nicht öffnen, ich habe meinen Fingerabdruck aus dem System gelöscht, nachdem ich den Computer mit dem neuen Passwort geschützt und darauf programmiert hatte, »Hallo Paul« zu sagen, sobald die Lifttür sich öffnet. Er nimmt die Waffe, zielt und feuert ab. Anstelle des Knalls ertönt ein Plopp. Ein Schalldämpfer. Scheiße! Deshalb also habe ich, hat niemand im Haus das Massaker in der Wohnung mitbekommen. Und das heißt: Niemand wird Hilfe holen!

Beech schießt erneut. Die Schranktür springt auf. Ich warte darauf, dass der ganze Schrank sich bewegt, dass der Schuss den Türmechanismus des Notausgangs auslöst, doch der Schrank bewegt sich nicht.

»Geht doch«, sagt Beech zufrieden und bläst den Rauch der Waffe weg, als wäre er ein Westernheld. Er öffnet die Schranktür ganz und lässt ein Grunzen hören. »Galazzi, komm her. Sind das die Unterlagen?«

Raphael löst sich aus der Starre, in die er verfallen war, als Beech mich zum Schrank geschleift hat. Sein Schritt ist schleppend. Ich spähe in den Schrank, obschon ich genau weiß, was sich darin befindet. Berichte über Bonnies Messergebnisse, Blutwerte, Tagesverfassungen. Vier Ordner und zehn Berichtshefte. Spielsachen, eine Decke, ein Kuschelkissen, Stifte und Zeichenblöcke, ein CD-Player und ein Dutzend Hör-CDs.

Raphael greift in den Schrank, nimmt die Ordner und Berichtshefte heraus und blättert sie durch. Nickt.

»Dann mach los. Wir haben nicht ewig Zeit.« Beech hält die Waffe auf mich gerichtet, während Raphael einen Ordner nach dem anderen auf den Boden leert und die Blätter auf einen Haufen schiebt.

Beech langt mit der freien Hand in seine Jackentasche und holt einen metallischen Flakon heraus. Er reicht ihn Raphael und macht eine kurze Kopfbewegung Richtung Papierhaufen.

Ich beobachte die Szene, als wäre ich Zuschauer in einem absurden Theater. Die Unterlagen zu vernichten macht keinen Sinn. Nichts darin weist auf Torenzo hin. Und schon gar nicht auf Pharkotex, schon allein deshalb, weil ich bis kurz vor meiner Flucht nicht einmal wusste, dass Pharkotex hinter Torenzo steht. In den Berichten und Ordnern befinden sich nur Messwerte und Analysen und Diagnosen und Theorien – nichts Ungewöhnliches, schließlich waren Bonnies Anfälle dokumentiert. Wenn ein Arzt die Berichte vor Gericht erklären müsste, würde er auf Bonnies Anfälle verweisen und die Messungen als regelmäßige Überwachung ihres Gesundheitszustandes erläutern. Er würde ab und an über Unregelmäßigkeiten stolpern, diesen aber keine weitere Bedeutung zumessen.

Raphael öffnet den Flakon und zögert. »Denk nicht mal daran«, zischt Beech und zielt mit der Waffe auf Raphael. »So schnell bist du nicht.«

Raphael lächelt, leert den Flakon über die Papiere und tritt zurück. Es zischt und qualmt, die Säure frisst sich durch das Papier und hinterlässt einen Haufen unlesbarer, wie von Monstermotten zerfressene Blätter. Unsere Blicke kreuzen sich, und ich erkenne die stumme Bitte darin. *Siehst du? Ich bin auf deiner Seite. Ich lasse Beech glauben, dass dies die Unterlagen sind, die du mir in Florenz geklaut hast. Ich bin dir nicht böse. Komm mit mir mit. Lass uns gemeinsam einen Weg finden. Lass uns gemeinsam vor Pharkotex fliehen.*

Ich nicke ihm unmerklich zu. Er hat recht. Heute überleben. Heute Bonnie retten. Was morgen sein wird, werde ich morgen entscheiden. Auf seinem Gesicht erscheint ein Lächeln, seine Lippen formen ein stummes *Danke*. Er verschließt den Flakon und bringt ihn Beech.

»Ich komme mit«, stoße ich hervor, mein Mund ist trocken, meine Stimme so leise, dass Beech mich nicht zu hören scheint, denn er zeigt keine Reaktion.

»Ich komme mit«, wiederhole ich, diesmal mit klarer Stimme.

Raphael geht auf mich zu. Er strahlt Erleichterung und

Freude über meine Entscheidung aus. Sein Gesicht, seine Körperhaltung, die plötzlich gerade und aufrecht ist, sein Schritt, der mit einem Mal leicht und federnd wirkt.

»Nimm endlich die Knarre runter, Beech, hast du nicht gehört, was sie gesagt hat?«

»Laut und deutlich«, sagt Beech und richtet die Waffe auf mein Herz. »Aber meine Befehle lauten nun einmal anders, Romeo. Warum glaubst du, hat der Chef zugestimmt, sie nach Florenz zu bringen? Weil du so lieb *Bitte* gesagt hast?« Er lacht. »Träum weiter, Galazzi, der Befehl war von Anfang an: Exitus, sobald die Unterlagen gesichert sind.«

Ich sehe in den Lauf und höre das Klick, als er die Waffe entsichert, und warte auf den zum Plopp gedämpften Knall, der mir ein Loch in die Brust reißen wird. Ich schließe die Augen und sehe Paul und Bonnie vor mir. In der Eisdiele, ein riesiger Becher vor ihnen, die Köpfe zusammengesteckt, die Gesichter so entspannt und glücklich, als bestünde die Welt nur aus Eiscreme und Schokosplittern.

Der Schlag gegen meine Brust wirft mich zu Boden.

67

Ich höre Beech fluchen.

Ich höre mich röcheln.

Ich spüre Raphael auf mir.

Sein Gesicht Millimeter über meinem. Aus seinem Mundwinkel rinnt Blut. Er sieht mich an, flüstert: »Mach sie fertig, *carissima.*«

Dann brechen seine Augen, und sein Kopf sackt neben meinem zu Boden.

Er ist tot!, brüllt es in mir. Er ist für dich gestorben!. Aber warum? Die nächste Kugel wird mich ohnehin treffen. Mein ganzer Körper zittert, ich ringe um Atem und beginne zu erahnen, wie groß Raphaels Liebe gewesen sein muss, um sich zwischen mich und die tödliche Kugel zu werfen.

»So ein Idiot!« Mit zwei Sätzen ist Beech bei uns. Er zerrt Raphael von mir und dreht ihn um. Mit gerunzelter Stirn legt er zwei Finger an Raphaels Halsschlagader, steht auf und tritt mit dem Fuß in seine Seite.

Ich raffe mich hoch, noch immer schwer atmend, beuge mich über Raphael und schließe seine Augen.

»Wie süß«, höhnt Beech hinter mir. »Romeo und Julia, sag ich's doch. Wenn das nicht eine gekonnte Adaption des Allzeitklassikers ist…«

Ich drehe mich zu ihm, noch immer auf den Knien. Vor meinen Augen flimmert es, der Schlag gegen die Brust und der Aufprall am Boden machen mir zu schaffen.

»Wer sind Sie?«, frage ich, um Luft ringend. »Wer zum Teufel sind Sie?«

Beech geht zu dem sich zersetzenden Papierhaufen und verteilt die Papierreste mit der Stiefelspitze über den Fußboden.

»Der Mann fürs Grobe. Der Mann, der dafür sorgt, dass keine Spuren bleiben. Der Ausputzer.« Er reibt Daumen und Finger gegeneinander. »Nur besser bezahlt als der normale Putzmann.«

»Putzmann?«, stoße ich hervor. »Drei Leichen, Blut, Dreck … Das nennen Sie keine Spuren hinterlassen?«

»Fünf Leichen, meine Liebe, fünf, sobald die Glatze mir das Mädchen bringt.«

Bonnie! Ihr Name trifft mich wie ein Faustschlag. Die Glatze bringt ihm Bonnie? Ich sehe den glatzköpfigen Leibwächter vor mir. Deshalb also hat er nicht unten bei den anderen im Flur gelegen. Er hat den Weg für Beech freigemacht. Wir haben nie ein Zeitfenster gehabt, um die Wohnung unbeschadet zu verlassen, wir waren bereits beim Betreten zum Tode verurteilt gewesen.

Adrenalin schießt in meine Blutbahn und verdrängt die immer größer werdende Panik.

Ich muss jetzt einen klaren Kopf behalten – Bonnie darf nicht allein Beech ausgeliefert sein. Ich muss es schaffen, am Leben zu bleiben, bis der Leibwächter sie herbringt. Wenn ich Bonnie schon nicht retten kann, möchte ich ihr wenigstens die Angst nehmen. Ich möchte sie im Arm halten und ihr das Gefühl von Liebe und Geborgenheit geben, wenn Beech abdrückt.

Ich muss ihn hinhalten.

Aber wie? Er hat nur ein Interesse: uns zu vernichten. Meine Gedanken überschlagen sich. Ich muss ihn zum Reden bringen. Beech ist ein Profimörder. Ein Narzisst? Ohne Empathie, aber er will Bewunderung für seine Arbeit, über die er mit niemandem reden kann, außer mit … seinen Opfern!

»Noch mehr Spuren«, greife ich seine Rede auf, meine Stimme wird mit jedem Wort fester.

»Falsch«, sagt Beech und zertritt die Papierfetzen. »Keine Spuren, sondern ein perfekt inszenierter Tatort.«

Ich beobachte ihn. Linse zum Lift. Schaffe ich es, vor ihm dort zu sein? Wird die Lifttür sich schließen, bevor er seine Hand dazwischenschiebt?

Ich erhebe mich zentimeterweise, doch sogleich richtet er seine Waffe auf mich.

»Ts, ts. Schön unten bleiben. Besser hätte ich es nicht arrangieren können: Eifersuchtsdrama. Ehemann erschießt Liebhaber und seine Frau, nachdem sie seine illegale Forschungsarbeit zerstört haben.«

Ehemann? Heißt das... Paul lebt? Mein Herz beginnt schneller zu schlagen. Wo ist er? Hält Beech ihn gefangen?

»Soll das ein Witz sein?«, rufe ich. »Wer wird schon glauben, dass ausgerechnet Paul allein zuerst einen Leibwächter, dann Moira, Raphael und dann auch noch mich zur Strecke bringt?«

Beech hält mit dem Zertrampeln inne und lächelt mich siegesgewiss an. »Weil...«, sagt er und blickt auf die Pistole in seiner Hand, »wenn ich fertig bin, ausschließlich die Fingerabdrücke des betrogenen Ehemanns auf der Waffe hier sind.«

Ein Hoffnungsschimmer strahlt in mir auf. Um Pauls Fingerabdrücke auf die Waffe zu bekommen, muss Paul hier sein. Aber wo? Hält Beech ihn etwa hier im Haus gefangen?

»Und wie«, frage ich gedehnt, »sollen Pauls Fingerabdrücke auf die Waffe kommen? Er ist nicht hier.«

»Das ist auch nicht nötig. Die ganze Wohnung ist voll mit Fingerabdrücken, die ich auf die Waffe übertragen kann. Einfachste Sache der Welt.« Er lässt die Waffe sinken. »Jedenfalls für einen Profi.«

Der feine Hoffnungsstrahl erlischt so abrupt, als hätte Beech einen Eimer Wasser darauf gekippt. Dann ist Paul also nicht hier. Dann ist es nicht einmal gewiss, ob er überhaupt noch lebt. Das ist auch nicht nötig für Beechs Inszenierung. Flüchtiger Ehemann, dessen Leiche nach einem Jahrzehnt in einem feuchten Grab entdeckt wird...

»Die Polizei wird das nicht glauben. Sie werden feststellen, dass die Fingerabdrücke gefälscht sind«, versuche ich ihn zu verunsichern.

Beech holt ein flaches Päckchen aus der Hose, reißt es auf und zieht ein Tuch heraus. Sorgfältig wischt er über den Schrankgriff. »Natürlich wird sie das glauben, allein, weil die Szene es glaubhaft macht. Genau wie damals.« Er geht zu dem Computertisch und vernichtet seine Spuren. »Als ich die Morenos ausgeputzt habe. Schöne Inszenierung. Ein aus dem Ruder gelaufener Raub. Etwas Crack am Tatort, ein paar Fasern aus dem Haus eines Drogensüchtigen. Etwas fremdes Blut. Und schon waren Serge Moreno und seine Familie Opfer eines durchgeknallten Crackbhängigen.« Er tippt sich an die schiefe Nase. »Mein Blut. Dieser Scheißkerl war stärker, als ich dachte. Genutzt hat es ihm nichts.«

»Sie haben Bonnies Familie getötet?« Ich verfolge seine akribischen Putzbewegungen und hoffe, dass er mich einen Moment aus den Augen lässt.

»Er war genauso verblendet wie du und diese Moira Blue. Dachte, er kann Pharkotex bloßstellen. Der Presse vom Leid seiner Kinder vorjammern.« Er schüttelt den Kopf. »Was geht nur in euren Köpfen vor? Noch dazu in einem so hübschen Kopf wie dem von deiner blonden Freundin? Wirklich schade, dass ich mich nicht noch näher mit ihr unterhalten konnte, bevor ich ihr die Lichter ausgeblasen habe.« Er grinst anzüglich und macht eine rhythmische Bewegung mit seinem Becken.

Eine ohnmächtige Wut steigt in mir hoch. Ich möchte mich auf ihn stürzen, ihm die Augen auskratzen, in seine Eier treten, ihn vor Schmerz winseln hören, ihn gekrümmt am Boden liegen sehen. Er scheint meine Wut zu spüren, steckt das Putztuch ein und kommt mit erhobener Waffe zu mir.

»Genug gequasselt. Ich habe heute Abend noch etwas vor.« Er entsichert die Waffe.

»Warum Bonnie?«, rufe ich. »Tot ist sie für Pharkotex doch nichts wert!«

Er hält inne, lässt die Waffe ein paar Zentimeter sinken. »Sie ist ein zu großes Sicherheitsrisiko. Schon damals hätte sie sterben sollen.« Er lacht. »Wie heißt es so schön: Aufgeschoben ist nicht aufgehoben!«

Wieder hebt er die Waffe an. Hinter ihm sehe ich, wie der Stahlschrank sich bewegt.

»Halt!«, kreische ich, und mein Puls überschlägt sich. »Und wie kommen Sie hier raus ohne mich? Der Lift reagiert nur auf meinen Fingerabdruck! Wie passt das in Ihre Inszenierung, wenn Sie meine Leiche durch den Raum und in den Fahrstuhl schleifen müssen?«

Verdutzt lässt Beech die Waffe erneut sinken. Daran hat er offenbar nicht gedacht. Hinter ihm gleitet der Stahlschrank zur Seite. Das leise Schleifgeräusch lässt Beech herumfahren. Ich springe auf. In der offenen Tür des Notausgangs steht Paul.

»Werfen Sie die Waffe weg, Beech«, brüllt er und macht mit gezogener Waffe einen Satz in den Raum hinein. Ich sehe, wie sein Arm zittert, als er auf Beech zielt.

»Paul!«, sagt Beech, und seine Stimme klingt mehr amüsiert als erschreckt. »Das ist ja nett, dass Sie uns besuchen kommen. Das erspart mir eine Menge Arbeit.«

»Werfen Sie die Waffe weg«, wiederholt Paul und kommt zwei Schritte näher.

Beech lacht auf. »Was? Halten Sie mich für so blöd wie die Frau in Florenz? Ich lasse mich doch nicht von dem Spielzeug da beeindrucken ... Die *echten* gibt's nicht am Flughafenkiosk. Ein Profi weiß das.«

»Stimmt«, sagt Paul und drückt ab.

68

Der Knall ist das schönste Geräusch, das ich je gehört habe.

Ein Knall, so laut, dass meine Ohren klingeln.

Ein Knall.

Kein Plopp.

Beechs Beine knicken ein, seine Waffe fällt, landet klackernd auf den Fliesen. Er sinkt zu Boden, erst auf die Knie, dann kippt er zur Seite um.

Paul hechtet zu ihm, kickt Beechs Waffe außer Reichweite, bevor er sie an sich nimmt. Dann ist er bei mir, reißt mich in seine Arme und presst mich an sich. Das Metall der Pistolen drückt schmerzhaft in meine Rippen, doch es stört mich nicht. Ich schlinge meine Arme um seinen Hals und halte mich an ihm fest, und erst dann begreife ich: Beech ist ausgeschaltet, Paul und ich sind in Sicherheit – zumindest für den Moment.

Ich löse meine Arme von seinem Hals.

»Wo ist Bonnie?« Hektisch dreht er seinen Kopf.

»In einer sicheren Wohnung, aber Beech hat jemanden geschickt, um sie zu holen.«

Paul wird kreidebleich. »Sie ist allein?«

»Mit einem Leibwächter, Moira wollte ihn warnen, aber … ich weiß nicht ob …«

»Wo?«, unterbricht er mich.

»Occam Road South.«

»Los!« Er packt meine Hand und zieht mich zum Notausgang über die Dachterrasse.

Ich zeige auf den Lift. »Moira … Sie verblutet. Sie ist unsere Freundin, ich weiß es wieder. Meine Erinnerung ist zurück.«

»Der Portier ist bei ihr.«

Paul steuert unser Auto am Londoner Abendverkehr vorbei und rast durch die engen, an beiden Seiten zugeparkten Seitenstraßen. Ich halte mich am Griff fest, wünsche, Paul könnte noch schneller fahren.

Bonnie lebt, und es geht ihr gut.

»Weißt du die Nummer des Hauses?«

»Ich erkenne es. Das Haus gegenüber hat ein Graffiti mit einem Union-Jack-Muster. Eine Erdgeschosswohnung.«

Ein Zeichen blinkt im Display auf.

»Du hast mein Handy?«, fragt er.

Ich nicke.

»Wal-ker an-ru-fen«, sagt er überdeutlich, eine Telefonnummer erscheint im Display, und das Freizeichen tutet durch den Innenraum.

»Walker?«

»Brent«, sagt er knapp. »Unsere Tochter befindet sich sehr wahrscheinlich in großer Gefahr. Sie ist oder war bis vor Kurzem in einem Haus in der Occam Road South gegenüber von einem Union-Jack-Graffiti. Eine Erdgeschosswohnung. Es kann sein, dass sie gerade von dort weggebracht wird. Dann ist das wahrscheinlichste Ziel unsere Wohnung in Chelsea.«

»Wo sind Sie, Mr. Brent?«

»Auf dem Weg in die Occam Road South.«

Stille. Murmeln, als hielte Walker die Hand über den Hörer, während er mit jemandem redet.

»Ich möchte, dass Sie umgehend aufs Polizeirevier kommen. Ein Streifenwagen in der Nähe der Occam Road South wird sofort zu dem Haus fahren. Können Sie mir erklären, was in Ihrer Wohnung passiert ist?«

»Ein Mann Namens Julian Beech hat Moira Blue und den blonden Mann erschossen«, melde ich mich zu Wort.

»Ist das Mrs. Brent?«, fragt Walker.

»Ja«, bestätige ich. »Hinter der Dachterrasse gibt es einen versteckten Raum, dort liegt ein weiterer Toter, Dr. Raphael Galazzi und …« Meine Stimme wird hart. »Beech ist dort. Er ist angeschossen. Ich weiß nicht, ob er noch lebt.«

»Ein versteckter Raum?«

»Lassen Sie sich vom Portier in den Wintergarten der Wohnung führen, von dort gelangen Sie hinein«, sagt Paul.

»Falls Beech lebt«, rufe ich, »glauben Sie ihm nichts! Meine Erinnerung ist zurück. Er ist ein Profikiller. Er hat versucht, mich umzubringen, und wollte das Massaker als Amoklauf meines Mannes hinstellen!«

»Fahren Sie zum Polizeirevier«, sagt Walker erneut. »Dort nehmen wir Ihre Aussage auf. Ich möchte nicht, dass Sie zur Occam Road South fahren, haben Sie gehört? Ich habe genug Leichen für einen Abend.«

»Verstanden«, sagt Paul und legt auf.

Ich sehe ihn entgeistert an. Er will umdrehen? Doch er macht keinerlei Anstalten, die Fahrtrichtung zu ändern. Er lauscht den Ansagen des Navigationssystems, wählt anstelle der Ringstraßen die Umgehungen, riskiert waghalsige Überholmanöver, wann immer sich die kleinste Gelegenheit bietet, und prescht mehrmals über Ampeln, als sie bereits auf Rot umgeschaltet haben – und noch immer geht es viel zu langsam voran. Ich halte die Ungewissheit kaum aus, ich muss wissen, wie es Bonnie geht.

»Was ist passiert?«, fragt Paul schließlich, und ich bin dankbar für die Frage, die mich aus meiner Angststarre holt.

In kurzen Sätzen erläutere ich die Situation, erzähle ihm von Huntingdon und Pharkotex, von Bonnies Familie und der Ursache ihrer Gabe.

»Scheiße.« Paul rast über eine weitere rote Ampel, nur knapp entgehen wir einem Zusammenstoß. »Ich bin so ein Idiot. Ich bin auf beide reingefallen, Huntingdon und Beech.«

»Und ich bin auf Torenzo und Raphael reingefallen ... Aber, was ist mit dir? Wie bist du so schnell hierhergekommen? Wie bist du Beech und Raphael in Florenz entkommen? Ich hatte Angst um dich.«

Er berührt meinen Arm. »Da gab es nicht viel zu entkommen. Als du rückwärts losgeprescht bist, habe ich versucht, Raphael so lange wie möglich aufzuhalten, aber als Beech aufgegeben hat, dir nachzujagen, war der Kampf vorbei, gegen beide hatte ich keine Chance.« Das Auto rumpelt über eine holprige Pflasterstraße. »Sie haben mich einfach auf der Straße liegen lassen und sind dir nachgejagt. Und ich bin vorne am Platz ins Taxi gestiegen und direkt zum Flughafen. Mit dem Flieger nach Paris und von dort mit dem Eurostar. Das ging in etwa genauso schnell, als wenn ich auf den nächsten Direktflug gewartet hätte.«

Er biegt ab. Ich erkenne die Straße sofort. Occam Road South. Das Haus mit dem Union-Jack-Graffiti. Davor ein Polizeiwagen. Sofort schießt die Angst wieder in mir hoch – was, wenn wir zu spät sind?

Kaum steht das Auto, springen wir beide hinaus und hetzen zum Eingang. Im Haus muss ich mich kurz orientieren. Die Türen, die von dem trostlosen Flur abgehen, sind alle gleich. Ich zähle, dann laufe ich zur dritten Wohnung auf der linken Seite.

»Hier.«

Die Tür ist angelehnt, am Schloss sieht man deutlich die Spuren des gewaltsamen Öffnens. Wir treten ein. Schon nähern sich Schritte, und Paul schiebt sich vor mich.

Ein Polizeibeamter baut sich vor uns auf. »Gehen Sie bitte zurück, Sir.«

»Bonnie«, rufe ich und dränge mich an Paul und dem Polizist vorbei, doch er hält mich fest.

Ich versuche, mich loszureißen. »Meine Tochter ist hier, lassen Sie mich los!«

»Tut mir leid«, sagt er und hält mich weiter fest. »Wir sind zu spät gekommen.«

69

Die Wohnung ist verlassen.

Blitzschnell erfasse ich den Hauptraum – keine Kampfspuren, die Toastecken und Kekse von Moiras liebevoll angerichteter Teetafel stehen genauso auf dem Tisch, wie wir ihn verlassen haben. Einzig auf dem Couchtisch liegen nun Memorykarten, die zuvor dort nicht waren.

Paul kommt mit dem Polizisten, Police Constable David, in den Wohnraum zurück. »Es läuft eine Großfahndung nach Bonnie und dem glatzköpfigen Leibwächter. Weißt du, welches Auto er fährt?«

»Nein, aber Ken war bei ihr.«

»Ken?«, fragt David.

»Auch ein Leibwächter. Groß, kräftig, kurze, dunkle Haare, ein Spinnentattoo auf der Hand.« Ich zeige auf den Couchtisch. »Sie haben Memory gespielt.«

Der Police Constable macht sich Notizen und eilt davon.

»Weißt du mehr über diesen Ken?«, fragt Paul. »Ist er vertrauenswürdig?«

»Ich weiß es nicht. Er schien … nett zu sein.«

»Das war Beech auch«, sagt Paul düster.

»Bonnie hat ihm vertraut.« Mein Blick verweilt auf dem Couchtisch. Den Karten. So würde Bonnie niemals Memory spielen!

»Es gibt keine Kampfspuren in der Wohnung«, sagt Paul leise. »Entweder Ken ist auf Beechs Lohnliste, oder der Glatzkopf hat sie mit Waffengewalt von hier weggebracht.«

Ich beuge mich über den Tisch und betrachte die Karten

näher. In der Regel wird Memory als Quadrat aufgelegt, hier sind die Karten zu einem auffällig schmalen, länglichen Rechteck gelegt. Und noch etwas ist ungewöhnlich: Bei Memory müssen alle Karten zugedeckt am Tisch liegen, maximal zwei werden gleichzeitig aufgedeckt. Aber hier sind zwei Karten aufgedeckt, dann eine Karte zugedeckt und wieder sieben in einer Reihe aufgedeckt. Was hat das zu bedeuten? In meinem Kopf rattert es. Ken liebt Rätsel, er war während Moira und meiner Unterredung in ein Rätselheft vertieft gewesen. Er jongliert also mit Zahlen und Worten. Und Moira hat ihn als den besten Memoryspieler Nordlondons bezeichnet. Kann es sein, dass er eine Nachricht für mich hinterlassen hat, da ich als geübte Memoryspielerin sofort wissen würde, dass das Spiel falsch aufliegt?

Aufmerksam studiere ich die Bilder. Ein Memory zum Lesenlernen. Neben dem Bild steht jeweils der Anfangsbuchstabe des abgebildeten Objekts. B für *Biene*, E für *Elefant* …

Ken hat ein Wort gelegt! Ich füge die Anfangsbuchstaben der offenen Karten zu einem Wort zusammen: BE_LEWIS_ST

Lewis Street! Aber für was steht BE? Eigentlich müsste vor dem Staßennamen die Hausnummer sein. BE … Ich rufe mir die Tastatur des Telefons vor Augen. B liegt auf der 2 und E auf der 3 … 23, Lewis Street!

Trotz PC Davids Protest folgen wir seinem Streifenwagen zur Lewis Street. Je tiefer wir uns in das Viertel hineinwagen, desto klarer wird, was der Polizeibeamte mit »übler Gegend« gemeint hat.

Die Wohnblöcke sind trostlos. Jedes dritte Ladengeschäft hat dichtgemacht, manche mit eingeschlagenen Fenstern, andere geschützt von mit Schmierereien bedeckten Bretterverschlägen.

Kaum Grün oder Spielplätze.

Wir biegen in die Lewis Street ein und halten hinter dem Streifenwagen vor der Nummer 23.

Paul und ich laufen zum Eingang, während PC David noch in seinem Streifenwagen telefoniert.

Mindestens hundert Namensschilder sind auf der Klingeltafel vor uns. Wie sollen wir herausfinden, wo Bonnie sein könnte? Ich laufe zurück auf die Straße und blicke auf die zahllosen Fenster und Balkone.

»Ken!«, brülle ich. »Bonnie! Ken!« Gebannt schaue ich in die Fenster – ich sehe neugierige Gesichter. Aber ist Ken dabei? Ich laufe zum Eingang zurück, ignoriere PC Davids hektisches Winken. Ich kann mir vorstellen, was er will: Wir sollen warten, bis Verstärkung kommt, doch das werde ich nicht. Ich werde klingeln. An jeder verdammten Wohnung. Ich presse meinen Finger auf den ersten Klingelknopf, als ein Surren ertönt, und Kens Stimme raunt: »Vierter Stock.«

Ich drücke die Tür auf und sprinte die Treppe hoch. Das Treppenhaus stinkt, die Wände sind beschmiert und schmutzig.

Im vierten Stock halte ich atemlos inne, hinter mir poltert Paul die Stufen hoch. »Clare! Warte!«

Ich sehe mich um. Zehn Wohnungstüren, alle grau.

Da öffnet sich eine Tür, Ken tritt heraus, eine Waffe im Anschlag. Er blickt nach links, nach rechts, und winkt uns zu sich.

Kaum betreten wir die Wohnung, höre ich, wie Ken die Tür hinter uns abschließt.

Da rennt Bonnie auch schon auf mich zu. »Mummy! Daddy!«

Ich drücke sie an mich, Tränen schießen mir aus den Augen, und ich bekomme keinen Ton heraus. Als ich Bonnie in Florenz endlich in die Arme schließen konnte, waren die Gefühle bereits überwältigend gewesen, doch es war nichts im

Vergleich zu jetzt. Ich bin dankbar, bis in die letzte Faser meines Körpers.

Neben mir geht Paul in die Knie und legt seine Arme um Bonnie und mich, auch er sagt kein Wort, presst nur seine Stirn gegen meine und Bonnies. Ich schätze, wir verharren mindestens zwei oder drei Minuten reglos in dieser Position, dann lässt Paul uns los und geht zu Ken. Er streckt ihm die Hand hin. »Ich weiß nicht, wie ich Ihnen danken soll.«

»Schon gut«, sagt Ken und zieht verlegen seine Hand zurück. »Das ist mein Job. Was ist mit Moira?«

»Beech hat sie angeschossen …«, beginne ich.

»Dieses verdammte Schwein!« Ken schlägt mit der Faust in die Handfläche. »Wir werden sie bewachen müssen. Wenn Huntingdon in die Sache verwickelt ist, können Sie niemandem mehr trauen.«

»Wir haben keine andere Wahl«, sagt Paul. »Ohne die Polizei haben wir keine Chance. Sie sehen doch, wo unsere Alleingänge hingeführt haben.«

70

Er glaubt uns nicht.

Er erkenne es an Walkers wässrig blauen Augen und an seinen zusammengepressten Lippen. Und ich kann es ihm nicht einmal verübeln. Die Geschichte klingt für einen Außenstehenden hanebüchen, um nicht zu sagen, völlig verrückt. Ein Mädchen, das sich die Erinnerungen Fremder aneignen kann. Ein festungsähnlich gesichertes Institut in Florenz, ein Pharmakonzern, der illegale Genversuche durchführt und einen Ausputzer seine Drecksarbeit verrichten lässt, ein von der Queen wegen herausragender Verdienste zum Sir geadelter Konzernchef, der einen Supermenschen erschaffen möchte, und ein verliebter Wissenschaftler, der sein Leben für mich geopfert hat.

Mein Blick wandert zum gefühlt hundertsten Mal durch das Glasfenster in das Nebenbüro und verweilt auf Bonnie. Noch immer ist ihr Kopf über ihre Zeichnung gebeugt, die Miene konzentriert, sogar wenn sie einen Stift weglegt, um den nächsten auszusuchen. Neben ihr sitzt die Polizeipsychologin, über die rechte Hand eine Puppe mit einem Hundekopf gestülpt, mit der sie Bonnie zum Erzählen bringen will.

Wir haben sie wieder. Sie lebt, und es geht ihr gut. Ist nicht alles andere egal?

»Nun«, sagt Walker gedehnt, als suche er noch beim Reden nach den richtigen Worten. »Ich würde sagen, das ist … eine, nein, *die* ungewöhnlichste Aussage, die ich in meiner Dienstzeit je zu hören bekommen habe.«

»Sie meinen, die unglaubwürdigste«, sagt Paul trocken.

»Wenn Sie so wollen, ja.« Walker tippt mit dem Stift auf seinen Block und hinterlässt ein wirres Muster an blauen Punkten. »Die Story mit dem angeblichen Botschaftsmitarbeiter Wilson, die Sie mir letzte Woche aufgetischt haben, war bereits sehr … sagen wir, kreativ. Aber das hier …« Er tippt ein letztes Mal mit dem Stift auf das Papier und legt ihn zur Seite. »Seien Sie ehrlich: Würden Sie dieses Märchen glauben, wenn Sie an meinem Platz säßen?«

»Ich würde es zumindest nicht einfach vom Tisch wischen«, kontere ich. »Immerhin war Bonnie in der Gewalt von Teresa Torenzo im Istituto di Ricerca Fiorentino.«

»Was diese vehement abstreitet.« Er blättert durch die losen Papiere neben seinem Block. »Und übrigens auch die Angestellten Maria Servienes, Louisa Brescone und Maurice Tacci, mit denen mein Kollege bereits telefoniert hat. Und der Kollege vor Ort meinte, die von Ihnen …«, er nickt Paul zu, »eingeforderte Hausdurchsuchung war ohne Erfolg.«

»Und was ist mit den Toten in unserer Wohnung?«, wirft Paul ein.

Die Toten. Die Bilder schießen so real vor meine Augen, dass ich zusammenzucke. Der reglose Körper des Security-Mannes, das Blut an der Wand, Moiras klaffende Wunde, Raphaels leere Augen …

Walker verzieht das Gesicht. »Mindestens ein Opfer wurde von Ihnen erschossen, und das macht sowohl Sie als auch Ihre Frau zu unzuverlässigen Zeugen. Sie stehen unter Mordverdacht.«

»Das war Notwehr!«, braust Paul auf. »Hätte ich mit ansehen sollen, wie Beech meine Frau erschießt?«

»Ich habe keinen Beweis, dass Beech Ihre Frau bedroht hat.«

»Das ist doch …«, ruft Paul, doch Walker gebietet ihm mit einer Handbewegung zu schweigen.

Beruhigend streiche ich über seinen Unterarm. Sich mit Walker zu streiten, bringt uns nicht weiter. Wir sind auf seine

Hilfe angewiesen, wenn wir aus diesem Irrsinn herauskommen wollen.

»An Ihrer Hand sind Schmauchspuren…«, setzt Walker an.

»Ich habe nie bestritten, eine Waffe abgefeuert zu haben!«

»…und Ihre Fingerabdrücke sind auf *beiden* Waffen.« Walker nimmt den Stift wieder auf. »Dr. Brent, ich glaube, Sie verkennen die Lage, in der Sie sich gerade befinden.«

Paul erstarrt. Die absurde Verdrehung der Wahrheit, dass Beechs Taten ihm in die Schuhe geschoben werden könnten, hat er bislang offenbar ebenso wenig in Erwägung gezogen wie ich selbst.

»Mein Mann hat mir eine Kugel erspart«, sage ich so ruhig, wie meine unaufhaltsam anschwellende Wut es erlaubt. »Er hat unsere Tochter befreit. Er hat *Ihren* Job erledigt. Und Ihnen fällt nichts Besseres ein, als solch abenteuerliche Verdächtigungen auszusprechen?«

»Abenteuerlich?« Walker zieht pikiert die Augenbrauen hoch. »Meine Verdächtigung stützt sich auf Fakten. Ihre Geschichte dagegen… Was haben Sie gegen Pharkotex und Sir Huntingdon und Dr. Torenzo in der Hand? Sind Sie sich eigentlich bewusst, um wen es sich bei Sir Huntingdon handelt? Den bestellt man nicht mal schnell auf die Wache. Können Sie irgendetwas von dem, was Sie mir da aufgetischt haben, beweisen?«

»Ja«, sage ich fest, »ich kann fast alles beweisen.« Ich nehme meine Tasche vom Boden und fische Pauls Handy heraus. Schnell rufe ich das Video mit der Monitoraufnahme auf, das die schlafende Bonnie in Torenzos Institut zeigt, und reiche Walker das Handy.

Er betrachtet die Sequenz und gibt mir das Handy zurück. »Was ist das?«

»Das ist eine Aufnahme einer der Überwachungskameras in Florenz. Auf dem Bett liegt Bonnie.«

Walkers Blick wandert zu dem Fenster, hinter dem Bonnie zeichnet, und zurück zu mir. »Ich will Ihnen ja glauben, aber auf dem Video ist nur ein Haarschopf zu sehen. Und das auch noch unscharf und verwackelt.«

»In unserer Wohnung ist ein USB-Stick mit Unterlagen zu dem Genversuch und Huntingdons Rolle dabei.« Ich bemerke die Veränderung in Walkers Haltung. Als hätte ich plötzlich seine besondere Aufmerksamkeit geweckt.

»Warum haben Sie das nicht zur Polizei gebracht?«

»Weil ich mich erst vorhin daran erinnert habe.«

»Wo ist der Stick?«, fragt Paul.

»In dem Bilderrahmen. Ich dachte, es würde dir auffallen, wenn ich meine Bilder rauslösche.«

»Es ist mir aufgefallen«, sagt Paul mit gerunzelter Stirn, »und ich habe den Stick gecheckt. Da ist außer den Fotos nichts drauf.«

»Die Dateien sind versteckt. Du brauchst ein Dienstprogramm, um sie sichtbar zu machen, und das ist wiederum auf einem Stick in Bonnies Gartenharke.«

Wieder zieht Walker die Augenbrauen hoch. »Unsichtbare Dateien und ein Programm in einer Gartenharke? Bitte, wirklich, meine Geduld erschöpft sich langsam.«

»Tut sie das?« Ungestüm stehe ich auf. Dieser Walker wird uns nicht glauben, solange er die Beweise nicht schwarz auf weiß vor sich hat. »Gehen wir. Meine Geduld ist schon lange erschöpft. Wir holen jetzt die Sticks, und dann machen Sie endlich Ihren Job.«

Walker erhebt sich ebenfalls, mit einem Ruck, der den Stuhl kreischend über den Boden schrammen lässt. »Sagen Sie mir nicht, wie ich meinen Job zu tun habe! Wann und wer wo hingeht, bestimme ich«, schnauzt er mich an. »Seien Sie froh, dass ich Sie nicht hier und jetzt in Untersuchungshaft nehmen lasse!«

In dem Moment öffnet sich die Tür, und die Polizeipsychologin trippelt mit Bonnie in den Raum. Walker setzt sich und wirft der Frau einen ungnädigen Blick zu.

»Entschuldigen Sie«, sagt sie nervös. »Ich dachte, das hier sollten Sie sehen.« Die Psychologin geht um den Schreibtisch herum und lässt Bonnie neben mir stehen.

Ich strecke die Hand aus und ziehe sie auf meinen Schoß. »Gleich fahren wir in ein schönes Hotel. Daddy, du und ich.«

Die Polizeipsychologin reicht Walker Bonnies Bild. Der wirft einen Blick darauf. Erbleicht. »Was zur Hölle …« Er lässt das Bild sinken, sieht hoch, sieht von mir zu Paul, fixiert dann Bonnie. »Wie machen Sie das?«

71

Eine Wende. Eingeläutet durch ein fünfjähriges Mädchen. Ich versuche einen Blick auf die Zeichnung zu erhaschen, doch Walker faltet sie hastig zusammen und verstaut sie in einer Schreibtischschublade.

So schlimm? An was mag Bonnie hier gerührt haben? Etwas, von dem die Polizeipsychologin wusste. Etwas Gravierendes, wegen dem er bei ihr in Behandlung war? Ich mustere Walker, während er die Psychologin zur Seite nimmt und sich flüsternd mit ihr unterhält. Die Art, wie er ihren Arm berührt, während er auf sie einredet. Vertraut, aber nicht zu vertraut. Nicht ungewöhnlich für ein Verhältnis zwischen Patient und Therapeut.

Ich wiege Bonnie auf meinem Schoß, als Paul seinen Arm um meine Schulter legt.

»Soll ich sie nehmen?«

»Danke, aber ich möchte sie gern halten.« Bonnie lehnt ihren Kopf an meine Halsbeuge und schließt die Augen. Ich streiche über ihre Haare. Wie erschöpft sie sein muss. Wir müssen sie in ein Hotel bringen, damit sie zur Ruhe kommt. Die Nacht in unserer Wohnung zu verbringen, kommt nicht infrage. Ein Schauder überläuft mich. Ich will mir nicht vorstellen, dorthin zurückzugehen. Und doch wird uns nichts anderes übrig bleiben. Wir müssen zurück, die USB-Sticks holen und in Sicherheit bringen.

Und dann?

Wie soll es weitergehen? Es kostet Huntingdon wahrscheinlich nur ein Fingerschnippen, um Beech durch einen anderen Profikiller zu ersetzen und uns erbarmungslos jagen zu lassen.

Zurück am Schreibtisch sieht Walker mich lange an.

»Können wir gehen?«, fragt Paul kühl.

»Nein.« Walker setzt sich wieder uns gegenüber. »Ich möchte wissen, wie Ihre Tochter das gemacht hat. Ganz abgesehen von dem, *was* sie gezeichnet hat, ist es ausgeschlossen, dass eine Fünfjährige so zeichnen kann.«

»Und doch hat sie es getan. Das ist Teil ihrer Gabe – wie wir es Ihnen vorhin erklärt haben«, sagt Paul spitz. »Das *Märchen*, wie Sie es nannten.«

»Das kann aber nicht …«

»Sie sehen doch, dass es sein kann! Verdammt! Sie wollten einen Beweis, in Ihrer Schublade steckt einer.« Paul beugt sich über den Schreibtisch. »Und in der Wohnung liegen die Beweise für den Rest des Märchens. Aber die lassen Sie uns nicht holen … Warum? Weil Sie nicht den *Mumm* haben, sich mit Leuten wie Huntingdon anzulegen? Sollen wir hier warten, bis Huntingdon die Beweise vernichtet hat?«

Walker läuft rot an, seine Augen flitzen zu Bonnie, dann beugt er sich ebenfalls über den Schreibtisch, bis sein und Pauls Gesicht nur Zentimeter voneinander entfernt sind. »Passen Sie auf, was Sie sagen«, zischt er.

»Ich verstehe«, sagt Paul und lehnt sich zurück. »Sie gehören zu den Ewiggestrigen, die denken, Verdächtigungen auszusprechen sei Privileg der Polizei.«

Walkers Faust kracht auf den Tisch.

»Schluss!«, schreite ich ein und lege schützend die Hände über Bonnies Ohren. »Bonnie ist müde und ich auch. Ich schlage vor, wir holen die USB-Sticks und sichten das Material in einem Hotel, wo ich Bonnie schlafen legen kann.«

»Ich lasse sie holen.« Walker drückt auf einen Knopf an dem Telefon. »Schick einen Wagen in Dr. Brents Wohnung zur

Sicherstellung von Beweismaterial.« Er wendet sich an mich. »Wo befinden sich die Sticks?«

»Nein«, sage ich. »Wir holen sie zusammen.«

Walkers Augen verengen sich zu Schlitzen. »Was wollen Sie damit sagen? Dass ich Beweismaterial unterschlage?«

»Mein Mann hat Beech vertraut. Ich habe Torenzo vertraut. Moira hat Huntingdon vertraut. Reicht das als Antwort?«

Genervt drückt er erneut auf den Knopf. »Planänderung. Ich fahre selbst in Dr. Brents Wohnung… Ja. Sag ihnen, sie sollen vor dem Haus auf uns warten.« Er erhebt sich. »Gut. Mrs. Brent? Können wir?«

Wie von der Tarantel gestochen springt Paul auf. »Meine Frau fährt nicht ohne mich.«

»Und Bonnie? Ich möchte, dass du bei ihr bleibst, wenn ich mit Walker in die Wohnung fahre.« Ich drücke Bonnie einen Kuss auf die Stirn. »Sie soll nicht in die Wohnung. Und ich möchte sie nicht allein zurücklassen. Nicht schon wieder.«

Die Dämmerung liegt wie ein Trauerschleier über den Abertausenden Londonern, die sich ungeduldig durch den zähen Verkehr wälzen. Das Schweigen zwischen Walker und mir wird von Minute zu Minute belastender. Ich weiß, was ihm auf der Zunge liegt und nicht hinausdarf.

Die Frage zu Bonnies Gabe. Allein die Frage zu stellen, wäre ein Eingeständnis, dass er Bonnies Gabe in Erwägung zieht. Aller Wissenschaft zum Trotz.

Seine Lippen sind aufeinandergepresst.

Wo steht er?

Selbst *mit* meiner Erinnerung kann ich ihn nicht einordnen. Wir erreichen Chelsea, und beim Vorbeifahren an den Läden und Häusern und dem kleinen Park erinnere ich mich daran, wie gerne ich hier wohne.

»Eines müssen Sie mir noch erklären«, unterbricht Walker

meine Gedanken. »Was wollten Sie mit Ihrer Tochter in Indonesien? Wo wollten Sie hin?«

Ich löse meinen Blick vom Fenster. »Nach Neuseeland. London-Paris-Jakarta-Bali-Singapur-Australien-Neuseeland. Ich wollte meine Spuren verwischen. Aber dann hat Dr. Galazzi mich in Bali aufgespürt, und ich musste meinen Plan ändern.«

»Und Ihr Mann? Warum haben Sie ihn nicht eingeweiht?«

»Er hätte mich nicht fahren lassen.«

»Zu Recht«, brummt Walker. »Das war, mit Verlaub, eine ausgesprochen hirnrissige Aktion.«

Ich zucke die Schultern. Vielleicht war es das, es war aber auch der einzige Ausweg, den ich zu dem Zeitpunkt gesehen habe. »Nachdem ich auf Huntingdon als Drahtzieher gestoßen bin, wusste ich nicht, wie er reagieren würde, wenn ich mit Bonnie verschwinde. Ob er die Wohnung auseinandernimmt oder Torenzo auf Paul ansetzt. Also habe ich Paul eine codierte Nachricht hinterlassen, an der er ein paar Tage knabbern würde.«

Walker stutzt. »Hatten Sie nicht gesagt, er habe sie *nicht* entschlüsselt?«

»Hat er auch nicht. Ich dachte, wenn er merkt, dass ich den Computer auf ihn umgestellt und mit einem achtstelligen Code versehen habe, wird er in der Nachricht nach dem Code suchen«, erklärte ich. »Als Jugendliche war ich drei Jahre in einem Waisenhaus. Nachrichten zu verschlüsseln war Normalität. Paul wusste das.«

Walker biegt in unsere Straße ein und parkt direkt vor dem Haus in der Einfahrt. Er stellt den Motor ab und blickt sich um, die Hand am Zündschlüssel. Eine Furche erscheint auf seiner Stirn. Dann drückt er auf das Funkgerät im Wagen. Ein Rauschen verrät, dass er mit einer Zentrale verbunden ist.

»Detective Inspector Walker. Ich bin vor Dr. Brents Haus, hier sollte ein Streifenwagen auf uns warten.«

Rauschen. Dann eine weibliche Stimme. »Charly? Warte, ich frage nach.«

Das Funkgerät verstummt, und Walker blickt sich wachsam um. Durch die Windschutzscheibe. In den Rückspiegel. Den Seitenspiegel. Und wieder nach vorn. Da rauscht es erneut.

»Hör, Charly, die sind vor zehn Minuten zu einem Einsatz abberufen worden.«

»Von wem?«, schnauzt Walker ins Funkgerät.

»He, ich hab sie nicht weggeschickt, okay?«, sagt die weibliche Stimme unvermindert freundlich. »Soll ich es für dich rausfinden?«

»Bitte«, sagt er, eine Spur milder.

»Soll ich dir einen anderen Wagen schicken? Kann aber dauern, ist mal wieder die Hölle los.«

Er sieht sich erneut um. »Nein, lass gut sein. Aber ich will wissen, wer mir hier reingepfuscht hat.«

»Wird gemacht. Bis denn.«

Mit einer Hand am Türgriff wendet er sich an mich: »Sind Sie bereit?«

»Ja.«

»Sie wissen, was dort auf Sie wartet?«

Ich nicke.

»Das ist ein Tatort«, sagt Walker. »Die Spurensicherung ist durch, trotzdem werden eindeutige Spuren der … Ereignisse zu erkennen sein. Sind Sie dafür bereit?«

»Habe ich eine Wahl?«

»Ich kann auch alleine gehen. Sie können mir vertrauen.«

Vertrauen. Wenn es ein Wort gibt, dem ich nie wieder vertrauen werde, dann diesem.

Ich öffne die Tür. »Ich komme mit.«

Gemeinsam gehen wir in das Gebäude. Sogleich eilt uns der Portier entgegen.

»Mrs. Brent! Mein Gott! Ich weiß gar nicht, was ich sagen

soll! Was ist mit Ihrer Tochter? Geht es ihr gut? Und Mr. Brent …«

»Bonnie geht es gut, danke, Albert.«

»Sie erinnern sich an meinen Namen«, sagt er erfreut.

»Das ist DI Walker. Wir gehen kurz in die Wohnung.«

»Oh … Ihre Kollegen sind vor ein paar Minuten wieder gegangen«, richtet sich Albert an Walker.

»Ich weiß, danke«, winkt Walker ab.

Albert begleitet uns zum Lift und schließt das Gitter. Der Lift ruckelt los. Keiner von uns beiden spricht ein Wort. Mir graut vor dem Anblick, der mich in der Wohnung erwartet. Das Blut zu sehen und zu riechen und zu wissen, dass es Sekunden waren, die mich von dem gleichen Schicksal getrennt haben.

Der Lift hält, und wir gehen Seite an Seite den Gang entlang. An der Tür warnt ein gestreiftes Absperrband, dass unbefugtes Betreten der Wohnung strafbar ist. Ich ziehe den Schlüssel hervor und sperre auf, zögere, öffne dann die Tür. Mit der Hand taste ich nach dem Lichtschalter und drücke darauf.

Ein Knall. Die Druckwelle schleudert mich quer über den Flur gegen die Wand. Dann schießt eine riesige Flamme auf mich zu.

72

Ein Murmeln. Wie Wellen schwappt es an mein Ohr und verschwindet wieder, lullt mich ein und schwebt mit mir in dem Schwarz.

Mit einem Mal kommt die Erinnerung an die Explosion zurück.

Ich öffne die Augen und sehe Paul. Er sitzt auf einem Stuhl, seine Hand liegt auf meiner Bettdecke. Ein Krankenhauszimmer. Ich frage mich, woher die Stimmen kommen, sehe Bonnie an einem Tisch, ihr gegenüber Ken, zwischen ihnen eine Partie Memory.

»Paul.« Wie schön sein Name plötzlich in meinen Ohren klingt, jeder Buchstabe gefüllt mit Erinnerungen und Emotionen. »Paul. Paul …« Ich flüstere ihn wieder und wieder, und jedes Paul steht für etwas anderes, für seine Nähe, seine Vertrautheit, seine Liebe. Bilder steigen in mir hoch, Bilder aus unserer Vergangenheit, der nun wie durch ein Wunder wieder eine Zukunft gegenübersteht.

»Endlich, Liebes. Wie geht es dir?«

»Ich weiß nicht … Warum bin ich hier?«

»Rauchvergiftung, leichte Verbrennungen und Gehirnerschütterung.«

»Was ist mit Walker?«

»Er kommt später, um mit dir zu reden.«

»Ist er …«

»Nur oberflächliche Verbrennungen ersten Grades. Ohne ihn hättest du das nicht überlebt. Er hat alles richtig gemacht, als die Flamme dich erwischt hat. Ich glaube, er ist einer der Guten.«

»Ja«, sage ich und denke: Du auch. Du bist auch einer der Guten. Ich denke an die schrecklichen Dinge, die ich Paul zugetraut habe. Jetzt erscheint mir das alles so unfassbar dumm. Paul und Moira als Liebespaar! Paul als mein Verfolger, der mich umbringen wollte! Was für ein Unsinn!

Wie konnte ich nur so verblendet gewesen sein? Trotz der Momente, als ich mich so deutlich zu Paul hingezogen gefühlt habe … Nicht verblendet, sagt eine Stimme in mir. Du hast dich an die Fakten gehalten, die du peu à peu erhalten hast. Und in diesem Set an Informationen hat Paul durch seine Handlungen die Falschinformationen der anderen ungewollt verstärkt.

Sanft liegt seine Hand auf meiner Schulter. Ich nehme seinen Duft wahr. Seine Nähe tut mir gut. Zuhause, kommt mir in den Sinn. Er ist mein Zuhause. Nicht die Wohnung oder London. Paul ist mein Anker. Und Bonnie mein Lebensmittelpunkt.

»Und Moira? Wie geht es ihr?«

»Sie kommt durch. Ken hat eine Wache organisiert. Er selbst passt auf uns auf.«

»Hallo, Mrs. Brent«, dröhnt Kens Stimme ans Bett. »Sie lassen aber auch nichts aus. Mann, Mann, ich hab Ihrem Mann schon gesagt, bei Ihnen müsste ich ’ne extra Gefahrenzulage draufschlagen.« Er lacht, und ich kann nicht anders, als meine Lippen zu einem Lächeln zu verziehen.

Es klopft.

Sofort springt Ken hoch und eilt auf die Tür zu, jede seiner Bewegungen verrät die Anspannung, die das Klopfen bei ihm ausgelöst hat.

Er öffnet die Tür, dann erscheint Walker, in der Hand einen riesigen Blumenstrauß.

»Ich dachte, ich sollte mich bei Ihnen entschuldigen«, sagt er, als er neben dem Bett steht. Hilflos blickt er auf den Blumenstrauß, offenbar unsicher, was er damit machen soll.

Paul nimmt ihn und verlässt das Zimmer.

»Und ich mich bei Ihnen bedanken«, sage ich. »Setzen Sie sich zu mir. Bitte.«

Walker holt sich einen Stuhl ans Bett. »Ich hätte Ihnen glauben sollen«, sagt er, nachdem er sich gesetzt hat. »Dann hätte ich die Warnzeichen erkannt, und Ihnen wäre das hier erspart geblieben.«

Fragend sehe ich ihn an.

»Ein blutiger Anfänger hätte das kaum mehr verhunzen können.« Er schlägt sich mit der Hand an die Stirn. »Erst der abgezogene Streifenwagen, dann die Aussage, dass die Kollegen gerade gegangen sind… Spätestens da hätte ich schalten müssen. Die Kollegen hatten die Anweisung, *vor* dem Haus in ihrem Streifenwagen zu warten. Ich hätte nachhaken müssen, welche Kollegen gerade gegangen sind. Verdammt, ich hätte…«

»Schon gut«, unterbreche ich ihn. »Ich habe auch nicht geschaltet. Heißt das, Sie glauben mir jetzt?«

»Dass Sie etwas herausgefunden haben, was jemand mit allen Mitteln zu vertuschen versucht, ist mit der Explosion gestern wohl eindeutig bewiesen worden.«

»Und leider sind auch die Beweismittel vernichtet worden.«

»Da war jemand sehr gründlich.« Bedauernd schüttelt er den Kopf. »Ich hätte ihn mir geschnappt. Sir hin oder her. Ich wäre auf Ihrer Seite gewesen, egal, wie viel Druck Huntingdon von oben ausgeübt hätte. Es ist mir wichtig, dass Sie mir das glauben.«

In seinen wässrig blauen Augen blitzt Zorn auf, und ich glaube ihm. Er hätte mit uns gekämpft. Aber dafür ist es nun zu spät. Die Beweise sind verkohlt und Raphael, das schwächste Glied in der Kette, ausgeschaltet. Selbst Bonnies Behandlungsraum ist dem Erdboden gleichgemacht. Es gibt nichts, was uns in irgendeiner Weise noch mit Torenzos Institut oder Pharkotex in Verbindung bringen würde. »Ich glaube Ihnen.«

»Danke.« Verlegen blickt er weg, und sein Blick bleibt auf Bonnie haften. »Ich habe noch einmal in Florenz nachgehakt. Teresa Torenzo hatte gestern einen tödlichen Autounfall.«

»Einen Unfall?«, rufe ich. »Das glauben Sie doch wohl selbst nicht!«

Torenzo ist tot. Raphael ist tot. Moira kämpft um ihr Leben, und dass ich noch lebe, ist reines Glück. Die Nachricht über Torenzos Tod erschreckt mich, aber sie überrascht mich nicht.

»Natürlich glaube ich das nicht. Ihnen ist bewusst, dass Sie und Ihre Familie in Gefahr sind?«

Ich nicke. Offensichtlich räumt Huntingdon gerade auf. Gründlich.

»Sie wissen zu viel. Und *die* können nicht sicher sein, ob es nicht doch noch irgendwo eine Kopie der Beweise gibt. Wo hatten Sie die Beweise überhaupt her?«

»Von Dr. Galazzi.«

»Hatten Sie …« Walker räuspert sich verlegen und senkt seine Stimme. »Hatten Sie eine Affäre mit Dr. Galazzi?«

»Nein. Ich habe die Unterlagen heimlich in seinem Apartment abfotografiert.« Ich halte inne. Raphaels Tod schmerzt. Obwohl er zu Torenzo und Huntingdon gehört hat. Aber er war nicht nur Feind. Er ist auch ein Freund gewesen. Er hat Bonnie liebevoll behandelt. Er hat in ihr ein kleines Mädchen gesehen, nicht wie Torenzo nur ein Forschungsobjekt. Und in mir mehr als nur Bonnies Mutter. Und das hat ihn zu einer Schwachstelle gemacht, die ich für mich nutzen konnte. Dass ich ihn mit einem Schlafmittel betäuben und beklauen würde, anstatt eine leidenschaftliche Nacht mit ihm zu verbringen, muss eine herbe Enttäuschung gewesen sein. Und doch hat er alles versucht, um uns auf unserer Flucht vor Beech zu beschützen.

»Abfotografiert …« Walker reibt sich über das Kinn. »Glauben Sie, diese Unterlagen existieren noch?«

»Selbst wenn, für uns sind sie unerreichbar.«

»Wir haben also auf ganzer Linie verloren.«

»Ich nicht. Ich habe meinen Mann und mein Kind und mein Leben.«

Walker schaut mich überrascht an, aber ich meine es genau so. Menschen sind gestorben, meine Vertraute wurde lebensgefährlich verletzt. Ich habe meine Tochter verloren und wiedergefunden, meinem Mann misstraut und zwei Mordanschläge überlebt. Für mich zählt gerade nur, dass Paul, Bonnie und ich zusammen sind.

Die Tür geht auf, und Paul kommt mit dem Blumenstrauß ans Bett. Er stellt die Vase auf das Nachtkästchen und setzt sich auf die Bettkante.

»Wer ist der Gorilla vor der Tür?«, fragt Walker ihn.

»Privater Wachdienst.«

»Kein Vertrauen in die Kollegen, die ich vor Ihrer Tür abgestellt habe?«

»Nichts für ungut«, sagt Paul, »aber solange wir nicht wissen, wer den Streifenwagen abgezogen hat und ob Huntingdons Leute die Wohnung ohnehin in die Luft sprengen wollten oder ob sie einen Tipp bekommen haben, dass Clare und Sie dort zur Beweissicherung hinfahren …«

»Wie geht es nun weiter?«, fragt Walker. »Möchten Sie in ein Zeugenschutzprogramm aufgenommen werden?«

»Ohne Beweise sind wir keine Zeugen mehr.«

»Ich kann das für Sie arrangieren.«

Paul schüttelt den Kopf. »Danke nein. Aber nehmen Sie es nicht persönlich. Sie haben meine Frau vor den Flammen gerettet, und das werde ich Ihnen nicht vergessen, aber angesichts der Lage fühle ich mich sicherer, wenn die Polizei nicht weiß, was wir vorhaben.«

»Tja«, Walker gibt einen schnalzenden Ton von sich und seufzt, »ich würde Ihnen jetzt gerne eine patzige Antwort geben, aber leider kann ich Sie verstehen.« Er erhebt sich. »Ich wünsche Ihnen viel Glück. Und wenn Sie Hilfe brauchen ... Sie haben jetzt einen Freund bei der Polizei.«

Ich lächle ihn an. »Danke. Aber Freunde nennen sich beim Vornamen. Ich bin Clare.«

73

»Mummy, Daddy!« Aufgeregt zeigt Bonnie auf das unendliche Blau des Meeres. »Ist das Neuseeland?«

Ich lege die Hand an die Stirn und schirme mir die Augen ab. Tatsächlich. In der Ferne kann ich einen schmalen Strich Land erkennen. »Sind wir da?«

Einen kleinen Fernstecher vor Augen nickt Paul. »Fast.«

Ich hebe Bonnie hoch und gehe mit ihr zu der Reling des Frachters, der die letzten vierundachtzig Tage unser Zuhause gewesen ist.

Vierundachtzig Tage, in denen unentwegt Meer um uns herum war und in denen wir uns von den schrecklichen Ereignissen erholen konnten.

Vierundachtzig Tage, die unsere Spur verwischt und Huntingdons Schergen vor das Rätsel gestellt haben muss, wie eine Familie vom Erdboden verschwinden kann.

Vierundachtzig Tage, während der ich Bonnie stabilisieren und auf ihr neues Leben einstellen konnte.

Vierundachtzig Tage, in denen Paul sich auf seinen neuen Job als Landarzt vorbereitet hat, den er in zwei Wochen unter dem Namen Clark Boyle antreten wird.

»Jetzt bekomme ich mein eigenes Pony, ja?« Bonnies Frage ist mehr eine Feststellung, ihr Gesicht ein einziges Strahlen. »Ich werde es Lily nennen.«

»Es hat schon einen Namen«, sagt Paul. »Es heißt Moonie.«

»Wir haben doch auch schon einen Namen und heißen jetzt anders. Namen kann man ändern.«

Ich verbeiße mir ein Lachen. Wo Bonnie recht hat, hat sie

recht. Mit erzwungenem Ernst nehme ich Bonnies Kinn. »Aber du durftest dir deinen selbst auswählen.«

»Tammy ist schön, nicht wahr?« Sie strahlt mich an.

»Du weißt, du darfst niemandem sagen, dass du mal einen anderen Namen hattest, auch nicht deinen neuen Freunden.«

»Ich weiß, Mummy.« Sie nickt eifrig. »Weil wir sonst wieder wegmüssen, und dann kann ich mein Pony nicht mitnehmen.«

»Ganz genau«, bestätigt Paul und legt den Feldstecher erneut an seine Augen. »Man kann Auckland schon erkennen.«

Ein leichtes Zittern in seiner Stimme lässt mich aufhorchen. Ist es die Vorfreude auf unser neues Leben in seiner alten Heimat, wenn auch einige Autostunden entfernt von seinen Eltern, oder ist es der endgültige Abschied von seinem alten, immerhin sehr erfolgreichen und luxuriösen Leben in England? Alle Brücken haben wir abgebrochen, uns nicht verabschiedet, keine Informationen hinterlassen, wohin wir gehen werden. Einzig Moira ist eingeweiht. Aber auch nur darüber, dass wir gehen. Nicht wohin. Selbst sie hat nur eine E-Mail-Adresse, trotz ihrer Vollmacht, Pauls Geschäfte in England für ihn abzuwickeln und sein Vermögen zu verwalten.

Ich rücke näher zu ihm. Meine Schulter berührt seinen Arm, und er legt ihn um mich.

»Es ist vorbei«, sage ich leise. »Wir haben es geschafft.«

»Wirklich vorbei?«, sagt er, ohne seinen Blick von der größer werdenden Silhouette Aucklands zu nehmen. »Es wird nie vorbei sein.«

Ich richte meinen Blick auf unsere neue Heimat. Ja, es wird nie vorbei sein. Selbst wenn Huntingdon die Suche nach uns aufgeben sollte. Unsere Angst wird bleiben und der Durst nach Gerechtigkeit. Für Raphael und für Bonnies Familie und für Bonnie selbst.

Vorbei ist es erst, wenn ich vollende, was ich vor gut vier Monaten begonnen habe.

DANK

Jedes Buch ist ein hartes Stück Arbeit. Ganz besonders, wenn der Abgabetermin drängt und die Geschichte nach noch und noch und noch mehr Beachtung schreit. Dann muss nicht nur ich als Autorin an meine Grenzen gehen, auch das Umfeld wird auf Trab gehalten.

Zum Beispiel mein liebster Mann Michael, der völlig selbstverständlich und mit beruhigendem Lächeln die Stellung hielt, wenn ich mich zum Schreiben an einsame Orte zurückzog. Oder meine TestleserInnen Gerda Leisch, Bärbel Siebold, Johanna Leisch, Irene Weindl, Dr. Angelika Jodl und Andreas Götz, die zum Teil gleich mehrere Versionen dieses Buches lesen mussten. Und das natürlich immer: so schnell wie möglich…

Aber auch vor der stressigen Endphase hatte ich Unterstützung, z.B. von Lisa-Marie Dickreiter als geniale Denk-Sparringspartnerin beim Plotten (währenddessen sie auch noch eine Mütze für meine Tochter häkelte :-)). Oder von Michaela Hanel, Bärbel Siebold und Matthias Kühl, die mir bei medizinischen Sachfragen viele wertvolle Informationen lieferten, oder Lisa Kuppler, die mir die richtigen Fragen stellte, um die beim Schreiben manchmal davongaloppierenden Plottstränge wieder einzufangen.

Noch früher dabei waren natürlich mein wunderbarer Agent, Thomas Montasser, der das Buch mit der ihm eigenen Ruhe, Kompetenz und Freundlichkeit von Anfang bis Ende betreute sowie die erfahrene und geduldige Verlagslektorin Anke Göbel, die auch hier wieder mit ihrem geschulten Blick zielsicher die Schwachstellen des Manuskriptes aufdeckte.

Danke auch an Charlotte Habersack, Lisa-Marie Dickreiter und meine Tante Irene und meinen Onkel Helmut für das großzügig gewährte Schreibasyl in euren Hütten und Häusern!

Ebenfalls Danke an den Heyne Verlag für die Zusammenarbeit an dem nunmehr dritten gemeinsamen Projekt!

Und zu guter Letzt – Danke an Sie, den Leser dieses Buches für die Lektüre desselben!

Ich hoffe, es hat Ihnen gefallen!